한국 불교가사의 유형적 존재 양상

한국 불교가사의 유형적 존재 양상

전재강 지음

보고사

머리말

　지금까지 불교가사에 대해서는 그 생산과 유통 과정에 관한 연구, 개별 작자와 작품에 관한 연구가 주류를 이루어 왔다. 이 책에서는 불교가사의 생산, 유통 과정이나 개별 작자와 작품에 대한 연구가 어느 정도 이루어졌다고 판단하고 불교가사 전체에서 어떤 작품이 어떤 국면에서 창작, 향유되어 왔으며 작품의 문예 미학적 성격은 어떠한지를 구명하기 위해 불교가사 전체 문학 현상을 유형적으로 나누어서 논의를 진행하였다. 책의 서두와 결론 부분에서는 가사의 시초 발생과 최종 행방을 찾아보는 논의를 하였고, 본론 부분에서는 여러 가지 불교가사 유형을 나누어서 유형별 특성과 상호 유기적 관계 맥락을 탐구하였다. 이 책은 처음부터 이런 기획 하에 지난 3년여 년간 진행해온 연구를 하나로 묶어서 체계적으로 정리한 것이다. 불교가사는 승가 사회에서 행해지는 여러 가지 일과나 의식 등의 필요에 따라 구체적 국면마다 창작되고 향유되는 특성을 보여 주고 있다. 그래서 불교가사는 승가 사회의 국면별 구체적 요구에 따라 각기 다른 성격의 작품 유형이 창작되고 향유되면서 비교적 동질적 작품으로 포괄할 수 있는 유형이 나타나고 각 유형은 유형적 특성을 가지면서도 다른 유형과 일정한 관계를 맺으며 향유되어 왔다.

　불교가사에 대한 유형적 접근은 한국 문학사에서 불교가사가 가사로서 왜 처음 등장했는지? 구체적으로 어떤 상황에서 불교가사가 창작되고 향유되었는지? 그래서 불교가사는 어떤 성격을 획득하게 되었는지? 불교가사가 출현하고 귀착한 마지막 행방 등의 문제를 어느 정도 밝힐

수 있는 길을 제공한다. 유형적 연구를 시작하면서 고려 말에 불교가사
가 발생하게 된 문학적 배경을 논의할 수 있었고 특징적 승가 사회의
각 국면별로 행해진 의식, 행사, 과업 등과 연관하여 불교가사 작품 유
형을 유기적으로 이해할 수 있었다. 그리고 마침내 근현대에 이르러 불
교가사의 최종 행방을 추적할 수 있었던 것도, 어떤 유형의 작품이 어떤
이유에서 근현대까지 유통되거나 새롭게 창작되고 있는지를 논의할 수
있었던 것도 바로 이런 유형적 접근을 통하여 가능했다고 할 수 있다.

불교의 이념과 승가 사회의 국면 등을 고루 감안하여 대략 아홉 가지
의 유형을 설정하고 논의를 진행하였다. 몽환가류, 회심곡류, 발원가
류, 염불가류, 왕생가류, 토굴가류, 참선곡류, 경전가류, 찬불가류 등
의 불교가사 유형이 그것이다. 이 책에서 다룬 것 이외에 설정이 가능
한 불교가사 유형으로 용선가류나 권선가류 등을 더 상정해 볼 수 있으
나 이 두 가지 유형은 승가 사회의 구체적 국면에서 매우 중요함에도
불구하고 작품은 한 두 수만 남아 있어서 유형적 비중을 제대로 갖추지
못하기 때문에 다루지 않았다. 몽환가류 불교가사에서 찬불가류 불교
가사까지는 승가사회의 구체적 국면과 연계하여 유형을 설정했는데 신
체 불교가사와 경상북도 지역 민간 전승 불교가사는 각각 시대별, 지역
별 기준에 따라 해당 작품을 포괄하여 앞에서 논의한 여러 유형들이
실제 어떻게 이 근현대라는 시대와 특정 지역에서 수용되고 구현되는
가를 살피는 것이어서 불교가사의 귀착점 양상을 구명하는 내용으로
되어 있어서 이 책의 결론 역할을 한다고 할 수 있다.

다루는 작품의 수는 몽환가류 7수, 회심곡류 11수, 발원가류 6수, 염
불가류 9수, 왕생가류 11수, 토굴가류 7수, 참선곡류 13수, 경전가류
9수, 찬불가류 12수, 신체불교가사에 24수, 경상북도지역 민간전승불
교가사 10수 등 겹치는 한두 수를 제외하고 전체 120수에 가까운 현존

불교가사 대부분의 작품과 30여 수의 한문 가송찬류까지 포괄하여 150여 수를 연구 대상으로 삼았다.

이어서 이 책 3부 각 장에서 다룬 핵심 내용을 간단히 소개하고자 한다. 먼저 제1부 한국 불교가사의 태동 〈불교가사 형성의 발생학적 정황〉에서는 고려말 충지, 태고, 백운, 나옹 등 선사들의 한문 가송찬류 30여 수를 대상으로 율격과 갈래 성격을 살폈다. 이들 작품의 한글 번역문이 한 음보의 음절수와 한 행의 음보수에 있어 가사의 율격에 근접해 있으며 갈래 성격상에서도 이들 작품들은 교술성과 서정성을 주로 가지면서 희곡적, 서사적 성격을 부차적으로 가지고 있어서 이와 유사한 성격의 가사 문학을 발생시킬 환경을 만들었고 그래서 이런 문학적 환경에서 불교가사가 발생했을 개연성을 밝혔다.

제2부 한국 불교가사의 전개 제1장 〈몽환가류 불교가사의 개방성과 작가 의식〉에서는 일반 대중을 교화하는 한편 영혼을 천도하는 기능을 수행하면서 여기에 필요한 염불가류, 참선곡류, 왕생가류 등 다른 유형의 내용을 일부 수용하는 개방성을 보여 주었으며, 작가 의식에서 일체가 본래성불(本來成佛)해 있다는 일원적 세계관에 기초하면서도 교시의 방편상 무명(無明)과 신상(眞相)이라는 이원대립적 세계관을 보여주고 있다는 것을 구명했다.

제2장 〈회심곡류 불교가사의 단락 전개·구성과 선악·생사관〉에서는 회심곡류의 작품들이 기본적으로 탄생, 늙음, 병듦, 죽음, 권유의 다섯 단락의 전개 양상을 보이면서 작품에 따라 어느 한두 단락이 빠지는 변화를 보였으며, 각 단락은 내용에 따라 주로 의문문과 감탄문, 권유 단락에서는 명령문과 단정적 평서문을 사용했고, 선악 판단의 기준에서는 출세간적 가치보다는 유교 국가와 사회, 가문을 유지하는데 필요한 세속의 가치가 중심이고 생사관은 전통 무속이나 유교의 일회적

생사관이 나타나면서도 작품 마지막에 불교의 순환적 생사관을 배치하여 생사관이 이원적이라는 사실을 입증했다.

제3장 〈발원가류 불교가사의 존재 위상과 성격〉에서는 이 유형의 작품들이 승가 사회에서 이루어지는 『무량수경』이나 〈보현행원품〉 등 다양한 발원 환경에서 근원했으며 그래서 작품 역시 기존 발원문을 가사로 번역한 경우가 많고 최근에 〈역경발원문〉, 〈화랑호국발원문〉 등의 창작 가사 발원가가 나타났다는 것을 새로 발굴하여 논의하였고, 발원의 주제가 개인의 참회, 수행, 깨달음, 집단적 불교 공동체의 일상적 활동, 특정 과업 수행 등의 성공적 진행을 발원하면서 이와 관련된 찬불가류, 왕생가류, 몽환가류, 참선곡류 등 다른 불교가사와 포괄적 수준의 관계를 맺는 양상을 확인하였다.

제4장 〈염불가류 불교가사의 성격〉에서는 이 유형의 작품이 염불을 권장하기 위하여 그 필요성과 효과를 부각하는 과정에 회심곡류의 죽음 부분, 왕생가류의 극락 부분을 수용하는 개방성을 보여 주었고, 문장 서술에서는 자기 수행이 아니라 찬탄과 탄식의 감탄문에 기초하여 청유나 명령문을 원용하여 타자에게 염불을 교시하려는 문장 서술의 지향성을 보여 주었고, 그렇게 하여 도달할 이상 세계로서 저승극락, 이승극락, 자성극락이라는 세 가지 극락을 제시하여 다층적 이념 지향성을 보이고 있다는 것을 논의했다.

제5장 〈왕생가류 불교가사의 표현 방식과 세계 인식〉에서는 문장 사용에서 중생이나 부처를 객관적으로 말할 때 평서문, 무상을 한탄하거나 극락세계를 찬탄할 때 감탄문, 중생의 한계를 지적하고 부처를 칭송하고 수행을 강조할 때 수사의문문, 이상세계로 나가게 강조할 때 청유나 명령문을 각각 사용하고, 수사법에서 선과 악, 사바와 극락을 대비하여 대조법을 주로 사용하고 있으며 세계 인식은 사바와 극락을 둘로

나누는 이원대립적 모습을 보이기도 했으나 염불이 지극하면 사바가 바로 극락이고 중생이 바로 부처라는 일원적 세계 인식을 전제로 하고 끊임없이 이를 지향하고자 했다는 것을 밝혔다.

제6장 〈토굴가류 불교가사의 갈래 성격과 이념 지향〉에서는 이 유형의 작품에 나타난 시적 화자가 수행자로 일관할 때 간화선을 주로 수행하고 그 일상적 정서나 깨달음의 법열적 정서를 표현하여 서정 갈래의 성격을 보여 주었고, 경전이나 출가 입산의 경험 등을 교시할 때 염불이나 염불선을 강조하여 교술 갈래의 성격을 보여주었는데 세속의 허망함을 알리기 위해 몽환가류, 수행을 가르치기 위해 참선곡류나 염불가류 불교가사와 일정한 관계를 맺는 현상을 보여 주었다는 것을 논의했다.

제7장 〈참선곡류 불교가사의 구조적 성격〉에서는 문제 제기와 해결 방안 제시라는 작품 전개 원리에 따라 주장자, 설명자, 서술자를 시적 화자로 내세워 간화선을 중심으로 한 회광반조, 염불선, 관법 등 다양한 선 수행법을 유기적으로 연관하여 논리적으로 주장하고, 객관적으로 설명하며, 절실한 자기 체험을 서술하면서 작품 마지막 부분에서 청유나 명령의 화법을 통하여 교시를 내림으로써 선수행이라는 해결 방안을 적극적으로 수용하게 하려 했던 것이 참선곡류 불교가사 유형이 가진 구조적 특징임을 논의했다.

제8장 〈경전가류 불교가사의 소의 경전과 성격〉에서는 이 유형의 개념을 처음 설정하고 최근 새로 발견된 작품까지 포괄하여 〈법화일승가〉는 『법화경』, 〈진여자성가〉는 『십우도』, 〈육도가〉는 『대품반야경』, 〈원효대사발심수행가〉는 〈발심수행장〉, 〈보조국사계초심학인가〉는 〈계초심학인문〉, 〈인과약설〉과 〈인과응보가〉는 『불설삼세인과경』, 〈부모은중가〉와 〈부모은공가〉는 『부모은중경』을 각각 소의 경전으로 하고 창작, 요약, 발췌, 강조, 축자적 번역의 방법으로 가사화하면서 소의 경전

의 교술, 서사적 교술, 서정적 성격을 교술 갈래 하나로 수렴하고 경전의
교시자, 서사적 주인공, 서정적 자아도 모두 교시자로 수렴하였는데,
이들 소의 경전은 불교 핵심 교리를 기초로 하면서 공관에 기초한 보살의
바라밀 수행, 선 수행, 본격 수행에 나서게 하려는 기본적 수행, 대사회적
으로 인과와 효행의 교시 등의 내용을 가지고 있어서 불교가사 소의 경전
들은 교리, 수행, 교시라는 삼각구도의 관계로 구성되어 있음을 밝혔다.

제9장 〈찬불가류 불교가사의 지향적 주제와 다층적 갈래 성격〉에서
는 부처의 삶과 그에 관련된 많은 사실을 알리는 데서 출발하여 찬양을
지향하였고, 찬양에 그치지 않고 사실과 찬양에 근거하여 일정한 주장
을 세우고 마침내 대중을 교시하려는 지향성이 바로 찬불가류 불교가
사 유형의 지향적 주제의 특징이며, 갈래 성격은 부처와 그 관련 사실
을 전반적으로 다루고 교시의 의도를 표현하고 있다는 점에서 교술성
을 기층으로 하고, 시공간의 질서에 따라 그 일생의 사건을 과거 시제
로 서술하여 서사성을 획득했고, 서사적으로 서술된 사태의 중요 고비
마다 찬양하거나 탄식, 한탄의 정서를 표출하여 서정성을, 이를 대화나
독백, 방백의 화법을 통하여 더 현장감 있고 생동감 있게 표현하는 과
정에 희곡성을 다층적으로 구축하여 가장 기층의 교술성 위에 서사성
이, 서사성 위에 서정성과 희곡성이라는 갈래 성격이 겹쳐져서 다층적
갈개 성격을 가지게 되었고 상대적으로 '교술성-서사성-서정성'의 층
위, '교술성-서사성-희곡성'의 층위를 보이는 두 부류의 작품이 존재
한다는 것을 논의했다.

제3부 한국 불교가사의 귀결 제1장 〈신체 불교가사에 나타난 현실
인식과 현실 대응의 방향〉에서는 신체 불교가사에 관습적 현실 인식,
당대적 현실 인식, 불교 본원적 현실 인식의 세 가지가 나타났는데 이
러한 인식은 각각 관습에 젖은 일반대중과 공감대를 형성하고, 변하는

시대에 불교적 적응력을 제고하여, 마침내 시대를 초월하여 불교적 세계에 나아가게 하기 위하여 나타났으며, 이런 인식에 기초하여 현실 대응 방안도 관습적 유교 세계관에 기초하여 삼강오륜이나 충효와 같은 윤리 실천을 내세우기도 하고, 당대 진화론적 인식에 따라 전진하거나 선농일치의 실천을 내세우며, 불교의 반조공부를 하거나 아미타불을 염송하는 타력적 수행을 통하여 현실에 대응하도록 방안을 제시하고 있다는 것을 살폈다.

제2장 〈경상북도 지역 민간 전승 불교가사 유형과 작품의 성격〉에서는 이미 전승이 확인된 〈백발회심곡〉, 〈백발가(白髮柯)〉, 〈회심곡〉, 〈회심가〉, 〈빅발가〉, 〈권왕가〉, 〈나옹화상낙도가〉 등 일곱 편과 경상북도 지역에서 새로 발견된 〈인과약설〉, 〈불교경고〉, 〈부모은중가〉, 〈부모은공가〉, 〈극락가〉, 〈인과응보가〉 등 여섯 편이 책자의 필사본, 두루마리 형태, 활자본, 카세트테이프 본 등 여러 가지 형태로 존재하며, 이 작품들은 유형적으로는 회심곡류, 몽환가류, 왕생가류, 토굴가류, 경전가류 등 정서적 공감과 교시성이 강한 유형의 작품이 주로 전승되거나 창작되었는데 기존에 전승이 확인된 작품들은 향유자들의 정서적 요구와 교시적 필요성, 새로 발견된 작품들은 유불의 윤리 실천과 교시석 이유에서 수용되고 있다는 것을 유형적 차원과 작품의 구체적 내용 분석을 통하여 증명해 보았다.

요컨대 이 책에서는 불교가사가 처음 발생하게 된 배경을 시작으로 다양한 불교가사 유형들이 상호 유기적 관계를 맺으며 공존하다가 근세에 이르러 보인 최근의 모습을 한 세기 전의 신체 불교가사를 통하여 살피고, 경상북도 지역 민간 전승의 불교가사 작품을 논의하여 오늘날까지 불교가사가 어떻게 전승되고 창작, 향유되는지를 구명하는 데까지 나아가서 불교가사의 역사적 전개와 유형적 존재 양상을 씨줄과 날

줄로 하여 불교가사 전반을 구조적으로 조명해 보았다.

　이러한 유형 연구를 진행하면서 사용한 논의의 기준은 무엇을 어떻게 표현했는가? 그래서 어떤 성격을 가지게 되었으며, 각 유형의 불교가사는 어떤 상호 관계 맥락을 형성하고 있었는가? 작품 유형들이 보여준 기능 등의 문제였다. 그 '무엇'에는 불교 이념 자체를 비롯한 가르침, 인간의 다양한 현실 등이 해당되고, '어떻게'에는 수사상의 문제와 문장의 진술, 나아가 작품의 전개 방식 등이 포괄되었고 '어떤 성격'에서는 각 유형들의 갈래 성격이 고루 포함되었다. '상호 관계 맥락'에서는 유형들이 필연적으로 맺은 관계에 대한 내용이 포함되었고 '독자와의 관계'에서 이들 유형의 작품이 어떻게 기능하는가를 논의하였다. 불교가사 유형과 해당 작품 전체를 거의 망라하여 이렇게 논의를 진행했지만 불교가사 작품을 더 발굴하고 새로운 논의를 진행해야 할 필요성은 여전히 남아 있다고 본다.

　　　　　　　　　　계사 중추지절 열암재에서 전재강 근지.

차 례

⁝ 제1부 ⁞

한국 불교가사의 태동

· 불교가사 형성의 발생학적 정황

불교가사 형성의 발생학적 정황

1. 가(歌)와 송찬류(頌讚類)

불교가사의 형성에 대해서는 지금까지 여러 가지 학설이 제출되었다.[1] 시가 발생에 대한 일반적 관심에서 출발하여 구체적 하위 시가 장르의 발생을 해명하려는 노력이 그 동안 지속되어 왔고 이런 과정에서 가사의 형성에 대한 연구도 국문학 연구의 이른 시기부터 많이 이루어졌다. 가사의 형성 시기를 고려 말로 보는 견해와 조선초기로 보는 견해 두 가지가 주류를 이루었는데 이 가운데 지금은 고려 말로 보고서 하는 견해가 우세하니.[2]

형성에 대한 저간의 논의는 현재 존재하는 가사 작품의 초기 자료가 분명하지 않기 때문에 비교적 신빙성 있는 자료가 남아 있는 조선 초기를 형성기로 보고자 하는 경향이 없지 않았다. 그런데 이러한 자료

---

1) 류연석이 『한국가사문학』(국학자료원, 1994, 56쪽), 〈표 1-4〉에서 보여준 가사 발생 기점에 대한 통계적 조사 결과에 따르면 가사 발생의 시기를 신라말, 고려초, 나옹화상, 조선초, 정극인, 16세기 초 등 여섯 가지 학설이 있는 것으로 나타나 있다.

2) 류연석의 같은 책 〈표 1-1〉(53쪽)과 〈표 1-4〉(56쪽)에 따르면 고려말 나옹화상을 가사 발생의 기점으로 보는 학설이 전체 19가지 가운데 10가지를 차지하여 가장 우세한 주장으로 나와 있고 연구가 후대로 진행되면서 이 주장이 더 강화되는 흐름을 보여 준다.

적 한계를 넘어 가사 형성의 구체적 정황을 설명할 수 있다면 이것은 명쾌한 자료 자체에만 의존하여 가사 형성을 입증해야 하는 제한성을 넘어설 수 있다고 본다. 이에 필자는 고려 말을 가사 형성기로 보는 견해에 기초하여 가사 형성의 배경적 정황을 당대 불교 가송찬류(歌頌讚類) 작품을 중심으로 살펴보고자 한다. 불교 가송찬과 기타 불교적 한문 장형시가 보여주는 몇 가지 특징을 분석해냄으로써 이것이 가사와 어떤 상관관계를 맺을 수 있는지를 검토하여 당시에 가사가 형성되던 구체적 정황을 파악하고자 한다.

이 문제를 해결하기 위하여 율격 현상이라는 형식의 존재 방식과 갈래 성격의 구현 방식을 나누어 전자에서는 작품의 율격 양상, 후자에서는 서정과 교술이라는 갈래 성격을 각각 기준으로 세부적 논의를 진행하고자 한다. 불교적 가송찬 작품의 한글 번역 歌詞가 가지는 율격이 시가 갈래인 歌辭 율격과 가지는 친연성, 그리고 가송찬이라는 문학 갈래의 성격을 분석하여 가사의 갈래적 성격과의 연관성을 드러내고자 한다.[3] 즉 당대 해당 가송찬류의 작품들이 가사의 핵심 성격인 서정과 교술을 어떤 방식으로 앞서 구현하고 있는지를 살피고자 한다.

연구 자료는 가송찬이나 이에 준하는 작품을 담고 있는 작가들의 문집을 기본 자료로 삼는다.[4] 그래서 충지, 태고, 백운, 나옹 등 고려 말

---

3) 불교 가송찬류 작품의 한글 번역 歌詞가 보여주는 형식과 갈래 성격에서 불교가사 발생의 정황을 추적해 보고자 하는 것이 본고의 의도다. 따라서 번역 가사가 보여주는 3, 4음보 율격의 귀글 양식이나 시조 종장의 결사 방식이 어디에서 근원했는지에 대한 논의는 여기에서 진행하지 않는다.

4) 懶翁惠勤 저, 백련서서간행회 번역, 『나옹록』, 장경각, 2001./ 白雲景閑, 「白雲和尙語錄」, 『韓國佛敎全書』 제6책, 동국대학교 출판부, 1990./ 沖止 著, 秦星圭 譯, 『圓鑑國師集』, 亞細亞文化社. 1988./ 沖止著, 이상현 옮김, 『원감국사집』, 동국대학교 출판부, 2010./ 太古普愚 著, 대륜불교문화연구원불교전기문화연구소 편, 『太古普愚國師』, 불교영상, 1998.

고승들의 작품을 대상으로 했다. 이들의 문집에서는 여러 작품의 가송찬이 발견되고 그 이외 여타 갈래의 작품도 많이 남아 있다. 특히 나옹은 최초의 가사 작가로 점차 부각되고 있는데 고려 말 세 유명한 승려로 알려진 태고 보우, 백운 경한, 나옹 혜근 등이 특히 이런 작품을 많이 남겼고 그 가운데 나옹은 드디어 가사를 실제 창작하는 데까지 나아갔다. 따라서 이들이 남긴 문집 자료의 해당 작품을 일차 자료로 삼아서 논의를 하고자 한다. 그리고 필요에 따라 당대 혹은 후대 가사 작품을 원용하고 가사 발생과 관련된 후대 연구 성과를 참고하면서 논의를 진행하고자 한다. 이는 가사 작품과의 친소 관계를 객관적으로 파악하고 제시하여 가사 형성의 시기를 구체적으로 증명하기 위해서이다.

2. 가송찬의 율격 현상

시가의 성격을 결정하는 자질은 여러 가지가 있겠으나 그 가운데서도 형식적 요건이 자질의 중요한 요소가 된다고 할 수 있다. 문학의 갈래를 말할 때 형식석 요건이 중요한 기준으로 작용하는 것도 이 때문이다. 형식적 요건 가운데서도 시가를 말할 때는 율격이 어떻게 구현되고 있는지가 중요한 요건이 될 수 있다. 여기서는 대상 작품들의 우리말 번역 가사의 율격을 동시에 검토하고 그 율격적 특성을 가사와 그것과 연관하여 논의하고자 한다.

1) 가류(歌類)의 율격 현상

우리 시가의 율격은 일부를 제외하고 대략 시대별로, 시가 장르별로 논의가 진행되어 어느 정도의 합의가 이루어져 있는 상태다. 상대 가

요나 향가의 경우는 표기가 한문이나 향찰로 되어 있어 정확하게 우리
말 율격을 규명해 낼 수 없는 한계를 가지고 있으나 속요나 경기체가와
같은 고려 가요나 조선시대에 꽃핀 시조, 가사 갈래의 경우에는 비교
적 율격이 분명하게 드러나 있다. 불교 가송찬류와 기타 갈래의 한문
표기 작품들도 전자의 경우와 같은 이유에서 정확한 율격을 규명해 내
기는 어려운 점이 없지 않다. 그러나 지금까지 논의들은 상대 가요나
향가의 경우 한문이나 차자 표기의 윤곽을 기초로 우리말 번역 작품이
가지는 율격을 역으로 추정해오고 있다. 그리고 우리 시가의 율격이
민요에서 기원했다는 기본 전제를 동시에 감안해 보면[5] 한문으로 표
기된 운문 작품이 보여주는 우리말 歌詞의 율격적 윤곽은 어느 정도
파악할 수 있다고 본다. 불교적 가와 송찬 등 기타 갈래의 한문 작품들
이 보여주는 율격적 특징을 우리말 번역 작품과 함께 살피고자 한다.

　(1) 내 팔은 이미 짧아 다른 사람 밀어주지 못하는데
　　　사람들 팔 나를 밀기로 진실로 원인 없네.
　　　오호라! 어쩌면 내 팔이 천자 되고 만자 되어
　　　앉아서 세상 사람 모두 내게 친케하리
　　　我臂旣短未推人
　　　人臂推我誠無因
　　　嗚呼安得吾臂化爲千尺與萬尺
　　　坐使四海之內皆吾親　　　　　　　〈臂短歌 用俚語因事作〉(冲止)[6]

---

　5) 조동일, 〈2. 민요의 형식을 통해 본 시가사〉, 『한국시가의 전통과 율격』, 한길사,
　　　1982, 31~46쪽 참고.
　6) 충지의 작품은 『圓鑑國師集』(冲止著, 秦星圭 역, 亞細亞文化社, 1988)과 『원감국
　　　사집』(冲止著, 이상현 옮김, 동국대학교 출판부, 2010)의 번역을 종합하되 부분적
　　　으로 필자가 개역했음을 밝힌다. 이하 동일.

(1)은 고려 후기에 살았던 충지(1226~1293)의 〈臂短歌〉다. 그는 사대부 출신으로 뛰어난 재능을 가지고 사대부 자제들이 일반적으로 거치는 학문과 문장 수련의 과정을 밟고 과거에 합격한 인물이다. 그는 정통 한문학의 시와 문을 창작하였고 사회적 현실이나 개인적으로 주고받는 수창시를 많이 남기고 있다. 물론 작품의 중심은 승려로서 출세간의 세계를 읊은 것이다. 그리고 그 작품 창작의 경향은 한문학에서 마련한 한시문의 규범을 상당히 엄격히 지키는 작품을 남기는 것으로 나타난다.

그런데 위 작품은 이런 일반적인 상식에서 벗어난 예를 보여주는 사례다. 이 작품의 제목과 함께 제시된 창작 동기를 보면 '일상어를 사용하여 어떤 일로 인하여 짓는다(用俚語因事作)'는 것이다. 이어(俚語)라고 하면 비속한 말이라는 뜻도 있지만 일반적으로 실제 당시 생활에 사용하던 우리말을 지칭하는 것이다. 이는 한문학을 주업으로 하던 시대에 흔히 우리말을 두고 사용하던 용어이다. 그리고 '일 때문'이라고 했을 때 작품의 내용을 살펴보면 당시에 있었던 구체적 사건은 알 수 없지만 불교 교화와 관련된 일이라는 것을 짐작할 수 있다. 천개의 눈과 천개의 손으로 중생을 구제하는 관세음보살을 연상시키는 표현을 바꾸어 긴 팔로 많은 사람에게 미치고 싶다는 심정을 이렇게 나타냈다. 한문학의 교양을 철저히 쌓은 그였지만 교화 현장에서 경험하는 구체적 일이나 느낌을 훼손하지 않고 드러내고자 할 때 어쩔 수 없이 전통 한문학의 관습에서 벗어나 파격적인 형식의 노래를 사용하지 않을 수 없었다. 그래서 실제 이 작품은 먼저 우리말로 존재하던 歌詞를 한문으로 옮긴 것으로 볼 수도 있는 작품이다.

그래서 번역한 우리말 표현을 보면 음절에 기복이 다소 있기는 하나 대략 한 행이 4음보의 율격을 보여 주고 있다. 전체 12행으로 된 원작에서 위에 인용한 부분은 작품 마지막 네 개 행이다. 확고하게 고

정된 것은 아니나 한 음보의 음절수는 3, 4개로 되어 있고 1행은 4음
보의 율격을 보여준다. 물론 그 당시 우리 입말이 구체적으로 현대어
와 완전히 같을 수는 없기 때문에 한 어휘를 형성하는 음절수 자체에
다소의 변동이 있을 수 있다. 그런데 이러한 우리말의 변화를 감한하
더라도 한 음보를 구성하는 음절수에는 우리말의 속성상 한 두 음절
정도의 변폭은 예상할 수 있으나 하나의 행을 구성하는 음보의 수에
서는 그렇게 많은 변동이 일어나지 않는다고 판단된다. 이는 7언 한시
를 우리말로 번역했을 때 1행 4음보가 자연스럽게 나타나는 현상과도
통하기 때문이다.

충지는 이외 전통 한시문의 형식을 벗어난 장형의 작품을 몇 수 더
남기고 있다. 〈法兄黙公聞子門庭單丁枯淡以書見慰戲作短歌以答之〉[7],
〈山中樂〉 등이 그것이다. 전자에서는 短歌로 답한다는 말을 직접 사용
하고 있고, 후자는 그런 언급이 없다. 그러나 작품에서 한시의 일정한
형식을 파괴하고 우리말을 하듯이 자연스럽게 흥취를 써내려 간 점은
동일하다. 충지 후대에 내려오면 歌라는 제목의 작품이 더 빈번하게
나타나고 이들 작품은 (1)과 같은 율격적 특성을 유사하게 보여 준다.
예를 들어 보면 먼저 태고 보우는 〈太古庵歌〉, 〈雜華三昧歌〉, 〈山中自
樂歌〉, 〈白雲庵歌〉 등을, 백운화상은 〈無心歌〉, 나옹화상은 〈翫珠歌〉,
〈百衲歌〉, 〈枯髏歌〉 등을 남기고 있다. 이들 작품은 (1)이 보여주는 것
과 같이 우리말 번역 작품이 1행 4음보, 1음보 3, 4음절의 율격에 근접
하는 모습을 하고 있어서 당대에 나타난 가사 장르와 깊은 율격적 친연
성을 보여 주고 있다.

---

7) 작품 제목이 너무 길어 앞으로는 줄여 〈法兄黙公〉로 사용하고자 한다.

2) 송찬류(頌讚類)의 율격 현상

여기서는 송찬(頌讚)을 비롯한 명(銘), 일반 한시 등 가류(歌類) 이외 여러 갈래의 작품들을 함께 다루고자 한다. 한문 표기 자체가 가류에 비하여 상대적으로 다소 더 정형성을 보여주는 경우도 있으나 역시 형식적 일탈을 보여 주며 이것을 우리말로 번역했을 때에는 한 음보를 구성하는 음절이나 한 행을 구성하는 음보의 수에 있어서 가사의 일반 형태에서 다소 더 멀어진 모습을 보여 준다. 즉 3, 4음절이 중심인 한 음보가 2, 5음절로 되는 경우가 나타나기도 했고, 4음보 한행이 일반적인데 3음보 한 행을 보여주는 예가 나타기도 했기 때문이다. 이런 현상은 구체적 작품에서 확인할 수 있다.

(2) 드물고 드므네! 이 세상에 부처 출생
  우담화 같이 이때 한번 나타나니
  지금에 말운 당해 오탁악세 시절에
  성현은 숨어 있고 나쁜 법이 더욱 치성
  드물고 드물도다! 심하게 드물도다!
  서천 스승 傳授하니 자나복다
  지공화상 중천에서 태어나서
  부처의 왕궁에 여덟 살에 출가하여
  希有希有 佛出於世 如優曇華 時一現爾
  今當末運 五濁惡時 賢聖隱伏 邪法增熾
  希有希有 甚爲希有 西天師傳 者那福多
  指空和尙 出自中天 釋種王宮 八世出家 〈辛卯年 上指空和尙頌〉(白雲景閑)

(3) 사람들은 석가라 말하고 또 실달타라 말하네.
  말고 말라 꿈 말하지 말라
  그는 눈 속의 꽃이 아니네.

높고 높고 우뚝우뚝 붉기가 씻은 듯하고
오밀조밀 흰하게 깨끗하기는 벗은 몸 같네
봄바람은 난만하고 물은 유유한데
홀로 건곤에 걸으니 누가 나와 짝하랴
人言是釋迦 又道悉達陀 莫莫莫休說夢
渠非眼中花 巍巍落落兮赤洒洒
密密恢恢兮淨裸裸 春風爛漫水悠悠
獨步乾坤誰伴我   〈釋迦出山相〉(太古普愚)[8]

　　(2)는 백운화상이 신묘년에 지은 것으로 표기하고 있는 〈上指空和尙
頌〉의 일부분이다. 인물을 칭송하는 작품으로 한문 표기는 네 글자를
두 번 반복하여 우리말 가사 한 행을 형성하고 있다. 그런데 자세히
보면 글자만 맞추었지 네 글자를 한 행으로 하여 길게 이어가면서 한
시의 운율 형식을 엄격하게 지키지 않고 우리 입말을 서술하듯이 기록
하고 있다. 대략 한자(漢字) 넉 자로 된 행을 두 번 겹쳐서 해석하면
우리말 한 행의 형태가 나타난다. 그런데 우리말 가사의 율격적 형식
을 보면 (1)의 가류(歌類)와 달리 형식적 일탈이 더 심하다. 한 음보를
구성하는 음절수가 두 음절이 나타나기도 하며, 한 행을 구성하는 음
보 수도 3음보가 빈번하게 나타나고 있다. 頌은 전통 한문학의 시 갈
래로서 형식과 내용상 일정한 특성을 가지고 있는데 이 한시 원작은
겉으로 한 행 넉자의 형식만 지키고 있지 우리말 구어를 여과 없이 옮
겨 적은 듯한 표현을 보여 주고 있고, 한글 번역 작품이 음절 수나 음
보 수에서 일탈을 상당히 큰 폭으로 보이는 다른 한편에 4음보의 율격
형식은 어느 정도 지키는 특징을 보여 주고 있다.

---

　8) 태고보우의 작품은 『太古普愚國師』(太古 著, 대륜불교문화연구원불교전기문화
　　연구소 편, 불교영상, 1998)의 번역을 따르되 일부 필자가 수정했음을 밝힌다. 이하
　　동일.

고려말 백운, 나옹에 이르면9) 이들의 불교를 내용으로 하는 頌의 우리말 歌詞가 歌辭의 형식에 근접하는 작품이 나타났다. 먼저 백운의 경우 〈至甲午三月……小說辭世頌〉, 〈又作十二頌呈似〉, 〈指空眞讚頌二首〉, 〈四威儀頌〉 등이 보인다. 그리고 나옹의 경우는 여러 가지 송류 작품을 남기고 있는데 대개 단형으로 가사 형태에 근접한 작품이 없고 〈山居〉라는 한시 작품이 비교적 길고 앞의 경우와 같이 되어 있고 그 우리말 가사가 歌辭 작품과 유사한 율격적 특징을 보인다.10)

(3)은 太古普愚의 〈釋迦出山相〉의 일부분이다. 이 작품은 찬발(讚跋)이라는 상위 갈래의 이름 아래 제시돼 있고, 여기에 더하여 불교적 내용을 담고 있는 것으로 〈達磨〉, 〈乘蘆達磨〉 등이 더 있다. 이 외에도 찬에 해당하는 작품이 더 있는데 장형이면서 그 한글 번역 歌詞의 율격적 성격이 歌辭에 근접하는 작품은 서너 작품에 그친다. (3)에서 한문 작품 각행의 글자 수를 보면 지금까지 살핀 앞의 다른 어떤 작품보다 변화가 심하게 나타난다. 제일 짧은 것이 5자에서부터 6, 7, 8자에 이르는 글자 수의 다양한 변동을 보이고 있다. 따라서 우리말 번역 가사가 보여주는 음보의 길이 역시 3음보에서 4음보가 섞여 나타나고 각 음보를 구성하는 글자 수도 한 두 음절의 짧은 경우와 5, 6음절의 긴 경우가 함께 나타난다. 소개하고자 한 시적 대상의 모습을 가장 근사하게 나타내려는 과정에서 이런 형식의 파괴가 나타난 것으로 보인

---

9) 여말에 이르면 이 같은 송류의 장시가 많이 나타난다. 충지의 경우는 〈東征頌〉이라는 정통 한문학의 모범에 충실한 작품을 창작했는데 당시 원이 일본을 정벌하는 일을 두고 원 황제를 칭송하는 작품으로서 (2)가 보여 주는 우리말 표기와 같은 유사성을 발견하기 어렵다.

10) 〈山居〉는 지공화상의 진영에 백운이 붙인 讚인데 한시의 형태가 7언, 6언, 5언을 차례로 섞어서 작품을 구성하여 7언, 6언 시가 1행 4음보의 율격에 근접함을 보여 준다.

다. 정해진 한시의 형식적 규격에 내용을 맞추는 것이 아니라 내용을 가장 잘 표현하기 위하여 한시의 형식을 심하게 파괴하는 현상을 보여주고 있는 것이다. 원시가 가진 형식상의 변폭이 우리말로 번역되었을 때 가사에 가까운 율격의 양상을 보이기에 이르고 있다. 이런 형식의 파괴는 운문에 해당하는 다른 일반 유형의 한시에서도 거듭 나타난다. 보우의 경우 일반 한시의 제목으로 된 〈雲山吟〉, 경계를 내리려는 〈參禪銘〉, 그리고 그 외 〈節庵〉, 〈鐵牛〉, 〈九峰〉 등 장형의 게송 작품을 남기기도 했는데 〈參禪銘〉을 제외하고는 대부분 한문 원시의 형식적 일관성을 잃고 내용에 따라 행의 길이를 자유롭게 변화하는 모습을 보여 주고 있다. 이와 같이 가와 송찬 이외에도 길고 형식적 일탈이 상당히 심한 長詩들이 여러 작품 나타난다. 백운의 경우는 관찰되지 않고 나옹의 경우는 이러한 일반 한시로 〈示諸念佛人 8首〉라는 장시가 있다.

이상에서 살핀 내용을 정리해 보면 가(歌)와 송찬(頌讚) 기타 갈래 작품의 순서로 한문 원작의 우리말 번역 歌詞의 율격이 歌辭에 근접하는 것으로 나타났다. 이 장에서는 전통 한시의 견고한 형식적 요건을 극복하고 자연스런 대상의 표현에 초점을 맞추어 비교적 장형의 작품 형태를 이루고 있는 여러 갈래의 한문학 운문 작품들이 하나의 군을 형성할 정도로 많이 창작되고 있다는 것을 살폈다. 그리고 적어도 율격적 측면에서 이들 작품의 한글 번역 가사를 따져 본 결과 가사의 율격과 친연성을 보여주고 있다는 것을 확인했다.[11] 즉, 가송찬류는 한시의 전통

---

11) 불교 한문 장형시가와 歌辭가 가지는 이런 율격적 접근 현상의 근원적 이유는 조동일이 〈7. 8. 4. 가사〉(『한국문학통사』(2권, 제4판, 지식산업사, 2005, 197쪽))에서 세운 口誦歌辭說로 뒷받침할 수 있다. 한문으로 된 불교 가송찬류 작품의 한글 번역 歌詞가 율격상, 갈래 성격상 불교가사와의 관계에서 보여주는 친연성을 어떻게 설명할 것인가? 한문학 갈래라고 할 수 있는 가송찬류 작품이 그 자체의 형식을 심하게

갈래적 형식을 파괴하고, 한글 번역 가사의 율격적 성격이 1음보 3,
4음절, 1행 3, 4음보로 구성되는 현상이 상당히 널리 나타나고 작품
전체의 길이가 장형으로 되어 있어서 정도의 차이는 있으나 위에서 든
크게 세 부류의 한문 시가 작품과 기타 한문 작품들의 한글 번역 歌詞
는 율격이라는 기준에서 歌辭와 친연성을 보인다고 할 수 있다.

3. 가송찬류의 갈래 성격

앞 절에서 율격의 차원에서 고려 후기에 널리 나타난 가송찬류의 작
품이 일반 한문학 작품으로서 파격을 보이면서 우리말 번역 歌詞가 歌
辭의 율격적 특성과 상당히 유사하다는 것을 논의했다. 여기서는 해당
작품들의 갈래 성격이 작품 내용에서 구체적으로 어떻게 구현되고 있는
지를 살피고자 한다. 형식상의 단순한 친연성이 아니라 실제 작품에서
드러내고자 하는 내용이 불교가사의 그것에 어떻게 접근하고 있는지를
살핌으로써 불교가사 형성의 정황을 갈래 성격이라는 기준에서 논의하
고자 한다.

1) 서정적 성격

가사에서는 시적 화자의 목소리를 빌려 사물 자체를 소개하거나 설
명하기도 하지만 사물과의 관계에서 발생하는 작가의 주관적 정서를

파괴하면서 우리말 구어를 적어나가는 듯한 표현을 하고 있는 것은 이들 작품보다
먼저 있었던 불교적 우리말 노래를 당대 관습적 한문학 가송찬의 형식을 빌려 漢譯하
여 기록하면서 나타난 현상으로 보인다. 그래서 가송찬류라는 한문학 표현의 원형이
었던 우리말 노래는 시가 갈래인 가사로서의 형식을 다소 미비한 始原歌辭라고 할
만하고, 향유 방식에서는 민요와 같이 구송되어 口誦歌辭라고 할 만하다고 본다.

표현하기도 한다. 그런데 고려 말에 나타난 가송찬을 필두로 하는 불
교 장형시가에 주관적 정서가 구체적으로 어떤 모습으로 나타나는지
를 살피고자 한다.

(4) 물 한 병과 한 솥의 차로
갈증 나면 끌고 와 손수 끓이고
하나의 대지팡이와 하나의 부들방석으로
다녀도 선이고 앉아도 선일세.
산중의 이 즐거움 참으로 맛이 있으니
옳고 그름과 슬프고 즐거움 다 잊었네.
산중의 이 즐거움 진실로 값 매길 수 없으니
학을 타고 허리에 돈 차는 것은 원하지 않네.
水一缾茶一銚 渴則提來手自煎
一竹杖一蒲團 行亦禪兮坐亦禪
山中此樂眞有味 是非哀樂盡忘筌
山中此樂諒無價 不願駕鶴又腰錢   〈山中樂〉(冲止)

(5) 능히 모나며 또한 둥그니
흐름 따라 변하는 곳 다 깊고 현묘하네.
그대 만약 나에게 산중의 경계를 물으면
솔바람은 시원하고 달은 냇물에 가득하다 하지
도도 닦지 않고 선도 참구하지 않고
침수향이 다 타서 향로에 연기 없네.
다만 이와 같이 자유롭게 지나가니
어찌 구구하게 그 이유를 추구하겠는가?
뼈에까지 사무치는 맑음과 가난함이여!
살아갈 계책은 저절로 위음왕 이전에 있었네
한가하면 태고가를 크게 부르며
무쇠소를 거꾸로 타고 인간과 천상에 노니네.

能其方亦其圓　隨流轉處悉幽玄
君若問我山中境　松風蕭瑟月滿川
道不修　禪不參　水沈燒盡爐無煙
但伊騰騰恁麼過　何用區區求其然
徹骨淸兮徹骨貧　活計自有威音前
閑來浩唱太古歌　倒騎鐵牛遊人天　　　　　　　　　　　〈太古庵歌〉(太古普愚)

(4)를 보면 시적 화자가 자신의 산중생활의 즐거움을 소개하고 있다. 생활의 내용은 매우 소박하다. 물과 차, 대지팡이와 부들방석이 생활 도구의 전부인 산중(山中)에서 항상 선(禪)을 수행하면서 살아가는 그 생활이 즐겁다고 읊고 있다. 그리고 이 즐거움 때문에 시비와 애락(哀樂)을 모두 잊었다고 하고, 그 즐거움의 가치는 세속에서 추구하는 부귀도 원하지 않게 하는 것이라는 인식을 보여 주고 있다. 다시 말하면 산중에서 선을 수행하면서 소박하게 살아가는 생활의 즐거움을 부귀라는 세속 가치와 대비하여 잘 표현하고 있다. 그런데 이 작품의 앞뒤에 생략된 부분에서도 이러한 즐거움의 정서를 일관되게 표현하고 있다. 산중 생활의 즐거움을 나타내는 시적 화자의 입장은 실제 자신이 이런 생활을 하고 즐거움을 누리는 것으로 표현되어 있다. 다른 어떤 사람이 이런 생활을 한다고 소개하는 것이 아니라 시적 화자 스스로가 경험하는 생활을 소개하면서 즐거움이라는 주관적 정서를 전체 작품을 통하여 일관되게 표현하고 있다.

이와 같이 서정의 핵심에 일상생활의 기쁨이 중요한 위치를 차지하고 있다. 앞장에서 말한 작품들 가운데는 이와 같이 일상의 기쁨을 노래한 작품이 여럿 나타난다. 충지는 청빈한 출가의 생활을 〈法兄黙公〉에서 영탄적으로 표현하고 있다.[12] 그리고 그는 이런 생활을 동경하는

---

12) 작품의 일부를 들어 보면 '앉아 있기도 하고 누워 있기도 함이여!/ 정신은 만물의

심정을 〈拙語布懷示表兄之禪老〉에서 진지하게 읊기도 했다.[13] 태고
의 경우는 서정의 중심이 법열이기는 하지만 자연 생활의 즐거움을 노
래한 작품이 있다. 그는 〈雲山吟〉에서 시적 화자를 내세워 산과 대화
하는 극적 표현의 방법으로 산수 자연 생활의 기쁨을 노래하고 있다.[14]
그런데 산수 자연의 생활 자체에서 얻은 즐거움만을 중심 내용으로 하
는 작품보다는 산수 자연 생활의 즐거움과 깨달음의 기쁨을 함께 표현
하는 작품이 더 많이 나타난다.

　(5)를 보면 시적 화자가 자신이 깨달은 진리의 세계에서 자유롭게
살아가는 즐거운 심정을 표현하고 있다. 첫 행에서 표현하기 어려운
진리를 간단히 비유적으로 묘사하여 설명하고 있다. 모나기도 둥글기
도 하면서 변하는 것이 진리인데 이것이 매우 깊고 오묘하다는 것이
다. 이어서 오묘한 진리를 솔바람과 달이라는 자연 풍경으로 바꾸어
표현하기도 했다. 그리고 나아가 진리에 따라 살아가는 자신을 나타냈
는데 그냥 자유롭게 지나면서 〈태고가〉를 소리 높여 부르며 인간과 천

　　시초에 노닐고/ 홀로 부르짖고 홀로 대답함이여!/ 흥취는 하늘 밖에 노니네/ 고요하
　　여 애씀이 없음이여!/ 한 큰 맛을 스스로 즐기네(或坐或臥兮 神遊物初 獨唱獨和兮
　　趣逸天表 湛然無營兮 一味自娛(沖止〈法兄黙公聞子門庭單丁枯淡以書見慰戲作短
　　歌以答之〉『圓鑑國師集』, 아세아문화사, 진성규 역, 1988, 19~20쪽)'라고 하여 산수
　　자연의 즐거움을 노래하고 있다.
13) 역시 작품의 일부를 들어 보면 '어찌 시속을 따라 고생하면서/ 악착같이 만족함을
　　모르리/ 묵묵히 앉아 자세히 생각하니/ 얼굴 가리고 울면서 슬픔 견딜 수 없어라/
　　어찌 훌륭한 산곡을 얻어/ 깊이 숨어 살면서 사슴과 짝하고/ 귓가에는 시비가 끊어지
　　고/ 눈앞에는 순위가 없어지리(何苦徇時俗 營營不知足 黙坐細思惟 掩泣難勝悲 安得
　　好山谷 深栖伴麋鹿 耳畔絶是非 目前無順違(충지,〈拙語布懷示表兄之禪老〉, 앞의
　　책, 131쪽)'라고 하여 산중 생활을 지향하고 있다.
14) '푸른 산은 나를 또 비웃으며/ 왜 빨리 돌아와 벗이 되지 못하나 하네/ 그대가
　　푸른 산 사랑하거든/ 등나무 덩굴 그림자 아래서 크게 쉬게나(靑山爲笑我 何不早歸來
　　吾儕 君若愛靑山 藤蘿影裏大休休(태고,〈雲山吟〉, 『태고보우국사』, 불교영상, 1998,
　　901쪽))'.

상에 노닌다고 하였다. 이 작품에서 시적 화자는 깨달은 입장에서 바라본 자연의 풍경과 그 속에서 걸림 없이 자유롭게 살아가는 즐거움을 표현하고 있다. 여기서 시적 화자는 진리를 객관 대상의 풍경을 통하여 표현하는 방법과 그 속에서 자유롭게 살아가는 자신의 기쁨을 행위로 표현하는 방법을 동시에 사용하고 있다.

　깨달음의 기쁨을 노래한 작품은 이외에도 더 있다. 태고의 다른 작품인 〈山中自樂歌〉를 보면 제목이 충지의 〈산중락〉과 비슷하다. 내용은 산중 생활의 즐거움을 표현하는데 그치지 않고 깨달음의 법열을 동시에 담아내고 있다.[15] 태고가 보여준 깨달음의 세계는 자연의 변화 속에서 생활을 영위하는 모습과 하나가 되어 나타난다. 백운은 〈無心歌〉에서 백운(白雲)과 유수(流水), 만물을 가지고 와서 피차(彼此)와 친소(親疎)가 없다는 것을 노래하고, 마음을 잊으니 경계가 저절로 고요하고 경계가 고요하니 마음이 저절로 여여(如如)하다[16]고 하면서 심경(心境)을 가져와서 깨달음을 노래했다. 나옹도 〈山居〉라는 頌에서 산에 사는 즐거움과 함께 깨달아서 법열을 누리는 기쁨을 읊었다. '무단히 걸음 따라 시냇가에 이르니/ 흐르는 물은 싸늘하게 스스로 선을 말하네/ 물건을 만나고 인연을 만남에 진체(眞體)가 드러나니/ 어찌 공겁의 나지 않은 이전을 논하리'[17]라고 읊고 있다. 그리고 나옹은 그의 三歌 가운

<hr/>

15) '산중의 이 즐거움 함께 할 이 아무도 없네/ 내 홀로 나의 성글고 졸렬함 좋아하니 (중략) 그대는 보았는가? 태고암의 이 즐거움/ 두타가 취해 춤추매 광풍이 온 골짜기에 일어나니/ 스스로 즐거워 계절 가는 줄도 알지 못하고/ 다만 바위 꽃 피고 지는 것 볼 뿐이네(無人共我山中樂 吾獨憐吾疎轉拙 (中略) 君看太古此中樂 頭陀醉舞狂風生萬壑 自樂不知時序遷 但看嵓花開又落(太古普愚,〈山中自樂歌〉,『太古普愚國師』, 불교영상, 1998, 894~896쪽))'. 산중의 즐거움을 말하면서 태고암의 즐거움이라고 하여, 먼저 자연의 즐거움을 말하고 깨달음의 즐거움을 이어서 표현하고 있다.

16) 忘心境自寂 境寂心自如(白雲景閑,〈無心歌〉,「백운화상어록」,『韓國佛敎全書』, 제6책, 동국대학교 출판부, 1990, 663쪽).

데 〈翫珠歌〉와 〈百衲歌〉에서도 주로 깨달음과 그 기쁨을 노래하였다. 〈翫珠歌〉에서는 구슬[珠]로 상징된 진리의 세계를 영탄적으로 그리고, 〈百衲歌〉에서는 깨닫고 나서 누더기를 입고 편하고 자유롭게 살아가는 즐거움을 노래하고 있다. 객관의 산수 자연 자체가 진리의 표현이라는 깨달음, 혹은 진리 자체의 주관적 깨달음을 이렇게 표현하고 있다.

서정을 표현하는 방식은 산중에서 수도 생활을 하는 단일한 시적 화자가 단순한 생활과 그 생활에서 가지는 주관적 정서를 주로 표현하는 길로 나아갔는데 이런 갈래적 성격을 이었다고 할 수 있는, 산중의 수도 생활을 노래한 가사들도 단일한 시적 화자가 나와서 자신의 생활과 주관적 정서를 주로 표현하면서 가사 작품으로서는 비교적 짧은 형태를 보여준다.

> (6) 靑山林 지푼고디 一間茅屋 지여두고
> 松門을 半開ᄒ고 石庭에 徘徊ᄒ니
> 綠楊春 三月下에 春風이 믄득부니
> 庭林에 자빅화(紫白花)ᄂᆞᆫ 處處에 퓌엿시니
> 風景도 조컨이와 物象이 더욱조타
> 긔중의 무슴일이 世上에 最貴한고
> 一片無爲 珍寶香을 玉爐에 ᄭᅩ즈두고
> 寂寂한 明窓下의 외로이 혼즈안즈
> 十年을 期限ᄒ고 一大事을 窮究ᄒ니
> 曾前에 모르던일 今日에야 알이로다   〈증도가〉(나옹화상)

(6)의 전반부 다섯 개 행에서는 산림(山林) 생활의 즐거움을 노래하고, 후반부 다섯 개 행에서는 수행과 깨달음의 과정을 노래하고 있다.

---

17) 無端逐步到磎邊 流水冷冷自說禪 遇物遇緣眞體現 何論空劫未生前(懶翁惠勤 저, 백련서서간행회 번역, 〈산거〉, 『나옹록』, 장경각, 2001, 94~95쪽, 186~187쪽).

생략된 나머지 부분에서는 깨달음의 세계에서 가지는 기쁨과 자유자재한 삶을 노래하고 있다. 즉 이 작품은 처음부터 끝까지 출가수행과 깨달음을 체험하는 시적 화자가 자신이 영위하고 있는 생활과 그 즐거움을 한 목소리로 노래하는 것이 특징이다. 전체의 길이도 총 30행이 그치고 있어서 가사로서는 짧은 형태를 취하고 있다. 이와 같은 서정의 표현은 후대 17세기 침굉의 작품은 물론 근대 불교가사에서도 확인된다. 침굉은 〈청학동가〉에서 청학동의 자연을 묘사하고 한승(閑僧)이 선흥(禪興)을 못 이겨 하는 불일암의 정경을 흥겹게 표현하고 있다.[18] 이 작품도 16행 정도로 짧은 형태를 취하고 있다. 이런 서정적 성격을 가사로 표현했을 때는 비교적 짧은 형태를 보이지만 실제 이 정도의 길이도 한시로서는 장형을 이룬다. 산중 수도 생활의 모습과 즐거움을 자유롭게 표현하는 고려말 한문 장형시가들이 비교적 짧은 형태의 서정적 가사의 형성의 광범한 징후가 될 수 있는 개연성이 여기에 있다고 하겠다. 불교적 한문 장형시가나 불교가사에 나타나는 주관적 정서는 작가 층이 승려들이기 때문에 그들의 생활환경뿐 아니라 그들이 신봉하던 불교 사상 자체가 가지는 주관적 성격이 뒷받침되어 표현됐다고 할 수 있다. 불교에서는 마음을 알아 성품을 보면 스스로 부처의 도를 이룬다[19]고 하는데 마음의 본질을 알아서 자기 성품을 보게 되면 불교 가르침을 성취하게 된다는 말이다. 이것은 주관과 객관의 일체 존재 원리를 터득하는 방법이 주관적 마음을 아는 데에 있다는 말이

---

18) 불일암의 정경을 묘사한 대목을 보면 '翫布臺 취셔올라/ 佛日菴 朱閣은 白巖畔의 나타쩌든/ 金身이 現宛ㅎ고 玉塔 崔嵬흔디/ 百衲 閑僧은 禪興을 못내겨워/ 玉爐에 香을 곳고 一聲 金磬을 萬壑風의 울니노매'로 되어 있다. 불일암이라는 대상을 바라보는 기쁨이 영탄적 표현으로 흥겹게 드러나 있다.

19) 識心見性 自成佛道(혜능 저, 퇴옹성철 현토 · 편역, 『돈황본단경』, 장경각, 1988, 21쪽, 173쪽)

다. 이러한 사상적 기초를 가진 작가들은 일상의 감정이든 깨달음의 법열이든 표출해야 될 매우 강렬한 정서를 안으로 온축(蘊蓄)하고 있었기 때문에 이것을 한문시가로는 상당히 길게, 가사로서는 상대적으로 짧게 표현할 수밖에 없었던 것으로 판단된다.[20]

2) 교술적 성격

작가들이 보여준 생활의 공간이나 이들이 수행한 사상적 특성에 따르면 주관적 서정에만 매몰될 듯하지만 실제 불교 이념은 그 자체에서 객관세계의 다양성을 인정하고 거기에 어울리는 삶을 강조하는 측면도 동시에 가지고 있다. 즉 일체를 마음 하나로 수렴하기도 하지만 마음이 일체를 향하여 확산되기도 하는 상호성을 보여주는 것이 불교 이념이다.[21] 그런데 일체를 향하여 확산되는 방향에 종교 이념을 통한 교화가 놓여 있다. 바로 그 교화에는 교리를 설명하거나 교리 실천의 모범 인물을 소개하고, 수행 방법을 교시하는 일이 포괄되면서 이런 내용을 모두 수용했을 때 작품이 장형화될 수 있는 여건이 조성된다.

고려말 선사들의 장형시가도 교술적 내용으로 불교적 객관 대상 인물을 소개하고[22] 수행 방법을 제시하거나 대중을 교화하는 사항을 다루

---

20) 한문 시가와 가사 형식이 갖는 일반적 특성과 관련해서 한 말이다. 일상의 감정, 깨달음의 법열 등을 한문 시가로 나타냈을 때 다른 일반 한시보다 길이가 길고, 그런 내용을 가사로 나타냈을 때에는 일반 다른 가사보다 길이가 짧다는 말이다.

21) 의상의 〈法性偈〉에 보면 '하나 가운데 여럿이 있고 여럿 가운데 하나가 있으며, 하나가 곧 일체이며 여럿이 곧 하나(一中一切多中一 一卽一切多卽一)'라고 하여 하나인 一心의 주관에만 머물지 않고 一切와 多의 객관에 대한 외연적 확대를 불교 이념 자체에서 분명히 보여 주고 있다. 이런 외연적 확대 가운데 하나가 중생에 대한 관심이고 그와 관련하여 수행 방법을 말하고 모범적 대상을 소개하는 것으로 나타났다고 할 수 있다.(義湘, 〈華嚴一乘法界圖〉, 『한국불교전서』 제2책, 동국대학교 출판부, 1990, 1~8쪽 참고)

고 있다. 시적 화자가 표현의 구체적 방법을 선적으로 개변하기는 했으
나 부처를 비롯한 달마 등 다양한 인물을 소개하는 것은 분명히 교술적
성격을 가진다. 그리고 불교 교리를 가지고 대중을 교화하려고 하고
그런 과정을 보여 주는 것 역시 불교 문학 작품이 가지는 교술의 대표적
성격이라 할 수 있는데 실제 작품을 들어 이런 내용을 논의하고자 한다.

(7) 높고 높아 잡을 데 없고
　　넓고 넓어 맞설 이 없네.
　　지혜로 이르지 못하는 데 물어서 무엇하리?
　　어찌하여 지금까지 너를 어찌 할 수 없나?
　　이르기를 모른다 했으니 모르는 것은 무엇인가?
　　양나라 왕은 이 속의 어두움 알지 못했네.
　　이 속의 어둠이여! 묘한 작용은 항하의 모래처럼 한이 없네.
　　巍巍沒巴鼻 蕩蕩乎無與敵
　　智不到處安用問 如何至今無奈儞
　　云不識不識箇什麽物 梁王不肯這裏黑
　　這裏黑兮妙用恒沙也無極　　　　　　　　〈乘蘆達磨〉(太古普愚)

(8) 그대에게 권하노니 일찍 지금 머리 돌리라.
　　진공을 밟으면 바른 길로 돌아가리.
　　혹은 모이고 흩어지고 혹은 오르고 내리네.
　　타방과 이 세계 불안한 마음
　　다만 능히 한 생각 빛을 돌리는 곳에
　　문득 뼈에 깊이 든 생사를 벗어나네.
　　두각이 있거나 두각이 없거나
　　삼악도에 기어 다녀 어찌 능히 깨달을까?

---

22) 불교적 인물은 주로 찬류(讚類)의 시에서 소개하고 있다. 부처와 달마가 대표적
　　소개 인물이다.

문득 선각의 가르침에 인하여
이곳에서 당당하게 비로소 그릇됨을 아네.
勸君早早今廻首　踏着眞空正路歸
或聚散或昇沈　他方此界不安心
但能一念廻光處　頓脫死生入骨深
有頭角無頭角　三途匍匐豈能覺
忽因先覺敎訓來　此處堂堂始知錯　　　　　　　　　　〈枯髏歌〉(懶翁)

　(7)은 갈대 잎을 탄 달마를 소개하는 작품이다. 그런데 소개하는 방법이 서사적(敍事的)이고 선적(禪的)[23]이다. 먼저 높고 넓은 어떤 무엇을 제시하고 이것은 지혜로 미칠 수 없고 어찌할 수도 없다고 말하고 있다. 잡을 수 없고, 맞설 수 없고 지혜가 미치지 않는 것을 두고 달마는 양무제 앞에서 '모른다'고 대답했는데 그 뜻을 양무제는 끝내 알지 못했다고 서사적(敍事的)이면서 선적(禪的)으로 소개하고 있다. 그리고 알 수 없는 그 어둠의 작용이 항하의 모래 수와 같이 한이 없다고 부연하고 있다. 즉 이 작품은 달마가 중국에 들어와 양무제와 나눈 대화의 장면을 소개하고 있다. 양무제가 인도에서 온 고승을 만나 불탑과 사원을 많이 조성하고 승려들에게 도첩을 내린 그 자신의 공덕을 자랑스럽게 말하며 그 가치를 물었을 때 달마는 '공덕이 없다'고 대답하였다. 그 말이 무슨 뜻인지 몰랐던 양무제는 '무엇이 성스러운 것인가?' 라고 다시 물으니 달마는 '텅 비어 성스러울 것도 없다'고 대답했다. 다시 양무제가 '내 앞에 있는 그대는 누구인가?'라고 물으니 달마는 '모른다'고 대답했다.[24] (7)은 바로 이 내용 가운데 대화의 마지막 부분을

---

23) 인물을 소개할 때 인물과 관련된 이야기를 서술하는 것이 敍事的이고 '모른다', '어두움', '묘한 작용' 등으로 존재 원리의 두 측면 가운데 어느 한 면을 상징적으로 표현한 것이 禪的이다.

24) 달마가 양무제와 대화한 내용은 『벽암록』 상(원오극 근저, 백련선서간행회 번역,

보여주고 있다. 내용 제시의 방법이 선적이고 서사적이지만 객관의 특정 인물을 소개하면서 그 가르침을 드러내려고 했다는 점에서 이 작품은 교술적 성격을 가진다고 할 수 있다.

태고는 이외에도 장시 형태의 자유로운 형식의 불교 인물 찬시를 여러 수 남기고 있다. 여러 해당 작품 가운데 형식의 변화를 많이 보이면서 장시 형태를 띤 작품으로는 〈釋迦出山相〉, 〈達磨〉, 〈乘蘆達磨〉, 〈六祖〉, 〈羅漢〉 등이 더 있다. 이들 작품에서도 대상 인물을 선적인 표현 방법을 통하여 소개함으로써 자연스럽게 객관적 인물과 관련하여 선적 진리의 세계를 드러내 보이려고 하였다. 그에 앞서 일반 한시의 형식을 빌려 인물을 소개하는 작품은 충지의 〈偶聞晉人郭文傳愛其能外身世放情於山水間因叙鄙懷成二十八韻〉이 있다. 여기서는 선비로서 청빈하게 살아간 곽문의 이야기를 소개하고 있다. 이것은 태고가 인물을 소개하면서 깨달음의 세계를 보이는 것과는 달리 시적 화자가 당대 승려 사회의 문제를 지적하고, 선비이다가 출가하여 살게 된 자신의 사연을 소개하며 은거 수행의 의지를 표현하는 과정[25]의 모범적 사례로 제시한 것이다.

(8)은 교시를 내용으로 하는 작품이다. 인용문 전반부에서 이른 시기인 지금 머리를 돌릴 것을 권하고 있다. 그리고 한 생각의 빛을 돌이키는 곳에서 뿌리 깊은 생사를 벗어날 수 있다고 말하고 있다. 모이고 흩어지며 오르고 내리며 불안한 마음이 있는 사생(死生)의 세계를 문득 벗어날 수 있는 방법이 바로 머리를 돌리거나 한 생각의 빛을 돌이키

1993, 17~28쪽, 27~37쪽 참고)의 〈達磨不識〉에 나오는 내용을 간략하게 요약한 것이다.

25) 나옹이나 백운도 찬을 남기고는 있으나 장형의 자유로운 한시 형태의 작품은 보이지 않는다.

는 것이라고 가르치고 있다. 그리고 후반부에 가면 선각(先覺)의 가르
침을 따르라는 교시를 내리고 있다. 그 교시를 따르면 삼악도에 윤회
하여 깨닫지 못하다가 드디어 그릇됨을 알게 된다고 말하고 있다. 그
래서 (8)에서는 한 생각 빛을 돌이키는 방법과 선각의 가르침을 따르
는 두 가지 수행 방법을 제안하고 있다. 물론 이 작품에서 두 가지가
별개처럼 표현되었으나 일정한 관계를 맺고 있는 것이 전제되어 있다.
즉 스승의 가르침을 따라 그릇됨을 알고 스승이 가르쳐준 수행법을 열
심히 공부하여 깨달음에 나아가 생사를 면하는 것이 일반적 수행과정
이기 때문이다.

이와 같이 수행 방법이나 교화 등 교시적 내용을 담고 있는 작품은
더 많이 발견된다. 충지는 (1)번 예문 〈비단가〉에서 짧은 팔이 길어져
서 많은 사람을 밀어주고자 하는 의지를 표현했고, 태고는 〈雜華三昧
歌〉에서 몽산의 삼매공부를 제시하고 觀을 지으면 삼매의 이치에 이
를 수 있다고 가르치고 있다.26) 또 태고는 〈白雲庵歌〉에서 간단한 선
불교사를 서사적이고 선적으로 소개하고 있다. '허겁지겁 서쪽에서 온
눈 푸른 그 사람/ 이 뜻 누설하여 부처 지혜 파묻네/ 조계의 노씨 노인
손까지 전해졌지만/ 또 이르기를 한 물건도 본래 없다고 하네.'27)라고
하였는데 눈 푸른 사람은 달마, 노씨 노인은 육조 혜능이고 한 물건도
없다고 한 것은 육조가 스승 오조홍인에게 지어 바친 시구에 나오는

---

26) 이러한 근기 위해 모아낸 것이/ 몽산 선지식의 삼매공부로다./ 향피우고 꽃 뿌리
   는 두려움의 영리함/ 예불하고 경 외우는 또렷함의 영리함/ 이러한 또렷함으로 관
   을 지으면/ 곧 점차 삼매의 이치 성취하리(如是等機爲之集之出 蒙山知識三昧業 燒
   香散花惺惺靈利 禮佛誦經惺惺靈利 因此惺惺會作觀 卽漸成就三昧理)(太古普愚〈雜
   華三昧歌〉).

27) 汲汲西來碧眼胡 漏泄此意埋佛日 傳至曹溪盧老手 又道本來無一物(太古普愚,〈白
   雲庵歌〉, 앞의 책, 898쪽).

구절이다.[28) 여기서 눈 푸른 사람이 부처의 지혜를 파묻는다거나 노씨에게 전해졌다고 하면서 한 물건도 없다고 한 것을 지적한 것은 본래성불을 바탕으로 하는 선의 입장[29)에서 표현한 말인데 선불교사를 그런 방법으로 소개하고 있다. 또 태고는 〈白雲庵歌〉에서 불조의 교화 과정을 선적인 입장에서 소개하고 자기는 지금 사람을 위한다고 하면서 깨달음의 세계를 드러냈다. '나는 이제 무엇으로 지금 사람 위할까?/ 봄, 가을, 겨울, 여름 좋은 시절에/ 더우면 냇가로 추우면 불 옆으로 향하고/ 한가로이 백운을 잘라다 한 밤중에 연결하네.'[30)라고 하고 있기 때문이다. 특히 태고는 〈參禪銘〉이라는 작품에서 용맹정진을 하라고 권하고 의심을 타파하고 종사를 찾아가 법문을 청하여 그 뒤에 조사가 되어 치우치지 않는 가풍을 가지게 된다는 수행과정을 제시하여 가르치고 있다. 태고는 그 외에도 〈節庵〉, 〈鐵牛〉, 〈九峰〉 등의 게송에서 수행을 권하고 가르친다. 백운도 〈又作十二頌呈似〉에서 다만 분별의 생각이 있으면 자심이 숨으며, 끊어서 알음알이가 없게 되면 본심의 전체가 들어난다[31)고 하여 분별심, 알음알이의 마음을 없앨 것

28) 오조 홍인의 수제자 신수가 '몸은 보리의 나무요/ 마음은 밝은 거울과 같나니/ 때때로 부지런히 털고 닦아서/ 티끌과 먼지 묻지 않게 하라(身是菩提樹 心如明鏡臺 時時勤拂拭 莫使有塵埃)'라고 자기의 깨달음을 표현한 데 대하여 육조 혜능은 '보리는 본래 나무가 없고/ 밝은 거울 또한 받침대 없네./ 본래 한 물건도 없는데/ 어느 곳에 티끌과 먼지를 일으키리오?(菩提本無樹 明鏡亦非臺 本來無一物 何處惹塵埃)'라고 읊어서 스승으로부터 견성했다는 인가를 받고 제6대 교주가 되었다. 본래무일물이라는 표현은 돈황본『육조단경』(혜능 저, 백련선서간행위원회 역, 장경각, 불기 2532년)에는 보이지 않고 우리나라에서 전통적으로 많이 읽혀온 덕이본『육조단경』에 이 표현이 나타난다.(『慧能研究』, 駒澤大學禪宗史研究會編著, 大修館書店, 昭和 53년, 284쪽 참고)
29) 고우 외 4인 저, 『간화선』, 조계종출판사, 2005, 59~66쪽 참고.
30) 我今將何爲今人 春秋冬夏好時節 熱向溪邊寒向火 閑截白雲夜半結(太古普愚, 〈白雲庵歌〉, 앞의 책, 898쪽)

을 수행 방법으로 제시하고 있다.

앞 절에서 살핀 바 생활의 단면과 순간적으로 일어나는 감정을 표현했을 때 비교적 짧은 가사 작품으로 표현이 가능했으나 인물을 소개하거나 인물의 발언을 소개하고 수행 방법을 설명하는 등 여러 가지 객관적 사실을 내용에 담고자 했을 때 장편 가사로의 전환이 이루어질 수밖에 없었다.[32] 같은 나옹화상의 작품이면서 산중 생활과 즐거움을 한 목소리의 시적 화자를 통하여 노래한 〈증도가〉가 짧은 형태의 작품이 됐다면, 그의 〈僧元歌〉는 중생들에게 무상함을 말하고 염불 수행에 나설 것을 권하고 지옥, 극락을 소개하는 등 갖가지 사례를 담아 표현하는 과정에서 저절로 장형의 작품을 형성하고 있기 때문이다.

> (9) 세사같이 애착하야 일구월심 공부하리
> 세사염은 적어지고 염불이 주장되야
> 일심염불 어떠하뇨 염불경 구경하고
> 지성으로 염불하면 염불인 성명자는
> 염라대왕 명부안애 반다시 빼가고
> 극락세계 연화위에 명백히 기록하고
> 관음세지 대보살이 중매되야 다니다가
> 이목숨 다할적에 무수한 대보살과

---

31) 但有分別念 自心·見量隱 絶無情識念 本心·全體現(白雲和尙, 〈又作十二頌呈似〉, 「白雲和尙語錄」, 卷下, 앞의 책, 660쪽)

32) 여기서 말하는 짧은 가사와 장편 가사는 양자의 상대적 관계에서 말한 것이다. 서정이나 교술의 내용을 단편적으로 수용하면 짧은 가사가 되지만 교술의 경우 여러 사실들을 중첩하여 나타낼 수 있어서 장편 가사로의 변화 가능성을 가지고 있고, 실제 서정적 가사보다 길이가 비교적 길다. 가사 문학사의 전체적 흐름에서 조선 후기의 장편 가사에 비하면 한문 가송찬류의 한글 歌詞나 당시 불교가사는 길이가 더 짧다.

수다한 성문연각 각각이 향화잡고
쌍쌍이 춤을추며 백천풍류 울리시고
경각간애 왕생하리 극락세계 장엄보소
황금이 땅이되고 칠보택 넓은못이
처처애 생기시나 만택이 태와있고
물아래 피연모래 순색으로 황금이요
지중애 연화꽃은 청련화 황련화와
世事可治 愛着何也 日久月深 工夫何耳
世事念隱 小去只古 念佛而 主丈道也
一心念佛 可等何堯 念佛經 旀映何古
至誠矣奴 念佛何面 念佛人 姓名字隱
閻羅大王 冥府案內 必多是 拔去古
極樂世界 蓮花上禮 明白希 記錄何古
觀音勢至 大菩薩耳 中媒道也 多而多可
以命壽 盡割底計 無數恨 大菩薩果
數多恨 聲門緣覺 各各而 香火執古
雙雙而 舞乙秋面 百千風流 鳴理是古
頃刻間厓 往生何耳 極樂世界 莊嚴見小
黃金以 地而爲古 七寶澤 廣隱池足
處處厓 生氣是乃 滿澤而 駄臥有古
水下 伸如沙來 旬色疑奴 黃金而堯
地中厓 蓮花花讚 靑蓮花 黃蓮花臥   〈승원가〉(나옹화상)

(9)는 염불의 공덕과 극락세계를 소개하는 부분이다. 염불을 지성으로 하면 이름이 염라대왕 명부 안에 가게 되고 극락세계 연화 위에 기록된다고 하고 황금, 칠보, 연화 꽃으로 장식되어 있는 극락세계의 광경을 묘사하고 있다. 여기에서 생략된 대부분의 내용을 들면 불교에서 바라보는 중생의 실상을 길게 서술하고, 질병과 죽음의 상황, 허망함,

극복 방안으로서의 염불 권유, 염불의 공덕과 극락세계, 지옥세계, 염불의 방법과 공덕, 염불의 권유라는 순서로 다양한 내용을 나열하고 있다. 그래서 이 작품에서 시적 화자는 자신의 생활과 정서를 표현하는 것이 아니고 청자에게 어떻게 하라는 권유와 명령을 하는 사람으로 설정돼 있다. 이런 다양한 내용을 모두 담고 염불을 강조하려는 화자의 의도를 반복하여 강조하는 과정에서 작품이 서정적 불교가사에 비하여 매우 길어지는 장형화의 경향을 보여 주었다. 서정적 가사가 길어도 수십 행 정도에 그쳤다면, (9)는 전체 200여 행에 이르는 장형의 가사 작품이 되었다. 그러나 이 절에서 살핀 교술적 한문 장형시가가 그렇게 긴 것은 아니다. 교술적 한문 장형시가의 경우에는 객관적 내용을 담고 있기는 하나 특정 한두 가지 내용을 주로 부각하여 보이는 데 그쳐서 교술적 가사 작품의 길이에 비해서 매우 짧은 단형의 모습을 보여주고 있다. 교술적 한문 장형시가가 여러 작품을 통하여 보여준 인물이나 수행 방법의 소개, 교화 등의 내용은 작가가 의도에 따라 이런 내용들을 중첩하거나 새로운 내용을 더 추가함으로써 얼마든지 길어질 수 있는 개방성은 가지고 있다고 할 수 있다.

지금까지 고려말 불교적 가송찬(歌頌讚), 기타 장시의 내용을 가지고 갈래적 성격을 분석해 보았다. 출가하여 자연 속에서 수행하며 살아가는 생활의 즐거움과 깨달음의 기쁨을 내용으로 표현할 경우에는 서정적 성격을 보여 주었고, 수행의 방법을 제시하거나 인물을 소개하며 교화를 펴는 내용을 표현할 때 교술적 성격을 보여주었다. 그런데 생활이나 깨달음의 정서를 표현할 때 그 고양된 정서를 표현하기 위하여 자연과 대화를 하는 희곡적 기법을 부분적으로 사용하기도 했고, 인물이나 수행 방법을 소개하고 교시할 때에는 그 전달의 효과를 높이 위하여 인물이나 수행방법과 관련된 사실을 서사적으로 소개하

여 설명하는 기법을 일부 사용하기도 했다. 그래서 대상 작품들은 서
정과 교술이 장르적 성격의 중심을 차지하면서도 부분적으로 희곡적,
서사적 성격을 가지고 있었다. 당시 한문 장형시가가 가진 이런 서정
적, 교술적 성격이 불교가사의 갈래적 성격과 일치함으로써 갈래 성
격의 차원에서 그 당대 불교가사 형성의 광범한 징후를 보여준다고
할 수 있다.

　말하자면 조선 후기, 구한말로 내려오면서 불교가사 작품이 서정적
교술적 성격의 여러 요소들을 한 작품 안에서 복잡하게 섞어서 표현하
던 것과는 달리 고려말 불교적 장형시가에서는 어느 하나의 성격이 중
심이고 우세하게 표현되는 경우가 대부분이었다. 서정과 교술이 별도로
나누어져 표현되었으며 각 다양한 내용 가운데 한두 가지가 한 작품
안에 표현되는 정도에 그치고 있다. 이런 갈래 성격은 시적 화자의 입장
에서도 거듭 확인된다. 시원가사(始原歌辭)의 한문 기록이라고 할 수
있는 고려말 한문 가송찬류에서는 서정이든 교술이든 시적 화자가 어느
하나의 주체로만 나타났는데 이것이 다시 불교가사로 전환되면서 필요
에 따라 한 작품 안에서 시적 화자가 서정과 교술의 성격을 다 표현하는
주체로 나타나는 전제가 되었다고 할 수 있다.[33]

---

33) 고려말 한문 가송찬류에서 서정적·교술적 내용을 나누어 다른 작품에 표현하던
　　것을 후대 불교가사에서 이런 내용을 한 작품에 수렴한 것은 중생 교화라는 필요를
　　효과적으로 충족시키기 위한 것이었다. 한 작품에서 깨달음을 성취한 인물을 소개
　　하며 따르도록 권하기도 하고 자신이 경험한 깨달음의 기쁨을 생동감 있게 나타내
　　기도 하며, 중생의 고통스런 삶을 객관적으로 소개하기도 하고 실제 중생의 입장에
　　서 겪는 괴로움을 주관적으로 표현하기도 하여 독자를 불교 가르침으로 설득하고
　　유도하는 데 효과를 극대화하고자 하였다.(졸고, 「한암선사 〈참선곡〉 구조의 역동
　　성」, 『우리말글』 제48집, 우리말글학회, 2010. 4 참고)

4. 가송찬류(歌頌讚類)의 율격과 갈래

여기서는 고려말 불교적 가송찬류의 한시 작품이 고려말 불교가사 형성의 광범한 징후로서의 성격을 어떻게 가지고 있는지를 살피기 위하여 그 율격과 갈래 성격을 차례로 논의해 보았다. 충지를 비롯하여 백운경한, 태고보우, 나옹혜근 등의 작가들이 남긴 이런 유형의 작품을 논의의 대상으로 삼았는데 이들 작품의 한글 번역문은 율격과 갈래 성격상 가사의 기본적 특성을 잘 보여 주고 있는 것으로 파악됐다.

한문 표기로 되어 있으면서 비교적 장형의 가송찬류(歌頌讚類) 작품의 원작과 한글 번역 歌詞의 율격(律格)을 먼저 살폈다. 해당하는 가송찬류(歌頌讚類)의 작품들은 한문 표현 그 자체에서 길이가 길고 한문학 작품으로서 형식적 규범에서 많이 일탈해 있었고, 이를 우리말로 번역했을 때 우리말 歌詞의 율격이 歌辭의 율격에 근접하는 것으로 나타났다. 이를 가류와 송찬류로 나누어서 살폈는데 가류는 원시에서 형식적 일탈이 그렇게 심하지 않으면서 원작의 우리말 번역 가사가 歌辭의 1행 4음보, 1음보 3, 4음절이라는 형식에 매우 근접하는 모습을 보였다. 그러나 송찬류(頌讚類)와 기타 유형의 한시작품은 원시 자체에서 이미 형식적 일탈이 상당히 심하게 나타났고 우리말 가사의 형식도 1행 3음보, 1음보 2, 3음절의 형식적 특성을 상당히 보여서 가류(歌類)에 비해 歌辭의 기본 형식에서 상대적으로 거리를 다소 더 가진 모습을 보여 주었다. 그러나 이를 포괄해서 보면 해당 작품들은 한문시가의 전통 갈래가 가지는 견고한 형식적 규범을 음절수나 운율 등의 차원에서 상당히 벗어나 있으면서 이들 작품의 한글 번역 가사가 율격적으로 1행 3, 4음보, 1음보 3, 4음절을 길게 반복하는 현상이 상당히 광범하게 나타났고, 원작 전체의 길이도 장형으로 되어 있어서 율격상

歌辭에 가류(歌類)가 더 가깝고 송찬류(頌讚類)가 덜 가까운 정도의 차이는 있으나 위에서 든 세 부류의 한문학 장형시가 작품들은 작품의 길이와 행 구조, 음보 구조라는 율격의 기준에서 가사와 친연성을 근본적으로 가지는 것으로 나타났다.

이어서 고려말 불교적 가송찬(歌頌讚), 기타 장시의 내용을 가사의 갈래 성격과 연관하여 분석해 보았다. 그 결과 출가하여 자연 속에서 수행하며 살아가는 생활의 즐거움과 깨달음의 기쁨을 내용으로 표현할 경우에는 서정적 성격을 주로 보여 주었고, 수행의 방법을 제시하거나 인물을 소개하며 교화를 펴는 내용을 표현할 경우에는 교술적 성격을 보여주었다. 그런데 생활이나 깨달음의 정서를 표현할 때에는 그 고양된 정서를 생생하게 표현하기 위하여 자연과 대화를 하는 희곡적 기법을 부분적으로 사용하는 예도 있었고, 인물이나 수행 방법을 소개하고 교시할 때에는 그 전달의 효과를 높이 위하여 인물이나 수행방법과 관련된 사실을 서사적으로 진술하여 설명하는 기법을 사용하기도 했다. 그래서 한문으로 된 가송찬(歌頌讚) 작품들은 서정과 교술이라는 갈래적 성격을 주로 가지면서도 부차적으로 희곡적, 서사적 성격을 가지고 있는 것으로 나타났다.

내용을 통해서 나타난 이러한 갈래적 성격은 가송찬류는 하나의 작품 안에서 비교적 단순하게 드러나는 경향을 보여주었다. 말하자면 조선 후기나 구한말의 불교가사 작품이 서정적 교술적 성격의 구체적 요소를 한 작품 안에 복합적으로 섞어 표현하던 것과는 달리 가송찬류에서는 어느 하나의 성격을 우세하게 표현하는 경우가 대부분이었다. 서정과 교술이 별도로 나누어져 표현되었고, 이들 성격이 함께 나타나더라도 한두 가지 내용이 주로 드러나는 데에 그치고 있었다. 그래서 가송찬류 한문 시가는 갈래적 성격이 서정적이든 교술적이든 장형의 가사에 비하여 짧은 형태를 가지고 있었다. 그 당시 한문 장형시가의 이런 서정적, 교술적 성격은 가사의 성격과 일치하여 이를 단순하게 수용하거나 복합적으로 수용하는 차이는 있더라도 불교가사 형성의 광범한 징후가 되었다고 보았다. 이런 성격이 가사에 전이되어 어느 특정 내용만 치중하여 나타냈을 때 단형의 가사를 이루고, 여러 성격의 다양한 내용을 포괄했을 때 장형의 가사를 이룰 수 있는 개연성을 보여 주었다.

๑ 제2부 ๑

한국 불교가사의 전개

제1장 몽환가류 불교가사의 개방성과 작가 의식

1. 몽환가류 불교가사의 위상

불교가사를 읽는 방법 여러 가지 가운데 여기서부터는 유형의 기준에서 불교가사를 논의하고자 한다. 유형이라고 하면 일정한 형식에 따른 작품의 분류를 떠올릴 수 있는데 여기서는 유사한 내용과 성격을 가진 작품의 무리라는 범연한 의미로 이 용어를 사용하고자 한다. 실제로 불교가사는 여러 가지 유형을 나눌 만큼 형식적으로 그렇게 다양하지 않다. 이런 현상은 물론 동학가사나 천주교가사와 같은 다른 종교가사, 더 나아가 사대부기사나 규방기사, 서민가사와 같은 가사 일반에까지 범위를 확대해도 마찬가지다. 전체 가사의 하위 유형 가운데 종교가사, 종교가사 가운데 불교가사, 그 불교가사의 여러 하위 유형 가운데 한 유형이 몽환가류 불교가사이다.

불교가사에 대한 유형적 접근은 종교가사로서의 불교가사가 가지는 특성 때문에 다른 유형의 가사와는 유형 분류상 변별성을 가질 것으로 예상된다.[1] 불교가사는 종교가사로서 종교적 가르침의 내용이나 의식

---

[1] 종교가사는 사대부가사, 규방가사, 서민가사, 개화가사 등 다른 일반 가사를 하위 유형으로 나누어 논의한 경우와는 차별성을 가진다. 특히 종교가사의 하나인 불교가사는 종교적 의례나 기능을 수반하여 반드시 그와 호응한 내용을 다루려는 성향

과 관련된 기능이 국면마다 다르게 나타나기 때문에 하위 유형을 논의할 때 하위 유형별 작품의 내용이나 기능[2], 나아가 유형들 간의 상호 연관성에 주목할 필요가 있다.

몽환가류 불교가사는 존재하는 일체가 몽환임을 반복하여 강조하는 내용이 중심을 이루는 불교가사 작품 군이다.[3] 몽환의 내용은 불교가 가장 중시하는 공(空)[4], 무아(無我)[5] 사상과 깊은 관련을 맺고 있어 교시를 목적으로 하는 불교가사에서 핵심적 지위를 차지하고 있는 중요한 유형이라서 반드시 논의가 이루어져야 할 필요가 있다.[6]

을 가지기 때문이다.

2) 불교가사 하위 유형들은 불교 의례의 여러 국면과 연관되어 존재하고 각 국면에서 일정한 기능을 수행하는 것으로 나타나 있다. 대표적 유형으로 토굴가류, 발원가류, 참선곡류, 회심곡류, 염불가류, 왕생가류 등을 들 수 있는데 불교 공동체의 다양한 국면 즉 수행처를 마련하는 국면에서 토굴가류, 수행을 시작하는 국면에서 발원을 세우고, 수행의 국면에서 참선 수행을 하고, 염불을 하며, 기원의 국면에서 왕생을 기원하는 등 각 국면마다 이루어져야 할 신행을 원만하게 이루도록 하는 기능을 각 유형의 불교가사는 수행하고 있다. 관련 유형에 대한 필자의 연구 결과는 참고 문헌에 제시하는 것으로 대신한다.

3) 몽환가류 불교가사에 해당하는 작품은 작품의 제목이 내용과 일치 하지 않는 경우가 나타난다. 〈정대월화본 몽환가〉는 작품 제목과 달리 몽환가류 불교가사의 성격이 극히 미미하게 나타나서 이 유형에서 제외하였고, 〈별별회심곡〉과 〈몽중회심곡〉, 〈지공선사원세염불가〉의 경우는 제목과 달리 몽환가류 작품의 성격을 잘 보여 주고 있어서 여기에 포괄했다. 그 외에 〈악부본몽환가〉, 〈석문의범본몽환가〉, 〈몽환별곡〉, 〈무상가〉까지 포함하여 7편의 작품을 이 유형의 해당 작품으로 포괄하여 논의를 진행했다.

4) 空은 色과 상대 되는 개념으로 모든 것이 비어 있다는 것을 뜻한다. 일체 모든 존재가 변함없는 요소를 가지고 있지 않고 관계 맺기의 방식인 연기로 존재하는 현상을 공이라고 표현한다.

5) 無我에서 我는 실체, 알맹이와 같은 불변의 요소를 뜻한다. 그래서 무아라고 하면 일체 모든 존재는 불변의 요소를 가지고 있지 않고 연기한다는 것을 이렇게 표현한다.

6) 空, 無我 사상은 「般若心經」의 '색이 곧 공이다(色卽是空)'나 『金剛般若波羅密經』

공(空), 무아(無我) 사상에 기초한 몽환가류 불교가사는 내용상의 특징 때문에 염불가류나 참선곡류, 왕생가류, 심지어 회심곡류와 같은 다른 유형의 불교가사와 친연성을 보인다.7) 그래서 몽환가류 불교가사는 다양한 기능을 담당하면서 다른 유형의 작품과 관계를 쉽게 맺는 경향을 보여준다. 그리고 작품의 내용을 일관하는 교시라는 작가 의식의 기저에는 어떤 불교적 세계관8)이 자리하고 있는지 구체적 논의가 필요하다. 몽환가류 불교가사는 불교 경전이나 선시(禪詩)와 같은 한시문(漢詩文) 자료(資料)가 아닌 한글로 된 작품이면서도 불교 교리의 심오한 내면세계를 구체적 대상과 표현 방법을 통하여 매우 분

의 '일체의 유위법은 꿈과 환상과 거품과 그림자와 같으며, 이슬과 같고 또한 번개와 같으니 응당 이와 같이 봐야 한다(一切有爲法 如夢幻泡影 如露亦如電 應作如是觀)' 는 등에서 잘 표현되어 있다. 특히 〈몽중회심곡〉의 경우에는 『金剛般若波羅密經』의 이 구절을 직접 인용하여 사용하기도 했다.

7) 앞으로 논의에서 밝혀나가겠지만 회심곡류, 용선가류 불교가사는 소재 차원에서 몽환가류 불교가사와 미약한 관계를 형성한 듯하고 염불가류, 참선곡류, 왕생가류 불교가사 작품과는 해당 작품 유형의 핵심 내용과 연관되는 모습을 보이고 있다. 몽환가류 불교가사는 일체가 몽환이라는 것을 작품의 중심 내용을 가져온 불교가사 유형이다. 그러면서 다른 유형과의 관계에서 보이는 개방성은 몽환을 핵심 내용으로 유지하면서 다른 유형의 불교가사의 일부 내용을 부분적으로 수용하여 나타난 현상이다. 따라서 몽환가류 불교가사의 설정은 불교가사 유형의 특성을 밝히는 데에 매우 중요한 작업이라고 할 수 있다.

8) 불교 세계관에서 本來成佛이란 우리의 몸과 마음 이대로가 본래 부처와 같다는 말, 만물이 하나라는 견지에서 본다면 중생이나 부처나 모두 같은 것이고, 조금도 다르지 아니하므로, 깨치고 보면 번뇌가 보리요, 중생이 곧 부처인 것이다. 그러므로 중생의 근본 심성이 곧 부처라는 말(김승동 편저, 『불교・인도사상사전』, 부산대학교출판부, 1992, 680쪽 참고). 이와 같은 본래성불의 사상은 부처가 처음 깨닫고 나서 중생들이 자기와 조금도 다르지 않다는 것을 발견하고 놀란 데서 먼저 나오고, 후대 선종의 대표서인 『벽암록』(원오극 근저, 妙觀音寺藏, 12쪽 참고)에서는 불교의 가르침을 '맨살을 긁어 상처를 내는 것(好肉上剜瘡)'에 비유했고, 여러 禪書에서 본래성불을 강조하는 데서도 거듭 확인된다.(고우 외, 『간화선』, 대한불교조계종교육원, 2005, 61~69쪽 참고)

명하게 표현하고 있기 때문이다.[9]

이에 이 장에서는 이러한 몽환가류 불교가사의 성격을 구명하기 위해서 작품의 개방성과 작가의식의 기저라는 두 가지 방향에서 논의를 전개하고자 한다. 개방성은 이 유형의 작품들이 가진 기능의 측면과 다른 유형들과 관계 맺기 방향에서 논의하고, 작가 의식의 기저는 불교가 지향하는 진리 추구와 중생 제도라는 근본 목표와 연관하여 차례로 논의하고자 한다. 원전 작품 자료는 임기중의『불교가사 원전연구』[10]를 사용하고 몽환가류 불교가사 논의와 연관되는 그간의 여러 연구를 참고하자 한다.

2. 개방성의 두 방향

작품이 개방적이라는 말은 문자로 정착되었음에도 불구하고 작품 현상이 역동적으로 이루어지고 기능하는 동태적 측면을 가지고 있다는 것을 의미한다. 몽환가류 불교가사의 작품들은 여러 가지 기능을 수행하면서 필요에 따라 다른 유형의 불교가사 작품들과도 빈번히 교섭하면서 유형적으로 역동성을 가지는 것으로 나타났다. 여타 종교와 달리 불교는 수행과 깨달음의 종교이고[11], 동시에 다른 종교와 유사하

---

9) 한시문을 수용하지 못하는 일반 대중을 상대로 하는 교시에 한글 가사가 더 효과적으로 사용될 수 있다는 입장에서 한 말이다. 흔히 말하는 세속의 삶이 허망하고 꿈 같으니 출세간을 지향해야 한다는 식의 이원 대립적 세계인식, 세간과 출세간, 중생과 부처라는 대립적 세계 전체를 꿈으로 보는 일원 절대적 불교 세계인식이 작가의식의 기초가 되는지, 된다면 어떻게 작용하는지를 논의해야 한다.

10) 임기중,『불교가사 원전연구』, 동국대학교 출판부, 2000.

11) 엄격한 의미에서 불교는 불교 이외의 다른 종교가 내세우는 절대자 神을 상정하지 않기 때문에 신을 숭배하고 찬양하는 내용보다는 교주가 발견한 진리를 스스로 체

게는 의식의 종교[12]라고 할 수 있다. 이에 몽환가류 불교가사가 수행과 의식 진행의 측면에서 어떤 기능을 어떻게 담당하는지를 논의하고, 기능과 연관하여 염불가, 왕생가, 참선곡류 불교가사와 같은 다른 유형의 작품들과 어떤 교섭 현상을 보이는지 논의하고자 한다.

1) 기능의 개방성

불교가사는 유형에 따라서 기능이 대체로 나누어져 있다. 참선곡류 불교가사 같으면 참선의 가치와 방법을 교시하여 참선을 권장하고, 염불가류 불교가사는 염불의 방법과 그 효과, 실천 등을 교시하며, 왕생가류 불교가사의 경우에는 영혼을 천도하거나 수행을 권장하는 것과 같이 유형마다 각기 고유의 중심 기능을 가지고 있기 때문이다. 그런데 몽환가류 불교가사는 다른 유형의 불교가사와 달리 중심 기능을 가지면서도 특정 하나의 기능에 매몰되지 않고 여느 다른 방향으로도 기능하는 성격을 가지고 있다.[13] 기능상 어떤 성격이 실제 작품을 통하여 어떻게 나타나는지를 작품의 해당 부분을 들어가면서 논의하고자 한다.

험하기 위해서 수행하고 마침내 깨닫는 과정을 중시한다. 부처를 칭송하더라도 그를 신으로 절대화하기보다는 수행과 깨달음을 보여준 모범 사례로서 존경과 다짐을 주로 표현하여 역시 다른 종교와 차별성을 보여 준다.

12) 의식 자체가 다른 종교와 완전히 같다는 의미가 아니라 불교도 종교 의식을 가지고 있다는 점에서 같다는 것이다.

13) 일반적으로 기능과 목적, 내용은 상호 분리될 수 없는 관계를 맺고 있다. 예로 들어 교시의 목적이 있으면 그 목적을 달성하기 위하여 그에 부합하는 교시 내용을 생성해야 하며, 나아가 목적과 내용 양자가 제대로 구비되어 교시가 이루어질 때 교시라는 기능을 한다고 할 수 있다. 몽환가류 불교가사가 역시 그 목적과 내용을 가지고 이 양자를 통하여 교시나 다른 어떤 기능을 더 수행한다고 할 수 있다. 즉 여기서는 몽환가류 불교가사가 보여주는 특정 목적과 내용을 가지고 수행하는 기능의 측면에 초점을 맞추어 논의를 진행하고자 한다.

(1) 夢幻 夢幻하니 世上萬事가 몽환이라
　　功名富貴 인간 榮辱이 모두다 夢幻일다
　　天地는 迷籠이요 古今은 迷局이라
　　三界가 火宅이니 天上樂도 夢幻이요
　　人間樂도 夢幻이라　　　　　　　　　　〈악부본 몽환가〉[14]

(2) 病이만일 들거덜낭 生死無常 각금깨처
　　이내몸이 虛幻하여 괴로움이 無量하니
　　蓮花臺에 誕生키로 一念으로 기다리며
　　一心으로 念佛하소 病이만일 重하여도
　　鬼神에게 비지마소 壽命長短 定한것을
　　적은 鬼神 엇지할까 長病잇든 馮夫人은
　　念佛하고 病나으며 눈어둡든 張氏女는
　　念佛하고 눈떳스니 나의精誠 至極하면
　　이런 效驗 안이볼까　　　　　　　　　〈석문의범본 몽환가〉[15]

(3) 五方을 가져 보세 東方에는 靑琉璃世界
　　靑紗초롱에 불밝히고 今日 靈駕 뒤로하여
　　無上法을 연설하고 中方에는 黃琉璃世界
　　黃紗초롱에 불밝히고 黃蓮臺上에 今日靈駕를
　　모셔놓고 無上法을 설하시니 듣는자가
　　感動하여 歡喜心이 激發한다　　　　　〈별별회심곡〉[16]

　　(1)을 보면 무엇이 몽환인지를 단정적으로 말하고 있다. 세상만사를
몽환이라 전제하고 '인간의 榮辱'과 '人間樂', '天上樂'이 모두 몽환이

14) 작자미상, 〈악부본몽환가〉, 『불교가사 원전연구』(임기중 편), 동국대 출판부,
　　2000, 482~487쪽.
15) 작자미상, 〈몽환가〉, 『석문의범』(안진호 편), 만상회, 1935, 251~256쪽.
16) 권수근 구술, 〈별별회심곡〉, 앞의 책(임기중 편), 542~553쪽.

라고 말하고 있다. 이 부분은 해당 작품의 서두로서 몽환가류 작품의
핵심 내용을 보여주고 있다. 불교 교리의 관점에서 보면 일체가 무상
하고 꿈같다는 것을 이렇게 말하고 있는 것이다. 대중들이 실체라고
믿고 추구하고 집착하는 중요한 대상인 '영욕, 인간락, 천상락'이 실제
는 몽환이라고 가르쳐서 교시적 기능을 수행하고 있다.

그런데 일반적 불교 교리에서 말하는 이와 같은 가르침에 그치지 않
고 일체가 몽환임을 알고 이를 극복하기 위하여 추구한 세계조차도 몽
환임을 교시하는 내용이 나타나기도 한다. 예를 들어 '몽환 佛果 證得
後에 몽환 悲智 運轉하야 夢幻衆生 제도하고/ 法性土 너른뜰에 騰騰任
運 노닐면서 無生曲을 불러 보세'[17]라는 부분에는 세속의 몽환을 깨고
나서 얻었다고 할 수 있는 불과(佛果)도 몽환이며, 불과의 핵심 성격이
라고 할 수 있는 자비와 지혜 즉 비지(悲智)까지도 몽환이라고 말하고
있다. 그래서 몽환가류 불교가사에서는 천상과 인간이라는 세간은 물
론이고, 수행을 통하여 얻은 부처의 세계나 그 핵심 성격인 자비와 지
혜까지도 몽환이라고 말하고 있다. 즉 몽환가류 불교가사 작품은 세간
은 물론 출세간의 모든 가치까지도 몽환이라는 사실을 알려 주는 교시
적 기능을 수행하고 있다. 실체적 사고[18]를 하는 많은 사람들에게 일
체가 몽환이라는 깨우침을 이 유형의 작품은 여러 가지 구체적 사실을
가지고 가르쳐서 교시적 역할을 수행하고 있다.[19] 다시 말하자면 이

---

17) 작자미상, 〈석문의범본 몽환가〉(임기중, 앞의 책, 495쪽).
18) 실체적 사고는 불교의 연기론적 사고와 반대되는 아트만(atman)적 사고이다. 일
    체 모든 것은 연기로 존재하여 고정 불변의 요소가 본래 없는데 그런 요소가 있다
    고 생각하고 행동하는 것을 의미한다. 불교의 핵심 사상이 연기론인데 이 세상의
    어떤 것도 단일로 독립해서 존재하지 않고 둘 이상의 다른 어떤 것이 서로 의지하
    여 관계를 맺고 그 존재를 이룬다는 이론으로서 불변의 요소[我, atman]를 인정하
    지 않아서 이를 無我, 空이라고 표현하기도 한다.
19) 몽환가류 불교가사 작품은 일체가 몽환이라는 가르침이 전체 해당 작품의 핵심

예문에서와 마찬가지로 몽환가류 불교가사는 가장 핵심적으로 일체가 몽환이라는 불교적 진리를 가르치는 교시적 기능을 수행하고 있다.

앞의 예문이 일체가 몽환이고 공이며 무상하다는 불교적 진리를 주로 가르치는 교시적 기능을 수행했다면 (2)는 (1)에서 알려준 인식에 근거하여 몽환 상황을 극복하기 위해서는 무엇을 해야 하는지를 교시하고 있다. 즉 병이 들면 生死가 무상함을 깨쳐 연화대에 탄생하기를 일념으로 기다리며 일심으로 염불할 것을 명령하는 내용으로 되어 있다. 이어서 염불을 하고 얻은 효험을 세속적인 사례를 들어 말하고 있다. 염불한 공덕으로 長病이 든 馮夫人은 병이 나았고, 눈이 어두웠던 張氏女는 눈을 떴다고 예를 들고 정성이 지극하면 이런 효험을 반드시 본다는 주장을 설의적 의문문으로 강조하고 있다. 결국 여기서는 작품 전체적으로 무상을 가르치면서도 그 무상을 극복하기 위한 방법으로서 염불의 실천을 교시하여 무상 인식과 무상 극복 방법으로서의 염불 실천을 교시하고 있다.

무상을 극복하는 방법으로 염불 이외 참선을 권하기도 한다. 〈몽환별곡〉의 일부분을 보면 '不立文字 是甚麼로 十二時中 주인삼아/ 文殊菩薩 本來面目 普賢菩薩 天眞妙應……三毒煩惱 써러지고 慈悲善心 절로나니 쑴쎌약이 이뿐이라'라고 하고 있다. 참선의 구체적 방법으로 시심마(是甚麼)라는 화두를 들 것을 제안하고 있다. 화두를 드는 참선을 통하면 삼독번뇌가 떨어지고 자비선심이 저절로 나며 마침내 꿈을 깰 수 있다고 단정하고 있다. 즉 이 작품에서는 몽환의 문제와 그 극복 방안으로 참선을 교시하고 있다. (1)에서 일체가 몽환이라는 진리를 말하고, (2)와 여기서 든 예문에서 이를 극복하는 방법으로 염불과 참

내용을 이루면서도 일체가 몽환이라는 자각 이후에 나타나는 자유로운 삶의 모습을 보여주기도 한다.

선을 권장하고 있다. 몽환에 대한 진리를 알려주는 데서 출발하여 문제 극복 방안을 제시하여 실천할 것을 청유하거나 명령함으로써 역시 교시적 기능을 수행하고 있다.

무상이라는 불교적 진리를 알리거나 문제 극복의 방안을 제시하고 실천을 권유하는 것이 모두 불교적 수행을 교시하는 것과 연관된다. 그래서 문제와 문제 극복의 방법을 알려주고 실천을 강조하는 것은 일반 대중을 향한 교시적 기능의 표현이라고 할 수 있다. 그런데 (3)은 이와 다른 면모를 보여 주고 있다. 여기서 '오방(五方)'은 동서남북과 중앙인데 그 가운데 동방과 중방 두 방위에서 청사초롱 불을 밝히고 '영가(靈駕)'20)를 모신다는 말을 하고 있다. 또 영가를 위하여 무상법(無上法)을 연설한다고 하고 있다. 이것은 이 작품이 법을 설하여 영혼을 천도하는 기능을 하고 있다는 말이 된다. 이와 같이 영혼을 향하여 하는 설법은 영혼을 교시하는 기능도 하면서 그보다는 천도제에서 영혼을 극락으로 천도하는 데에 작품 기능의 무게 중심이 더 많이 가 있다.

인용문 (3)과 다른 부분에도 이러한 영혼 천도의 내용이 나타난다. 예를 들어보면 '空手來 空手去요 빈 손 빈 몸을 들고 나와 物慾貪心 너무 마소/ 百年 貪物은 一朝塵이요 三日 修身은 千載寶요/ 百年이나 살 줄 알고 아면걸면 모은 錢糧/ 못다먹고 못다쓰고 헌신같이 내버리고 北邙山川 다다르니/ 孝子忠臣 烈女忠婦 처량하게 우는소리 山川草木도 설워하오'라고 하고 있다. 여기에는 구체적 장례의 한 장면이 선명하게 나타나 있다. 공수래 공수거(空手來 空手去)라는 무상함을 전제하고 이런 가르침과 반대로 살다간 영혼과 이승에 남은 사람들이 떠난 사람을 애도하는 장면을 구체적으로 그리고 있기 때문이다. 이 예문은

---

20) 불교에서 죽은 영혼을 일컫는 용어.

영혼을 향하여 무상함을 교시함으로써 집착을 끊고 왕생을 기원하는
천도의 기능을 자연스럽게 수행한다고 할 수 있다.

　이상에서 보았듯이 몽환가류 불교가사는 살아 있는 사람이나 영혼
에게 일체가 무상하고 몽환이라는 불교적 진리를 알리고 몇 가지 해결
방안을 실천하도록 권유하는 여러 가지 교시의 기능을 수행하기도 했
고, 죽은 사람의 영혼을 천도하기 위하여 작품이 설해지기도 하여 영
혼 천도의 기능을 담당하기도 했다. 그리고 작품에 따라 크게 이 두
가지 기능이 나누어져 표현되기도 했으나 천도의 기능을 수행하는 작
품의 경우에는 교시와 천도의 두 가지 기능을 병행하는 것으로 나타났
다. 불교 교리에 따르면 일체가 공이고 무상인데 그런 이치와 어긋나
게 일체 존재를 실체화하려는 중생의 막연한 집착을 경계하고 가르치
는 과정에서 산 사람이나 영혼을 향하여 무상(無常)과 무상 극복 방안
을 가르치는 다양한 교시를 내리고, 나아가 영혼을 천도하는 기능까지
모두 수행했다고 할 수 있다. 요컨대 몽환가류 불교가사는 일체가 무
상함과 그 무상극복의 몇 가지 방법까지 교시하고, 영혼 천도의 기능
까지 담당하여 그 기능이 개방적이라 할 수 있다.

2) 유형의 개방성

　앞에서 작품 기능의 개방성을 논의하면서 어느 정도 예상했듯이 기
능의 개방성이 작품 유형의 개방성을 가져 온 것으로 보인다. 일체가
몽환이라는 인식은 몽환의 현실을 극복하기 위한 여러 가지 방안을 모
색하고, 궁극적으로 이르러야 할 세계에 대한 지향으로 쉽게 연결될
수 있기 때문이다. 몽환가류 불교가사 유형의 작품들은 일체가 몽환이
라는 문제 현실을 가르침으로써 그 문제를 근원적으로 해결하고, 이상
을 제시하고, 그곳으로 나아가기를 요구하는 기능을 수행해야 했기 때

문에 그런 기능을 가진 다른 불교가사 유형을 수용하는 유연함을 가지게 된 것으로 판단된다. 몽환적 현실 문제를 해결하는 방안으로서 염불을 하거나 참선을 제시하면서 염불가류, 참선곡류 불교가사를 수용하고, 문제가 해결된 이상인 극락을 상정하면서 극락 갈 것을 강조하면서 왕생가류 불교가사를 수용한 것으로 보인다.

실제 염불가류, 참선곡류, 왕생가류 등 다른 유형의 작품을 수용하는 면모가 실제 작품에서 어떻게 나타나는지를 논의하고자 한다.[21]

(4) 不立文字 是甚麼로 十二時中 주인삼아
    文殊菩薩 本來 面目 普賢菩薩 天眞妙應
    자긔수단 具足ᄒ나 諸佛加被 입어보싀
    釋迦如來 장부더고 阿彌陀佛 소리몌여 是甚麼로 ᄯᅳ러보면
    三毒煩惱 ᄯᅥ러지고 慈悲善心 절노나니 꿈낄약이 이ᄲᅮᆫ이라

〈몽환별곡〉[22]

(5) 여보세상 사람들아 四大가 强剛하고 六根이 堅固할제
    夢幻世間 貪着말고 一切世間 千萬事가 夢幻일줄 꼭밋어서
    夢幻三昧 노치말고 阿彌陀佛 大聖號를 一念中에 일치말며
    十二時중 晝夜업시 부즈런히 念佛하야 저極樂에 어서가세

〈석문의범본 몽환가〉

---

21) 여기 예문을 통하여 보여주는 유형보다는 미약하지만 몽환가류 불교가사는 회심곡류와도 연관을 맺고 있다. 회심곡류 관련 내용은 일체의 무상함을 보일 때 사용하고, 용선가류는 몽환의 세계를 극복하고 다른 세계로 나갈 것을 말할 때 부분적으로 사용되고 있다. 즉 몽환가류 불교가사는 현실 탐착을 멈추고 마음을 돌이키게 하기 위해 가르치는 회심곡류, 고통의 중생계에서 극락의 서방 정토로 건너가기를 권하기 위해 용선가류 불교가사를 수용하고 있으나 이들 유형은 몽환가류 불교가사의 내용을 보조하는 자료로만 사용되고 있어서 관계가 미약하다.

22) 작자미상, 〈몽환별곡〉, 앞의 책(임기중 편), 512~531쪽.

(6) 우리導師 世尊님네 五濁惡世 이가운데
   不可思議를 智慧 神通 大慈大悲를 베풀어서
   娑婆世界는 南閻浮州 剛剛衆生 모아놓고
   說法聲이 자자하니 이설법을 들은후에
   저기저기 저極樂을 어서가서 無上福樂을 證得할줄 왜모르오

   〈별별회심곡〉

여기에 인용한 단락은 모두 무상함을 먼저 읊은 다음에 제시된 문제
의 해결 방안을 보여준다. (4)에서는 시심마라는 화두를 드는 참선을
문제 해결 방안으로 제시하고 있다. 문수와 보현보살의 면모를 스스로
갖추고 있으니 이 화두를 하루 12시중에 계속 들어서 제불의 가피를
입어 보자고 하고, 이어 아미타불이라는 소리를 먼저 먹여서 시심마로
끌어 보라 하였다. 이것은 염불을 하면서 염불하는 자를 돌이켜 보는
염불 참선을 한다는 것을 뜻한다. 말하자면 '바로 염불하는 이것이 무
엇인가'라고 의심하는 염불선의 방법을 안내하고 있는 것이다. 참선
가운데서도 구체적으로 염불선을 핵심 방안으로 제시하고 있다고 할
수 있다.[23] 그래서 참선을 하면서도 문수나 보현보살을 가져오고 제
불의 가피를 입어보자고 하여, 참선 이외 의타적(依他的)인 것은 철저
히 배척하는 참선곡류 불교가사와는 내용이 달라졌다. 이와 같이 참선
의 가치와 방법을 알려주고 수행을 강조하는 일이 참선곡류 가사에서
는 작품 전편을 통하여 지속적으로 이루어지는데 인용문 (4)에서는 작
품 전체의 극히 일부로 이런 내용이 다루어지고 있다. 또한 참선을 말
하면서도 선적 표현을 사용하기보다는 참선의 방법이나 효능을 설명
하여 제안하고 있다는 것이 다르다. 참선곡류 불교가사를 수용하는 개

---

23) 염불선은 선정과 염불을 병행하는 수행이다.(이철교 외 2인 편찬, 『선학사전』,
   불지사, 1995, 458~459쪽)

방성은 의타적 염불선을 작품 전체의 일부분으로 개념적 설명과 당위적 실천을 강조하는 방식으로 구현되고 있다.[24]

인용문 (5)에서는 맨 마지막에 극락가자는 표현이 있기는 해도 염불을 권유하는 내용이 중심을 이룬다. 극락 가자는 것도 염불의 효과를 드러내어 염불을 권유하는 데에 더 큰 무게가 놓여 있어서 염불가류 불교가사 유형에 더 밀접하게 맥이 닿아 있다. 그래서 염불을 어떻게 하는지를 비교적 구체적으로 말하고 있다. 몽환삼매를 놓지 말고 아미타불의 이름을 한 생각 가운데서도 잃어버리지 말고 하루 12시, 밤낮없이 염불을 할 것을 구체적으로 요구하고 있기 때문이다. 이렇게 염불을 하면 자연스런 결과로서 극락에 가게 된다는 것을 마지막에 드러내고 있다. 염불가류 불교가사 작품에서는 염불에 대한 이런 내용을 작품 전편을 통하여 여러 가지 측면에서 설명하고 권유하면서 염불의 효험까지 보여 준다. 그런데 인용문은 작품 일부에서 염불가류 불교가사의 핵심적 내용만 표현하고 있고, 또한 염불을 말하면서도 몽환을 세 차례에 걸쳐 먼저 강조하고 있다. 그래서 염불가류 불교가사를 수용하는 개방성은 작품 전체의 일부분에서 권불(勸佛)의 내용을 몽환의 내용과 통사적 문맥 관계로 묶어 한 문장 안에 복합적으로 표현하는 특징을 보여주고 있다.

(6)에서는 부처의 설법을 듣고 저 극락에 가서 복락을 얻을 것을 설의적 의문문을 통하여 요구하고 있다. 구체적 문제 해결의 방법이 여기서는 참선이나 염불이 아니라 세존의 설법을 듣는 것으로 나타난다.

---

24) 몽환가류 불교가사는 일체가 몽환이라는 것을 알리는 데에 중점이 가 있어 제시한 해결 방안은 내용의 중심이라기보다는 그 수행 방법을 취해가는 실마리를 제공하는 수준에 그친다. 즉 몽환가류 불교가사는 몽환을 철저히 자각하게 하여 다른 유형의 불교가사를 수용함으로써 염불이나 참선에 본격적 수행에 나서게 안내하는 구실을 한다고 할 수 있다.

그리고 그 설법을 듣고 극락을 가서 복락을 누릴 것을 강조하고 있다. 일반적으로 (5)의 경우와 같이 염불을 통하여 극락을 간다는 예가 대부분인데 여기서는 설법을 듣는 것으로 나타나고 그를 통하여 극락 갈 것을 요구하고 있다. 그런데 여기에는 구체적 설법 내용이 제시되지는 않고 극락 가서 복락을 얻는 것에 중심이 놓여 있어서 왕생이 중요한 과제로 부각되었다고 할 수 있다. 왕생가류 불교가사의 수용은 설법을 듣고 왕생할 것을 강조한다는 점에서 일반적으로 염불을 통한 왕생을 강조하는 것과 다르게 나타났다. 그리고 여기서 왕생 관련 내용은 불교가사의 관행적 결론으로 수용되는 성격을 보여 주기도 한다.

몽환가류 불교가사 작품들은 전체적으로 '무엇 무엇이 몽환이다.'라는 교시를 내리면서 그 해결 방안을 제시해야 할 논리적 요구를 내재하고 있었다. 그래서 작품의 종결 부분에 여기 인용한 예문과 같이 해결 방안을 보여주는 다른 불교가사 유형의 내용을 수용함으로써 개방성을 보여 주었다. 그러나 다른 불교가사 유형을 수용하는 이러한 개방성은 몽환가류 불교가사가 본질적으로 가진 문제 제기적 성격에서 근본적으로 유래했다고 할 수 있다. 그리고 개방성은 다른 유형의 작품을 그대로 옮겨 오는 것이 아니라 몽환가류 불교가사 작품의 내적 맥락의 요구에 따르는 방식으로 작품에 구현되었다. 즉 몽환의 가르침을 강조하는 수단으로서 작품의 일부분으로 개념적 설명이나, 당위적 실천을 강조하며, 통사적 문맥 관계나 관행적 첨부의 방식으로 구현되고 있었다. 이런 구현 방식은 개방성이 몽환을 중심 내용으로 하면서 참선, 염불, 왕생의 내용을 축소하여 제시하면서 나타난 현상임을 말해 준다.[25]

---

25) 이와 반대 방향으로 수용한 다른 유형의 불교가사 작품을 더 확대하고 몽환 부분을 축소하면 자연스럽게 다른 유형으로의 전환이 이루어질 수 있는 가능성을 보여

3. 작가 의식의 두 기저

앞장에서 살핀 몽환가류 불교가사의 개방성은 교시를 주된 목적으로 하는 작가 의식에 기초한다고 할 수 있는데, 여기서는 그런 작가 의식이 어떤 세계 인식에 기초하고 있는지를 논의하고자 한다. 앞 장에서 논의한 바 작품의 기능에서 일체가 몽환이라는 교시를 중심으로 이 근본 문제를 극복하기 위한 다양한 방안을 교시하였고, 이런 교시는 사후 영혼을 향해서까지 이루어지고 있었다. 그렇다면 몽환가류 불교가사의 핵심 주제인 교시는 어떤 세계인식에 기초하고 있는 지를 구명해야 몽환가류 불교가사의 심층적 성격을 분명하게 드러낼 수 있다.

단순 논리로 내용을 보면 일체가 몽환이니 몽환을 깨어 고통을 극복하고 복락을 얻으라는 것으로 교시의 내용을 요약할 수 있어서 대중과 영혼에 대한 교시가 작가의 기본적 의식이라고 할 수 있는데 작가의식의 본질을 알기 위해서는 먼저 작가의식의 근저인 세계인식의 내면을 구명해야 한다.

1) 이원 대립적 세계 인식의 층위

몽환가류 불교가사 작품의 대부분의 내용이 이 세상의 모든 존재를 몽환이라고 강조하여 가르치는 것으로 되어 있다. 그런데 몽환 세계 안에는 지상계와 천상계와 같은 긍정적인 것과 부정적 것이 혼재하는 데 이 양자 모두를 몽환이라고 한 점에서는 극복해야할 과제에 대한

주는데, 몽환가류 작품 현재 상태에서는 다른 유형의 불교가사를 소개하고 안내하는 매개 역할을 하고 있다고 할 수 있다. 여기에 몽환가류 불교가사의 유형적 개방성을 읽을 수 있다. 유형의 개방성은 본래 형식과 내용의 두 기준에서 동시에 검토할 필요가 있지만 가사가 가지는 형식과 표현의 단조로움으로 인하여 그를 기준으로는 개방성을 논의하기 어려운 면이 있기 때문에 뚜렷한 변별성을 보이는 내용으로 개방성의 논의를 진행했다.

공통된 인식을 가지고 있다. 나아가 이 유형의 작품에는 몽환세계와 대립적으로 몽환 아닌 세계도 나타나는데 몽환 세계에서 받은 구속은 몽환을 깨어남으로써 벗어난다는 점에서 몽환 아닌 세계는 몽환세계와 대립적인 세계이다. 이와 같이 몽환의 세계와 몽환 아닌 세계를 대립적으로 드러내고 후자를 추구하도록 가르치는 내용이 이들 유형의 작품에 많은 부분을 차지하여 교시적 작가 의식의 기저에 이원 대립적 세계 인식의 층위가 내재하고 있을 가능성이 높다.

(7) 莫邪慧劍 뽑아내서 無明荒草 다베고
    浩浩太虛 空寂 중의 無相無形 자기 주인이라
    知而不見 是眞相을 自己가 親見하니
    一步도 옮지않고 極樂國의 이르러서
    부는바람 堯風이요 맑은光明 舜日이라   〈악부본 몽환가〉

(8) 잠을깨소 잠을깨소 生死長夜 잠을깨소
    조개라도 잠을자면 千年만에 깨것만은
    언제부터 자는잠을 몃부처가 出世토록
    엇지그리 안이깨오 이제라도 잠을깨야
    夢幻世界 탐착 말고 時時 때때 念佛하여
    저 極樂에 어서가세 그世界를 들어가면
    三界火宅 일흔집을 如來室에 얻어들고
    三惡途中 일흔옷은 忍辱衣로 煥着하고
    六途循環 업든자리 法空座에 어더안꼬
    幻妄塵垢 모든때를 八功德水 목욕하고   〈석문의범본 몽환가〉

(9) 천지조판 하온후에 만물장생은 인생이요
    생노병사 이른곳에 누구나 왕래할고
    천황지황 인황후에 성제명황이 몇몇인고

요숙 같은 대성인도 초야중에 무처있고
문왕 같은 성군임도 유리옥에 갖처있고
　　　　　　(중략)
강강중생을 모아노코
관음세지 보처되여 설법성이 자자하니
사십팔원 세우시고 이설법을 드른후에
구품연대 버리시사 저극락에 들어가서
천동천녀 시위하고 무상복락 증득할 줄
팔부신장이 옹위하야 왜모르노 왜모르노　　　　　　　　　〈무상가〉[26]

(7)에서는 막사혜검(莫邪慧劍)이라는 지혜의 검으로 '무명황초(無明荒
草)'를 베고 '眞相'을 직접 본다고 하고 그러면 바로 극락국에 이른다고
말하고 있다. 이런 논리에 따르면 베어내야 할 무명황초가 있고, 보아
야 할 진상, 이르러야 할 극락국이 따로 나누어져 있다. 부정해야 할
대상이 있고 추구해야 할 대상이 나누어져 있어서 대상 세계가 이원
대립적으로 설정되어 있다. 인용문에 이어진 나머지 부분에서도 '蓮花
臺에 올라 앉아 趙州淸茶 부어 먹고/ 白牛車 멍에 메어 綠楊邊 芳草岸
의/ 任運騰騰 騰騰任運[27] 自在히 노닐면서 萬年太平 누리오니/ 大丈
夫의 大事를 畢하리로다'라고 하여 자유롭게 노닐고 태평을 누리니 이
것이 대장부의 대사를 마치는 것이라 말하여 부정하고 나서 도달할 긍
정적 세계의 모습을 그려 보여 주고 있다. 몽환 세계의 사례를 길게
보여줄 때는 나열의 기법을 사용하다가 대립적 두 세계를 병치할 때는
대조의 기법을 사용했다. 따라서 이 작품은 중생 교시라는 불교가사

---

26) 작자미상, 〈무상가〉, 앞의 책(임기중 편), 532~541쪽.
27) 任運騰騰은 움직임에 맡겨 자유자재함이고, 騰騰任運은 자유자재하여 움직임에
　　맡긴다는 뜻이다. 깨달음을 얻어 소극적으로 환경에 따라 걸림 없이 생활하기도
　　하고, 적극적으로 환경과 제도를 바꾸면서 자유자재하기도 하는 것을 모두 뜻한다.

일반 작가의식의 기저에 몽환 세계인 무명황초(無明荒草)와 몽환 아닌 세계인 진상(眞相)을 설정하고 후자를 추구하는 지향을 보임으로써 본질 차원에서 이원 대립적 세계 인식의 층위가 놓여 있다는 것을 알려주고 있다. 즉 慧劍으로 無明을 베고 眞相을 친견하도록 교시하는 작가의식의 기저에는 세계를 眞과 妄의 둘로 나누어 보고자 하는 이원 대립적 세계 인식이 자리하고 있다고 할 수 있다.

(8)에서는 대립적 세계가 여러 가지 더 구체적인 사례를 통하여 표현되고 있다. 우선 '몽환세계'와 '저 극락(極樂)'의 대립을 전제하고, 이어서 '三界火宅'과 '如來室', '三惡途中 일흔옷'과 '忍辱衣', '六途循環'과 '法空座', '幻妄塵垢'과 '八功德水' 등 대조와 나열의 표현 방법을 통하여 제시한 세부 대립 항들이 그것이다. 예문에 열거된 몽환세계는 인용문 전반부에서 보면 '生死長夜'이다. 제시된 구체적 대립 항들 가운데 전자의 것들이 모두 '몽환세계'에 포괄되고 대립 항 가운데 후자의 여러 대상들이 '저 극락'에 포괄된다. 인용문에 나타나지 않는 나머지 전체 작품에서는 특히 중국의 호걸, 문인 달사를 길게 나열하고[28] 이들의 삶이 모두 몽환임을 말하고 그들을 모두 중생으로, 그들이 사는 세상을 오탁악세, 남염부제로 치부하며, 이를 불쌍하게 바라보는 시각을 드러낸다. 작품이 전개되면서 이와 같은 몽환세계의 대립 항으로서 극락세계, 안양국(安養國)을 뒤에 대조적으로 부각하면서 전항을 버리고 후항을 향해 나가는 한 방법으로서의 염불을 강조하였다. 구체적으로 예거한 대상이 바뀌었을 뿐 두 가지 대립항을 설정하고 어느 한 방향으로

---

28) 작품에 따라 다소 차이는 있지만 대체로 역대 제왕, 왕후, 영웅호걸, 예를 들면 요순, 아황과 여영, 걸과 주, 진시황, 초패왕, 공자와 맹자, 소진과 장의, 두보, 한신, 제갈량, 주유, 방통, 백이숙제, 굴원, 개자추, 왕발, 조식, 석숭, 소부와 허유 등 이름만 들어도 알 수 있는 유명한 중국 인물을 들어서 모든 것이 몽환임을 반복하여 강조하고 있다.

지향을 보여준다는 점에서는 (7)의 경우와 같다고 할 수 있다. 따라서 여기서는 '몽환 세계'와 '저 극락'이라는 공간 차원의 대립항을 설정하고 긍정적 대상을 지향하도록 교시하여 역시 작가 의식의 이면에는 이원 대립적 세계 인식의 층위가 자리하고 있음을 보여준다고 할 수 있다.

(9)를 보면 앞부분에서 만물장생의 인생을 전제로 성제명황, 요순과 문왕, 공자에서부터 아황과 여영에 이르기까지 중국 역대 인물을 나열하고 이를 포괄하여 모두 '강강중생'이라고 하였다. 생략된 부분에서 '반야용선'이라는 배를 타고 이른 곳이 후반부에 표현된 이상향인 '저 극락'이라는 곳으로 되어 있고, 그곳을 무상복락을 얻는 공간으로 그리고 있다. 인용문 다음에 이어지는 내용에서는 이상향을 '저 국토'라고 다르게 명명하면서도 극락과 같은 모습으로 묘사하고 있다. 역사상에서 유명하지만 유한한 삶을 살다간 인물들을 모두 '강강중생'이라는 말로 포괄하고 이런 한계를 극복한 이상세계로서 '저 극락' 혹은 '저 국토'를 대조적으로 제시하였다. 두 대립적 세계에서 현실의 '강강중생'과 이상의 '관음세지'라는 인물 차원에서 대비하고 이상 세계로 나아갈 것을 가르치고 있어 이 작품의 교시적 작가 의식의 기저에도 이원 대립적 세계 인식이 깔려 있다는 것을 분명히 보여 주고 있다.

이상의 논의에서 '무명과 진상', '몽환세계와 저 극락', '강강중생과 관음세지'라는 세 가지 다른 차원에서 대립적 개념을 제시하고 후자를 추구하도록 교시함으로써 교시적 작가 의식의 기저에 이원 대립적 세계 인식이 내재 있다는 것을 알아보았다.[29] 몽환 세계를 보여주기 위해 나열의 표현 기법을 사용하고, 이와 대립적 몽환 아닌 세계를 마주 세우면서 대조의 기법을 사용했다. 즉 이런 표현법을 통하여 몽환세계

---

29) 이원 대립적 세계 인식은 이 유형에 속한 모든 작품에 나타나 있다.

와 몽환 아닌 세계를 세우고 몽환 아닌 세계를 추구하도록 가르침으로
써 세계를 둘로 나누어 인식하는 대립적 세계 인식의 층위가 교시적
작가 의식의 이면에 일차적으로 내재해 있다는 것을 논의해 보았다.

그런데 이와 같이 몽환가류 불교가사는 이원 대립적 세계 인식만이
작가 의식의 기저를 형성하고 있는가라는 의문을 가지게 한다. 이원
대립적 세계 인식과는 다른 세계 인식을 기저에 깔고 있는 모습의 표
현들이 작품에 나타나기 때문이다. 다음 절에서는 작가 의식의 기저에
다른 어떤 세계 인식이 더 내재해 있는지를 논의하여 밝히고 그것이
이원 대립적 세계관과는 어떤 맥락으로 서로 관계 맺고 있는지를 논의
하고자 한다.

2) 일원 절대적 세계 인식의 층위

앞 절에 살핀 몽환 세계와 몽환 아닌 세계라는 양자 대립적 세계 인식
의 층위는 일반적으로 예상이 가능한 사태이다. 그러나 이 양자를 모두
초월한 일원적 세계는 논리적으로 설명하기도 쉽지 않고 그런 세계 인
식의 실존 여부를 의심하기 쉽다. 그런데 실제 몽환가류 불교가사 작품
에는 이런 예상하지 않았던 몽환 세계와 몽환 아닌 세계 양자를 모두
초월한 세계 인식을 보여 주는 표현이 많이 나타난다. 대립적 세계 인식
이외에 어떤 세계 인식이 실제 작품에 어떻게 나타나는지, 앞의 이원적
세계 인식과는 어떤 맥락 관계를 형성하는지를 논의하고자 한다.

(10) 몽환佛果 證得後에·몽환悲智 運轉하야
　　　夢幻衆生 제도하고 法性土 너른뜰에
　　　騰騰任運 노닐면서 無生曲을 불러보세
　　　南無阿彌陀佛 南無觀世音菩薩　　　　　　　〈석문의범본몽환가〉

　(11) 毘盧遮那 華藏世界 阿彌陀佛 極樂世界
　　　一切衆生 煩惱世界 天上人間 轉輪聖王
　　　歷代王后 萬古豪傑 富貴榮華 尊卑貴賤
　　　一切皆是 夢幻이다 어이ᄒ야 그러ᄒ고
　　　毘盧遮那 夢幻三昧 阿彌陀佛 幻垢莊嚴
　　　衆生煩惱 五欲世界 낫낫치 都是夢幻이다 　　　　　　　〈몽환별곡〉

　(12) 睡夢을 잠깐깨며 生也夢中이요 死也夢中이니
　　　夢中에 夢中者를 夢中에 찻ᄉ오면
　　　夢中에 非夢者ᄂ 夢中에도 非夢者라
　　　非夢者 不惜身命ᄒ고 시시로
　　　頓悟明心ᄒ여 大夢을 끼치리니 如是以
　　　修行ᄒ면 大覺 世尊 大夢佛이 自然히 나타나면
　　　古佛也 如是ᄒ고 今佛也 如是ᄒ고 　　　　　　　　〈몽중회심곡〉30)

　(10)은 앞 절의 작품 내용과는 근본적으로 다른 내용을 보여 준다. 인용문 (10)의 바로 앞부분인 (8)에서는 잠을 깨라고 명령하면서 몽환 세계에 집착하지 말고 염불을 통하여 극락에 가자고 권유하고 있다. 이런 이원 대립적 논법에 따르면 일반 사람들이 살아가는 세상은 몽환 세계이고 이를 벗어나 가야할 극락은 몽환 아닌 세계, 실상의 세계라고 할 수 있다. (8)번 다음에 이어지는 부분을 보면 '그 世界를 들어가면 三界火宅 일흔집을 如來室에 얻어들고/ 三惡途中 일흔옷은 忍辱衣로 煥着하고/ 六途循環 업든자리 法空座에 어더안꼬/ 幻妄塵垢 모든 때를 八功德水 목욕하고/ 貪瞋煩惱 더운땀을 寶樹下에 休歇하고'라고 하여 서로 대응되는 대상들을 여러 번 반복하고 있다. 그런데 '貪瞋煩惱 더운 땀을 寶樹下에 休歇하고'의 바로 뒤이어 나온 (10)의 내용에

────────────

30) 작자미상, 〈몽중회심곡〉, 앞의 책(임기중 편), 554~565쪽.

따르면 우선 (8)에서 이원 대립적으로 거론됐던 두 세계 모두가 몽환이라는 하나의 개념으로 통합되는 모습을 보인다. 처음부터 몽환이라고 한 중생은 물론이고 깨달아서 부처가 되어 얻을 수 있는 불과(佛果)도 몽환이라 말하고 있기 때문이다. 바로 여기에 모순 어법이 사용되고 있다. 몽환을 극복하면 몽환 아닌 세계가 되어야 하는데 여전히 몽환이라고 했으니 이것이 바로 역설의 표현기법이다. 이것은 (8)에서 이원 대립적 세계관을 드러낼 때 나열과 대조법을 사용한 것과는 다른 표현 기법이다.

이런 논리를 따라가 보면 몽환의 부처가 몽환의 중생을 제도한다는 말이 되는데 그러면 여기서 왜 깨달아서 가는 부처의 세계를 다시 몽환이라고 했는가? 이 역설에는 일체 존재에 대한 불교의 깊은 성찰이 내재해 있다. 불교에서 말하는 깨달음의 세계는 본래 상대유한의 세계를 넘어서 있다.[31] 그런 관점에서 볼 때 부처의 설정은 중생이라는 상대를 상정하는 것이기 때문에 부처 역시 몽환이라는 논리가 성립한다. 이런 논리에서 볼 때 중생에 상대한 부처, 중생계에 대비되는 극락이 따로 있는 한 근본적으로 몽환 세계를 초월할 수 없다.[32]

인용문 (10)의 마지막 부분을 보면 두 대립항을 모두 몽환이라고 하고 나서 법성토(法性土)라고 하면서 거기서 노닐고 무생곡(無生曲)을 불러보자고 제안하였다. 이것은 두 대립항을 모두 몽환이라 부정하고 나

---

31) 성철, 『백일법문』 상, 장경각, 1992, 34쪽 참고.
32) 몽환 세계와 몽환 아닌 세계를 나누고 전자를 버리고 후자를 추구하는 것은 엄밀한 의미에서 불교가 아니다. 이런 입장은 三祖 僧璨이 〈信心銘〉(승찬·영가, 『신심명·증도가』, 해인사, 1986, 15~25쪽)에서 '지극한 도는 어렵지 않으니 오직 간택함을 꺼릴 뿐이니 미워하고 사랑하지 않으면 통연히 명백하니라(至道無難 唯嫌揀擇 但莫憎愛 洞然明白)'라고 하는데서 분명하게 나타난다. 중생과 부처, 몽환과 비몽환 등을 나누고 양자 가운데 하나를 버리고 하나를 간택하는 것은 불교의 진정한 가르침이 될 수 없다는 것을 이렇게 표현하였다.

서 몽환 세계와 몽환 아닌 세계가 나누어지기 이전에 일체가 본래성불이기 때문에 뭘 가르치고 배우고 건너갈 것 자체가 없다는 것을 표현한 말이다. 이런 관점에서 보면 본래 중생 세계가 없었기 때문에 깨달아서 부처가 된다는 것도 몽환이라는 것이다. 여기서 사용된 무생곡(無生曲)이라는 말은 본래 남이 없는 곡조라는 의미로서 몽환의 중생 세계와 몽환 아닌 부처 세계라는 대립적 세계가 벌어지기 이전 본래성불의 세계를 상징하는 용어이다.33) 이것이 바로 '法性土에 노닐고, 無生曲을 불러보자'를 양자 초월의 일원적 세계 인식의 표현으로 봐야할 이유이다. 작품의 전개를 보면 이원 대립적 세계를 먼저 길게 나열하고 나서 양자 통합적 세계로 귀결하고 있어서 양자 분리가 일원 통합으로 회귀되는 논리 흐름을 보여주고 있다. 이것은 처음에 모든 것을 이원 대립적으로 보는 대중의 수준에 따라 교시를 내리지만 궁극에는 양자 통합의 근원적 세계로 돌아가야 한다는 교시의 단계적 심화과정을 보여 주는 것이다. 그런데 (10)에서 이원적 세계관과 일원적 세계관의 관계는 작품에서 순차적 과정으로 표현되고 있다. 인용문 (10)의 앞부분인 (8)에서 대립적 세계를 길게 나열하고 바로 (10) 부분이 대등하게 이어지고 있기 때문이다. 그런데 불교 교리34)에 따르면 일체가 본래성불로서

---

33) 이와 비슷한 용어로는 '구멍 없는 피리(無孔箸), 줄 없는 거문고(沒弦琴), 바닥없는 배(無底船)' 등을 더 들어 볼 수 있는데 이들 용어 역시 역설로 구성돼 있다.

34) 대승불교의 초기경전이라 할 수 있는 『금강경』의 「第三大乘正宗分」(8쪽)에 보면 '이와 같이 한량없고, 수 없고, 끝없이 중생을 멸도하되 실제로 멸도한 중생이 없다(如是滅度無量無數無邊衆生 實無衆生得滅度者)'이라고 하고, 또 다른 대승경전인 『원각경』, 「보현보살장」에도 보면 '환상에 의하여 깨달음을 말하더라도 또한 환상이라 이름하니 만약 깨달음이 있다고 하더라도 오히려 환상을 떠나지 못했으며 깨달음이 없다고 한 것도 또한 이와 같다(依幻說覺 亦名爲幻 若說有覺 猶未離幻 說無覺者 亦復如是)'고 하였다. 즉 중생을 제도해도 제도한 중생이 없고 깨달음을 말해도 환상에 불과하다는 말은 본래성불이어서 상대 세계가 있을 수 없다는 말이다.

일원적인데 몽환에 빠진 관점에서는 몽환 아닌 세계가 따로 있는 것처럼 보일 뿐이라고 한다. 따라서 여기 순차적으로 처리된 두 세계의 관계는 이원적 세계 인식이 일원적 세계 인식의 기초 위에 시설된 것을 서술적으로 표현하는 과정에 나타난 것으로 이해할 수 있다.[35]

(11)에도 이와 유사한 논리가 나타난다. 작품에 나열한 毘盧遮那, 華藏世界, 阿彌陀佛, 極樂世界는 실제 몽환을 깨친 몽환 아닌 세계이고, 一切衆生의 煩惱世界, 天上人間, 轉輪聖王, 歷代王后, 萬古豪傑, 富貴榮華, 尊卑貴賤 등은 몽환 세계라고 하는 것이 이원 대립적 세계관의 관점에서는 타당하다. 그런데 여기서는 이 두 가지 대립항을 하나로 묶어서 몽환이라고 단정하고 그 이유를 낱낱이 몽환이기 때문에 그렇다는 순환논리의 비약법[36]을 구사하고 있다. 이원 대립적 세계가 왜 모두 몽환인가라고 하여 일원적 세계 인식과의 관계를 말하면서 마지막 부분에서 모두 몽환이기 때문이라고 대답하고 있다. 해당 작품의 서두인 위 인용문과 함께 이 작품의 마지막 부분에서는 '몽환 불과 증득후에 태평가를 불너보세'라고 하여 역시 중생이 깨달아서 얻는 부처의 경지인 불과(佛果)도 몽환이라고 하고 있다. 이러한 논리에는 역시 몽환과 몽환 아닌 세계라는 대립 항이 존재하는 한 이것은 진정한 깨달음이 될 수 없다는 일원 절대적 세계관을 역설적으로 표현한 것이다. 실제는 본래성불(本來成佛)인데 여기에 다시 중생과 부처를 나누고 중생이 부처가 되어야 한다는 논리는 본래성불인 실상에 위배된다는 말이다. 따라서 앞의 (10)번 작품과 같이 이원 대립적 입장에서 교시를

---

35) '가사' 작품으로서 세세한 논리를 구성해서 보여주기 어려운 한계 때문에 나타난 현상이기도 하다.

36) 결과를 가지고 다시 원인을 삼는 순환 논리는 인과의 근거가 드러나지 않아서 결국 논리의 비약에 해당하기 때문에 비약법이라고 할 수 있다.

내리면서도 그 근본 입지는 본래성불이라는 일원 절대적 불교 세계 인
식에 입각해 있고 양자 통일의 세계를 순환 논리의 비약법으로 표현하
고 있다고 하겠다.

(12)에서는 꿈이라는 용어를 사용하여 절대적 세계관을 개진하고 있
다. 생사가 몽중이라고 하고 몽중(夢中)에 비몽자(非夢者)가 있다고 하
여 이항 대립적 용어를 사용하다가 수행을 통하면 대몽불(大夢佛)이 나
타난다는 말을 하고 있다. 일반적 논리를 따르면 몽중이 중생이라면
비몽자는 부처라고 할 수 있다. 그런데 여기서는 깨친 부처도 대몽이
라고 하여 몽중임을 말하고 있다. 인용문의 앞부분에서 세간의 일체를
몽중으로 보고 신명을 아끼지 않고 수행하면 대각 세존인 대몽불이 나
타난다고 하였다. 여기서 대각 세존불이라고만 하지 않고 대몽불이라
고 함께 말한 것은 이원 대립적 세계를 초월한 일원 절대적 세계 인식
을 역설적으로 표현한 것이다. 인용문에 뒤이은 내용에서 이런 점이
더욱 확인된다. 古佛과 今佛, 未來佛이 다 그러하고 천상과 인간, 일
체 인간이 모두 그러하다고 하여 본래성불해 있음을 이렇게 표현했다.
(12)의 논리를 보면 생사(生死)가 몽중(夢中)인데 몽중에 몽중자(夢中者)
를 찾으면 비몽자(非夢者)가 있다고 하여 몽중자와 비몽자의 대립을 보
인다. 이어서 비몽자가 대몽(大夢)을 깨치면 비몽불(非夢佛)이 나타나
서 古佛, 金佛이 이와 같다고 하여 양자를 초월한 대몽불(大夢佛)을 제
시하고 있다. 즉 몽중자와 비몽자의 대립이 대몽불로 통합되는 논리적
과정을 보여주고 있다. 깨치기 전에 나누어졌다가 깨치고 나서 하나임
이 드러난다. 그런데 여기서는 인과논리(因果論理)로 양자의 관계를 표
현하고 있다. 여기서도 양자의 관계는 일원적 세계 인식의 기초 위에
이원적 세계 인식이 입각하는 관계로 볼 수 있다. 이 작품 마지막 부분
에서 '성상을 뫼읍고 태평가를 불으리라'고 한 데서 이원 대립의 세계

를 부정하고 드러난 본래성불이라는 일원 절대적 세계관의 층위로의
귀결을 다시 확인할 수 있기 때문이다. 요컨대 여기서는 이원 대립적
세계 인식이 일원적 세계 인식에 기초하고 있음을 수행의 인과적 논리
로 표현하고 있다.

　이 유형에 속하는 작품들 가운데는 이원 대립적 세계관만 드러내는
작품이 있고 일원 절대적 세계관을 함께 보여주는 작품이 있다.[37] 일
원 절대적 세계관이 나타나지 않는 작품의 경우에도 실상은 절대적 세
계관을 기초로 하고 있겠으나 절대적 세계관을 표현하지만 않았다고
할 수 있다.[38] 이원 대립적 세계 인식은 몽환의 여러 사례를 나열하고
몽환과 몽환 아닌 세계를 대비시켜 대조의 기법으로 표현했고, 일원
절대적 세계 인식은 역설이라는 모순 어법으로 표현했다. 이 양자의
관계는 순차적, 비약적, 인과적 논리로 표현되었는데 그런 방식을 통
하여 작가 의식이 두 가지 세계 인식의 복합 층위 위에 입각해 있음을
나타냈다. 이원 대립적 세계 인식은 교시의 방편상 모든 작품에 나타
나는데 이 유형내 가장 비중 있는 세편의 작품[39]에서 본래성불이라는
불교 이념에 따른 일원 절대적 세계관을 함께 제시함으로써 표면상 상
호 모순 개념의 양자는 작가 의식의 중층적 기초를 형성하게 되었다고
할 수 있다. 즉 교시적 작가 의식의 기저에 이원 대립적 세계인식이,

---

37) 이런 두 가지 세계관은 염불가류와 왕생가류 불교가사 유형에 가장 분명하게 나
　　타난다. 염불가류 불교가사에서는 저승이나 이승 극락을 나누었다가 현생 극락을
　　말하는 데서, 왕생가류 불교가사는 사바와 극락을 나누었다가 마음이 정토라는 유
　　심정토를 주장하는 데서 두 가지 세계관이 나타난다.(참고문헌 상에 보인 졸고 염
　　불가류, 왕생가류 연구 논문 참고)
38) 일원 절대적 세계관은 불교 이념의 보편적 성격이어서 수행을 하는 과정이나 중
　　생을 제도하는 과정에서도 반드시 전제되지 않으면 안 되는 이념이기 때문이다.
39) 일원적 세계 인식을 보여 주는 작품은 〈석문의범본 몽환가〉, 〈몽환별곡〉, 〈몽중
　　회심곡〉 세 편이다.

이원 대립적 세계 인식의 기저에 일원적 세계 인식이 중층적으로 자리하고 있다고 하겠다.[40]

4. 유형적 개방성과 작가 의식

여기서는 몽환가류 불교가사의 성격을 개방성의 방향, 작가 의식의 기저라는 두 가지 항으로 나누어 논의해 보았다. 형식보다는 작품의 내용과 기능을 중심으로 불교가사의 한 유형인 몽환가류 불교가사를 논의했는데 해당 작품의 기능과 유형적 개방성을 먼저 논의하고, 작가 의식의 기저라고 할 수 있는 두 층위의 세계인식을 뒤이어 논의해 보았다. 이는 몽환가류 불교가사의 특징 자체를 이해하면서 다른 유형의 불교가사와의 상관 질서 속에서 불교가사 전체를 이해해 가려는 의도에 따른 것이다.

기능상의 개방성을 논의했는데 몽환가류 불교가사는 종교가사의 일반적 기능이라고 할 수 있는 교시적 기능을 바탕에 깔고 있으면서 영혼을 천도하는 기능을 동시에 수행하는 것으로 나타났다. 일체 존재가 몽환이라는 교시를 중심에 놓고 이런 문제적 상황을 극복하기 위한 방법으로서 염불이나 참선, 설법 듣기의 방법을 알리고 권유하는 방향으로 교시가 다양하게 이루어졌다. 그리고 산 사람과 영혼을 이렇게 교시

---

40) 작품을 달리하여 이원 대립적 세계를 보이는 데서 일원적 세계관을 보이는 작품으로 전개되는 것이 아니라 모든 작품이 근원적으로 일원적 세계관에 기초하여 이원대립적 세계관을 보이고 그것을 기초로 교시의 방편을 시행하는 것으로 되어 있다고 보아야 한다. 교시의 방편상 불교의 경전에도 본래성불의 근본적 내용을 담고 있는 경우 了義經, 이원 대립적 세계를 세워 하나를 극복하고 나머지 하나로 나가라고 하는 방편설을 가진 경우를 不了義經이라 하는 경우와 일맥상통한다. 이원 대립적 세계 인식만 보이는 가사 작품은 교시 방편을 내세우는 불요의경에 비견할 수 있다.

하면서 영혼 천도의 기능도 수행하고 있었다. 문제와 문제 극복의 방안에 관한 여러 불교 이념으로 대중을 교시하는 데만 그치지 않고 영가를 교화하고 천도하는 기능까지 수행하여 기능적으로 개방성이 나타났다.

그리고 유형적 개방성이 기능의 개방성에 연유했다고 본 것은 몽환가류 불교가사가 몽환 인식을 기초로 지향하는 다양한 기능을 수행하기 위해서 그러기에 적합한 다른 유형의 작품 내용을 몽환가류 불교가사 유형내적 문맥 질서에 따라 다양하게 수용했기 때문이다. 몽환가류 불교가사는 이 유형의 가장 핵심 주제인 몽환적 현실의 문제를 주로 교시했는데, 이들 문제를 해결하기 위한 방안을 제시하는 과정에 염불을 권장할 때는 염불가류, 참선을 가르칠 때에는 참선곡류, 왕생에 초점을 맞출 때는 왕생가류 불교가사 등의 내용을 수용하는 개방적 모습을 보여주었다. 그런데 유형적 개방성은 다른 유형의 기계적 전사가 아니라 몽환가류 불교가사의 개방적 기능에 부합하도록 개념적 표현, 통사적 맥락 구성, 관행적 첨부를 하고, 당위적 실천을 요구하는 방향으로 구현되었다.

교시적 작가 의식의 기저에는 교시의 방편에 따라 이원 대립적 세계관이 이 유형에 해당하는 모든 작품에 나타났다. 이원 대립적 세계인식을 표현할 때에는 몽환 세계의 여러 사례를 보여주는 나열의 표현법을 사용했고, 몽환 세계에 몽환 아닌 세계를 대비할 때에는 대조법의 표현을 사용하였다. 이원 대립의 요소는 '무명과 진상, 몽환세계와 저극락, 강강중생과 관음세지'로서 본질, 공간, 인물의 세 가지 차원으로 구성되어 있다. 이원 대립적 세계 인식에 기초했을 때 교시적 작가 의식은 몽환 세계와 몽환 아닌 세계를 대비하고 전자를 버리고 후자에 나아가도록 권유하고 명령하는 것으로 나타났다. 그래서 몽환가류 불교가사에서 대중을 교시하는 작가의식은 이러한 이원 대립적 세계 인식에 일차적으로 기초하여 형성돼 있다고 보았다.

몽환가류 불교가사 작가의식의 가장 근원적 층위는 일원 절대적 세계 인식으로 나타났다. 무명과 진상, 사바와 극락, 중생과 부처라는 이원 대립적 세계 인식의 층위에서는 무명을 극복한 진상, 사바를 넘어선 극락, 중생을 극복한 부처를 이상적 세계로 추구했으나, 역설적 기법으로 이 양자를 모두 몽환의 세계로 표현한 일원 절대적 세계 인식의 층위에서는 대립적 세계를 초월하라는 고차원적 교시를 내렸다. 부처나 극락을 상정하는 순간 중생과 사바라는 상대세계가 벌어져 상대 유한의 세계에 떨어진다고 보아서 부처나 극락까지도 몽환이라고 단정함으로써 일원적 세계 인식을 표현했다. 이원 대립적 관점에서 제시한 부처나 극락을 몽환이라고 한 것은 불교 교리 상 일체가 본래성불이라는 절대 무한의 층위에서 나타날 수 있는 역설적 표현이다. 전체적으로 방편 상 교시적 작가의식이 이원 대립적 세계 인식에 기초하면서도, 그 이원 대립적 세계 인식이 일원적 세계 인식에 기초하고 있어서, 작가의식이 근본적으로는 본래성불의 일원 절대적 세계 인식에 기초하고 있다는 것을 확인했다. 작품에 이원적 세계 인식과 일원적 세계 인식의 관계는 순차적, 비약적, 인과적으로 표현되었으나 실제는 중층적 층위로 이루어져 있다고 보았다. 이원 대립적 세계관을 극복함으로써 일원적 세계가 자연스럽게 드러난다는 논리를 보여주었기 때문이다. 교시적 작가 의식의 기초가 이원 대립적 세계관이었고, 이원 대립적 세계 인식의 기초가 일원 절대적 세계 인식으로 돼 있어 중층적 세계인식이 교시적 작가 의식을 뒷받침하고 있다고 보았다.

요컨대 몽환가류 불교가사는 기능상 개방성을 보여주었는데, 그런 개방성은 기능을 제대로 발휘하기 위해 다른 유형의 불교가사를 이 유형 내적 맥락에 따라 변개하여 수용함으로써 유형적 개방성을 확보하는 데까지 나갔다. 그리고 기능과 유형상의 다양성은 교시라는 작가 의식에 연유했는데 작가 의식은 교시의 방편상 이원 대립적 세계 인식에 기초하면서도 더 심층적으로는, 불교의 근원적 이념인 본래성불 사상에 입각한, 일원 절대적 세계 인식에 기초하고 있었다. 두 가지 세계 인식이 모두 나타났지만 궁극적으로 일원적 세계 인식이라는 근본적 세계관을 효과적으로 교시하기 위하여 몽환가류 불교가사는 기능과 유형상의 개방성을 가져왔다고 할 수 있다.

제2장 회심곡류 불교가사의
단락 전개·구성과 선악·생사관

1. 회심곡류 불교가사

〈회심곡〉은 불교가사 가운데 가장 많은 이본을 가졌을 만큼 대중들에게 인기를 누렸다. 지금까지도 승가나 대중 사이에 〈회심곡〉이 노래로 향유되고 있는 것은 그런 영향의 결과가 아닌가 한다. 그런 인기를 누린 이유가 어디 있는지를 정확히는 알 수 없지만 이 작품이 대중적 공감을 예나 지금이나 한결같이 얻고 있다는 것은 사실이다.

불교가사로서의 〈회심곡〉에 대한 지금까지의 연구는 주로 작품 이본을 포괄한 종합적 연구[1], 작품의 유통과 향유[2], 작품에 나타난 사상[3]

---

1) 이옥영, 「회심곡 연구」, 이화여자대학교 대학원 한국학과 석사학위논문, 1988, 1~62쪽./ 조윤희, 「회심곡 연구」, 창원대학교 교육대학원 석사학위논문, 2004, 1~70쪽./ 지병규, 「〈회심곡〉의 연구」, 『어문연구』 제21집, 어문연구회, 1991, 169~201쪽 등이 있다.

2) 김종진, 「3. 〈회심곡〉의 유통」, 『불교가사의 연행과 전승』, 이회, 2002, 140~163쪽./ 김종진, 「불교가사의 연행연구」, 『동악어문논집』 제27집, 동국대학교 동악어문학회, 1992, 115~175쪽./ 이영식, 「장례요 〈회심곡〉 사설수용 양상-강원도를 중심으로-」, 『한국민요학』 제15집, 한국민요학회, 249~301쪽./ 김동국, 「회심곡 발생고」, 『우리어문연구』 제21집, 우리어문학회, 205~230쪽 등이 있다.

3) 남상득, 「〈회심곡〉에 나타난 불교사상의 혼융양상」, 『한어문교육』 제8집, 한국어문학교육학회, 2000, 201~215쪽./ 김동국, 「불교가사의 사상 분류고」, 『우리문학

등의 논의에 치중되었다. 작품이 생산되고 유통되면서 나타난 이본들 간의 상호 관계와 작품 변화, 향유 방식, 작품이 추구하는 사상적 지향 등에 대한 논의가 진행됨으로써 회심곡류 불교가사의 존재 환경에 대한 전반적 연구가 비교적 자세하게 이루어졌다고 할 수 있다.

이 같은 작품 외적 연구가 중요한 것은 작품 자체에 대한 본격적 연구를 뒷받침할 수 있다는 데에 있다. 여기서는 이런 기존 연구의 바탕 위에서 회심곡류 불교가사 작품4) 전체를 대상으로 단락 전개와 구성의 원리를 논의하여 전체적으로 어떤 내용을 어떻게 표현하고 있으며, 다루어진 여러 내용 가운데 나타낸 선악·생사관의 핵심적 성격이 어떠한 지를 논의함으로써 대상 작품 전체의 구체적 내용과 성격을 구명하고자 한다. 이들 작품에서는 특히 저승 심판 과정에 망자의 생전 행위로 선악을 판단하는데 이때 작품에서 말하는 선악의 구체적 성격을 들여다봄으로써 작품이 어떤 인식에 근거하고 있는지를 알아보고자 한다. 그리고 종교가 생사의 문제를 다루듯이 종교가사 역시 그 종교의 생사관을 담아서 표현하기 일쑤인데 회심곡류 불교가사도 바로 그런 문제를 가장 핵심 과제로 다루고 있어서 작품에 나타난 생사 문제를 논의하고자 한다. 작품의 근본 성격을 해명하기 위해 이러한 선악과 생사의 문제는 작품 안에서 상호 깊은 상관성을 가지고 있지만 전자는 단락 안에, 후자는 단락 전개 과정과 연관됨으로써 작품의 큰 얼개와 작은 조직이 유기적

연구』 제23집, 우리문학연구회, 3~34쪽 등이 있다.

4) 회심곡류 불교가사 작품은 기본적으로 생로병사라는 삶의 과정과 청자에게 하는 권유를 핵심 내용으로 하고 있다. 이런 기준에서 작품 제목에 〈回心歌〉, 〈別別回心曲〉, 〈夢中回心曲〉, 〈六甲回心曲〉과 같이 '회심'이라는 용어가 들어갔더라도 작품의 핵심 내용이 다르면 연구 대상에서 제외했고, 제목에 이 용어가 없더라도 핵심 내용이 일치하면 연구 대상에 포괄했다. 이렇게 선정한 작품은 〈因果文〉, 〈別回心曲〉, 〈善心歌〉, 〈四諦歌〉, 〈續回心曲〉, 〈特別回心曲〉, 〈喚懺曲〉, 〈憾死別曲〉, 〈鄭大月華本夢幻歌〉, 〈无量歌〉, 〈半回心曲〉 등의 작품이다.

맥락을 형성하고 있다. 그리고 이 문제는 특별한 한 사상의 일방적 제시나 선전에 그치지 않고 무속적 사유, 불교, 유교가 복잡하게 상호 작용하여 미세한 상관 조직을 이루고 있어 세밀하게 검토해야 할 필요가 있다.

여기 논의 대상 작품은 11편의 〈회심곡〉 이본이다. 『불교가사 원전연구』[5)]에 실린 작품 가운데 〈회심곡〉의 '회심'이라는 용어는 사용하였으나 실제 작품 내용이 '생→로→병→사→권유'의 흐름을 완전히 벗어나서 회심곡류 불교가사 유형과 거리가 먼 작품은 제외하였고, 제목에 '회심'이라는 말이 들어가지는 않았으나 작품의 표현이나 내용 전개가 〈회심곡〉과 근본적으로 친연성을 보이는 작품은 연구 대상으로 삼았다. 회심곡류 불교가사 유형에 속하는 작품들은 인간의 생로병사의 과정에 따라 단락을 전개하고 마지막에 시적 화자가 청자들에게 권유하는 단락을 배치하는 기본적 흐름을 보여 준다. 그래서 인생의 생·로·병·사·권유라는 단락 전개를 보이는 작품은 그렇지 않은 작품과 전개상 차이를 보일뿐 아니라 문장의 서술, 내용에서도 뚜렷한 차별성을 보여 주고 있다.[6)]

2. 단락 전개와 구성의 원리

회심곡류 불교가사에서는 다음에 살필 선악과 생사의 문제뿐 아니라 여러 가지 중요한 문제를 전개와 구성상 변주를 통해서 다룬다. 전

---

5) 『불교가사 원전연구』(임기중, 동국대학교 출판부, 2000)에서 자료를 가져왔다. 그러나 작품을 표기할 때에는 이해를 돕기 위하여 원전의 고어 표시를 최대한 살리면서 한자어는 한자로 표기하였다.

6) 특히 휴정의 작품으로 알려진 〈回心歌〉와는 뚜렷한 변별성을 보여 주고 있고 '회심곡'이라는 용어를 정확하게 사용하고 있는 그 외 〈別別回心曲〉, 〈夢中回心曲〉, 〈六甲回心曲〉 등의 작품에도 그런 이질성이 확인된다.

체 작품을 구성하는 단락7) 전개와 단락을 구성하는 문장 배열은 선악, 생사를 비롯한 여러 가지 문제를 표현하면서 일정한 상관관계를 보이고 있다. 선악과 생사 문제가 불교나 무속, 유교 등의 사상과 연관되어 작품으로 표현되고 작품 전체적으로 작품 기반 현실과 시적화자의 지향성을 동시에 보이고 있어서 이런 문제가 단락 전개와 구성을 통해 어떻게 표현되고 있는지를 살피고자 한다.

1) 단락 전개의 원리

여기서는 회심곡류 불교가사 전체의 윤곽을 파악하고 단락 전개상에 보인 기본8)과 변화를 통해서 보여준 것이 무엇인가를 파악하고자 한다. 열한 편의 회심곡류 불교가사 작품들은 이본들 사이에 길이가 다르고 내용도 어느 정도 차이가 있다. 그러나 작품의 단락을 전개하는 방법은 대체로 유사하다. 즉 대부분의 작품을 탄생과 늙음, 병듦, 죽음, 권유의 다섯 단락을 순서대로 일정하게 전개하고 있기 때문이다. 작품에 따라 다섯 단락 가운데 한 두 개를 생략하고 새로운 단락으로 대치되기도 하고, 어떤 단락의 내용은 더 크게 확장하여 같은 탄생이나 죽음을 다룬 단락이지만 길이가 현저히 길어진 경우도 있다. 이같은 변화에 의하여 '탄생→늙음→병듦→죽음→권유'라는 작품 전체 단락의 전개 원리의 변화가 발생했다.

전체 11편의 작품 가운데 기본 5단락의 전개 양상을 충실히 보이는 작품이 〈인과문〉, 〈별회심곡〉, 〈선심가〉, 〈속회심곡〉, 〈특별회심곡〉,

---

7) 여기서 단락은 둘 이상의 문장이 모여 독립된 사상을 담고 있는 문단이라는 의미로 사용하고자 한다. 독립된 사상 단위는 크게 또는 작게 잡을 수도 있어서 상위 개념의 단락에 하위 개념의 세부 단락을 설정할 수 있다.

8) 생·로·병·사·권유의 5단 구성을 말한다.

〈환참곡〉, 〈반회심곡〉 등 7편이고, 단락의 수가 변하거나 단락의 수는 그대로 있더라도 내용이 변한 작품은 〈四諦歌〉, 〈감사별곡〉, 〈정대월화본몽환가〉, 〈무량가〉 등 4편이다.

이 가운데 더 많은 비중을 차지하고 있는 기본 5단락 전개의 작품을 먼저 살펴보고자 한다. 여기에 해당하는 작품이 외형에서는 회심곡류 불교가사 작품의 단락 전개 원리를 따르면서 5단 구성의 범위 안에서 내용의 변화를 추구하고 있다.

> (1) 쇠문안 드리드라 목버히며 혀쌘히며
>   굽거니 슴거니 켜거니 쎄거니
>   가지가지로 다스리니 아야아야 우는소리는
>   오뉴월 가온대 억머구리 소리로다
>   이흔몸 가지고 빅쳔가지 곳쳐되여
>   대고통 슈흘적의 그엇디 아니셜울손고
>   목말나라 울적의 몽동쳘환 쎄피시고
>   ᄒᆞ르도 열두시오 흔달도 셜흔날에
>   일만법을 죽이시고 일반번을 사로시니
>   홀니런가 잇틀이런가 천만년을 지녀여도
>   여희긔약 업다ᄒᆞ니 좀좀코 헤여보소
>   엇지아니 셜울손고 슬프고 셜온지라   〈인과문〉

〈인과문〉의 경우 다섯 단락 전개의 전형을 보여주는데 (1)은 네 번째 〈죽음〉 단락의 죄인 벌주는 부분이다. 다른 작품의 경우도 네 번째 죽음 단락이 가장 장형을 이루고 있는데 대부분 다른 작품에서는 형벌을 가하는 장면은 보여주지 않는다. 그런데 〈인과문〉의 이 단락에서는 죄인을 단순히 문책하는 데 그치지 않고 여러 가지 형벌을 가하는 현장을 생생하게 보여주고 있어서 이것은 사찰의 지옥도를 연상하게 한다.9) 이생에서 육신은 죽었지만 영혼이 지옥에 가서 끝없는 고통을 어떻게 받는가를 사실적으로 그리고 있다. 이것은 5단락 전개 원리를 지키면서도 죄악의 댓가를 각인시키기 위해 지옥도의 심상을 작품 안에 수용하는 개방성을 보인 것이다.

기본 5단 구성의 전형을 보이는 〈별회심곡〉과 〈선심가〉, 〈특별회심곡〉, 〈환참곡〉의 경우도 넷째 단락이 길어졌는데 여기서는 선악의 갖가지 행위를 제시하면서 특히 '남녀죄인'을 심문하고 '착한남녀' 소원 들어주기 등 네 가지 경우를 모두 구체적으로 다루어서 단락이 길어졌다. 〈속회심곡〉의 경우는 네 번째 단락에 남녀 죄인과 남녀 착한 사람들 네 가지 경우를 모두 다루면서도 이 앞에 장례의식이나 저승길의 내용을 자세히 추가하여 〈별회심곡〉이나 〈선심가〉, 〈특별회심곡〉, 〈환참곡〉보다 넷째 단락이 더 길어지고 전체 작품 길이는 압도적으로 길어졌다. 〈반회심곡〉의 경우는 첫 번째 단락에서 『부모은중경』의 내용10)을 수용하여 부모 은공을 부각하고, 네 번째 단락에서는 상려의 운구, 매장, 매장 산소의 풍경 등 장례 절차를 담은 상두꾼의 노래11)를 삽입하였고 심문 받는 것은 총괄하여 과감하게 생략하고 간단히 제시하여 변화를 보여 주었다. 생사문제를 다루는 것이 〈회심곡〉이기 때문에 상두노래의

---

9) 김종진, 「〈회심곡〉과 탱화의 상호 택스트성」, 『불교가사의 계보학, 그 문화사적 탐색』, 소명출판사, 2009, 261~285쪽 참고.

10) 『父母恩重經』의 〈臨産受苦恩〉, 〈咽苦吐甘恩〉, 〈廻乾就濕恩〉, 〈浮哺養育恩〉 등의 단락에 위 작품과 거의 비슷한 내용이 나타나 있다.

11) 해당 부분을 보면 다음과 같다. '스물 네 명 상두꾼이 차례로 늘어선 후/ 저 首番의 擧動 보소 요령 끈에 수건 달아/ 눈 위에 높이 들고 처자권속 바라보며 下直 절을 三拜할 때/ 처자권속 卒倒하며 喪輿 채를 놓지 않네/ 인정 없는 저首番은 사정없이 떼어놓고/ 어서가자 바삐가자 下棺時가 늦어간다/ 이산저산 피는꽃은 봄이오면 다 시피고/ 이골저골 長流水는 한번가면 못오나니/ 이제가면 언제오며 다시오기 어려워라'(〈반회심곡〉, '죽음단락').

용도에 따라 가장 친연성 있는 죽음 단락을 필요한 방향으로 확대하고
있는 정황을 알 수 있다.12)

　다음은 기본 5단 구성 내용 자체의 큰 변화를 보여 주는 작품을 보고
자 한다. 〈四諦歌〉는 탄생 단락이 빠지고 늙음부터 시작하여 전체 네
단락으로 구성되어 있다. 〈감사별곡〉은 다른 작품에 비하여 변화가 가
장 많이 일어난 경우인데 해당 부분을 일부 보면 다음과 같다.

> (2) 알드리 모든재물 못다먹고 못다쓰고
> 　　손발젓고 죽는인생 이내目前 파다하다
> 　　세상사람 싱각ᄒ오 善心업시 스람되며
> 　　功德업시 極樂갈가 노는 입에 念佛ᄒ여
> 　　염불마니 외오다가 열시왕전 밧치시고
> 　　先亡父母 後亡父母 祖考祖上 弟兄叔伯
> 　　天上人間 與地獄과 一切衆生 與孤魂을
> 　　念佛노 건져니야 往生極樂 遷度하세　　　　　〈감사별곡〉

　(2)는 작품 서두에 세상사의 허망함을 시작으로 선심과 염불을 통하
여 부모, 조고, 제형숙백, 天과 人間, 地獄 衆生, 孤魂 등을 왕생극락하
도록 천도하자는 것을 권하는 내용으로 되어 있다. 5단의 기본 구성에서
는 첫째, 둘째 단락에 탄생과 늙음이 나타나는데 (2)에서는 인생의 무상
함과 염불을 통한 여러 사람의 천도를 권유하는 내용으로 대치하고 있
다. 기본 유형의 작품에서 권유가 본래 마지막 다섯째 단락에서만 이루
어지는데 여기서는 시작부터 권유를 하고 있다. 그리고 둘째가 병듦,
셋째가 죽음으로 되어 있고 넷째 단락이 권유의 내용으로 되어 있어서

---

12) 이영식(2004), 「장례요 〈회심곡〉 사설 수용 양상-강원도를 중심으로-」, 249~301
　　쪽./ 김종진(1992), 「불교가사의 연행연구」, 『동악어문논집』 제27집, 동국대학교,
　　동악어문학회, 160~163쪽 참고.

결국 권유를 시작과 마무리 부분에 반복 배치하여 권유를 강화했다. 단락 전개와 내용 모두를 바꾸어서 변화가 이중으로 일어났다. 그 결과 현행의 허망함과 염불의 강조로 불교 이념의 교시가 강화되었다.

〈정대월화본몽환가〉도 〈감사별곡〉 정도의 큰 변화를 보인다. 첫째 단락에서는 탄생과 늙음 단락 대신 인생의 무상함과 병듦, 둘째 단락에 죽음, 셋째 단락에 권유하는 내용으로 구성되어 있기 때문이다. 특히 이 작품에서는 둘째 단락에서 다른 일반 작품과 같이 죽어서 명부에 가는 내용을 다루면서도 바로 이어서 죽음을 면하는 방법으로 불교의 반조 공부(返照工夫)를 권하고 세존과 역대 조사, 심지어 공자와 맹자의 사례까지 들면서 이들처럼 모두 마음을 밝힐 것을 주문하고 있다. 그리고 세 번째 권유의 단락에서도 염불과 '화엄경' 공부와 같은 불교의 구체적인 수행 방법을 제시하고 실천할 것을 요구하고 있다. 둘째 단락에서 먼저 반조 공부라는 불교 수행법을 강조하고, 셋째 단락에서는 염불과 '화엄경' 공부를 강조하여 첫째 단락의 무상함과 함께 고려하면 불교 교시를 강조하는 효과가 〈감사별곡〉보다도 더 강화되었다.

병듦 단락이 빠져 네 단락의 전개를 보인 〈무량가〉에서는 늙음 단락에서 세상사 전체가 꿈이라는 것을 강조하기 위하여 〈몽환가〉의 내용을 가져옴으로써 늙음의 단락이 길어지는 현상을 보여 주었다. 그런데 이 내용 역시 무상을 극복하기 위해서는 염불이라는 불교적 수행이 필요하다는 것을 부각하는 결과가 되어 불교 이념의 강화에 기여했다.

이상에서 살펴보았듯이 회심곡류 가사 작품은 '탄생→늙음→병듦 →죽음→권유'라는 작품의 기본 단락 전개 원리를 보여 주고 있었다. 전체 다섯 단락 가운데 일부 작품에서 생략과 개변이 나타나기도 하여 상당한 정도의 변화의 폭을 보여 주었다.

기본 5단 전개 원리를 대체로 고수한 작품에서는 선악 심판에서 지옥의 참혹한 형별 과정을 자세히 보여주고 〈상두노래〉 가사도 일부 수용함으로써 인생의 허망함, 악에 대한 경각심을 집중적으로 제고하면서 일부 〈회심곡〉은 상두노래의 기능까지 획득했다. 기본 5단 형식에 다소 큰 변화를 보인 작품에서는 첫째나 둘째 단락에서 염불이나 반조 공부와 같은 불교 수행, 인생의 허망함 등의 내용을 더 추가하여 불교 이념을 강조하는 변화를 보여 주었다.

2) 단락 구성의 원리

앞 절에서는 전체 작품을 구성하는 단락의 전개 원리를 살펴보았는데 여기서는 단락의 세부 구성 원리를 논의하고자 한다. 문장들이 모여 단락을 형성하는데 하나의 단락을 구성하는 문장들이 어떤 서법의 문장으로 종결되며 또 문장 간에는 상호 어떤 관계로 결합하여 단락의 역할을 수행하는지 살피고자 한다. 대부분의 회심곡류 가사 작품들은 크게 상위 다섯 단락, 경우에 따라 넷째(혹은 작품에 따라 둘째, 셋째) 죽음 단락이 하위 몇 개 단락으로 다시 나누어지는 형태를 공통적으로 보여 주고 있다. 각 단락 구성의 핵심 성격이 무엇인지 논의하고자 한다.

> (3) 십삭이 將到하여 이내一身 탄생할때
> 　　큰짐승 잡은듯이 流血이 浪藉하니 죽음의 길이로다
> 　　그아기를 順産하니 바라보는 저아기여
> 　　尊貴함에 그아기는 천하에 一色이요
> 　　혼자만 나심이라 다른이는 어찌되든
> 　　過去부터 今生까지 貴함도 貴重해라
> 　　이아기를 키우실때 젖먹일때 젖을주고
> 　　밥을줄때 밥을주되 왼손으로 머리괴고
> 　　바른팔로 손만지려 찬바람을 막아주고

貴함도 더욱하여 밤가는줄 모르시네
飲食이라 맛을보아 달디단것 골라내어
그아기를 먹이시고 쓰디쓴건 뱉으셔서
어머님이 잡수셔도 상도아니 찡그시며
자는자리 만져봐서 젖은곳은 넘어가서
어머님이 누웁시고 왼몸全身 다젖어도
괴론생각 전혀없고 마른자리 골라가며
그 아기만 뉘우시네   〈반회심곡〉

(4) 무정歲月이 양유파라 원수빅발이 달여드니
    닌간七十 고리히라 읍든망영 결노난다
    망영들러 못ᄒ년고 이팔청춘 손연들아
    늘근이을 웃들마라 눈으둡고 귀먹은니
    망영이라 슝을 보며 구석구석 웃난모양
    절통하고 이달한듯 할릴 읍고 할릴읍다
    홍안빅발 늘근것시 다시점든 못하리라
    인간빅연 다사려도 병든날 잠든날을
    다제하면 단사십을 못사년이   〈환참곡〉

(5) 오호라 실푸도다 무어시 실푸든고
    纖纖한 이ᄂᆡ몸이 泰山갓특 병이 드니
    三萬六十 骨節마당 無常殺鬼 나러드러 바람칼로 비여닐제
    醫員드려 藥을 쎤들 藥德인들 이실손가
    쇼경드려 經일근들 經德인들 이실손야
    온갖거실 다하야도 百事가 虛事로다 (중략)
    부체님게 발원하되 佛菩薩에 恩德으로
    죽을사람 살여쥬쇼 제발덕분 살려쥬쇼
    두숀빌며 발원흔들 발원덕을 입을손냐
    본래업든 네정성에 어느부체 감동ᄒ리   〈감사별곡〉

(3)은 탄생과 관련된 내용을 담고 있는 글이다. 일반적으로 탄생을 내용으로 하는 단락은 간결한 문장들로 구성돼 있다. 탄생을 다룬 첫 단락은 '이보시오, 들어보시오'라는 명령문으로 주의를 환기하고 탄생에 관여한 부모, 제석, 삼신, 석가여래 등을 대등한 문장으로 나열하고, 탄생과 양육의 은공을 인과의 문맥으로 표현하고 있다. 그런데 (3)은 이 같은 간단한 내용을 먼저 간단히 제시하고 탄생한 아이를 양육하는 과정을 들어 보이는 부분이다. 여기서는 『부모은중경』의 영향을 받아 특히 어머니의 수고로움을 부각하여 표현하고 있는데 인용문 (3)의 첫 문장을 보면 '……狼藉하니 ……길이로다!'와 같은 구조로 인과의 복합문을 감탄문으로 종결하고 있다. 여기서는 사실을 나열하거나 원인을 먼저 제시하고 그에 따른 판단이나 감정을 담은 감탄형의 문장으로 종결하는 방식을 사용하고 있다. 여기에 이어진 두 번째 문장도 '……순산하니 ……一色이오……나심이라……貴重해라'라고 했고, 그 다음은 계속 '……고, ……고, ……고, ……시네'라고 하고 있다. 수고로움을 알려주는 사실을 여럿 나열할 때 이와 같은 나열형 어미로 계속 이어가다가 이 문장 마무리 부분에서 '……모르시네'라고 하여 감탄형으로 문장을 종결하고 있다. 이와 같이 '……며, ……고,'의 문장 형식을 빌려 여러 가지 노고(勞苦)한 사실을 표현하고 문장을 마칠 때는 이와 같이 감탄형 종결 방식을 취하고 있어서 그 앞에 어머니의 업적을 총괄하여 칭송하고 작가의 주관적 정서를 일정 부분 표현하는 문장 서술의 방법을 갖추고 있다.

그래서 부모 특히 모친(母親) 은덕의 찬미이면서 탄생한 생명의 고귀함을 은연중 드러내기 위해서 탄생과 양육 관련 다양한 사실을 인과의 복합문에 담아 이를 감탄문으로 종결하여 단락을 구성하고 있다.

(4)는 늙음을 내용으로 하는 단락이다. 여기서도 늙음을 인과의 문맥

으로 나타내고 단정적 평서문으로 종결하고 있다. '……달여든니……결로난다'라고 한 첫 문장이나 '……귀먹은니 ……할릴읍다'라고 반복하고 있다. 그 중간에 이런 늙음의 현상을 두고 '손연들'을 불러 '늘근이을 웃들마라'고 명령하고 있다.

늙음 단락에서는 설의적 의문문이나 단정적 평서문을 통하여 불가항력적 늙음의 과정을 표현하기도 하고, 인과나 역접의 문맥을 통하여 늙음의 필연적 현상, 늙음을 이해하지 못하는 주변과의 부조화를 나타내고 그런 현상을 두고 한탄하는 탄식의 정서를 감탄형 문장으로 종결하고 있다. 탄생 단락과 대비가 되어 부모를 비롯한 여러 신의 도움을 받아 귀하게 태어나고 곱게 자란 인간이 공도(公道)라는 알 수 없는 법칙에 의해 늙고 마는 현실의 허망함을 드러내는 데 단정의 평서문과 탄식의 감탄문으로 단락을 구성하고 있다.

(5)는 병듦을 내용으로 한 단락이다. 여기서는 탄식의 감탄문을 전제하고, '……병이 드니……나러드러……비여닐제……인들……손야'라는 인과 문맥과 역접 문맥으로 길게 복합문을 만들고 설의의 의문문으로 불가능함을 강조한다. 또 '……하여도……허사로다'라는 탄식의 감탄문을 배치하였다. 중략 후반도 유사한 문맥과 함께 거듭 간청하는 문장을 배치하여 절박한 심정을 잘 나타냈다. 극복할 수 없는 질병의 고통에 대한 절망감을 나타내기 위해 탄식의 감탄문과 불가능의 설의문, 간청의 명령문으로 단락을 구성하고 있다.

그런데 작품 전체에서 가장 긴 단락은 넷째 죽음을 내용으로 하는 부분으로서 다시 몇 개의 하위 단락으로 구분할 수 있다. 인간이 저승사자에게 잡혀 가는 과정, 저승에서의 남녀 죄인 심문, 착한 남녀 위로 등의 하위 단락의 구분이 그것이다. 뒷장 (6)의 구성을 보면 선심의 내용 항목을 제시하면서 이런 항목을 실천했는가를 '……주어 ……하였는가?'와 같은 구조의 아홉 개의 의문문을 사용하여 힐문(詰問)하고 실제 이런 선행은 하지 않았을 뿐 아니라 그 다음에 나열한 이러이러한 죄를 지었다는 것을 환기시키고, 설의의 문장으로 종결하여 죄목을 단정하고 있다. 단정한 내용을 담은 문장은 역시 인과의 문맥으로 구성하고, 단락의 마지막 부분에 가서는 인과 관계의 복합문을 단정의 평서형 문장으로 종결하여 죄를 주려는 단호한 태도를 표현하였다. 이것은 죽음과 함께 닥쳐온 죄악 심판에 따라 고조된 절망감을 더욱 높이기 위해 인과의 복합문을 단정의 평서문으로 종결하며 단락을 구성했다.[13]

권유를 내용으로 하는 다섯째 단락은 명령이나 청유문을 통하여 선심(善心)이나 내생(來生) 길을 닦도록 요구하기만 한 작품도 있고, 이와 함께 요구대로 하거나 하지 않으면 어떤 결과가 온다는 것을 인과관계의 복합문을 설의적 의문문 또는 단정적 평서문으로 종결하여 반드시

---

13) 다음 절 제1항의 (7)번은 죽음을 내용으로 하는 큰 단락의 하위 작은 단락이다. 단락 (6)이 남녀라는 일반 죄인을 심문하고 처결하는 내용이라면 (7)은 여자 죄인을 심문하는 내용을 담고 있다. 단락을 구성하는 문장을 앞에서부터 살펴보면 먼저 명령문을 구사한다. '너의 죄를 들어보라'고 하여 여자 죄인의 죄를 일방적으로 공표하여 알려주는 방식을 취하고 있다. 여기서도 실천해야 할 善行의 덕목은 나열하면서 힐문하는 방식으로 문장을 서술하고 있다. '……하고, ……하였느냐?'라는 식이 그것이다. 그런데 그런 문장을 나열하는 중간에 구체적 죄목과는 상관없이 여자 죄인에 대해서는 매우 주관적 감정을 드러내는 표현을 사용하고 있다. 효도, 우애, 화목을 힐문하고 나서 '괴악하고 간특한 년'이라는 표현을 쓰고 있다. 이는 구체적 죄목이 아니고 시왕이라는 시적 대상인물이 여자 죄인이라는 다른 시적 대상 인물을 향하여 자기가 가졌던 주관적 감정을 매우 직설적으로 표현한 것이다. 그래서 죽음 단락을 구성하는 하위 단락에서는 이와 같이 善行 여부를 질문하거나 죄목을 나열하여 인과 관계의 문장으로 표현하면서 때로는 그 중간에 죄인에 대한 증오심을 대상 인물을 통해서 직접 노출하기도 한다. 힐문을 통한 죄를 추궁할 때 힐문의 의문문, 여러 가지 죄목을 제시할 때 나열, 선악의 원인·결과에 따른 인과적 복합문의 평서문, 특정 행동을 명령하는 방식으로 단락을 각각 구성하고 있다. 죽음 단락에 나타난 저승사자에게 잡혀가거나 죄인심문 과정에 보인 힐문의 의문문, 단정의 평서문은 늙음의 허망함에서 더 나아가 절망감을 가장 고조하는 기능을 한다.

선심 공덕을 닦거나 염불을 하도록 단락을 구성하는 방식을 취하고 있다. 〈회심곡〉을 듣거나 읽는 당사자가 아닌, 죽음과 심판을 당하는 다른 어떤 사람의 이야기를 가지고 청자들에게 자기 성찰을 하게하고 그 준비된 상태에서 새로운 활로를 열어 보이기 위해서 청유문이나 명령문, 설의적 의문문, 단정적 평서문으로 단락을 구성했다.

요컨대 각 단락을 구성하는 다양한 문장들은 출생의 고귀함과 부모의 은혜, 그와 상관없이 찾아오는 늙음의 불가항력성, 병듦의 좌절감, 더 나아가 죽음과 심판의 절망감, 마침내 불교 수행의 절실한 필요성을 각각 강조하여 불교로 귀의하게 하는데 기여하도록 구사되었다.

3. 세속적 선악관과 이원적 생사관

회심곡류 불교가사 전체의 단락 전개와 구성의 원리 즉 생로병사와 권유라는 단락 전개의 원리를 사용하고 나열이나 인과관계 복합문의 의문문, 단정의 평서문이나 감탄문을 배열해서 보인 다양한 내용 가운데 세계 인식의 핵심 기반은 선악관과 생사관이다. 이런 두 축의 가치 기준에 따라 삶의 가치를 판단하고 작품의 교시적 의도가 구현되고 있기 때문이다. 회심곡류 불교가사 이본들 간에는 선악에 대한 분명한 판단과 그에 따른 구체적 사례를 반복하거나 새롭게 보여 준다. 그리고 남녀가 지켜야 할 규범이나 선악을 구분하는 행위 관련 덕목을 제시한다. 작품 전체 서두를 인간의 출생으로부터 시작하여 마침내 죽음에 이르는 과정, 청자에게 권유하는 단락에서 표현은 구체적으로 조금씩 다르지만 이본들 간에 비슷한 내용이 반복되고 있어서 생사에 관한 근본적 인식은 여기에서 확인할 수 있다. 그래서 이 절에서는 이 유형의 작품들이 가장 중점적으로 강조하여 말하고 있는 선악과 생사의 문

제를 집중적으로 다룸으로써 해당 작품들의 의식 지향점이 무엇인지
를 살피고자 한다.[14]

1) 세속적 선악관

회심곡류 작품에 나타난 선악 판단의 구체적 사례는 주로 단락 구성
상 죽음 단락 안에 남녀 심판 과정에 나타나는데 선악 판단 행위에서
판단의 가치기준을 읽어낼 수 있다. 여기서 선악은 실제 사회의 일반
적 기준에서 판단될 수도 있으나 불교 이념이 말하는 선악 판단의 기
준에 대비함으로써 이들 작품에 나타난 선악이 어떤 것이고 어떤 관점
에서 선악 판단이 이루어졌는지를 살피고자 한다. 해당 사례를 들면서
논의를 계속하고자 한다.

> (6) 무삼善心 하엿는가 바른대로 아뢰여라
> 龍逄比干 뻔을바다
> 님금님께 極諫하여 나라에 忠誠하며
> 父母님께 孝道하여 家範을 세윗시며
> 배곱흔이 밥을주어 餓死救濟 하엿는가
> 헐벗은이 옷을주어 求難功德 하엿는가
> 조흔곳에 집을지어 行人功德 하엿는가
> 깁흔물에 다리노아 越川功德 하엿는가
> 목마른이 물을주어 汲水功德 하엿는가
> 病든사람 藥을주어 活人功德 하엿는가
> 놉흔山에 佛堂지어 衆生功德 하엿는가
> 조흔밧에 원두심어 行人解渴 하엿는가

---

14) 이 같은 논의를 통하여 회심곡류 불교가사를 흔히 인과업보에 기초한 권선징악의
불교 이념을 교시하고 이런 권선 사상을 생사와 연관하여 대중들의 관심을 끌었다
는 일반적 논의의 근거를 구체적으로 더 찾아볼 필요가 있다.

부처님께 供養들여 마음닥고 善心하야 念佛功德 하엿는가
어진사람 謀害하고 不義行事 만히하며 貪財함이 極甚하니
너의罪目 엇지하리 罪惡이 甚重하니 酆都獄에 가두리라

〈별회심곡〉

   (7) 녀자죄인 잡아들여 嚴刑鞠問 ㅎ난말이 너의 罪目 드러보라
       媤父媤母 親父母이 至誠孝道 하얏난야
       兄弟間이 우익하여 親戚和睦 ㅎ여는야
       怪惡하고 姦慝한년 父母말쌈 拒逆하고
       同壻間이 離間ㅎ고 兄弟不和 하게하며
       世上奸惡 다부리며 열두시로 마음변화
       안듯는더 욕을 하고 마조안자 우슴樂談
       남의말을 일삼는년 猜忌하기 조화한년 酆都獄에 가두리라. 〈善心歌〉

(6)은 저승에 도착한 사람 가운데 죄인을 불러 심문하는 내용으로
되어 있다. 심문 항목들이 모두 덕목이어서 이것을 실천하는 것이 善
임을 쉽게 알 수 있다. 여기서 '하엿는가?'로 표현된 실천해야 할 구체
적 덕목을 들어보면 極諫, 忠誠, 孝道, 餓死救濟, 求難功德, 行人功
德, 越川功德, 汲水功德, 活人功德, 衆生功德, 行人解渴, 念佛功德
등으로 나타난다. 회심곡류의 다른 작품에 나타나는 선행도 대략 이와
다르지 않은데 선행의 구체적인 성격을 보면 흥미 있는 점이 발견된
다. 우선 12개의 덕목 가운데 衆生功德, 念佛功德 두 가지를 제외하고
는 모두 세속을 살아가는데 필요한 유교 사회의 실천 덕목이다.[15] 실
제 엄밀한 의미에서 보면 효도조차도 사회적 성격을 가지는 것이다.
효도가 가정에서 부모를 모시는 데에 그치지 않고 입신출세를 하여 이

---

15) 극간, 충성, 효도는 물론 아사구제, 구난 공덕 등도 治者로서 백성을 보살펴야
    할 일과 더 깊은 관련을 가질 수 있기 때문이다.

름을 후세에 드러내야 효도의 완성이기 때문이다.16) 여기 보인 두 가지의 불교적 공덕도 봉사와 자기 수행이라는 실천적 행위를 현실에서 실천하도록 요구하는 것이어서 역시 현실적 성격을 가진다고 할 수 있다. 이렇게 보면 작품에서 제시한 모든 선행의 구체적 내용이 현실 속에서 자기 수행과 사회적 실천을 수반하는 구체적 항목들이어서 매우 실천적·현실적인 성격을 가진다고 할 수 있다.

덕목이나 죄목에 대해서 다른 작품을 더 들어 보면 〈속회심곡〉에서 '남자죄인'을 힐문하면서 물은 덕목 가운데 위 인용문 (6)에 나타난 덕목 이외에 '同氣友愛, 親戚和睦, 어른 恭敬, 施主하는 善心功德, 신하로서 共濟國事, 부모님을 위한 蓮花齋 올리기 등이 더 나타난다. 〈환참곡〉에는 兄弟友愛, 夫婦和順, 朋友有信이 더 나타나고, 〈사제가〉에는 공덕으로 四十九齋 올리기, '몹쓸놈'이 저지른 죄목으로 주색잡기와 오입, 일가를 구제하지 않음, 재물을 탐냄, 非理訟事, 浚民膏澤, 남 謀害 등의 항목이 더 나타난다. 선악 판단의 근거인 덕목과 죄목들도 집안과 사회 윤리이다. 이들 항목 가운데 형제우애와 친척화목, 부부화순은 유교의 가부장적 집안의 윤리이고 어른 공경, 공제국사, 붕우유신, 주색잡기와 오입, 재물을 탐냄, 非理訟事, 浚民膏澤, 남 謀害 등은 유교의 사회, 국가적 윤리 덕목에 해당한다. 국사를 보거나 송사를 하며 백성의 고혈을 짜는 행위는 중앙이나 지방에서 벼슬하는 자들의 덕목과 관계된 내

---

16) 유교의 기본 경전인 『小學』, 〈明倫〉第二에 보면 몸을 상하지 않는 것이 효도의 시작이라면 출세해서 후세까지 이름을 드날려 부모를 세상에 알리는 것이 효도의 완성이라고 하고 있기 때문이다[孔子謂曾子曰 身體髮膚 受之父母 不敢毀傷 孝之始也 立身出世 揚名於後世 以現父母 孝之終也]. 이 내용은 본래 『孝經』의 것을 인용해 놓은 것인데 『孝經』에는 '효로서 임금을 섬기면 충이다.[以孝事君則忠(『孝經』), 〈士〉]'라고 하여 효를 충과 일치시킴으로써 효에는 사회, 국가적 성격이 본래 내재해 있음을 분명하게 지적하고 있다.

용들이다. 그런데 여기에도 불교과 관련된 덕목이 부분적으로 제시되어
있다. 施主하는 善心功德, 蓮花齋나 四十九齋를 올리는 것이 그것이다.
그런데 이런 불교적 덕목도 자세히 보면 물질을 베풀거나 구체적으로
부모를 위하여 제사를 지내 주는 행위로서 남을 돕거나 효성을 다하는
것과 같은 성격의 것이어서 매우 현실적이다.

그리고 '극간(極諫)'이나 '충성(忠誠)' 역시 유자가 조정에 출사하여 국
가적인 일을 수행하는 과정에서 나타날 수 있는 덕목이고, 그 외에 '아
사구제, 구난, 행인, 월천, 급수, 활인' 공덕도 자세히 보면 한 개인이
선심(善心)만 가지고 할 수 있는 일이 아니다. 오히려 이런 일은 벼슬을
담당하는 중앙 관리나 지방관들이 국가의 정책적 지원을 받아야 수행
할 수 있는 덕목들이기 때문이다. 이런 덕목들 가운데 앞의 세 항목을
보면 유교적 봉건 국가의 질서를 유지하는데 절대적 항목이고 나머지
는 이런 유교적 봉건 질서를 유지하는 사회 경제적 기반을 다지는 데에
필요한 요건들이다. 그래서 선행(善行)의 구체적 내용으로서 나머지 덕
목들도 사회 질서나 그 기반을 조성하는 데에 반드시 필요한 요목들로
서 매우 현실적 성격을 가진다는 것을 알 수 있다. 그리고 많은 덕목의
일부로 나타난 불교의 덕목 역시 행동으로 중생을 위하거나, 염불과
시주를 실제 하는 것으로 되어 있어서 현실적이라 할 수 있다.

(7)을 보면 이런 면모가 더 확인된다. 여성으로서 지켜야 할 항목에
는 극간과 충성이 빠졌으나 현실에서 실천해야 할 효도, 형제우애, 친
척화목은 여기서도 언급하고 있다. 문맥으로 봐서 이런 덕목을 실천하
는 것이 선이라고 할 수 있는데, 여기서 악이라고 제시한 항목을 보면
간악(奸惡), 간특(姦慝)이라는 용어가 보이고, 부모말씀 거역하기, 동
서이간, 형제불화, 열두 시로 마음 변화, 욕하기, 남의 말 일 삼기, 시
기하기 등이었다. 이러한 죄목들 역시 유교적 사회 현실과 밀접한 관

련성을 갖는다. 여성을 문책하는 내용이 간악(奸惡), 간특(奸慝)과 같이 성격과 관련된 것도 있지만 그 나머지는 유교의 봉건적 대가족 제도 하에서 가문을 유지하는 데 필요한 행동 규범들이 중심이다. 부모, 동서, 형제와 같이 집안에서의 중요한 인간관계를 해치는 행위가 바로 악으로 규정되고 있다. 유교의 봉건 사회 질서를 파괴하는 근저가 될 수 있는 변덕스러움, 욕과 남 말하기, 猜忌 등이 역시 악을 구성하는 구체적 항목들이다.

다른 작품의 경우에 여성의 덕목이나 죄목으로 나타나는 것을 더 보면 〈별회심곡〉에서 군말하기, 성내기 등이 있고, 〈속회심곡〉에서는 '奸慝허고 몹쓸년들'에게 덕목으로 가장을 섬겨 열녀 소리를 들었는가? 살림을 알뜰히 살았는가?를 묻는다. 그리고 죄악으로 부모 말에 대꾸하기, 서방 속이기, 없는 죄 지어내기, 큰어미에게 아부하기, 작은 어미 미워하기, 남의 전곡(錢穀) 욕심내기, 남의 재물 탈취, 남의 것 쓰고 안 주기, 남자 흠모하기, 험담패설(險談稗說) 지어내기, 부엌에 오줌 누기 등 매우 구체적인 항목을 들고 있다. 〈환참곡〉에는 없는 말로 모함하기, 없는 죄 덮어씌우기, 이간하여 사람 잡기, 거짓말하기 등이 더 나타난다.

여성의 죄악으로 치부되는 내용 역시 유교적 봉건 사회의 가장 핵심 단위인 가부장적 집안 질서를 파괴하는 행위와 그런 행위의 근거가 될 수 있는 성격 등을 악으로 규정하고 있다. 특히 가정에서 일어나는 문제의 소재를 모두 여자에게 돌리는 남존여비의 경향도 있다. 집안의 화목을 해치는 행위로는 부모를 거역하거나, 동서를 이간하며, 형제 불화를 일으키며, 서방을 속이고, 작은 어미와 큰 어미 차별하기와 같은 것이 나타나고, 사회적인 관계를 보이는 것으로는 욕하기, 남 말하기, 남의 전곡 탐내기, 남의 재물 탈취하기, 남의 것 쓰고 안주기, 남자 흠모하기, 험담패설 지어내기 등이 나타난다. 〈회심곡〉에 제시한 여성 관련 선악 역시 유교의 가부장적 집안과 사회에서 구체적으로 실천하는 덕목이나 죄목과 관련되어 매우 현실적이라는 것을 알 수 있다.

남녀의 선악으로 제시된 대부분의 항목이 불교 교의와는 일정한 거리가 있다. 불교의 선악 기준은 다양해 보이지만 근본 내용은 같다고 할 수 있는데 二乘 불교의 선을 보면 三界의 苦를 여읜 것이 선이지만 남을 濟度하지 못하는 것은 惡이라 하고, 圓敎의 善惡을 보면 實相의 원리에 順함은 선이 되고 背하면 악이 된다[17]고 했다. 여기서 삼계는 욕계, 색계, 무색계인데 앞의 작품에서 말한 현재 인간 세계는 욕계에 해당한다. 이승 불교에서는 이것을 초월한 것을 선이라고 했고, 초월했더라도 남을 건져 주지 못하면 악이라고 했다. 원교에서는 존재의 실상이 가진 원리에 순응 여부에 따라 선악을 말했는데 여기서 실상은 바로 중도를 의미한다.[18] 또한 중도는 『반야심경』에서 말하는 색과 공이 일치하는 세계를 말하기도 한다.[19] 이 두 가지 불교적 관점에서 보면 회심곡류 가사에 나타난 선악은 인간 현실의 것이어서 삼계를 벗어나지 못했고, 또 제시된 다양한 덕목이 양변을 떠난 중도의 입장이 아니라 반드시 지키거나 버려야 할 현실 속의 덕목이나 죄목으로 되어 있어서 양극단을 초월한 불교의 선악과는 구별되는 현실적 세간의 선악이라 할 수 있다. 그것은 유교 봉건적 사회 질서를 유지하는데 필요한 유교 사회의 세속적 현실의 선이다.

---

17) 한국불교대사전편차위원회 편, 『한국불교대사전』 제3권, '善惡'條, 582쪽 참고.
18) 성철 퇴옹, 〈제1장 2. 중도사상〉, 『백일법문』 상, 장경각, 불기 2536, 51~89쪽 참고.
19) 색이 곧 공이고 공이 곧 색이다(色卽是空 空卽是色). 이것은 있고 없음이 하나의 존재를 이루고 있으며 절대적으로 있기만 하거나 절대적으로 없기만 하다는 兩極端을 넘어서 있다는 점에서 中道라고 말한다.

2) 이원적 생사관

〈회심곡〉에서 가장 중요하게 다루는 두 가지 과제 가운데 또 하나가 생사 문제이다.[20] 생사문제는 단락 전개 원리를 통해서 표현되어 작품 전체를 관통하는 과제로 나타난다. 그래서 생·로·병·사·권유의 유기적 단락 전개를 전체적으로 검토해야 생사관을 정확하게 파악할 수 있다. 회심곡류 가사에는 생사 문제에 불교와 같은 기성 종교 사상이 관여된 측면도 있지만 우리 민족 전통의 고유 사유가 작품 전체를 관통하고 있다. 선악의 문제가 당시 봉건사회 현실의 유교적 이념이나 불교와 밀접한 관련을 가지고 있었다면 생사의 문제는 우리 전통의 원본적 사유나 불교, 유교 이념과 일정한 관계를 맺고 있다. 이런 문제를 실제 작품의 해당 부분을 가지고 논의를 계속하고자 한다.

  (8) 天地之儀 分한 後에 森羅萬象 니러느니
      世上天地 萬物中의 사람밧게 쏘있는가
      이보시오 施主님니 이너말슴 드러보소
      人生一身 誕生할 제 어마님긔 살을빌고
      아바님긔 뼈을타고 帝釋님게 복을밧고
      三神님게 졈지밧아 셕가여러 濟度허니
      平生吉凶 타가지고 十朔만의 誕生ᄒᆞ야
      人間밧게 나왓스니 父母恩惠 罔極허고

---

20) 생사의 문제는 인간 존재가 직면하는 근원적 문제이고 이 문제를 풀기 위하여 인간은 갖가지 노력을 기울여 왔다. 도가에서는 육신의 장생을 위하여 불사약이나 운동법을 개발하기도 하였으나 인간은 여기에 그치지 않고 물리적 장생불사를 뛰어 넘어 영원을 꿈꾸는 노력을 기울여 왔다. 죽음의 본질을 규명하여 죽음이 본래 없다는 사실을 발견한 불교나 절대자의 힘으로 유한성을 극복하려는 여타 종교가 그런 노력의 결과라 할 수 있다. 그렇다고 죽음의 문제에 대하여 세계 종교인 불교에서만 이를 다루고 해답을 주는 것은 아니다. 우리 민족도 오래전부터 삶과 죽음의 문제를 두고 고민하면서 일정한 사유 체계를 확립해 왔다.

養育恩功 갑흘쇼냐 幼兒외는 철을몰나
長成허여 삼림허니 父母危重 알것마는
愛慾살림 골몰허니 至誠孝道 엇지허며
착헌즈식 엇지되리   〈속회심곡〉

(9) 열十王前에 부린使者 열十王의 命을밧아
    日直使者 月直使者 한손에는 鐵鋒들고
    쏘흔손에 槍劍들고 쇠사슬을 빗겨츠고
    활등갓치 굽은길노 살디갓치 달녀와셔
    다든門 박차면서 鐵桶갓치 쇼리ᄒ야
    姓名三字 불너닐제 어셔가오 밧비가오
    뉘分付라 拒逆ᄒ며 뉘슈이라 머물손가
    실낫갓흔 이너목숨 팔둑갓흔 쇠사슬로
    한번잡아 쓰러너니 魂飛魄散 나죽겟네
    여보시오 使者님네 路資돈 지고가ᄌ
    萬端開諭 哀乞ᄒ흔들 어늬使者 들을손가
    익고답답 셔른지고 이를어이 ᄒ잔말가
    불상ᄒ다 이너一身 인간下直 罔極ᄒ다   〈특별회심곡〉

(8)은 인간의 출생에 대하여 길게 서술하고 있는 부분이다. 우선 인간의 탄생에 어마님, 아바님, 제석, 三神, 셕가여러 등이 결정적으로 관여하여 十朔만에 탄생한다고 한다. 인간의 탄생에는 부모의 뼈와 살을 받았다는 생물학적 기반, 제석과 삼신이라는 초월적 존재로부터 복이나 점지를 받고 여기에 부처가 제도를 하는 일이 부가적으로 더해져 있다. 불교에서의 출생은 일반적으로 전생이 전제되어 나타난다.21) 그런데

---

21) 불교에서는 전생, 금생, 내생의 삼생을 기본적으로 설정하지만 엄밀하게 말하자면 삼생만으로 그치지도 않는다. 생사를 거듭하는 윤회를 삶으로 보기 때문이다. 깨달아 부처가 되면 다시는 태어나지 않을 수도 있지만 중생 제도를 위하여 자기

이 작품에 보인 탄생에는 전생이 나타나지 않는다. 인용 부분의 의미를 두고 실제 잠재적으로 전생 과정이 그 이면에 들어 있다고 주장할 수도 있으나 이것은 인용문 첫 행을 보면 오류임을 알 수 있다. 천지 둘이 나누어지고 삼라만상이 일어난다는 말은 세상의 출발을 태극에서 시작하여 음양이 나뉘며, 음양이 작용하여 만사만물이 생겨난다고 말하는 유교의 태극음양 이론과 상통하기 때문이다. 그 이론에 따르면 음양은 하늘과 땅으로 구체화되고 그 사이에 만물이 생성되는데 그 가운데 가장 위대한 존재인 인간이 태어난다는 것은 바로 유교의 三才 이론이다.22) 여기서 사람이 가장 존귀하다는 말도 유교 교육의 가장 기초교재라고 할 수 있는 『동몽선습』〈서문〉에도 분명하게 나타나 있다.23)

이런 관점에서 볼 때 이 작품에 나타난 인간의 탄생은 전생으로부터 이어지는 삶이 아니라 태어나는 지금 현재가 시작이다. 천지음양의 조화로 만물이 생성되듯이 부모의 만남으로 인간이 태어났다고 했고, 복을 주고 점지하는 제석과 삼신과 같은 초월적인 존재의 도움도 따로 받고 있다. 불교에서는 부모를 천지음양의 대리자로 보기보다는 태어나려는 인간의 업력에 따라서 만나게 되는 인연으로 여기며, 신도 상징된 존재로 보지 객관적으로 존재하는 어떤 대상으로 인정하지 않는다. 그래서 사람이 태어날 때에도 그가 전생에서 지은 업에 따른 결과로서 육도 가운데 스스로 태어나는 것이지 제석이나 삼신과 같은 초월적 존

의지에 의하여 새로운 삶을 선택할 수도 있다고 본다. 불교에서는 석가모니가 도솔천에서 하강하여 태어난 것도 중생 제도를 위하여 스스로의 원력에 의하여 탄강한 것으로 본다.

22) 〈太極圖〉, 『性理大全』卷一, 〈理氣一〉, 『性理大全』卷二十六 참고.

23) 하늘과 땅 사이 만물 가운데 오직 사람이 가장 귀하니 사람을 귀하게 여기는 까닭은 오륜이 있기 때문이다(天地之間 萬物之衆 惟人最貴 所貴乎人者 以其有五倫也, 『童蒙先習』, 〈序文〉). 이 부분의 앞뒤 문맥으로 보아 석가의 탄생계에서 '하늘 위와 하늘 아래 오직 나만 존귀하다(天上天下唯我獨尊)'는 말과는 관련성이 낮다.

재의 명령에 따라 피동적으로 태어나거나 죽는 존재는 아니라고 본다.

다음으로 인용문 (9)번을 보면 이 전체 작품 가운데 바로 앞 그 부분에 열 시왕의 이름을 나열하고 있다. 제일전에 진광대왕(秦廣大王)부터 제십전에 전륜대왕(轉輪大王)까지 번호를 붙여 가며 시왕을 소개하고 (9)에 와서는 그 시왕이 부린 일직사자(日直使者)와 월직사자(月直使者)가 사람을 데려 가는 장면을 그려놓았다. 즉 죽음을 주관하는 신도 따로 존재하는 것으로 그리고 있다. 시왕의 명령을 받은 두 사자가 사람을 잡아가는 것으로 표현하고 있기 때문이다. 불교에서 말하는 자연스런 인연의 변화과정으로서 태어나서 늙고 병들어서 죽는다고 보기보다는 병들어 죽는 것도 저승에서 온 시왕의 사자가 잡아가기 때문이라는 식으로 죽음을 표현하고 있다. 죽음에 이르는 병이 발생하는 것도 현실적으로 어떤 이유가 있을 것인데, 그런 이유 없이 '어제오날 성튼 몸이 젼녁나잘 病이들어'라고 하여 우연히 갑작스럽게 병을 얻었다 말하고 있다. 이런 문맥을 살펴보면 사람이 병드는 것도 그 스스로 만들어온 어떤 원인에 기인한다고 보기보다는 초월적 어떤 존재의 힘에 의하여 불가항력적으로 일어나는 현상으로 묘사되어 있다.

이상에서 보았듯 생·로·병·사 단락의 탄생과 죽음은 불교에서 말하는 하나의 연기 현상으로서 나타나기보다는 천지음양을 대신한 부모의 만남, 신과 같은 초월적 존재에 의하여 결정되고 시행된다는 입장을 분명하게 보여 주고 있다. 탄생에서는 현실적 존재인 부모의 만남과 제석, 삼신, 석가여래 같은 초월적 존재의 작용이 탄생에 깊이 관여하고 있는 것으로 서술된 것이 이를 말해 준다. 그리고 사람이 병들거나 죽는 것도 알 수 없는 힘이나 초자연적 존재인 시왕에 의해 결정되고 그 사자들에 의하여 집행된다는 것을 분명히 말하고 있다. 이것은 윤회를 통하여 생에서 사로, 사에서 다시 생으로 순환하여 생사의 과정을 반복하는 불교적 생사와는 다르다. 그래서 생로병사라는 불교 사고(四苦)의 개념을 가져와서 단락은 전개했지만 회심곡류 가사의 죽음 과정 부분까지에서 나타난 생사는 현세에서 인간들이 겪는 일회적 삶의 과정일 뿐이다. 죽는 과정까지의 부분에 나타난 회심곡류 불교가사의 생사관이 순환적 불교의 생사관24)이 아니라 민간의 일회적 생사관, 더 정확히 말하자면 무속적 생사관에 기초하고 있다고 할 수 있다. 무속에서는 영혼이 불멸한다고 보고 내세(來世)는 극락(極樂)과 지옥(地獄) 두 가지가 있는데 명부 십대왕(冥府 十大王)의 선악 심판을 받아 선행자(善行者)는 극락으로 보내져서 영생을 누리게 되고 악행자(惡行者)는 지옥으로 보내져서 영원히 형벌을 받게 된다25)고 믿기 때문이다.

그런데 회심곡류 작품에 나타난 생사관은 그렇게 단순하지 않다. 거의 모든 작품의 죽음 단락에서 '남녀의 착한 사람'들에게 소원을 묻는 장면이 나오는데 여기에 윤회를 전제로 하는 발언이 빈번하게 나오기 때문이다. 〈사제가〉의 해당 부분을 들어 논의를 계속하고자 한다.

(10) 착혼사람 골나너야 제願디로 졉졔ᄒ되
　　至誠으로 念佛ᄒ야 極樂世界 드러가셔
　　阿彌陀佛 親見후에 共證佛果 ᄒ려는냐
　　蓬萊方丈 三神山에 神仙되야 갈라난냐
　　名山大刹 ᄎᄌ드러 削髮爲僧 ᄒ려는냐

---

24) 『한국불교대사전』(제3권, 한국불교대사전편차위원회 편, 500쪽), '生死' 條를 보면 태어나서는 죽고 죽어서는 또 다시 태어나고, 태어나고 태어나고 죽고 죽는 것이 마치 빙빙 도는 火輪과 같다고도 하고, 태어나고 또 태어나고 태어나도 그 태어나는 시초를 모르고, 죽고 죽고 또 죽고 죽어도 그 죽음의 끝을 모른다라고도 했다. 이는 불교에서의 생사가 일회적으로 끝나지 않고 순환하며 생사가 서로 회귀하는 과정임을 나타낸 말이다.

25) 김태곤, 『한국무속연구』, 집문당, 1995, 308~309쪽.

名門貴族 되야나셔 二八靑春 登科後에 八道監司 되랴는냐
愛民善政 治順ᄒ야 郡守縣令 하려는야
武練干戈 차지ᄒ야 南北兵使 하려는야
堯舜갓치 나라섬겨 政丞判書 ᄒ려는냐
壽命長壽 富貴되여 富長子가 되랴는야
네願이로 아러써라 (중략)
世間貪心 부디말고 시시쩌쩌 念佛ᄒ야
前生罪業 消滅ᄒ고 六度循環 밧지말고
極樂世界 가자구나 가자구나 가자구나
極樂世界 가자구나 南無阿彌陀佛   〈사제가〉

인용문 (10)의 전반부를 보면 망자 영혼이 갈 수 있는 곳과 다시 태어날 내생의 인물도 매우 다양하다. 극락세계, 삼신산, 명산대찰, 명문귀족, 관청, 변방, 조정 등의 공간에서 신선, 승려, 팔도 감사, 군수 현령, 병사, 정승판서, 부장자가 될 수 있는 길이 열려 있다고 말하기 때문이다. 중략 후반부를 보면 염불을 권하면서 육도의 윤회를 넘어 불교의 이상향인 극락세계에 가자고 권유도 하고 있다. 물론 전반부에서도 제일 먼저 극락가자는 말을 하였다. 그래서 착한 사람에게 신선, 승려, 정승 판서를 하겠느냐고 권했지만 전후반부와 극락가자는 내용을 연관해서 보면 세속의 좋은 곳도 역시 육도 윤회의 고통을 받는 것이기 때문에 극락세계로 가는 것을 가장 분명하게 권유하고 있다고 할 수 있다. 즉 착한 사람을 칭찬하면서 세속적으로 좋은 곳을 선택하도록 제시하면서 결론에서 극락왕생을 강하게 권유하고 있다.

다른 작품에서도 착한 남녀에게 제시한 좋은 곳은 이와 유사하다. 그리고 종결 부분에서 역시 극락왕생을 권유하여 예문 (10)과 같은 생사관을 보여주고 있다. 생로병사의 앞 네 단락에서 일회적이고 운명적 삶의 과정을 주로 보였다면 죽음 단락의 착한 사람에게 위로와 권유를

하는 부분에서는 불교적 생사관을 분명히 보여 주었고, 권유 단락에
와서 이를 반복하여 더 공고하게 다졌다. 그래서 회심곡류 불교가사의
생사관은 원본 무속의 일회적 생사관을 불교의 순환적 생사관으로 수
렴하려는 긴장 관계에 놓여 있어서 이원적이라 할 수 있다.

4. 단락 조직, 선악관과 생사관

  지금까지 회심곡류 불교가사 작품의 단락 전개와 구성 원리, 단락
전개와 구성을 통해 작품에 표현된 선악과 생사관에 대하여 살펴보았
다. 불교가사 가운데 가장 많은 향유자를 가진 작품으로 알려진 회심
곡류 작품이 전체적으로 어떤 특성을 가지고 있는가를 작품 자체를 중
심으로 밝혀 보았다.
  먼저 회심곡류 불교가사 작품들의 단락 전개 원리를 살폈다. 회심곡
류 가사 작품은 '탄생→늙음→병듦→죽음→권유'라는 전개 원리를
보여 주었다. 기본 5단 구성을 잘 지킨 작품으로 〈인과문〉, 〈별회심
곡〉, 〈선심가〉, 〈속회심곡〉, 〈특별회심곡〉, 〈환참곡〉, 〈반회심곡〉 등
7편이고, 단락의 수가 변하거나 단락의 수는 그대로 있더라도 내용이
변한 작품은 〈四諦歌〉, 〈감사별곡〉, 〈정대월화본몽환가〉, 〈무량가〉
등 4편이었다. 그 가운데 기본 5단 구성의 전형을 보이는 〈별회심곡〉
과 〈선심가〉, 〈특별회심곡〉, 〈환참곡〉의 경우 '남녀죄인', '남녀착한
사람' 내용을 모두 담으면서 단락이 길어졌다. 〈속회심곡〉은 먼저 장례
의식이나 저승길의 내용을 더 배치하고 네 경우도 담아서 〈별회심곡〉
이나 〈선심가〉, 〈특별회심곡〉, 〈환참곡〉보다 더욱 길어졌다. 〈반회심
곡〉의 경우는 네 번째 단락에서 상두꾼의 노래를 삽입하고 저승에 가

서 심문 받는 것은 총괄하여 과감하게 생략하였다. 기본 전개 원리를 지키면서 내적 변화를 보인 이들 작품은 선악 심판을 자세히 보여주고 〈상두노래〉 일부를 수용하거나 지옥 형벌 과정을 사실적으로 보여 인생의 허망감과 선악의식을 강하게 자극하고 노래 용도까지 확대했다.

그리고 기본 5단 구성 내용 자체의 큰 변화를 보여 주는 작품으로 〈四諦歌〉는 탄생 단락 없이 늙음부터 시작해서 네 단락으로 구성돼 있고, 〈감사별곡〉은 탄생과 늙음 단락 대신 세상사의 허망함과 불교 수행 권유의 단락을 배치하였다. 〈정대월화본몽환가〉는 탄생과 늙음의 두 단락 대신에 인생무상의 한 단락을 배치하였고, 〈무량가〉는 병듦의 단락을 생략하는 대신 늙음의 단락에서 일체가 무상하다는 것을 다른 계통의 작품 〈몽환가〉를 가져와 보여 주었다. 많은 변화를 보이는 작품일수록 첫째 단락이나 둘째 단락에 무상함이나 불교 수행의 내용을 늘여서 염불과 반조 공부와 같은 불교 이념을 강화하였다.

다음은 단락의 구성 원리를 살폈다. 회심곡류 불교가사는 작품 전체를 구성하는 상위 다섯 개의 큰 단락은 단락 구성상 일정한 특징을 보여 주었다. 탄생을 다룬 첫 단락은 주의를 환기하기 위하여 명령문을, 탄생에 관여한 부모, 제석, 삼신, 석가여래 등을 대등하게 나열하고, 성장 과정을 인과 관계로 표현하여 탄생의 고귀함과 은혜를 부각하기 위해 의문문과 감탄문을. 늙음 단락에서는 불가항력적 늙음의 과정을 표현하고 인과나 역접의 문맥을 통하여 늙음의 필연적 현상, 주변과의 부조화를 나타내고 탄식의 정서를 나타내어 고귀한 탄생에 대비되는 허망함을 부각하기 위하여 설의적 의문문과 감탄문으로 각 단락을 구성했다. 그리고 병듦 단락에서는 병을 얻는 충격, 병구완의 허사됨을 나타내서 불가항력적 상황을 절실하게 표현하여 무상함의 무게를 더 강하게 나타내기 위해 감탄문과 설의적 의문문으로 단락을 구성했다.

가장 장형인 넷째 죽음 단락의 하위 단락으로 저승사자에게 잡혀가는 하위 단락은 인간과 사자 간의 대화가 일부 나오고 대부분은 저승으로 가는 인간의 절망적 심정을 설의적 의문문, 어쩔 수 없는 심정을 탄식의 감탄문, 탄식적 성격의 평서문으로 구성했고, 남녀 죄인 심문 단락은 회피할 수 없는 인간의 숙명을 부각하기 위해 심문하는 시왕의 힐문을 의문문, 죄에 따른 형벌을 인과 관계의 단정적 평서문으로 구성하였다. 그리고 착한 사람 위로 단락은 시왕이 소원을 물어보는 과정에 의문문, 좋은 곳으로 가게 되는 것을 찬미하는 감탄문으로 단락을 주로 구성하여 악인과의 극명한 대비를 통한 청자 회심의 효과를 극대화하고자 하였다. 마지막 당부 단락은 잘못된 과거 사례를 청자로 하여금 반복하지 않게 하기 위하여 선심이나 염불을 통하여 내생 길을 닦도록 요구하는 명령이나 청유문, 그렇게 하거나 하지 않으면 어떤 결과가 온다는 것을 인과관계의 단정적 평서문으로 단락을 구성하였다.

이어서 이 유형의 작품에 나타난 선악이 매우 세속적이라는 것을 밝혀보았다. 인간이 저승에 가서 시왕의 심문을 받는 과정에 선악이 드러났는데, 죄인을 심문할 때 極諫, 忠誠, 孝道, 餓死 救濟, 求難, 行人, 越川, 汲水, 活人, 衆生, 解渴, 念佛 등의 功德을 실천했는가를 힐문했고, 그 외에 '同氣友愛, 親戚和睦, 어른 恭敬, 施主하는 善心功德, 신하로서 共濟國事, 부모님을 위한 蓮花齋 올리기 夫婦和順, 朋友有信, 四十九齋 올리기가 더 있고, '몹쓸놈'이 저지른 죄 가운데 주색잡기와 오입, 일가를 구제하지 않음, 재물을 탐냄, 非理訟事, 浚民膏澤, 남 謀害 등의 항목이 나타났다. 이런 항목은 주로 남자 혹은 남녀 일반 죄인에게 해당하는 덕목이거나 죄목이었다. 여자 죄인에게 해당하는 덕목은 이것과 중복되는 것도 있는데 '姦慝허고 몹쓸년들'로 표현된 여자 죄인의 덕목으로 '가장을 섬겨 열녀 소리를 들었는가? 살림을 알뜰히 살았는가?'를 묻기도 했지만 죄목이 주로 많이 제시되었다. 奸惡, 姦慝이라 하여 성격 관련 죄목이 일부 보이고, 부모말씀 거역하기, 동서이간, 형제불화, 열두 시로 마음 변화, 욕하기, 남의 말 일 삼기, 시기하기, 군말하기, 성내기, 부모 말에 대꾸하기, 서방 속이기, 없는 죄 지어내기, 큰어미에게 아부하기, 작은 어미 미워하기, 남의 錢穀 욕심내기, 남의 재물 탈취, 남의 것 쓰고 안 주기, 남자 흠모하기, 險談稗說 지어내기, 부엌에 오줌 누기, 없는 말로 모함하기, 없는 죄 덮어씌우기, 이간하여 사람 잡기, 거짓말하기 등 죄목이 매우 구체적이고 다양했다. 남녀에게 요구하는 덕목이나 부과된 죄목을 보면 남자에게는 유교 사회적 성격이 강하고 여성에게는 유교의 가부장적 집안 내적 성격이 강한 것으로 되어 있다. 그리고 일부를 차지하는 사십구제, 시주나 염불 공덕이 불교적인 성격의 덕목도 구체적 실천과 관계되어 현실적이었다. 요컨대 전체적으로 회심곡류 불교가사에 나타난 선악은 유교적 국가, 사회와 집안 내적인 봉건 질서에 관한 것으로 매우 현실적이었으며 그 가운데 일부 불교적 덕목이 나타났으나 이것 역시 불교적 세계관에 입각한 선악의 문제가 아니라 효도와 봉사의 일환으로 현실 실천과 관계되어 현실적이었다고 보았다.

끝으로 생·로·병·사 단락에 나타난 회심곡류 작품의 생사관은 모든 현상을 하나의 연기 현상으로 보는 불교적 생사관이 아니라 무속원본의 일회적 생사관이었다. 현실에서 생물학적으로 부모의 몸을 빌리고 제석, 삼신, 석가여래와 같은 초월적 존재에 의하여 탄생이 이루어지고 죽음 역시 시왕과 사자에 의해 결정된다고 보았기 때문이다. 그러나 착한 남녀에게 대한 제안과 권유 단락의 내용을 보면, 생과 사가 끊임없이 순환하고 상호 회귀하는 과정으로 생사를 보는 불교적 생사관과 일치하는 면이 나타났다. 생로병사의 단락에 주로 무속의 일회적 생사관이 나타났다면 죽음 단락의 하위 심판 단락과 권유 단락에는 불교의 순환적 생사관이 드러났다. 이는 민간의 무속 원본적 생사관을 불교적인 생사관으로 수렴하여 대중을 교화하려는 긴장 관계를 형성하고 있어서 회심곡류 불교가사 전체의 생사관을 이원적이라 할 수 있다.

제3장 발원가류 불교가사의 존재 위상과 성격

1. 발원가류 불교가사

　원(願)을 세운다는 의미의 발원(發願)이라는 행위는 불교 공동체에서 매우 중요한 의미를 지닌다. 어떤 수행을 시작할 때나 일상의 예불과정, 특별한 일을 앞두고 자신이 달성하려는 목표를 먼저 세우고 이를 잘 성취하도록 삼보(三寶)나 부처, 보살(菩薩) 등에게 도움을 요청하고 스스로 다짐하는 과정에서 발원이 이루어지는데 발원가류 불교가사는 이런 맥락에서 창작되고 향유되고 있다. 그래서 발원가류 불교가사가 보이는 이런 존재 위상은 불교가사 이전부터 내려오던 불교공동체의 발원 전통에서 마련됐다고 할 수 있다. 발원의 전통 선상에서 발원가류 불교가사를 이해해야 하는 이유가 여기에 있다.

　발원가류 불교가사는 불교가사 여러 가지 유형 가운데서도 특이한 위치를 차지한다. 불교 공동체에서 이루어지는 일상적 수행이나 여러 가지 의식, 현실의 어떤 공사나 사업 등 불교 행사가 있을 때마다 발원가류 불교가사는 빈번하게 향유되었고 현재까지 그렇게 향유되고 있기 때문이다. 발원가류 불교가사는 그런 구체적 맥락에서 향유되기 때문에 다른 유형의 불교가사와 원론적인 차원에서 일정한 관계를 맺는다고 할 수 있다. 반복되는 수행이나 구체적 의식, 행사와 관계가 밀접

한 발원가류 불교가사는 현재까지도 불교 사원에서 실제 염송되고 있
어 가장 왕성한 생명력을 가진 불교가사라는 유형적 가치를 가지고 있
다. 그리고 발원가류 불교가사는 존재 방식이 일반 불교가사와 다른
면모를 보여준다는 점에서도 관심이 요구된다. 발원가류 불교가사는
개인 발원이 있으면서도 공동 목표를 지향하는 집단에 의해서 향유되
는 집단 발원의 성격을 가지기도 하고, 처음부터 한글 불교가사로 창
작되기보다는 발원의 漢詩文이 선행하고 한글 번역을 통한 재창작으
로 나타난 경우가 많고, 처음부터 한글로 창작된 발원가류 불교가사는
상대적으로 적다는 점에서 특이한 존재 위상을 보여 주기 때문이다.[1]
　따라서 다른 유형의 불교가사와 변별적인 발원가류 불교가사의 존
재 위상을 먼저 검토하여 그 존재 맥락을 밝히는 것이 논의의 자연스
런 순서가 된다. 발원가류 불교가사는 불교 공동체의 종교 의식 행위
와 밀접한 관계를 맺고 있기 때문에 작품 자체의 논의만으로는 발원가
류 불교가사가 보이는 구체적 성격을 밝힐 수 없고 그 본질에도 접근
하기 어렵다. 또한 발원가류 불교가사는 여기에 그치지 않고 다른 불
교가사 유형의 작품들과도 개별적, 포괄적 관계를 맺고 있다. 따라서
발원가류 불교가사 유형의 불교가사 유형 내·외적 존재 위상을 交織
的으로 검토함으로써 그 이 유형의 본질에 더 가까이 접근할 수 있다.
　그리고 이러한 이해의 기초 위에서 실제 발원가류 불교가사 유형의
작품이 어떤 성격을 가지는지를 살피고자 한다. 그 핵심적 요소가 되는
발원의 주체와 대상을 동시에 살피고, 발원을 통하여 실제 말하고자 한

---

1) 발원가류 불교가사는 불교 행사에서 자주 사용되면서 현재까지 향유되고, 불교
　수행이나 의식, 구체적 행사에 쓰이면서 다른 유형의 불교가사를 수용하며, 출발이
　불교 한시문의 재창작적 번역에서 이루어지는 등의 특이한 면모를 가지고 있어서
　불교가사 문학 전체 성격을 구명하는데 반드시 연구해야 할 가치를 가지고 있다.

것이 무엇이며 어떤 표현 기법을 통하여 그런 목표를 달성하고 있는지를 논의하여 발원가류 불교가사의 성격을 총체적으로 이해하고자 한다.

발원가류 불교가사에 해당하는 작품은 전체 여섯 수로 그리 많은 편이 아니다.[2] 이 작품 자료는 『불교가사 원전연구』[3]와 『운허선사어문집』[4]에 실려 있다.

2. 발원가류 불교가사의 존재 위상

발원가류 불교가사의 특성을 이해하기 위해 여기서는 발원가류 불교가사 유형의 불교가사 유형 외적 존재 위상과 불교가사 유형 내적 존재 위상을 차례로 논의하고자 한다. 불교가사 유형 외적 존재 위상

---

2) 발원가류 불교가사는 불교 일반적 수행의 원만한 성취나 구체적 사업의 성공적 달성을 부처나 보살 등 거룩한 존재에게 빌고, 스스로 과업의 완수를 다짐하는 내용을 담은 불교가사를 의미한다. 여기에 해당하는 작품을 보면 〈이산혜연선사 발원가〉, 〈혜연선사발원가〉, 〈의상화상일승발원가〉, 〈나옹선사발원가〉, 〈역경발원문〉, 〈화랑호국발원문〉 등 여섯 수이다. 앞의 네 작품은 『불교가사 원전연구』에서, 뒤의 두 작품은 『운허선사어문집』에서 가져왔다. 앞의 네 작품은 모두 한시문의 원작을 가사로 번안한 것이지만 변개가 많이 이루어져 불교가사로 다룰 수 있고, 뒤 두 작품도 제목에 '문(文)'이라는 말이 들어 있으나 실제 형식은 4음보 가사체로 되어 있어 불교가사로 다루어야 한다. 그리고 확인한 결과 현존하는 불교가사 가운데 발원가류 불교가사 작품으로는 위의 여섯 작품이 전부인 듯하다. 해당 작품의 창작 시기와 작자는 원작과 가사 작품을 구분하여 논의해야 한다. 원작은 의상화상의 생존 연대인 7세기 후반, 혜연 선사의 활동 시기인 9세기 후반, 나옹 선사의 생존 연대인 14세기에 각기 해당 작품이 그들에 의하여, 〈역경발원문〉은 1964년, 〈화랑호국발원문〉은 1970년에 운허에 의하여 창작되었고, 번역 가사 작품은 〈이산혜연선사 발원가〉는 1970년에 운허에 의하여, 〈혜연선사발원가〉는 20세기 중반기에 광덕에 의하여 각각 가사로 번역되었고, 〈의상화상일승발원가〉와 〈나옹선사발원가〉는 20세기에 失名氏에 의해 가사로 번역되었다.
3) 임기중, 『불교가사 원전연구』, 동국대학교 출판부, 2000.
4) 월운 편, 『운허선사어문집』, 동국대학교 역경원, 1989.

에 대한 논의는 불교 전통에서 가장 이른 시기에 행해진 발원에서부터 발원가류 불교가사 유형에 이르는 통시적 고찰이고, 불교가사 유형 내적 존재 위상에 대한 논의는 다른 불교가사유형과 맺고 있는 공시적 관계에 대한 비교 분석이다. 이런 양방향의 검토는 발원가류 불교가사 유형이 처한 존재 위상 자체를 이해하는 것이면서 발원가류 불교가사 작품의 내면적 특성을 논의하는데 기초를 마련하는 것이다.[5]

1) 유형 외적 존재 위상

발원 또는 서원의 내용은 본격적 불교의 경전을 비롯하여 문학적으로는 신라와 고려의 향가, 일반 불교 한시 등의 분야에서 두루 나타나 있다. 불교에서 발원이라는 신행 행위는 오랜 연원을 가지고 있는데 먼저 불교 경전상의 사례를 보면『정토삼부경』의 첫째 경전인『무량수경』[6]에 아미타불의 전생인 법장비구가 세운 48가지의 발원이 나와 있다. 이 내용은 석가모니 부처가 제자 아난에게 소개해주는 형식으로 표현되어 있다. 불교 경전은 이외에도『화엄경』〈보현행원품〉[7]에 보현보살이 선재동자라는 수행자에게 발원을 알려주는 방식으로 나타나 있다. 그리고 현재에도 불교 공동체에서 일상적으로 가장 많이 독송하고 있는『천수경』안에도 발원이 몇 차례에 걸쳐 이루어지고 있다. 특히『천수경』[8]에 나오는 〈四弘誓願〉과 같은 경우에는 그 경전과 상관없이

---

5) 당연한 말이지만 발원가류 불교가사 유형의 검토가 통시적이든 공시적이든 당연히 발원가류 불교가사 자체에 논의의 중점이 놓여야 하는 것은 물론이다. 작품 외적 논의가 작품과 별도로 이루지는 데에 그치고 만다면 문학 작품을 분석하는 데에 아무 도움을 줄 수 없기 때문이다.

6) 淸華 譯, 『淨土三部經』, 성원각, 1998.

7) 光德 편역, 『보현행원품』, 보련각, 불기 2538.

8) 오고산 편, 『증보 불자수지독송경』, 보련각, 1976.

불교의례를 진행할 때마다 반드시 독송되고 있어서 경전 상의 이러한 서원은 불교 공동체의 일상 신행 활동의 중심을 이룬다고 할 수 있다.

『무량수경』에 나타난 48원은 첫 번째 無三惡趣願에서부터 마지막 得三法忍願에 이르기까지 모두 48개로 구성되어 있다. 여기서는 발원자가 아미타불의 전신인 법장비구로 나타나고 발원대상은 世自在王佛이고 발원 내용의 대상인물은 중생과 보살로 나타나 있다. 그래서 여기 제시된 48가지의 발원 내용은 발원자인 법장비구 자신의 변화가 아니라 발원 내용에 나타난 중생과 보살이 그런 변화를 해주기를 발원한 것들이다. 예를 들어 첫 항목인 無三惡趣願을 보면 중생이 빠지게 될 三惡道가 없어야 한다고 했고 그 연장선상에서 두 번째 不更惡趣願에서는 중생이 다시 삼악도에 떨어져서는 안 된다고 하여 발원자인 자신이 떨어져서 안 된다는 것이 아니고 내적 주체인 중생이 그래서는 안 된다는 것이었다. 마지막 발원인 得三法忍願의 경우에도 발원자 자신을 위한 발원이 아니라 발원 내용에 등장하는 인물을 위하여 발원을 하고 있다. 다른 세계의 보살들이 자기이름인 아미타불을 듣고 音響忍, 柔順忍, 無生法忍을 성취하도록 발원하고 있다.

요컨대『무량수경』에 나타난 발원은 발원자인 법장비구가 발원대상인 세자재왕불에게 발원내용에 나타난 중생이나 보살이라는 타자의 변화를 기원한 것으로 이를 대화 형식으로 표현하고 있다. 즉 내용이 중생과 보살이 불교 공부하기 좋은 환경을 만나고, 수행을 잘 할 수 있기를 발원해 주는 것으로 되어 있다.

다음 〈보현행원품〉에 나타난 발원은 보현보살이 다른 모든 보살과 선재에게 말한 것이다. 구체적 내용은 '만약 이 공덕문을 성취하고자 한다면 응당 열 가지 광대한 行願을 닦아야 한다'9)고 하면서 열 가지 행원10)을 제시하고 어떻게 하는 것이 행원을 구체적으로 실천하는 것

인지를 설명해 준다. 즉 보현보살이 행원을 세우고 이것을 다른 사람
들에게 실천할 것을 가르친 내용으로 되어 있다. 행원을 세운 사람이
있고 이것을 실천 수행해야 할 사람이 따로 나누어져 있는 것이다. 그
리고 대화체 구어문 형식으로 이를 설명하는 표현 방식을 취하고 있
다. 그리고 가사 발원가의 원형이라고 할 수 있는 〈이산혜연선사발원
가〉의 원가(原歌)인 〈發願文〉11)과 〈白花道場發願文〉12)은 한문 산문
으로서 그 내용이 객관적 사실을 설명하여 교술적인 측면을 주로 가지
고 있다. 그래서 이상 두 가지 불교 경전에 산문으로 나타난 발원과
한문으로 된 일반 산문은 객관 사실로서의 다양한 내용들로 구성돼 있
어서 교술적 성격을 가졌다고 할 수 있다.

  그리고 『천수경』에는 발원이 몇 차례에 걸쳐 나오는데 한번은 관세
음보살을 상대로 하는 발원이고, 다른 둘은 〈如來十大發願文〉과 〈發
四弘誓願〉이 그것이다. 형식은 칠언시가 중심이고 일부 오언시가 나
타난다. 『천수경』은 독송하기 편리하게 만들어져 있고 실제 사찰에서
수행의 한 방안으로 『천수경』 전체 혹은 부분을 독송하는 경우가 많
다. 〈如來十大發願文〉의 경우 발원의 주체는 수행자였던 '여래 전생의
나'로 나타나서 작품 내용이 현재 수행을 하려고 하거나 하고 있는 중
생인 '나'와 발원이 쉽게 일치될 수 있다. 〈發四弘誓願〉의 경우는 특별

---

 9) 若欲成就此功德門 應修十種廣大行願(〈大方廣佛華嚴經不思議解脫境界普賢行願
    品〉, 『普賢行願品』, 해인총림, 2538, 72쪽)
10) 禮敬諸佛, 稱讚如來, 廣修供養, 懺悔業障, 隨喜功德, 請轉法輪, 請佛住世, 常隨佛
    學, 恒順衆生, 普皆廻向이 그것이다.(같은 책, 72쪽)
11) 이산혜연의 생몰 연대는 알려져 있지 않고 대략 중국 당말 스님으로 육조혜능의
    2대 제자 중의 한 사람인 청원행사(?~741)의 문하 설봉의존(822~908)의 법제자 정
    도로 알려져 있다.
12) 동국대 불교전서편찬위원회(이지관 외 6인), 『한국불교전서』 제2책, 동국대학교
    출판부, 1990, 9쪽.

히 발원의 주체가 나타나지 않아서 불교를 신행하는 사부대중이 하나의 주체일 수 있다. 여덟 가지 발원 조목을 항목화하여 제시하고 이를 일정한 의식 속에서 항상 독송하도록 하고 있기 때문이다.

그런데 향가에 오면 발원이 새로운 국면에 접어든다. 지금까지 서원이 대부분 중생이나 보살이라는 포괄적 대상을 두고 이루어졌다면 드디어 개인의 사적 발원이 나타나기 시작했기 때문이다. 〈願往生歌〉, 〈祭亡妹歌〉, 〈禱千手觀音歌〉 등이 여기에 해당하는데 주지하다시피 〈願往生歌〉는 자신의 극락 왕생을, 〈祭亡妹歌〉는 누이의 극락왕생을, 〈禱千手觀音歌〉는 자녀의 시력 회복을 각각 발원하는 내용으로 되어 있기 때문이다. 발원이라는 기성의 신행 방식을 답습했으면서도 개인이 사적 발원을 행하는 과정에 서정성을 획득하고 있다. 불교 일반의 포괄적 발원인 『화엄경』〈보현행원품〉의 내용을 바탕으로 한 균여의 〈보현시원가〉에서도 경전 내용과 달리 시적 화자를 개인으로 바꾸고 내가 나를 위하는 사적 발원의 표현 방식을 수용함으로써 역시 이념을 서정적으로 표현하는 변화를 보였다고 할 수 있다.

발원가류 불교가사의 원전이라고 할 수 있는 장편 한시 형태의 발원가가 출현하는데 이 역시 향가만큼 오랜 역사를 가진다. 가장 오래 된 것으로 신라 의상의 〈義相和尙一乘發願文〉[13]이 있고, 고려 말에 나옹화상의 〈發願〉[14]이 있다. 향가와 마찬가지로 한시 발원가에서도 시적 화자가 서정적 목소리를 통하여 발원을 하는 특성을 보여준다.

이상에서 살펴본 바 경전과 그 외의 산문 발원문은 낱낱의 발원 내용을 길게 나열하여 가르치고 설명하고 있어 교술적 성격을 가졌다. 그리

---

13) 동국대학교 한국불교전서 편찬위원회(이지관 외 6인), 『한국불교전서』 제11책, 보유 편 1, 동국대학교 출판부, 1993, 44쪽.
14) 나옹혜 근저, 백련선서간행회 번역, 『나옹록』, 장경각, 1991, 168~169쪽.

고 향가나 한시 발원가의 경우 시적 화자 자신의 요구를 발원에 담아 주관적이고 서정적 성격을 가지게 됐다는 것을 알 수 있다.

그런데 이 한시문 원작을 번역한 가사인 발원가는 다른 갈래 발원문의 오랜 역사적 전통위에서 한문 원전 발원문의 권위를 빌리면서 변화된 시대의 요구에 부응하여 발원을 표현하는 과정에 나타났다. 이것은 기존 발원 한시문을 번역한 작업 자체에서 확인된다. 여기에서 더 나아가 창작 가사 발원가가 나타나는 데까지 이른다.15) 즉 한글을 사용하는 시대적 요구에 따라 처음에는 발원 한시문을 창작에 근접하도록 한글로 번역해서 사용하다가 필요에 따라 처음부터 발원가를 한글로 창작하는 데까지 나아갔다고 할 수 있다. 한글 번역 발원가가 나타난 것은 가사체의 율격을 빌림으로써 독송에 박자감을 살릴 수 있고, 동시에 율동감으로 정서적 감응을 불러일으킬 수 있는 효과를 얻을 수 있었기 때문이라고 할 수 있다. 그리고 번역하는 과정에 원문을 역자의 의도에 따라 상당히 변화시킴으로써 기존 발원시문의 권위는 빌리면서도 번역자의 의도를 구현하는 효과를 거둘 수도 있었기 때문이라 할 수 있다.16) 발원의 내용을 공유하고자 하는 시대적 요구와 가사가

---

15) 한시 원문을 번역한 발원가, 창작한 가사 발원가가 나타나면서 드러난 변화는 불교 공동체에서 발원을 할 때 한글 가사 발원가를 주로 의식에서 사용함으로써 가장 많이 사용하던 『천수경』의 사홍서원과 같은 수준에서 향유되는 변화를 보였다고 할 수 있다. 한 예를 보면 『기도·법회집』(일명 편저(불기 2545), 대한불교 조계종 관음포교원)의 경우에 기도 부분에서 범어로 된 다라니, 여러 부처의 이름을 제외하고는 『천수경』의 나머지 부분은 모두 가사체로 번역하여 사용하고 있고 그 외에도 〈순치황제출가시〉, 원효의 〈발심수행장〉, 의상의 〈법성계〉 등 본래 한시문이었던 것도 모두 한글 가사로 번역하여 싣고 있다. 한글 세대인 현대인들의 요구에 호응하면서도 전통 고전의 권위를 동원하려는 의도가 한글 번역 가사 저변에 깔려 있다고 할 수 있다.

16) 〈이산혜연선사발원문〉의 두 편 가사 번역본은 모두 원본과 상당한 거리를 가지고 있고 두 편 사이에도 상당한 차이를 보인다. 원본과의 차이는 번역 가사 작품이

가진 서정과 교술의 성격을 모두 활용하여 발원의 종교적 의도를 더욱 절실하게 관철하는 과정에 발원가류 불교가사 유형이 나타났고 지금까지도 향유되고 있어 현재 승가사회에서 가장 강한 생명력을 가진 불교가사 유형이라는 존재 위상을 획득했다고 할 수 있다.[17]

2) 유형 내적 존재 위상

불교가사 유형은 연구자에 따라 나누는 방식이나 종류가 다르지만 불교 공동체의 구체적 국면에서 이루어지는 활동의 내용을 중심으로 유형을 분류하는 것이 타당하다고 생각된다. 출가와 수행, 교시, 의식 등의 국면 등이 그것인데[18], 이러한 구체적 불교 공동체 생활의 국면마다 행해지는 활동은 실제 가사 내용을 규정하는 역할도 하기 때문이다. 이런 입장에서 토굴가류, 발원가류, 찬불가류, 염불가류, 왕생가류, 참선곡류, 회심곡류, 몽환가류, 용선가류 등의 불교가사 유형[19]을 상정

'나 또는 저이들'과 같은 발원의 주체를 분명히 세운 것이라든지, 발원의 과정에서 구체적 사항들을 더 추가하거나 뺀 것이고, 두 편의 가사 작품 사이에는 사용하는 용어나 내용의 묘사, 주체의 단복형 등에서 차이가 났다. 이런 문제는 별도의 본격 논의를 요한다. 그리고 〈이산혜연선사발원문〉은 중국의 한문 원전을 번역한 것이기 때문에 중국 작품이라는 주장이 제기될 수 있으나 작품을 번역하는 과정에 바로 앞에서 제시한, 발원의 주체를 세운 것, 발원의 구체적 사항을 다수 교체한 것, 용어나 내용의 묘사를 통하여 우리말 가사체로 전면적 개변을 한 것 등의 일련의 변화를 고려하면 이 가사 작품은 우리 문학 작품으로 포괄해도 문제가 없다고 본다.

17) 매일 행해지는 불교 의식에서 불교가사에 대한 요구는 실제『천수경』의 발원을 가사로 바꾸어 사용하고 있는 현재 상황을 통해서도 확인된다. 기도라는 의례를 진행하면서 항상 독경하는『천수경』대부분의 자료를 가사로 바꾼 자료가 불교 공동체 안에 현재 널리 수용되고 있다.(일명 편저,『기도 · 법회집』, 대한불교 조계종 관음포교원, 불기 2545 참고).

18) 여기 제시한 국면은 불교 공동체의 가장 핵심적 활동인데 각 국면마다 이루어지는 구체적 활동들이 불교가사 유형의 내용을 구성한다.

19) 이들 불교가사 유형은 불교 공통체의 수행이나 의식 진행이라는 구체적 국면과

할 수 있는데 발원가류 불교가사는 그 나머지 유형들과의 포괄적 관계
를 맺을 만한 개연성을 가지고 있다. 그 나머지 유형이 불교의 구체적
수행이나 의식과 관련된 것인데 이런 수행이나 의식을 원만하게 성취하
자는 포괄적 내용을 발원가류 불교가사는 주로 다루고 있기 때문이다.
  그러면 실제 발원가류 불교가사의 어떤 내용이 어떤 방식으로 다른
유형의 불교가사와 관계를 맺고 있는지를 논의하여 유형적 기준에서
발원가류 불교가사가 점하고 있는 공시적 존재 위상을 논의하고자 한다.

(1) 우리본사 세존처럼 용맹하신 뜻세우고
    비로자나 불과같이 등정각을 이룬뒤에
    문수사리 보살처럼 깊고밝은 큰지혜와
    보현보살 본을받아 크고넓은 행원으로
    넓고넓어 가이없는 지장보살 몸과같이
    천수천안 관음보살 삼십이응 몸을나퉈   〈나옹선사발원가〉

(2) 무서울사 저지옥과 가려하온 아귀들에
    백종오색 광명놓고 천변만화 신통내어
    듣ㄱ보는 모든무리 한결같이 제도할게
    활활타는 무쇠물은 감로수로 변해지고
    펄펄끓는 기름가마 연꽃으로 화하여서
    쓰린고초 다버리고 부처나라 가서나며
    과보받는 저짐승들 깊은원한 뼈아리니

연결되면서 실제 내용상 각 유형 안에서는 동일한 정체성을 가지고 있다. 그런데
이런 유형은 실제 각 유형이 독자적으로만 존재하는 것이 아니라 서로 일정한 수위
로 연결고리를 가지고 있다. 더구나 불교 수행이나 교시 등을 앞두고 벌이는 맹서
를 담은 발원가류 불교가사는 앞으로 수행하고자 하는 불교적 과업과 자연스럽게
연관될 작품 내적 자질을 이미 가졌다고 할 수 있다. 어떤 방식의 관계 맺기인가를
구명해야 하는 이유가 여기에 있다.

천신만고 다잊고서 무한쾌락 받게하며
모진병엔 약초되어 씻은듯이 다낫우고
베고플때 곡식되어 주린창자 채워주리   〈혜연선사발원가〉

(3) 불법인연 구족하며 반야지혜 드러나고
보살마음 견고하여 제불정법 잘배워서
대승진리 깨달은 뒤 육바라밀 행을닦아
아승지겁 뛰어넘고 곳곳마다 설법으로
천겁만겁 의심끊고 마군중을 항복받고
삼보를 잇사올제 시방제불 섬기는일
잠깐인들 쉬오리까 온갖법문 다배워서
모다통달 하옵거던 복과지혜 함께늘어
무량중생 제도하며 여섯가지 신통얻고   〈이산혜연선사발원가〉[20]

(1)은 시적 화자인 '내'가 발원한 내용인데 그가 모범으로 삼은 부처와
보살을 소개하고 있다. 석가세존의 용맹함을 시작으로 비로자나불의
등정각, 문수보살의 지혜, 보현보살의 행원, 지장보살의 크고 넓은 몸,
관음보살의 십이응신의 몸 등을 차례로 소개하고 있다. 그런데 자세히
보면 시적 화자는 부처와 보살의 핵심적 덕목만을 하나씩 말하여 모범
으로 삼고자 하는 부처와 보살의 위대함을 찬양하고 있다. 제시한 불보
살을 모범으로 삼아 자신도 그와 같은 존재가 되겠다는 서원을 하는
과정에서 불보살을 찬양하는 〈찬불가〉의 면모를 자연스럽게 드러내게

---

20) 이 작품은 이산의 〈怡山惠然禪師發願文〉을 耘虛龍夏(1892~1980)가 가사체로 국
역한 발원문이다. 〈惠然禪師發願歌〉 역시 이산의 원작을 번역한 것인데 번역자는
『보현행원품』에 의거하면 광덕이 아닌가 한다. 이 책 서문에서 성철은 이 책의 국
역이 광덕스님의 원력으로 완성되었다는 것을 명기하고 있기 때문이다(성철, 〈보
현행원품서〉, 같은 책, 2쪽 참고). 실제 두 작품은 각기 개성이 있으면서 차이가
날 정도로 어조와 내용이 서로 다르고, 두 작품 모두 원작을 개변하면서 번역하여
창작에 가까운 작품이라 할 수 있다.

된 것이다. 찬불가류 불교가사가 부처의 삶을 더 다양하고 상세하게
진술하여 찬양하는 것과는 달리 핵심 덕목만 칭송하여 찬불의 방법이
발원가의 의도를 표현하기에 적합하도록 개략화되었다고 할 수 있다.

〈찬불가〉의 이같은 개변적 표현은 다른 작품에서도 더 발견된다. 예
를 들면 〈혜연선사발원가〉의 일부분인 '모든 중생 제도하는 거룩하신
부처님들/ 크고 큰 길 밝게 비친 깨끗하고 묘한 법문/ 삼계고초 벗어
나서 자재하신 스님들께/ 지극 정성 다하여서 목숨바쳐 절하오니/ 대
자대비 베푸시어 거두어 주옵소서'를 보면 이런 성격이 더 분명해진
다. '부처님, 법문, 스님'이 칭송의 대상이다. 부처는 거룩하고, 법문은
큰 길을 밝게 비추고, 스님은 삼계의 고초를 벗어난 것으로 칭송하고
있다. 뒤 두 항목에서 법문과 스님이라는 다른 용어를 썼으나 이것은
간접화를 통한 부처의 칭송이라고 할 수 있다. 법문은 부처의 말이고
승려는 부처의 가르침을 펴는 핵심 당사자이기에 관련 대상을 칭송함
으로써 원래 대상인 부처를 칭송하기 때문이다. 따라서 뒤 두 대상의
칭송은 바로 부처의 칭송이 되어 전체적으로 찬불의 성격을 획득하게
되었다고 할 수 있다. 인용한 두 경우와 달리 짧게 부처를 칭송하여
찬불가적 태도를 나타낸 경우는 더 빈번하게 나타난다.[21]

(2)의 내용은 지옥과 아귀들에게 광명을 놓는 데서 시작하여 모든
무리를 제도하고 무쇠물을 감로수로, 기름 가마를 연꽃으로 변화시키
며, 고초를 버리고 부처나라에 가서 나게 하며 짐승이 쾌락을 얻게 하
고 병에 약초가 되고 기아에 곡식이 되겠다고 발원하는 내용이다. 주

---

21) 〈이산혜연선사발원가〉에는 '사생자부 부처님, 여래 정법, 불보살의 대자대비',
〈의상화상일승발원가〉에는 '보현보살 넓고큰원', 〈역경발원문〉에는 '慈悲하신 慧
眼, 크신 神力, 三寶慈尊', 〈화랑호국발원문〉에는 '자비하고 거룩하신 부처님' 등의
표현이 나오는데 모두 부처의 핵심 덕목만을 들어 칭송하고 있어서 개념적 表現이
되고 있다.

로 다양한 중생을 구제하겠다는 발원이 중심 내용인데 그 가운데 부처 나라에 가서 나게 하는 부분은 바로 〈왕생가〉의 핵심 내용을 단적으로 표현한 것이다. 가서 날 세계는 극락정토이고 그곳을 주관하는 부처는 아미타불이다. 그러니 여기서 말한 '부처나라'는 아미타불의 극락정토가 되고, 가서난다는 것은 극락정토에 가서 나는 것을 의미하여 핵심 내용은 〈왕생가〉의 축약적 표현이라고 할 수 있다.[22]

표현은 다소 다르지만 〈이산혜연선사발원가〉에는 '부처님이 이끄시고 보살님네 살피옵서/ 고통바다 헤어나서 열반언덕 가사이다'라는 표현이 있고, 〈혜연선사발원가〉에는 '탐진 애욕 깊은 구렁 하루 바삐 벗어나서/ 해탈 열반 높은 언덕 순식간에 올라가며'라고 하고, 〈의상화상일승발원가〉에는 '보현보살 넓고 큰원 만족하게 이루옵고/ 화장세계 가서나서 비로자나 친히 뵙고'라고 하여 극락정토에 해당하는 세계를 '열반 언덕, 해탈열반 높은 언덕, 화장세계' 등으로 표현하고 그곳으로 '간다'거나 '올라간다'거나 '가서난다'고 하여 용어는 달리 썼지만 왕생의 의미를 정확하게 표현하고 있다.

찬불가류 불교가사나 왕생가류 불교가사 유형의 개괄적 성격이 발원가류 불교가사에 주로 나타나 있지만 일부 다른 유형의 불교가사의 내용도 미약하게 발견된다. 〈혜연선사발원가〉 중에는 '허망하온 꿈 속 세상 천리 만리 벗어나서/ 빙설같이 맑은 이 몸 발길마다 연꽃 피며'라는 부분이 나오는데 '허망하온 꿈속 세상'을 벗어난다는 것은 몽환가류 불교가사에서 이 세상의 여러 가지 사태를 낱낱이 들어 이것이 몽환임을 길게 주장하는 것을 짧은 한 마디로 포괄해낸 표현이라고 할 수 있다. 또 〈혜연선사발원가〉에서 '높고 높은 법의 깃발 곳곳마다 세워 놓

---

22) 졸고, "왕생가류 불교가사의 표현 방식과 세계 인식", 『고시가연구』 제27집, 한국 고시가문학회, 2011, 321~347쪽 참고.

고/ 거듭거듭 쌓인 의심 낱낱이 부수어서'라는 부분이 나오는데 이것은 선수행을 하는 핵심 정황을 간단하게 표현한 것으로 볼 수 있다. '깃발을 세우고 쌓인 의심을 부순다.'는 말은 참선의 구체적 방법이나 과정을 생략하고 참선에서 화두 의심을 타파하는 자체만을 간단히 표현한 것이기 때문이다.[23]

(3)을 보면 불법과 인연이 구족하여 보살로서 마음이 견고하고 모든 부처의 바른 가르침이라는 의미의 '제불정법'을 잘 배운다고 하였다. 그리고 대승진리를 깨닫고 삼보를 잇고 부처를 섬기기도 하고 복과 지혜가 늘어서 무량 중생을 제도한다고 하였다. 짧은 내용이지만 여기에는 불교 공동체 수행 활동의 전체적 지향이 모두 담겨 있다. 불교와 인연을 잘 맺고, 견고한 보살의 마음을 지니고, 불교의 가르침을 모두 배워서 마침내 대승의 불교 진리를 깨달으며 불교의 삼보를 계승하고 모든 중생을 제도겠다고 하였다. 결국 불교와 인연을 맺고 배워서 깨닫고 중생을 제도하는 전체 포괄적 불교 신행 과정을 말하고 있다.

그런데 불교를 배운다고 할 때 무엇을 어떻게 배우는지는 구체적으로 나타나지 않았다. '제불정법을 잘 배운다.'거나 '온갖 법문을 다 배운다.'는 것이 매우 포괄적이고, '대승진리를 깨닫는다.'거나 '천겁만겁 의심 끊는다.'는 것이 깨달음의 어느 측면을 말하는지도 막연하다. 중생 제도 역시 일반적 진술에 불과하다. 이와 같이 발원가류 불교가사 작품에는 불교의 수행과 깨달음, 중생 제도라는 불교 일반의 전체 과정이 주로 개괄적 전체적으로 진술되고 있어서 불교 공동체에서 일상으로 행하는 모든 국면에서의 과제를 일괄적으로 잘 수행할 것을 다짐하는 성격이 강하다.

---

23) 졸고, "참선곡류 불교가사의 구조적 성격", 『우리말글』 제50집, 우리말글학회, 2010, 183~207 참고.

요컨대 발원가류 불교가사가 다른 유형의 불교가사와의 관계에서 차지하는 존재 위상은 다른 유형에서 구체적으로 표현하고 있는 사항들 가운데 찬불가류, 왕생가류, 몽환가류, 참선가류와 같은 몇몇 유형의 핵심 내용을 개념적으로 도입하였고, 그 나머지는 구체적 유형과 상관없이 불교의 일반 수행과 깨달음, 중생 교화를 잘 성취할 것을 발원하는 방식으로 작품이 구성되어 있다. 발원가류 불교가사는 찬불가류 불교가사를 비롯한 몇 개 다른 유형의 불교가사와 개념적 관계를 맺고 있으나 주로 불교 수행, 깨달음, 중생 교화라는 전체 불교 공동체의 목표를 잘 수행할 것을 발원하여 여타 모든 불교가사 유형과는 포괄적이고 간접적인 관계를 맺고 있는 존재의 위상을 보여주고 있다.

3. 발원가류 불교가사의 성격

앞장에서는 발원가류 불교가사의 불교가사 유형 내·외적 존재 위상을 논의해 보았다. 그렇다면 그러한 존재 위상을 보이는 발원가류 불교가사의 유형 내 작품들이 어떤 성격을 가지고 있는지를 논의할 차례이다. 발원이라는 행위의 주체와 대상이 어떻게 설정되어 있는지를, 부분적으로 다른 발원문이나 발원가류 시가 작품과 대비 분석하고, 또 무엇을 주로 발원했으며 그 효과를 높이기 위해서 발원을 표현하는 기법은 어떠한지를 따져서 그 성격을 구명하고자 한다.

1) 발원의 주체와 그 대상

발원의 주체는 누가 어떤 입장에서 발원을 하는가와 관계돼 있고, 발원의 대상은 발원자가 누구에게 발원을 하는가와 관계된다. 그런데 발원의 주체와 대상은 실제 발원하는 사람에 그치지 않고 발원 내용 안에서 다시 주체가 있고 대상이 드러나는 경우가 있어 이를 동시에 논의해야 발원의 주체와 대상을 제대로 밝힐 수 있다. 여기서는 여러 경우를 모두 포괄하여 논의하고자 한다.

(4) 시방삼세 부처님과 팔만사천 큰법보와
　　보살성문 스님네게 지성귀의 하옵나니
　　자비하신 원력으로 굽어살펴 주시옵소서
　　저이들이 참된성품 등지옵고 무명속에
　　뛰어들어 나고죽는 물결따라 빛과소리
　　물이들고 심술궂고 욕심내어 온갖번뇌
　　쌓았으며 보고듣고 맛봄으로 한량없는
　　죄를지어 잘못된길 갈팡질팡 생사고해
　　헤매면서 나와남을 집착하고 그른길만
　　찾아다녀 여러생에 지은업장 크고작은
　　많은허물 삼보전에 원력빌어 일심참회
　　하옵나니 바라옵건대 부처님이 이끄시고
　　보살님네 살피옵서 고통바다 헤어나서
　　열반언덕 가사이다　　　　　　　　　　　　　〈이산혜연선사발원가〉

(5) 불꽃속을 헤매이고 독사굴에 깊이빠져
　　나를위해 남해치니 자나깨나 죄뿐이라
　　천생만생 쌓은업장 큰허공에 가득차니
　　많고많은 모든허물 그어찌 하오리까
　　사생자부 부처님께 피눈물로 참회화니
　　애닯사온 저의소원 굽어살펴 주옵소서　　　　〈혜연선사발원가〉

(6) 바랍노니 이내몸이 세세생생 날적마다
　　반야지혜 좋은인연 물러가지 아니하여

우리본사 세존처럼 용맹하신 뜻세우고 (중략)
시방삼세 넓은세계 두루돌아 다니면서
모든중생 제도하여 열반법에 들게할제
내이름을 듣는이는 나쁜고통 벗어나고
내모양을 보는이는 생사번뇌 해탈하고
억천만년 지나면서 이와같이 교화하여
부처님도 중생들도 아주차별 없어지이다   〈나옹선사발원가〉

(4)에는 발원의 주체가 '저이들'로 나오고 발원의 대상은 '부처님, 큰 법보, 스님네' 등 세 가지, 그 합친 개념인 삼보(三寶)로 나와 있다. 여기서 '저이들'은 한 개인이 아니라 그 뒤에 이어지는 내용을 연관해 보면 사부대중(四部大衆)이다. 개인이 추구하는 어떤 사적 소원이기보다는 불교 공동체가 추구하는 보편적 가치를 실현하고자 하는 이 작품 전체 내용으로 봐서 이런 판단이 가능하다. 실제 공적 사업을 두고 발원의 주체를 직접적으로 사부대중으로 지칭하는 경우도 나타난다. 〈譯經發願文〉에서 '四部大衆 저희들이 曹溪宗團 事業으로/ 宗立東國 大學校에 譯經道場 마련하고'라고 한 것이 그 예인데 역경원이라는 기관을 설립하고 시행하려는 공공의 목적을 위하여 발원을 하면서 그 주체를 사부대중으로 내세우고 있다. '저이들'이라는 복수 형태로 나타난 (4)의 발원 주체를 사부대중으로 봐야하는 이유도 이런 사례에서 거듭 확인할 수 있다. 주체가 이렇게 설정된 경우에 일반적으로 발원의 대상도 '불, 법, 승'이라는 복수 형태로 나타나는 상관성을 보여 주고 있다.

(5)에는 같은 원전의 다른 번역본인데 발원의 주체가 단수 '나'로 나타난다. '나를 위해 남 해치니'의 '나', '애닯사온 저의 소원'에서 '저'가 발원의 주체이다. 그리고 여기서는 발원의 대상은 '사생자부 부처님'으로 나타난다. 발원자와 발원 대상자가 모두 단수로 나타나 있다. 개

인인 내가 잘못을 참회할 때 단수의 발원 주체와 대상을 설정하였다. 그 내용이 주로 남을 해친 죄나 허물, 업장을 참회하는 것으로 되어 있어서 앞에서 살핀 사부대중과 같은 대중이 함께 쌓은 잘못이 아니라 개인이 지은 잘못들이다. 그래서 참회를 피눈물로 하고, 소원을 살펴 주기를 애타게 기원하는 것으로 문장이 구성되어 있다. 즉 이 부분은 개인적 발원의 성격을 강하게 보여 준다고 할 수 있다.

그런데 (6)에 오면 (5)에서 말한 단수의 '나'라는 발원의 주체가 개인적 발원에 그치지 않는다는 것을 보여 준다. 여기에서 '이 내 몸, 내'등으로 발원의 주체를 표기하고 있는데 전반부에서는 불교적 수행을 위하여 발원을 하다가, 후반부에 오면 중생을 제도하는 공적 과업을 발원의 내용으로 가져와서 변화를 보여준다. 수행에 관련한 개인적 발원에서 중생 제도라는 공적 발원으로의 변화 과정을 보여 주고 있다. 공적 발원을 보이는 부분에서 발원 내용 안에서는 중생을 주체와 대상으로 번갈아 세우면서 발원을 이어가고 있다. '중생 제도'에서는 중생을 대상으로 가져왔고, '듣는이는, 보는이는'에서는 중생을 이야기 내적 주체로 각각 가져왔다. 발원 주체 자신이 어떠하기를 원하는 경우 이외에 특정 대상이나 다른 주체가 어떠하기를 발원하는 경우에는 이와 같이 발원의 내용 안에 다시 주체와 대상을 설정했다.

이상에서 살폈듯이 발원가류 불교가사에서 다양한 발원의 주체와 대상을 논의해 보았다. 복수의 발원 주체가 복수의 발원 대상을 향하여 발원을 하는 경우도 있었고, 단수의 개인이 단수의 대상에게 사적인 발원을 하는 경우가 있었으며, 사적인 발원과 함께 공적 발원을 하면서 발원의 내용 안에서 다시 발원 내적 주체와 대상을 설정하여 발원을 이어가는 예도 나타났다. 발원가류 불교가사에 나타난 발원의 이러한 양상은 산문으로 된 발원이나 향가, 한시와 같은 시가 갈래가 보여준 발원의 성격과는 상당히 거리가 있는 것이었다. 향가와 한시와 같은 서정 갈래에서는 발원의 주체와 발원의 대상이 단수로 나타나고 공적 발원은 드물게 표현하고 주로 사적 발원을 중심내용으로 하고 있었다.24) 그런데 산문으로 나타난 일반 발원문의 경우에는 공적 발원을 하면서 직접적 발원의 주체와 대상은 비록 단수로 나타났지만 발원 내용에서도 주체와 대상을 설정하여 교화와 관련된 여러 항목을 가지고 발원을 계속하였다.

이를 종합해 보면 가사에서의 발원은 서정 갈래의 개인적 발원과 교술 갈래의 공적 발원의 양상을 동시에 수용하여 발원의 효과를 극대화하고 있다는 것을 알 수 있다. 발원가류 불교가사는 발원의 다양한 내용을 보여주면서도 발원의 정서적 공감력을 획득하기 위하여 발원의 주체와 대상도 두 층위에서 여러 가지로 표현하였다.25)

2) 발원의 주제와 표현 방법

그렇다면 가사를 통하여 보여준 발원의 구체적 주제가 무엇이고 그를 드러내기 위한 표현 방법은 어떠한지를 논의하고자 한다. 즉 앞 절에서

---

24) 향가 〈원왕생가〉에서 시적 화자는 무량수불에게 자신의 왕생 발원을 전하려고 했고, 〈제망매가〉에서는 미타찰에서 누이를 만나고자 발원했고, 〈도천수관음가〉에서는 눈을 뜨게 해 달라는 발원을 했다. 〈보현시원가〉의 경우도 실제 『보현행원품』에서와 달리 시적 화자가 타자를 위한 발원이 아니라 실제 자신의 발원을 서정적으로 표현하는 양상을 보여 주고 있다. 발원가류 가사의 원전인 의상화상 〈일승발원문〉, 나옹화상의 〈발원〉과 같은 한시 발원시에는 자신을 위한 발원이 중심이면서 그 목적이 자타에까지 미치는 것으로 나타난다.

25) 시적 화자가 자기 스스로 참회하거나 사적 발원을 할 때 주체와 대상이 있고, 시적 화자가 발원의 이야기 안에서 중생이나 불보살을 가져와서 그들이 어떠하기를 발원한다거나 그들의 어떤 측면을 본받으려 할 때 발원 내용 안에서 다시 주체와 대상이 나타났다. 불교가사 발원가는 참회나 자기 수행의 사적 발원과 중생 교화라는 공적 발원을 함께 하고 있어서 주체와 대상의 층위가 중층적으로 나타난다고 할 수 있다.

말한 발원의 주체가 발원의 대상을 향하여 행했던 발원의 핵심적 내용
이 무엇이고, 어떤 방식으로 발원을 표현하는지를 논의하고자 한다.

(7) 이세상에 명과복은 기리기리 창성하고
　　오는세상 불법지혜 무럭무럭 자라나서
　　날적마다 좋은국토 밝은스승 만나오며
　　바른신심 굳게세고 아히로서 출가하여
　　귀와눈이 총명하고 말과뜻이 진실하며
　　세상일에 물안들고 청정범행 닦고닦아
　　서리같이 엄한계율 털끝인들 범하리까
　　점잖은 거동으로 모든생명 사랑하여
　　이내목숨 버리어도 지성으로 보호하리
　　삼재팔난 만나잖고 불법인연 구족하며
　　반야지혜 드러나고 보살마음 견고하여
　　제불정법 잘배워서 대승진리 깨달은 뒤
　　육바라밀 행을닦아　　　　　　　　　　〈이산혜연선사발원가〉

(8) 살을베고 뼈를갈아 시방제불 섬기옵고
　　불을이고 팔을끊어 모든법문 통달하리
　　복과지혜 크게닦아 온갖중생 제도하며
　　신통묘용 뛰어나서 무상불과 이루오리
　　고생고생 이룬공부 모든중생 위함이니
　　대천세계 넓은곳을 빠짐없이 두루다녀
　　관음보살 대자비로 이내마음 장엄하고
　　보현보살 높은행원 꿈속에도 잊지않아
　　화탕지옥 내집삼고 아귀독사 내벗삼아
　　중생따라 몸나투어 묘한법문 끝없으리　　〈혜연선사발원가〉

(9) 바랍노니 三寶慈尊 妙한가피 드리우사
　　번역하는 佛子들의 智慧눈이 열리어

붓만들면 좋은 생각 샘솟듯이 솟아나서
부처님의 本意대로 글과 뜻이 옮겨지고
읽은이가 감격토록 아름다운 문장이뤄
한글로된 大藏經이 집집마다 모셔지고
누구든지 읽게되어 智慧로운 가르침이
온누리 곳곳마다 두루펼쳐 지이다   〈역경발원문〉

(7)은 시적 화자 자신이 생각하는 수행자로서의 이상적 삶의 과정을
발원하는 내용으로 돼 있다. 세상에서의 命과 福이 昌盛하고, 불법 지
혜를 갖추고 좋은 국토에 나서 밝은 스승을 만나고 바른 신심을 가지
고 수행 과정에 계율을 잘 지키며 생명을 보호하겠다는 발원을 하고
있다. 그리고 여기에 이어진 내용이 (3)인데 불법인연을 바탕으로 반
야지혜를 가지고 모든 부처의 정법을 잘 배워 대승 진리를 깨달으며
육바라밀을 실천하겠다고 발원하고 있다.

시적 화자 스스로가 하는 서원은 이외에도 (7)의 앞부분에 생략된
내용에서 '무명 속에 뛰어 들어 심술 굳고, 욕심내는' 등 과거에 저지
른 온갖 잘못을 참회하는 것이 포함되어 있다. 〈의상화상일승발원가〉
에도 보면 시적 화자가 스스로 하는 일은 '한생각 찰진겁에 무량불사
지으리다/ 나쁜것은 한번끊어 다시끊음 없이하고/ 착한일은 한번이뤄
모두일게 하오리다/ 곳곳마다 스승찾아 법문듣기 싫어않고'라고 하여
불사는 짓고, 나쁜 것을 끊고, 착한 일을 이루며, 스승을 찾아 법문을
듣겠다고 발원하고 있다.

발원가류 불교가사에서 시적 화자가 스스로 실천하고자 발원한 내
용은 수행자로서 과거의 잘못을 참회하는 것, 수행하기 좋은 환경을
만나는 것, 실제 수행을 실천하는 것 등으로 나타나 있는데 이런 몇
가지 중요한 사항을 표현할 때 각 사안마다 구체적 여러 하위 항목을

제시하면서 나열의 표현 방법을 주로 구사하고 있다. 참회, 환경, 수행 등 상위 각 항마다 그 하위에 여러 사실을 '……며, ……고'라는 대등한 문장 여러 개로 나열하고 있다. (7)에 보면 '명과 복, 불법 지혜, 국토, 스승, 신심, 귀와 눈, 말과 뜻' 등의 다양한 항목을 나열하고 마지막에는 설의적 의문문으로 문장을 마무리하여 자신의 의지를 강조하는 표현법을 사용하고 있다.

(8)에는 시적 화자가 스스로 하는 일 이외에 타자를 향하는 모습을 보여 주고 있다. 시방제불을 섬기고 중생을 제도하는 일이 그것이다. 살을 베고 뼈를 가는 것은 시방제불을 섬기기 위한 것이고, 복과 지혜를 닦는 것은 중생을 제도하기 위한 일임을 분명히 말하고 있다. 그래서 고생하여 마침내 이룬 공부가 모두 중생을 위한 것임을 선언하기에 이른다. 구체적으로 세계를 두루 다니며 관음보살의 대자비와 보현보살의 행원을 가지고 화탕지옥, 아귀, 독사 등 여러 중생을 따라 몸을 나투어 법문을 하겠다고 발원하고 있다.

인용문 (8)에 이어서 계속되는 같은 작품의 (2)를 보면 계속 중생을 위한 발원으로 나가고 있다. 무쇠물이 감로수로, 끓는 기름가마는 연꽃으로, 짐승에게 쾌락을 받게 하고, 병이 돌 때 약초가 되며, 배고플 때 곡식이 되는 등 중생을 위한 매우 다양한 과업을 실현하겠다고 발원하고 있다. 중생을 제도하는 것과 관련한 내용은 〈의상화상일승발원가〉의 '삼보님께 공양하고 육도중생 건지올제/ 한생각 찰진겁에 무량불사 지으리다'라고 하는 데서도 표현이 포괄적이기는 하지만 중생 제도의 일반적 발원을 나타내고 있다. 예문 (1)에도 시적 화자는 세존, 비로자나불, 문수사리, 보현보살, 지장보살 등 모범을 내세우고 그들과 같이 세계를 다니며 모든 중생을 제도하겠다고 하고 있다. (2)에 이어지는 (6)에도 보면 중생을 위한 이런 발원이 내적 주체로 중생을 내세우면서 계속 이어지고 있다.

중생을 제도하는 내용을 보이는 부분에서도 여러 가지 항목을 나열하면서 (8)에서 '……하(오, 으)리'라는 결구 방식의 문장을 세 차례나 반복하여 나열의 표현법을, '……리'라는 일정한 음절로 문장을 종결하여 박자감을 살려 각운의 기능도 원용하고 있다. (8)과 같은 작품인 (2)에서도 '……고, ……며' 등의 병렬형 어미로 여러 사항을 대등한 문장으로 나란히 병렬하여 역시 나열의 기법을 사용하고 있다. 예문 (2)의 뒤에 나오는 문장인 '끝끝내야 건져냄이 불보살의 대자비니/ 남에게 이익된 일 하나인들 빼오리까'라는 문장에서는 중생 구제의 다양한 사항을 나열하고 단락을 종결하면서 설의의 의문문을 사용하여 내용을 강조하는 설의법을 사용하고, 동시에 두 문장 사이에는 건지는 것이 대자비기 때문에 이익 된 일을 하나도 빼지 않고 다 한다고 하여 인과법을 역시 표현법으로 사용하고 있다. 예문 (1)의 경우에는 다양한 모범을 닮아 간다고 하여 '……처럼, ……같이'를 사용하여 직유법을 사용하고 그러면서 역시 몇 가지 사실을 병렬하면서 나열법을 구사하고 있다. 요컨대 중생 제도라는 타자 지향적 내용에서도 가장 빈번하게 나열법을 표현기법으로 사용하고 있고 다양한 내용을 포괄하여 종합하면서 설의법을 사용하거나 실감을 더하기 위하여 직유법을 구사하기도 하였다.

(9)는 위 두 경우와는 또 다른 내용을 보이고 있다. 발원의 의도가 발원자의 수행이나 중생 제도에 있는 것이 아니라 어떤 기관을 설립하면서 그 기관의 운영과 관계되는 사안들을 발원하는 내용이기 때문이다. (9)의 내용을 보면 역경원을 설립하면서 성공적 운영을 위하여 필요한, 번역하는 불자들의 지혜, 생각, 글과 뜻, 문장이 잘 되기를 기원하고 있다. 여기에는 시적 화자가 개인의 수행이나 깨달음, 중생 제도와 같은 불교 공동체의 일반적 과제를 다루지는 않고 현재 벌이고 있

는 사업의 성공을 관련된 구체적 내용 요소들을 가지고 와서 발원하고 있다. 구체적 일을 두고 하는 발원가에는 〈화랑호국발원문〉26)이 있는데 여기서는 불교 일반의 교시를 동시에 말하면서도 실제 화랑호국사의 바른 기능이 잘 발휘될 수 있도록 발원하고 있다.

특정 사안을 두고 창작한 발원가의 경우에도 (9)와 같이 관계된 여러 사항을 나열하면서 나열의 기법을 주로 사용하고 있고, 문장의 구체적 결구 방식을 보면 '……하여, ……하고'라고 하여 인과 관계의 문장을 구사하고 있다. 〈화랑호국발원문〉의 경우도 참회나 수행, 중생 제도 등의 내용을 말할 때는 여러 사실을 나열하는 나열법을 표현 기법으로 사용하고 있다.

지금까지 발원가류 불교가사의 내용과 표현 기법을 논의해 보았다. 그 중심 내용은 시적 화자인 발원자가 수행자로서의 참회, 개인적 좋은 환경과 수행, 중생 제도, 사업 진행자로서의 사업의 성공을 각각 발원한 것으로 나타났다. 그래서 내용은 특정 수행법을 가르치거나 어떤 한두 가지 교리를 강조하지 않고 불교 공동체에서 일상적으로 이루어지는 출가, 수행, 교화라는 일반적 과정을 잘 해낼 것을 발원하는 것이 중심 주제가 되었다. 따라서 발원가류 불교가사의 주제는 매우 포괄적이고 원론적이라 할 수 있다. 그리고 표현 기법은 참회, 환경, 수행, 제도, 사업 등의 중요 사안에 포괄된 다양한 하위 항목들을 구체적으로 예거하면서 나열의 표현기법을 주로 사용했고, 나열한 여러 사태를 묶어서 종결하면서 강조하기 위하여 설의법을 구사하기도 하고, 주장의 논리성을 높이기 위하여 인과 관계로 문장을 구성하기도 했고, 실

---

26) 이 작품은 원전 자료에는 산문식 줄글로 기록되어 있으나 구체적으로 살펴보면 일부 산문적 표현이 있고 대부분은 가사와 같은 4음보 한 행의 율격을 보여 주고 있다.

천의 실감을 더하기 위하여 모범적 인물을 직유법을 통하여 제시하기
도 하는 표현기법을 사용하는 것으로 나타났다.

4. 발원가류 불교가사의 위상과 성격

이 장에서는 발원가류 불교가사 유형을 그 존재 위상과 성격으로 나
누어 논의해 보았다. 발원가류 불교가사는 그 유형에 속하는 작품의
수도 적으면서 창작보다는 번역 작품이 더 많아서 특이한 존재 양상을
보여 주었다. 이 유형의 작품이 존재하는 위상을 문제 삼고 논의한 이
유가 바로 여기에 있었다. 그리고 이렇게 존재 위상의 좌표를 설정하
고 그 유형 작품의 실상을 구명하기 위하여 작품의 성격을 발원의 주
체와 그 대상, 발원의 주제와 표현 기법으로 나누어서 분석해 보았다.

불교에서 발원은 종교 의식의 한 절차이기도 하고 수행의 한 방편이
기도 하여 역사적으로 보아 연원이 『무량수경』의 48원, 『화엄경』〈보
현행원품〉의 10가지 행원, 『천수경』 내 몇 차례 발원 등 불교 경전 상
에서 발원은 매우 비중 있게 다루어졌고, 문학적으로도 한시, 향가 등
시가와 산문에서 발원이 이루어졌는데 불교가사는 이런 외적 환경 아
래에서 등장했다. 가사 이외의 발원가는 모두 한문 또는 향찰로 표기
되어 있었기 때문에 근세에 와서 대중성의 확보를 위하여 한문과 한시
형태의 발원시문을 한글 가사로 번역하여 불교 공동체의 일상에서 사
용하게 된 것으로 보았다. 한시문 원전에 근거한 번역 발원가는 기존
발원문의 권위를 빌리면서도 상당부분 개작을 통하여 개작자의 의도
를 많이 표현할 수 있는 장점을 가졌기 때문에 나타난 것으로 보았다.
이런 몇 가지 이유에서 번역 발원가에서 시작하여 창작 발원가가 나오

고 결국 가사 발원가가 발원이라는 불교 신행에서 중심을 차지한 것으로 보았다. 경전 등 다양한 산문의 공적 발원 내용과 향가와 한시 등 사적 발원 내용을 가사 갈래 본유의 교술과 서정의 성격에 기초하여 수용함으로써 발원가류 불교가사는 불교 공동체에서 행해지는 그간의 전통적 발원 의식에서 핵심적 존재 위상을 확보한 것으로 보았다.

발원가류 불교가사는 다른 유형의 불교가사와의 관계에서 찬불가류, 왕생가류, 몽환가류, 참선곡류 불교가사 유형과 개념 수준에서 관련을 맺으면서 이외에 다른 불교가사 유형과는 원론적 관련성만을 보여주었다. 발원의 내용이 불교 공동체의 전체적 과제를 일괄적으로 다루고 있어서 다른 불교가사 유형과는 간접적, 포괄적 관계를 맺고 있다고 보았다. 불교가사 유형 내적으로 발원가류 불교가사는 개념적, 간접적, 포괄적 수준에서 다른 불교 유형과 관계를 맺는 존재 위상을 갖는다고 보았다.

그리고 불교가사의 성격에서는 먼저 발원의 주체와 대상의 측면에서 발원의 주체는 단수의 개인과 복수의 집단이 동시에 나타났고, 발원의 대상도 단수 또는 복수가 동시에 나타났다. 주체가 개인일 경우에는 '나' 개인이고, 복수일 때는 사부대중으로 나타났고 대상은 단수일 때는 석가모니불, 보살 등으로 나타났고 복수일 때는 불법승의 삼보로 각각 나타났다. 발원가류 불교가사에서 발원의 주체가 개인과 단체 모두 나타나는 것은 기존의 불교 한문 경전과 한문 발원시문들이 가진 장점을 한 유형의 불교가사 안에 도입한 때문인 것으로 보았다. 단수의 개인을 주체로 내세워 정서적 접근을 통해 공감력을 높이는 동시에 복수 개념의 주체를 내세워서는 다양한 사안과 하위 항목을 나열하여 교시할 수 있는 편리성을 확보한 것으로 보았다.

발원가류 불교가사의 주제와 표현 방법에서 주제는 개인의 자기 참

회, 수행, 깨달음과 개인 또는 집단적 중생 제도 등 불교 공동체의 일상
적 활동 측면과 특별한 일을 두고 그 일의 성공적 진행을 발원하는 경
우 등이 주로 나타났다. 이런 주제는 특정 수행법이나 교리를 집중적으
로 표시하는 것이 아니라서 매우 일반적 전체적 당위적 성격을 가지는
것이었다. 표현 기법은 몇 가지 중요한 사안의 다양한 하위 항들을 일
일이 보여주면서 나열의 표현기법이 가장 많이 사용됐고, 나열하던 내
용을 총괄하여 강조할 때 설의법을 구사하기고 하고, 일정한 음절로
문장을 종결하여 각운을 갖추는 경우도 있었고, 실감을 더하기 위해
직유법을 사용하기도 했으며, 원인과 결과로 두 문장을 연결하여 인과
관계에 의한 주장의 논리성을 높이는 표현 방법을 구사하기도 했다.

제4장 염불가류 불교가사의 성격

1. 염불가류 불교가사

　염불은 불교가사의 몇 가지 중요한 주제 가운데 하나다. 이것은 다양한 불교 수행 가운데 염불이 그 만큼 중요한 위치를 차지하고 있다는 의미이기도 하다. 다른 경우와 마찬가지로 염불 수행도 불교 공동체의 다양한 활동 가운데 하나이기 때문에 다른 활동과 일정한 상관관계를 맺고 있다. 기본적으로 염불가류 불교가사가 창작되고 향유되는 다양한 맥락 위에서 이 유형의 작품을 이해해야 할 필요가 여기에 있다.

　염불의 표현이 우리말로 된 불교가사에 국한되지 않고 장단형의 한문 시가로도 나타난 것[1]은 염불 수행 자체의 중요성과 함께 승가와 일반 대중을 향한 폭 넓은 염불의 교시가 시행되고 있었기 때문이라고 할 수 있다. 그리고 장단형의 한문 염불가를 가사로 번역한 것은 출가 수행자가 아닌 일반 대중을 향해서 염불을 널리 전파하려는 의도와 상관이 있다고 할 수 있다. 한문 원전 염불가의 경우 작가가 모두 명시되어 있는데 국문 염불가의 경우도 거의 대부분 작가가 드러나 있다.[2]

---

1) 예를 들면 〈나옹선사권염불가〉, 〈연수선사권염불가〉, 〈백거이낙천거사염불가〉, 〈연지대사권인인염불가〉 가운데 〈연수선사권염불가〉만 제외하고 모두 장형의 한시인데, 이 가운데 〈연지대사권인인염불가〉 이 외에는 모두 가사체로 번역돼 있다.

이것도 염불을 강조하는 승가 공동체의 의지에 따라 승려들이 직접 염
불을 강조한 결과 나타난 현상이라 할 수 있다.

염불가류 불교가사는 그 성격상 다른 유형의 불교가사와 어떤 관계
를 맺고 있는데 우선 염불을 해야 할 필요성을 일깨우기 위해 현실의
괴로움을 강조하는 회심곡류 불교가사 사설을 수용하고, 염불 수행을
통하여 도달할 수 있는 이상적 결과인 극락왕생을 말하려는 과정에서
왕생가류 불교가사 사설을 수용하기도 한다. 이러한 몇 가지 관계 맥
락 속에서 염불가류 불교가사는 회심곡류나 왕생가류 불교가사의 사
설을 끌어와 개방적 작품 전개 양상을 보인다. 그러나 염불가류 불교
가사는 어디까지나 그 중심이 염불 자체에 놓여 있다. 따라서 염불가
류 불교가사란 염불의 필요성이나 효능을 말하여 염불 수행의 동기 유
발을 하며 다른 유형의 불교가사 사설을 끌어오면서도, 영혼이 가는
저승 극락, 살아서 가는 이승극락, 스스로 깨우치는 자성극락에 이르
는 방법으로서의 염불을 일관되게 강조하여 염불 자체의 내용에 치중
하는 작품으로 염불의 방법, 효과 등을 서술하면서 염불을 주로 다루
고 강조하는 불교가사 작품이라고 정의할 수 있다.

이와 같은 개념에 부합하는 불교가사 작품이 대략 9수 정도 되는데
해당하는 작품을 들어 보면 〈勸佛歌〉, 〈回心歌〉, 〈自責歌〉, 〈懶翁和尙
僧元歌〉, 〈白樂天居士念佛歌〉, 〈월인천강곡〉, 〈李璟協念佛歌〉, 〈나옹
선사권염불가〉, 〈연수선사권염불가〉 등이 그것이다. 그런데 이 가운데
〈勸佛歌〉는 〈回心歌〉의 이본이고, 〈自責歌〉는 〈懶翁和尙僧元歌〉의 이

---

2) 〈회심가〉와 〈자책가〉는 휴정 서산대사, 〈승원가〉는 나옹화상, 〈염불가〉는 이경
협, 백거이, 연수선사가 각각 작가로 나타난다. 〈자책가〉는 〈회심가〉의 이본이기
때문에 〈회심가〉의 작가가 곧 〈자책가〉의 원작자라고 할 수 있다(졸고, "〈회심가〉
의 이념구도와 청허 사유 체계의 상관성", 『어문론총』 제54호, 한국문학언어학회,
2011 참고).

본이라서 엄밀한 의미에서 보면 염불가류 불교가사는 모두 7수 정도라
고 할 수 있다. 이들 작품을 대상으로 그 전체적 성격을 드러내기에
가장 효과적이라고 판단되는 세 가지의 기준에서 논의를 진행하고자
한다. 한문 시가와 국문 가사를 동시에 가지기도 하고 다른 유형의 불교
가사와 관계를 맺기도 하는 과정에서 염불가류 불교가사는 작품 전개상
개방적 성격을 보여 주기 때문에 개방성의 의미를 먼저 살펴보고, 더
세부적인 데로 나아가 작품이 구체적 문장으로 진술되면서 나타난 작가
의 지향이 무엇인가를 논의하고자 한다. 이렇게 전체 작품의 전개와
문장의 지향적 서술을 염불의 주체와 대상, 최종 귀착지인 극락세계
등의 불교 이념 설정의 요소들이 가지는 다층적 성격을 구명함으로써
염불가류 불교가사의 전체적 성격을 밝히고자 한다.3) 여기에 사용한
자료는 주로 불교가사 작품을 집대성한 임기중의『불교가사 원전연구』4)
이고 필요에 따라서는 작품이 실린『나옹록』5),『불교시보』6) 등의 원전
자료도 아울러 원용하고자 한다.

2. 작품 전개의 개방성

　다른 유형의 불교가사 작품과 마찬가지로 염불가류 불교가사 역시
특유한 작품 전개 양상을 보이고 있다. 염불이라는 불교 수행을 가운데
두고 시적 대상 인물들을 염불로 이끌기 위하여 염불의 필요성을 나타

---

3) 지금까지 '염불가류 불교가사'라는 유형에 관한 본격적 연구는 이루어지지 않았고
　염불류라는 유형의 분류와 소개를 하는 정도에 그치고 있다.(김주곤,『한국불교가
　사연구』, 집문당, 1994, 88~90쪽 참고)
4) 임기중,『불교가사 원전연구』, 동국대학교 출판부, 2000.
5) 나옹화상,『나옹록』, 장경각, 2001.
6) 불교시보발간회,『불교시보』, 민족사, 1935.

내거나 염불로 얻을 수 있는 보상 효과 등을 극대화하여 보이기 위해
적절한 다른 유형의 불교가사 사설을 작품에 부분적으로 가져와서 배
치하고 있다. 실제 작품을 예로 들어가며 논의를 진행하고자 한다.

(1) 閻羅大王 부린差使 녕악하고 험한사자
    네門前에 當到하야 인정업시 달녀들어 벽녁캇치 잡아낼제
    간대마다 사귄쥬인 죽자사자 친턴벗시
    저때에 대신가리 생각건대 그뉘시며
    사랑코 귀한뜻을 못내이져 케와내던
    妻子眷屬 一家중에 대신가리 그뉘런고
    한평생 晝夜없이 추위더위 생각잔코
    千辛萬苦하여 근심으로 작만하고
    욕심으로 일러내던 玉地玉沓 家藏器物
    奴婢牛馬 千財萬財 아모리 아가온들
    어듸가 인정하며 지고가며 안고갈까   〈자책가〉

(2) 곰곰히 생각하소 생각다가 끈인때는 육근문두 방광하리[7]
                                    〈나옹선사권염불가〉

(3) 七寶莊嚴 연못에는 八功德水 가득찼네
    七重欄楯 樓閣에는 九品蓮臺 층계로다
    白鶴孔雀 앵무새는 五根五力 念佛한다
    迦陵頻伽 共命鳥는 助道正道 念佛이라   〈이경협염불가〉

---

7) 이 작품의 가사체 번역 작품을 보면 '미타염불 쉬지말고 열두시로 계속하세/ 문듯한
   번 뵈올째는 동서도 지척이리/ 육도왕복 얼마인고 인도나기 드믈구려/ 어서밧비
   염불하야 잠시도 조지마세/ 자성미타 어데잇나 시시째째 잇지마소/ 문듯한날 이즐
   째는 곳곳이 나타나리/ 아미타불 어데잇나 곰곰이 생각하소/ 생각다가 끈인째는
   육근문두 방광하리'라고 했는데, 『불교시보』(민족사, 1935, 297쪽)에도 나오고 해당
   부분의 원문은 '念到念窮無念處 六門當放紫金光'으로 되어 있는데 작품 원문은, 『불
   교시보』(297쪽)와, 『나옹록』(나옹화상저, 장경각, 2001, 84쪽, 152쪽)에 모두 나온다.

(1)은 염불의 필요성을 부각하기 위하여 생로병사 가운데 죽음에 대하여 자세하게 언급하고 있다. 이것은 구체적 표현이 다소 다르기는 하지만 회심곡류 불교가사 작품에 반복적으로 나오던 죽음 부분의 내용과 성격이 동일하다. 〈특별회심곡〉에서는 '열十王前에 부린使者 열十王의 命을밧아/ 日直使者 月直使者 한손에ᄂ 鐵鋒들고/ ᄯᅩᄒᆫ손에 槍劍들고 쇠사슬을 빗겨츠고/ 활등갓치 굽은길노 살뎌갓치 달녀와셔/ 다든門 박차면서 鐵桶갓치 쇼리ᄒᆞ야/ 姓名三字 불너닐졔 어셔가오 밧비가오'라는 부분이 나오는데 이것은 인용문 맨 앞부분의 저승 차사가 죄인을 거칠게 잡아가는 내용을 구체적으로 나타낸 것으로서 성격이 일치한다. 그리고 〈특별회심곡〉의 '親舊벗시 만타한들 어늬친구 代身가며/ 一家親戚 만타ᄒᆞᆫ들 어늬一家 同行ᄒᆞᆯᄭᅵ'라는 사설은 인용문 (1)에서 말하고 있는 사귄 주인과 친한 벗, 처자 권속과 일가가 아무리 많아도 죽는 사람 대신 가지 못한다는 내용과 일치한다. 그리고 욕심으로 모은 재산이 소용 없음을 읊은 (1)의 후반부의 내용도 〈특별회심곡〉에서 거듭 확인된다. 예를 들어 '牛頭羅刹 馬頭羅刹 소리치며 다라드러 人情달나 ᄒᆞ난구나/ 人情쓸돈 半分업다 담비골코 모흔財物 人情 한푼 써볼손가/ 져싱으로 옴겨올ᄯᅥ 換錢붓쳐 가져올까'라고 한 것은 살아 생전에 모은 재물이 죽고 나서 아무 소용이 없다는 판단을 표현한 이 부분과 동일하기 때문이다.

(1)번 작품의 여기 인용하지 않은 그 외 부분을 보면 다른 유형의 불교가사 작품에서 가져온 사설이 더 발견된다. 특히 이 작품의 극락세계 모습을 보여주는 부분에서 '極樂世界 莊嚴 보쇼'라고 하면서 제시한 극락세계의 풍경 부분에서 '황금의 땅, 칠보지, 팔공덕수, 황금모래, 년화꽃, 향내 미묘, 칠보 장엄의 누각집, 칠보향수 보배나무, 가릉빈가 공명조 등의 다양한 사물들을 가져와서 극락세계를 세밀하게 묘

사하고 있는데 이런 내용은 왕생가류 불교가사에서 이미 보여주고 있는 극락의 풍경과 일치한다.[8]

즉 (1)번 작품은 염불을 해야 할 필요성을 부각하기 위해서 피할 수 없는 죽음의 과정을 가져오고, 염불을 함으로써 예상되는 당연한 결과로서 가게 될 극락세계를 보여 주기 위하여 해당 단계에서 다른 작품의 내용을 과감하게 수용하는 개방성을 보여주고 있다. 염불을 강조하기 위하여 그 앞뒤에 염불의 필요성과 염불 결과의 효능을 다른 유형의 작품에서 각각 가져와 배치할 정도로 염불가류 불교가사는 작품 전개 과정이 개방적이다.

(2)는 나옹의 불교 한시 가운데 나오는 내용인데 국문 가사 작품의 맨 뒤 부분에 이 구절을 가사체로 인용하고 있다. 나옹은 (2)와 연관된 두 편의 한시 작품을 남기고 있는데 〈答妹氏書〉[9]에 나오는 7언 절구 형식의 〈頌〉과 배율 형식의 〈示諸念佛人 8首〉[10]가 그것이다. (2)부분의 전체인 〈나옹선사권염불가〉는 〈示諸念佛人 8首〉 가운데 4수만 뽑아서 순서를 바꾸어 가사 형식으로 개작한 것이다. 그런데 〈송〉은 〈示諸念佛人 8首〉 안에서는 여섯 번째 작품으로 나타나는데 〈나옹선사권염불가〉에서는 종결 부분에 배치하고 있다. 원전이 본래 8수의 한시인데 이를 필요에 따라 축소하고 단락 순서도 재배치하여 가사체 작품을

---

8) 왕생가류 불교가사 가운데 〈보권염불문본서왕가〉의 극락세계 묘사를 보면 '七寶錦池에 七寶網을 둘렀으니 구경하기 더욱 죠희 九品蓮臺에 념불소리 자자잇고 靑鶴白鶴과 鸚鵡孔雀과 金鳳靑鳳은 ᄒᄂᆞ니 념불일쇠'라고 하고 있고, 〈조선가요집성본서왕가〉도 '黃金樓閣 지어놓고 七寶池 四色蓮花 곳곳이 피여잇고 가지가지 보배 남기 七寶堂을 둘넛스니 구경하기 더욱죳타 구품 연대 염불 소리 자자히 놉하잇고 靑鶴白鶴 鸚鵡孔雀 전후좌우 날아들어 우는 소리 念佛이요'라고 하여 이와 유사한 내용으로 되어 있다.

9) 『나옹록』, 84쪽, 154쪽.

10) 『나옹록』, 154쪽, 274~276쪽.

전개하는 방식이 역시 개방적 성격을 보여준다.

(3)의 내용은 극락의 풍경을 묘사하는 것으로 되어 있다. 극락의 풍경은 (1)의 인용하지 않는 나머지 부분에서 더욱 선명하고 구체적으로 묘사되었는데 (3) 역시 극락의 풍경을 그리고 있다. 칠보장엄의 연못, 팔공덕수, 구품연대, 백학과 공작, 앵무새, 가릉빈가 공명조 등이 모두 극락을 구성하고 있는 대표적 사물들이다. 그런데 여기서는 극락을 본격적으로 보여야 하는 왕생가류 불교가사가 아니기 때문에 염불을 유도하기에 적절한 정도만 극락 풍경을 비교적 단순화해서 제시하고 있다. 그래서 이 작품도 염불의 종류를 소개하고 염불을 권유하기 위한 하나의 유인책으로서 누구나 궁금해 하고 매력 있는 극락의 풍경을 담은 단락을 여기에 먼저 배치하고 있는 것이다.

이상에서 보았듯이 염불가류 불교가사는 염불을 권장하기 위하여 그 필요성과 그 효능을 모두 보여야 했다. 염불의 필요성과 관련하여 염불이 아니면 극복할 수 없는 생로병사의 고통을 제시하기도 하고, 염불이 아니면 도달할 수 없는 새로운 세계인 극락을 아주 감각적으로 화려하게 그려서 대중을 염불로 이끌고자 의도하고 있다. 즉 염불가류 불교가사에 회심곡류 불교가사의 죽음 부분이나 왕생가류 불교가사의 극락세계 사설이 염불가류 불교가사의 단락 전개 과정에 도입되고 있어서 염불가류 불교가사 작품은 그 전개가 전체적으로 개방적이다.[11]

---

11) 그런데 이런 염불가류 불교가사가 대부분 개방적이지만 모두 그런 것은 아니었다. 일부 〈백거이낙천거사염불가〉와 같이 작가 스스로 염불 수행을 하는 경우에는 염불의 필요성이나 효능에 대하여 다른 작품의 사설을 원용해 오지 않았다. 스스로 염불 수행을 하는 이유를 되새기며 열심히 수행해 나가는 것이 중심이기 때문에 다른 가사의 사설 도입 없이 단형으로 완결된 작품 구조를 분명하게 보여 주었다. 그리고 교시를 담고 있으면서도 그 자체의 논리를 갖춘 〈회심가〉나 그 이본인 〈권불가〉의 경우에는 염불가로서의 자기 정체성을 유지하면서 독자적 작품 전개의 질서를 보여 주고 있다.

그러한 개방성은 도입된 다른 유형 작품의 사설 내용을 앞뒤 문맥 관계상에서 살폈을 때 적극적 염불 수행을 유도하려는 동기 유발의 기능을 하는 것으로 나타났다.

3. 문장 서술의 지향성

염불가류 불교가사는 염불을 강조하면서 작품 내용 전개 과정에 다른 유형 작품의 사설을 수용하기도 하고 작품 전개의 순서를 바꾸기도 하는 개방성을 보여주었다. 작품 전체에서 나타난 이런 변화가 문장 서술로 구체화될 때 어떤 서법상의 특성을 보여주는지를 살피고자 한다. 앞 장에서 논의했듯이 염불가류 불교가사는 시적 화자 자신의 수행을 보이는 작품이 드물게 있기도 하나 주로 타자를 향하여 교시하려는 지향성을 보여 주고 있어서 이런 지향성이 문장 서술의 논리를 통하여 어떻게 구현되고 있는지를 살펴야 한다. 실제 대표적 문장의 종결 부분만 따로 들어 논의를 계속하고자 한다.

(4) 凡夫고텨 성인되묜 오직사룸 最貴ᄒᆞ다   〈回心歌〉
　　가련하다 白髮父母 依賴할 곳 바이업서
　　후유 長歎 한숨이오 흐르나니 눈물이라   〈권불가〉
　　日久月深 공부하면 世情은 젹어가고
　　념불이 主丈 되어 一心 定念 어드리라   〈자책가〉
　　三日修心 千載寶대 百年貪物 쓸데없다   〈이경협염불가〉

(5) 神光션슈 풀버히며 션지동지 블에들가
　　念佛誹謗 罪를보소 牛馬蛇身 뎌아닌가   〈回心歌〉
　　본래업난 非情誠에 臨渴케야 阿黨한들 어늬부처 應感하리 〈자책가〉

세상업시 奔忙한덜 阿彌陀를 廢할손가　　　　　〈白樂天居士念佛歌〉
眼盲하신 심봉사와 父母相逢 하게 되니 이 아니 좋을런가〈월인천강곡〉
五濁惡世 獨有百年 阿彌陀經 이 아닌가　　　　　〈이경협염불가〉

　염불가류 불교가사에 평서문은 그리 많지 않다. 그러나 사용되는 국면을 보면 매우 중요한 기능을 수행하고 있다. 〈회심가〉의 일부분인 (4)의 첫 행을 보면 사람이 가장 귀하다는 불교 또는 유교의 진리를 평서문으로 단정하여 나타내고 있다. 이 작품의 다른 부분에 나타난 평서문을 더 들어 보면 '어화 惶恐ᄒ다 우리民心 惶恐ᄒ다'라는 평서문이 있는데, 이 문장을, 이어진 내용과 함께 연관해서 살펴보면 사람이 가장 귀함에도 불구하고 민심이 충효를 버리고 애욕의 그물에 걸려서 형제간에 투쟁하는 현실이 되었다는 사실을 포괄하여 객관적으로 드러내는 기능을 하고 있다. 즉 어떤 현상이나 사실을 단정적으로 드러내기 위하여 평서문이 사용되고 있는 것이다. (4)의 두 번째에 나오는 〈권불가〉의 평서형 문장도 시대의 슬픈 현실을 있는 그대로 단정하여 서술하는 기능을 수행하고 있다.[12]

　그리고 〈자책기〉의 평서문은 염불 수행을 했을 때 나타나게 될 미래 현상을 표현하는 데에 사용되고 있다. '主人公 主人公아 殘傷코 가련하다'라는 〈자책가〉의 다른 평서문을 보면 '주인공'으로 명명된 시적 대상 인물을 두고 참혹하고 가련하다고 판단하는 데에 평서문이 기능하고 있다. 이 문장 뒤에 이어진 내용을 보면 이 몸을 믿고 전답을 사고 재물을 경영하며 탐심을 내는 등 여러 가지 행위를 하는 '주인공'을 두고 먼저 '殘傷코 가련하다'라는 하나의 문장으로 판단하는 데에 평서문이 사용되고 있다.

---

12) 여기서 예를 들지 않은 〈권불가〉의 그 나머지 평서문도 〈회심가〉의 이본으로서 이와 크게 다르지 않다.

〈이경협염불가〉에서는 修心과 貪物의 두 가지 행위를 대비하여 修心의 가치가 우월하다는 것을 판단하는 데에 평서문을 사용하고 있다. 이 작품에서는 작품의 전반부에 평서문을 많이 배치하고 있는데 해당 부분을 보면 '八十億劫 수승功德 一念 中에 成就된다/ 自在天上 摩醯宮은 高聲念佛 부셔진다/ 閻羅大王 명부에는 十念이면 삭제된다'라고 하여 평서문을 세 차례나 병치하고 있는데 공덕이 한 생각에 성취되고, 高聲念佛에 마왕의 궁전이 부서지고, 십념이면 명부에 나의 이름이 지워진다는 염불의 효험을 짧은 호흡으로 주장하는 데에 평서문들이 사용되고 있다. 그래서 평서문은 중생의 현실이나 염불 수행의 효과를 대비적으로 단정하고 판단하거나 주장할 때 사용되고 있음을 알 수 있다.

(5)에서 보인 문장들은 모두 형식상 의문문이기는 하지만 어떤 내용을 실제 알기 위해 질문하는 단순한 의문문이 아니다. 차례대로 보면 〈回心歌〉에서 신심과 공덕이 있어야 철저한 수행을 할 수 있다는 것을 강조하기 위하여 자기 팔을 벤 신광 선사와 불에 뛰어 든 선재 동자의 강렬한 수행 과정을 수사 의문문으로 표현하고 있다. 그리고 다음 문장은 '념불'의 가치를 주장하기 위하여 염불을 비방한 사람이 육도(六道) 가운데 축생(畜生)에 분명히 떨어진 사례를 들면서 설의의 의문문을 사용하고 있다. 〈回心歌〉의 나머지 문장들 가운데 한 예를 들어 보면 '힘을가져 當適ᄒᆞ며 지물가져 人情홀가/ 滿堂妻子 어듸쓰며 牛羊田地 듸드릴가'라고 했는데 여기서는 이 문장 바로 앞에 나오는 '無常殺鬼'를 막는 데에 세속의 '힘, 재물, 처자, 우양전지'가 절대로 소용없다는 것을 강조하기 위하여 설의의 의문문을 사용하고 있다. 이 작품 전체적으로는 염불 수행의 수승함, 세속 인생의 무력함을 강조할 때 설의의 의문문을 사용하고 있다.

〈자책가〉의 예문에서는 관음보살 염불을 평소에 해야지 臨渴阿黨해서는 부처가 응감하지 않는 다는 것을 강조하는 데에 설의의 의문문을 사용하고 있다. 이 작품의 다른 예문을 하나 더 들어 보면 '이리귀한 사람일졔 져리조혼 極樂國을 못듯고난 마려니와 듯고참아 아니갈까' 라고 하여 극락에 반드시 가야 한다는 것을 반어적 의문문으로 강조하고 있다. 이 작품에서도 염불을 하지 않는 중생의 현실이나 염불의 중요성을 강조하는 데에 설의나 반어의 의문문을 사용하고 있는데 상대적으로 중생 현실의 표현에 더 치중하고 있다. 〈백낙천거사염불가(白樂天居士念佛歌)〉에서는 시적 화자 스스로 염불에 매진하려는 강한 의지를 표현하는 데에 설의의 의문문을 사용하고 있다.

〈월인천강곡〉에서는 인용문 뒤 부분 내용을 참고해 보면 심낭자가 善心, 供養, 念佛功德을 많이 쌓았기 때문에 부모상봉을 하는 좋은 일이 있게 됐다는 것을 반어적 의문문으로 표현하고 있다. 이런 대답을 유도하기 위해서 '그 무엇이 좋을런가'라는 일반적 의문문을 먼저 제시하기도 했다. 이 작품에서는 의문문이 상대적으로 다른 서법의 문장보다 수가 적은데 '윤회성을 모르는가?'라고 하여 이것을 알 것을 강조하는 의문문이 하나 더 있다. 그리고 〈이경협염불가〉에도 의문문의 수가 다른 서법의 문장에 비하여 수가 현저히 적은데 인용문에서 보면 불교 경전 가운데 이 오탁악세에 『아미타경』이 가장 좋다는 주장을 강조하기 위하여 설의의 의문문을 사용하고 '彼岸私心 없건마는 無緣衆生 어찌하리'라는 설의의 의문문을 통하여 염불과 인연을 맺을 것을 강조하고 있다.

그래서 의문문으로는 염불을 하지 않는 중생의 무력한 현실을 부각하고 다른 한편 염불의 가치를 강조하기 위하여 주로 설의의 의문문을 사용하고 일부 반어의 의문문을 사용했다. 그런데 사용 빈도수에서는 상대적으로 무력한 현실의 표현에 의문문이 더 많이 동원됐다. 서술상 평서문은 시적 화자가 시적 대상 인물에게 객관적으로 대상의 실태를 단정하거나 판단하고 주장할 때, 의문문은 강조할 때 주로 사용하고 있다.

이와 달리 감탄문을 사용할 경우에는 시적 화자의 정서적 접근 태도
가 드러난다.

(6) 可憐ᄒ다 빅발父母 依賴홀디 바히업서

　　門外예 바잔일며 흘니느니 눈물일다　　　　　　　　　　〈회심가〉

　　엥경뎅경 나난소래 百千風流 울니난덧

　　들니난 소래마다 념불셜법 뿐이로다　　　　　　　　　　〈자책가〉

　　해가 지고 길은 먼데 나는 벌서 늘것고나　　　　　〈白樂天居士念佛歌〉

　　그 한 꽃이 피자마자 淨飯王宮 만세로다

　　만세 만세 만만세는 싯달태자 만세로다　　　　　　　　　〈월인천강곡〉

　　梁待女는 念佛하여 어둔 눈도 밝아지고

　　憑夫人도 念佛하여 앓던 병도 나았도다　　　　　　　　　〈이경협염불가〉

(6)을 보면 먼저 〈회심가〉에서 보인 감탄문은 의지할 데 없는 늙은
부모의 슬픔을 두고 탄식하는 화자의 심정을 표현하는 기능을 하고 있
다. 이 작품에는 감탄문이 몇 되지 않는데 태평 성세를 찬미하는 것이
하나 있으나 대부분 '참혹ᄒ다 주검이여! 다문됴긱 가마괴라'고 하여
시대의 참혹한 현장을 표현하는 데에 감탄문이 주로 할애되고 있다.
다음 인용문 〈자책가〉를 보면 극락세계의 모습을 말하면서 감탄문을
사용하고 있다. 들리는 소리마다 설법이라고 찬미하는 데에 감탄문이
사용되고 있다. 이 작품의 다른 부분에서도 감탄문은 극락 세계를 찬
미할 때 주로 사용되고 있다. 작품의 전반부에서는 '千年밖에 살쌰녀
겨 그대로록 껄덕이난 嗔心惡相 낫태올녀 對面하기 놀납도다!'라고 하
여 중생의 현실을 탄식하며 드러내는 데에도 감탄문을 사용하였다.

〈백낙천거사염불가(白樂天居士念佛歌)〉에서는 시적 화자가 스스로 늙
었음을 탄식하면서 감탄문을 한 번 사용하였다. 〈월인천강곡〉에서는

우담발화가 피고 싯달태자가 태어난 것을 찬탄하는 데에 감탄문을 사용하였다. 이 작품에서는 작품의 후반부에 감탄문을 주로 배치하였는데 극락이나 왕자의 탄생과 관련된 아름답고 장엄한 광경을 찬탄하는데에 감탄문이 주로 사용되었다. 〈이경협염불가〉의 인용 부분을 보면 염불을 하여 얻은 異蹟을 찬탄하는 데에 감탄문이 사용되고 있다. 그외의 감탄문은 용선이나 극락세계의 장엄함을 칭송하는 데에 감탄문이 사용되고 있다. 이 작품에서는 중생의 슬픈 현실을 탄식하는 데에 극히 일부 경우에만 감탄문을 사용하고 있다.

요컨대 감탄문은 주로 극락세계의 장엄함이나 염불의 위대함을 찬탄하는 데에 주로 사용하였고, 부분적으로 중생의 안타까운 현실을 탄식할 때 감탄문을 사용하였다. 즉 감탄문은 시적 대상 인물에게 극락과 중생계에 대한 정서적 공감을 유발하는 기능을 수행하고 있다.

명령문이나 청유문은 이런 일련의 과정으로 제시된 앞의 내용과의 연장선상에서 일정한 행동 실천을 하도록 요구하는 기능을 한다.

(7) 悲感心을 니르와다 즐겨부터 念佛ᄒ소
　　　　　　　　〈중략〉
　　나의용심 모르거든 늄을보와 씻티시소　　　　　　　　　〈회심가〉
　　부처님 은덕으로 촌보도 잊지말고
　　아미타불 어서하야 극락으로 돌아가자[13]　　　　　〈나옹화상승원가〉
　　우리들도 念佛하고 化生淨土 極樂가세　　　　　　　　〈월인천강곡〉
　　어화우리 동무들아 노는입에 念佛하세　　　　　　　　〈이경협염불가〉

(7)에서는 청유와 명령이라는 요구의 담화를 보이는 문장을 가져왔다. 작품 전체에서 청유문이나 명령문을 가장 출현빈도수가 낮다. 그

---

13) 이두로 된 원문을 보면 다음과 같다. 佛體主 恩德乙老 寸步道 忘之末古 阿彌陀佛 於西何也 極樂乙奴 歸我可.

러나 위 인용문에서 짐작할 수 있듯이 〈염불가〉로서 염불의 실천을 제안하거나 명령하는 데에 청유문이나 명령문이 직접 사용되고 있다는 것을 주의 깊게 살필 필요가 있다. 먼저 〈회심가〉 문장에서는 아미타불이 중생을 슬프게 생각해 주는 것과 같이, 슬픈 마음을 일으켜서 염불할 것을 명령하고 있다. 이 작품에 보이는 다른 명령문도 보면 충효하거나 염불을 할 것, 출롱학(出籠鶴)이 될 것, 염불 비방 죄를 볼 것, 남을 보고 깨칠 것, 미타성호를 외울 것, 원수를 맺지 말 것 등의 내용이 명령문으로 표현되고 있다. 원수를 맺지 말라거나 염불 비방죄를 보라는 것은 염불 수행을 하는데 방해가 되는 금기를 지킬 것을 요구하는 것들이라면 나머지는 모두 염불할 것, 출롱학이 될 것, 미타성호를 외울 것 등 다소 표현은 달라도 근본적으로는 염불을 실천하라는, 같은 명령으로 해석할 수 있다. 문맥 관계에서 출롱학이 되거나 깨치는 것 역시 염불을 통해서 가능하다는 논리가 도출될 수 있기 때문이다. 〈나옹화상승원가〉에서는 극락 세계에 가기 위해서 염불을 어서 하라는 명령을 내리고 있고, 그 외 〈월인천강곡〉, 〈이경협 염불가〉에서도 명령문을 통하여 염불을 하도록 요구하고 있다. 평서문과 의문문을 통하여 단정이나 판단, 주장을 함으로써 현상에 대하여 객관적으로 접근을 하게 하고, 감탄문을 통하여 정서적 공감대를 조성한 뒤에 명령문이나 청유문을 통하여 염불의 실천을 직접적으로 요구하고 있다.

평서문과 의문문을 통하여 극락세계와 현실의 대조적 모습을 부각하고, 감탄문을 통하여 고통과 죽음이 있는 현실에서 환상적으로 아름답고 즐겁고 장엄한 극락으로 반드시 가야겠다는 동기를 유발하여, 거기에 갈 유일한 방법으로서의 염불을 하고 싶은 정서적 환경을 자연스럽게 조성하고 나서, 작품의 중간이나 마지막 부분에서 명령문이나 청유문을 통해 염불을 실천하라는 요구를 거듭 하며 결론을 내리고 있다. 즉 평서문의 단정과 의문문의 강조를 통하여 고통의 현실에 대비된 극락세계의 빼어남을 객관적으로 부각하고, 감탄문의 탄찬과 탄식을 통하여 탄식의 대상을 떠나 찬탄의 대상으로 나아가려는 감정을 자연스럽게 유발하고, 이런 환경 안에서 결정적으로 청유나 명령문을 통하여 시적 대상 인물로 하여금 염불을 실천하도록 요구함으로써 시적 화자가 시적 대상 인물을 교시하려는 타자 지향성이 서법을 통해 구현되었다.

4. 이념 설정의 다층성

앞에서 언급했듯이 염불은 불교 이념의 핵심을 차지하는 수행 방법이다. 여기서 염불이라는 불교 이념을 논의할 때 염불에 관여하는 요소들을 들고, 이들 요소들의 상호 관계 속에서 그 이념 설정의 실상을 따질 필요가 있다. 우선 염불의 주체나 기능, 목표인 극락의 성격과 함께 여기에 반드시 고려할 요소는 시적 화자가 이 세 가지 요소에 어떻게 관여하고 있는가의 문제이다. 염불의 주체는 시적 화자일 수도 있으나 그보다는 교시가 중심이라서 시적 대상 인물이 염불의 주체가 되는 빈도수가 높다. 그리고 염불이란 아미타불 등 부처를 부르는 행위로서 극락에 이르는 유일한 방법으로 나타나 있기 때문에 염불의 결과 도달하는 세계와 연관하여 정의할 수도 있다. 염불에 적극적으로 개입하는 시적 화자가 어떤 위치에서 염불을 스스로 하거나 교시하여 하게 하는가를 동시에 살펴야 염불가류 불교가사에 나타난 이념 설정의 실상을 읽어낼 수 있다.

이런 요소들을 분명하게 드러내는 작품들의 사례를 들면서 논의를 진행하고자 한다.

(8) 先父母를 모셔다가 극락세계주 薦度할때

祇園精舍를 차저와서 三寶前에 歸依하고

西方淨土를 도라갈제 五方을 가려보자

(중략)

法性土 너른뜰에 水月道場을 널리닦아

死生大海를 건너갈제 主人公 主人公아

世間貪着 그만하고 慙愧心을 일우와다 일즉념불 엇더하뇨   〈자책가〉

(9) 四十八願 願力 장엄 極樂世界 빛나도다

三十二相 福慧具足 阿彌陀佛 장엄 있어

黃金月西 光明化佛 五十五位 眷屬이라

三十六萬 阿彌陀佛 助道正道 念佛이라

白玉名號 上乘菩薩 千古萬古 稀有터라

七寶 莊嚴 연못에는 八功德水 가득찼네

七重欄楯 樓閣에는 九品蓮臺 층계로다

白鶴孔雀 앵무새는 五根五力 念佛한다

迦陵頻伽 共命鳥는 助道正道 念佛이라   〈이경협염불가〉

(10) 익욕심이 밤이되야 의니쥬를 바히몰나

어분아기 못어드며 가진點心 빈골ᄒ니

般若慧劍 ᄲᅡ혀나야 無明荒草 버히시고

阿彌陀佛 외오다가 自己彌陀 親히보면

一步도 옴디아녀 極樂國에 니뢰ᄂ니   〈회심가〉

(8)을 보면 염불이 先父母의 극락세계 천도를 위해서 이루어지고 있음을 알 수 있다. 천도를 할 때에 삼보에 귀의하고 서방 정토를 돌아간다고 하여 선부모의 입장을 대신하여 말을 꺼내고 있다. 그리고 시적 화자는 시적 대상 인물인 '주인공'을 불러서 염불을 하도록 강조하고 있다. 앞 뒤 문맥으로 보아서 '주인공'은 중의적 의미를 갖는다. '주인공'은

지금 이 작품을 수용하고 있는 선부모의 자식이기도 하고 저승으로 가는 선부모의 영혼일 수도 있기 때문이다. 이런 맥락에서 보면 여기서 말하는 극락세계나 서방정토는 죽어서 영혼이 가는 지옥이 아닌 저승의 다른 한 세계가 된다. 이 때 염불에서 말하는 부처는 극락세계를 주관하는 아미타 부처가 되고 극락세계도 이곳이 아닌 사후 세계의 저 곳이 된다. 여기에 인용하지 않은 이 작품의 다른 부분인 '高聲大聲 통곡하난 子孫 親戚 안만인들 죽은부모 생각하야 薦度하자 의논하리'에서도 염불이 죽은 부모를 천도하는 기능을 하는 것으로 보고 있다. 당연히 여기서도 극락은 저승의 지옥과 대비된 공간으로 인식된다.

이와 같이 극락세계가 죽어서 영혼이 가는 저승의 지옥과 대립 개념으로 다루어진 사례는 다른 작품에도 나타난다. 예를 들면 〈회심가〉에서 '아모첨지 念佛ᄒ면 人人마다 칭찬ᄒ고/ 아모스과 검다ᄒ면 노쇼업시 외다ᄒ니/ 텬당가며 디옥갈줄 사라신지 알리로쇠'라는 구절의 의미가 염불을 하면 천당을 가고 그렇지 않으면 지옥을 간다는 뜻이라서 염불을 하면 사후 영혼이 가는 저승에서 극락으로 갈 수 있다는 의미가 된다. 〈나옹화상승원가〉에 보면 '염불경 구경하고 지성으로 염불하면/ 염불인 성명자는 염라대왕 명부안애 반다시 빼가고/ 극락세계 연화위에 명백히 기록하고'[14]라고 하여 염불은 죽어서 가는 명부세계에서 극락세계로 가게 하는 역할을 하는 것으로 말하고 있

---

14) 이두 원문을 제시하면 다음과 같다. 念佛經 虳映何古 至誠矣奴 念佛何面 念佛人 姓名字隱 閻羅大王 冥府案內 必多是 拔去古 極樂世界 蓮花上禮 明白希 記錄何古. 그런데 여기에 이어진 내용을 보면 저승의 영혼이 가는 것으로 분명하게 제시되어 있다. '관음세지 대보살이 중매되야 다니다가/ 이목숨 다할적에 무수한 대보살과/ 수다한 성문연각 각각이 향화잡고/ 쌍쌍이 춤을추며 백천풍류 울리시고/ 경각간애 왕생하리(觀音勢至 大菩薩耳 中媒道也 多而多可以命壽 盡割底計 無數恨 大菩薩果 數多恨 聲門緣各各而 香火執古 雙雙而 舞乙秋面 百千風流 鳴理是古 頃刻間厓 往生何耳)'라고 하여 죽음에 이르러 극락에 왕생한다는 말을 하고 있기 때문이다.

다. 〈이경협염불가〉에도 보면 이와 유사한 사설이 나오는데 '閻羅大王 명부에는 十念이면 삭제된다.'고 했다. 여기서는 염불을 열 번만 하면 저승의 염라대왕 명부에서 이름이 삭제된다고 하여 역시 염불은 저승의 영혼을 천도하는 기능을 하며 염불을 통함으로써 극락에 갈 수 있다고 보고 있다. 즉 죽어서 영혼이 가는 이상적 세계를 극락으로 상정하고 극락에 가는데 염불이 절대적으로 중요한 기능을 하는 것으로 말하고 있다. 그 염불의 대상은 극락세계의 아미타불이고 염불하는 주체는 죽은 부모의 자식, 또는 선부모 본인일 수도 있는 것으로 나타나 있다.

예문 (9)는 극락세계를 소개하면서 거기에 주석하고 있는 아미타불과 여러 가지 아름다운 광경을 묘사하고 있다. (9)는 영혼을 천도하는 염불을 이 작품의 전반부에 배치하고 있으면서도 인용 부분 (9)에서는 극락을 대중이 살고 있는 여기가 아닌 아미타불이 있는 또 다른 세계로 그리고 있다. 극락 거기에는 또한 '광명화불, 상승보살, 칠보 장엄 연못, 팔공덕수, 구품 연대, 백학 공작 앵무새, 가릉빈가 공명조' 등이 살고 있으면서 모두 염불을 하는 것으로 그리고 있다. 따라서 이 부분은 공간적으로 여기가 아닌 다른 곳에 극락세계가 따로 있고 거기에는 아미타불을 비롯한 여러 부처와 보살, 연못과물, 연화대, 백학을 비롯한 여러 가지 새가 항상 염불을 하는 곳으로 묘사되어 있다. 생로병사의 고통이 있는 현실에서 멀리 떨어진 다른 곳에 극락이라는 공간이 따로 있는 것으로 설정하고 있다.

이와 같이 극락세계를 고통과 죽음이 없는 새로운 공간으로 인식하고 여기에 도달하기 위해서 염불을 강조한 사례는 이 외에도 더 많이 보인다. 예를 들면 〈회심가〉에서 '츙효가져 立身ㅎ고 념불가져 安養가새'라고 하여 염불을 통하여 安養 즉 극락세계에 가자고 하여 따로 있

는 어떤 공간으로 극락을 설정하고 있다. 이어진 사설에서 '阿彌陀佛
태즈시예 념불法門 고디듯고 (중략) 極樂으로 바로갈줄 ᄉ십팔원 세워
시니/ 셰망에 걸닌사롬 佛國으로 引導ᄒ니'라고 하여 염불을 통하여
극락 또는 불국으로 일컬어지는 다른 세상에 갈 수 있다는 것을 분명
하게 보여 주고 있다. 〈월인천강곡〉에 보이는 '우리들도 念佛하고 化
生淨土 極樂가세'라는 표현에서도 극락은 이 세상과 다른 어딘가 가야
도달할 수 있는 다른 공간으로 표현되어 있다.

요컨대 염불가류 불교가사에서는 극락을 세속의 여기가 아닌 또 다
른 공간으로 묘사하고 그 극락이 현실의 고통스러움과 대비되면서 그
곳으로 가야 할 이유를 드러내고 극락으로 가기 위한 중요한 방법이
바로 염불이기 때문에 염불을 해야 한다는 것을 반복하여 강조하고 있
다. (8)에서 보인 〈자책가〉 가운데도 영혼이 가는 극락을 말한 뒤에
따로 설정된 공간으로서의 이생극락이 나타나고 염불을 권유한다. '이
리귀한 사람일졔 져리조흔 極樂國을/ 못듯고난 마려니와 듯고참아 아
니갈까/ 人間世上 危殆하니 저極樂에 어서가새'라고 하여 역시 인간
세상과 다른 '저극락'을 별도로 설정하고 있다. 이 문장 앞부분에서는
극락에 가는 방법으로서 염불을 먼저 제시해 놓았다. 여기서는 염불하
는 주체가 시적 화자, 그 확장자인 '우리'이면서도 아미타불 자신과 극
락세계의 여러 대상들로 나타나기도 한다. 그리고 염불의 대상은 극락
을 주관하는 아미타불이다. 즉 같은 〈자책가〉 안에서 저승의 극락과
이승의 극락을 앞뒤에 제시하며 염불을 권유하고 있다.

그런데 극락은 이름이 서방정토, 안양, 불국 등으로 다르게 나타나
지만 성격상 저승극락과 이승극락으로 나눌 수 있는데 양자를 모두 보
여주고 있는 작품의 인용문 (10) 부분에는 이승, 저승의 기존 두 가지
극락과 달리 내가 살아가는 바로 이 자리가 극락이고 내 자신이 바로

아미타라는 인식을 보이는 부분이 나타난다. 인용문을 보면 '衣內珠 업은아기'라는 비유를 써서 나타낸 본래 자기 안에 갖추고 있는 '자기 미타(自己彌陀)'를 보게 되면 한 걸음도 옮기지 않고 극락국(極樂國)에 이른다고 말하고 있다. 이 부분에서 작가는 자기미타를 내 옷 안에 들어 있는 보배 구슬이나 등에 업고 있는 아기에 비유하고 있다. 다시 말하자면 자기가 바로 아미타이고 자기가 있는 곳이 바로 극락이라는 것이다. 이렇게 되면 극락은 내가 현재 있는 바로 이곳이기 때문에 세속 현실 이대로가 바로 극락이라는 논리가 성립된다. 또한 극락세계를 주관하는 아미타불 역시 따로 있는 것이 아니라 바로 내 마음이 아미타불이 된다.

이런 논리에 따르면 내가 사는 이곳이 바로 극락이고 나의 이 마음이 아미타불이 된다. 염불가류 불교가사에서는 이런 성격의 극락과 거기에 이르는 방법으로서의 염불도 설명하고 있다. 실제 자성을 깨우치게 하는 염불과 극락에 대한 가장 진전된 관점은 염불가류 불교가사 여러 작품에 걸쳐서 고루 나타난다. 다른 작품의 사례를 더 살펴보면 〈백낙천거사염불가(白樂天居士念佛歌)〉에서 '무슨 공부 맘을 깨나 한마디 아미탈세'라고 한 것은 염불을 통하여 마음을 깨친다는 말인데 마음을 깨친다는 것은 물리적 공간 이동 없이 이 자리에서 자기미타를 자각하고 극락세계를 경험하는 것을 말하여 인용문 (10)과 같은 의미의 염불과 극락을 표현하는 것이 된다. 그리고 〈나옹선사권염불가〉에서도 '자성미타 어디잇나 시시때때 잇지마소/ 문득 한날 이즐 때는 곳곳이 나타나리'라고 하여 자기가 미타이고 자기 사는 이곳이 극락이라는 이념을 분명히 보여 주고 있다. 〈월인천강곡〉에서 '우리들도 念佛하고 본 자리로 入定하세 南無阿彌陀佛'라는 부분이 나오는데 이 바로 앞에서 부처님이 열반상을 보였듯이 우리도 염불을 하여 본래 자리에

입정하자고 제안하여 자기미타, 자성극락의 불교 이념을 표현하고 있
다. 이 역시 염불이 본래 자기미타 자리의 회복을 가져와서 극락이 죽
거나 살아서 가야할 다른 공간이 아님을 나타냈다. 그 앞부분에서 저
승극락과 이승극락을 모두 보여준 〈이경협염불가〉에도 작품 뒷부분에
'隨其心淨 이佛土는 唯心淨土 念佛이요/是心藏佛 마음불이 自性彌陀
念佛이라'이라고 하여 마음이 정토극락이고, 내 자성이 바로 미타라는
말을 정확하게 하고 있다. 있는 이대로 나의 마음이 극락이고 미타라
는 인식을 보여 주고 있는 것이다. 이런 인식에 따르면 염불은 객관의
아미타불을 외우는 데서 자기 미타로 돌아오는 길이어서 염불하는 주
체와 염불의 대상이 일치하고 이 세상이 바로 저 세상과 일치하는 불
교 궁극의 깨달음이 성취되는 것으로 나타난다.

지금까지 염불의 기능과 이를 통하여 이르는 극락에 대한 인식을 살
펴보았다. 죽어서 영혼이 가는 세계로서의 저승극락, 살아서 세속을
떠나 도달하는 새로운 공간으로서의 이승극락, 자신의 마음이 바로 극
락이라고 하는 자성극락 등 극락의 층위가 다양하게 표현됐다. 그리고
이런 극락에 도달하기 위하여 사용되는 방법이 모두 염불인데 염불에
는 염불하는 주체인 시적 화자와 시적 대상 인물, 영혼, 보살 등이 있
고 염불은 저승극락으로의 영혼 천도, 이승극락으로 이동, 자성극락
자각을 가져오는 기능을 하고 있었다. 그리고 아미타불이라는 염불의
대상은 염불의 주체와 서로 분리되어 있다가 점차 일치되어 가는 모습
으로 표현되어 있다. 저승극락으로 영혼을 천도할 경우 시적 대상 인
물이 영혼을 위하여 염불을 대신 해 주면서 염불의 주체와 대상이 분
리되어 있다가, 이승극락을 가기 위해서 시적 대상 인물만이 염불을
하거나 시적 화자와 일체된 상태에서 함께 염불을 하는 방향으로 주체
와 대상이 점차 가까워지고 유심미타를 자각하여 자성극락을 자각하

는 데에 이르면서 염불의 주체와 대상이 하나가 되는 모습을 보이기 때문이다. 염불의 주체, 염불, 극락이라는 불교 이념의 요소들이 이와 같이 매우 다층적으로 설정돼 있는 것이 염불가류 불교가사 내용의 특징이다. 시적 화자 또는 시적 대상 인물이 염불을 통하여 도달하는 극락의 종류는 작품마다 어느 한 가지만을 따로 보여주는 것이 아니라 두 가지 혹은 세 가지 유형이 동시에 한 작품에 함께 표현돼 있다. 〈자책가〉에는 죽거나 살아서 멀리 가야 이를 수 있는 곳으로서의 저승과 이승의 두 가지 극락, 〈월인천강곡〉에서는 이곳을 떠나가야 이르는 이승극락과 이 자리에서 자각하는 자성극락의 두 가지, 〈회심가〉와 〈이경협염불가〉의 경우는 이 두 극락에 더하여 자성극락까지 세 가지를 모두 담아 표현하고 있다. 그리고 〈백낙천거사염불가(白樂天居士念佛歌)〉와 〈나옹선사권염불가〉에는 자성극락 즉 현생이 바로 극락이라는 이념을 보여 준다.

한 작품 안에 상호 모순되는 듯한 세 가지 극락의 순차적 배열은 무엇을 말하는가? 인간이 넘을 수 없는 가장 절대적 상황인 죽음을 통해서 염불을 하게 하려는 방편으로 영혼이 가는 저승극락을 설정하고, 살아 있을 때 염불을 하게 하려는 방편으로 고통과 갈등이 있는 현실 저 너머에 이승극락이라는 이상이 따로 있다고 주장하고, 이런 방편을 거쳐서 근기가 향상됐거나 거치지 않고도 바로 본질에 나갈 수 있는 가장 수승한 근기를 가진 대상 인물들에게 염불을 권하기 위해서 마음이 바로 미타이고 자성이 극락이라는 자성극락을 각각 표현했다고 할 수 있다.[15]

---

15) 이러한 극락의 다층적 설정을 통하여 지향하는 궁극의 경계가 자성극락에 있다고 보면 가장 빼어난 불교 수행의 방법이라고 하는 선과 염불이 서로 소통하는 길이 열린다. 나옹화상과 같은 역사상 걸출한 선사들이 염불 수행을 강조한 이유를 다층적 극락의 개념 정의에서 어느 정도 그 실마리를 찾을 수 있다. 염불을 통하거나 선을 통하거나 본래 가진 불성을 깨달아 자기가 아미타이고 이 세상이 그대로 극락

5. 염불가류 불교가사의 위계적 성격

전체 불교가사의 이해에 도달하려는 여정의 한 과정으로서 이 장에서는 염불가류 불교가사의 성격을 세 가지 측면에서 살펴 보았다. 작품의 본질을 구명할 수 있는 여러 가지 요소나 장치가 있겠으나 이 유형의 불교가사가 가지고 있는 중요한 특성이 작품 전개, 문장 서술, 이념 설정에 있다고 보아 이 세 가지 기준에서 작품을 분석했다.

작품 전개의 개방성에 대하여 논의했는데 염불가류 불교가사 작품의 개방성은 염불을 권장하기 위하여 그 필요성과 그 효능을 부각하려는 의도와 관계가 있었다. 생로병사의 고통을 극복하기 위해서는 염불이 절대적으로 필요하다는 것을 강조하고, 염불을 통해서 도달할 수 있는 극락이라는 이상 세계를 감각적으로 장엄하게 그려 제시하여 염불의 효능을 부각함으로써 대중들이 염불에 자발적으로 나서게 하고 있었다. 구체적으로 염불의 절실한 필요성을 부각하기 위하여 염불가류 불교가사에 회심곡류 불교가사의 죽음 부분을 원용해 오고, 염불을 통해서 도달하는 불교 이상향인 극락의 장엄한 모습을 통해 염불의 효능을 강조하기 위하여 왕생가류 불교가사의 내용을 수용하여 나타냈다. 다른 유형 작품에 대한 이런 개방성은 〈자책가〉, 〈나옹화상승원가〉, 〈이경협염불가〉 등에서 확인되었고, 수행의 과정에서 얻게 되는 자성극락의 내용을 다른 작품에서 가져온 사례는 〈나옹화상염불가〉에서 확인되었다. 여타 다른 작품의 경우도 축소 변형되기는 했으나 이런 경향의 개방성이 확인되었다. 작품 전체적 관점에서 염불가류 불교가사의 이런 개방성은 거시적으로 염불의 필요성과 실천 효과를 부각하여 염불에 대중을 나아가게 하는 동력으로 작용했다.

이라는 자각을 동일하게 이룰 수 있기 때문이다.

다음은 문장 서술의 지향성에 대하여 논의했다. 평서문, 의문문을 통해서 제시한 극락세계와 현실의 대조적 모습을 객관적으로 부각하고, 감탄문을 통해서는 아름답고 장엄한 극락세계를 향하는 심리를 정서적으로 조장한 바탕 위에서, 명령문과 청유문을 통해서 극락세계에 이르는 방법인 염불을 실천하도록 요구하였다. 이런 문장 서술을 통하여 시적 화자는 스스로 극락을 지향하는 데서 출발하여 시적 대상 인물들로 하여금 극락에 이르기 위해 거쳐야 할 전제로서의 염불수행을 할 것을 남에게 교시하는 타자 지향성을 보여주고 있었다. 단정이나 판단, 주장의 평서문, 강조의 의문문을 통하여 지옥이나 이 세상에 대비된 극락세계의 빼어남을 부각하고, 탄찬과 탄식의 감탄문을 통하여 지옥 또는 이 세상과 극락세계을 대비하여 찬탄의 대상인 극락을 자연스럽게 지향하려는 분위기를 조성하고 그 위에 결정적으로 청유나 명령문을 통하여 염불 수행의 실천을 요구하는 문장 서술을 통해서 자기 몰입적 염불 수행을 넘어 시적 대상인물을 교시하려는 타자 지향성을 나타냈다.

끝으로 이념 설정의 다층성을 분석했다. 작품의 개방성을 통하여 염불의 필요성과 효과를 작품 전체적으로 부각하고, 나아가 다양한 문장 서술을 통하여 지옥 또는 이 세상과 극락세계의 대조적 모습을 단정적, 강조적으로 부각하여 부정적 세계를 떠나 이상적 세계로 나가는 길인 염불을 실천하도록 교시하는 타자 지향적 태도를 보여 주면서 나타낸 구체적 이념 설정의 요소들이 시적 화자나 시적 대상 인물, 염불, 극락이었다. 염불가류 불교가사에 염불은 근본적으로 저승, 이승, 자성극락을 가는 가장 탁월하게 기능하는 것으로 제시되었고, 그렇게 해서 도달하게 되는 극락세계는 영혼이 가는 다른 공간인 저승극락, 살아서 가는 다른 세계인 이승극락, 살아서 스스로를 자각하는 자성극락 등 여러 층위가 복합적으로 표현됐다. 극락세계를 현재의 공간과 별개의 곳으로 인식한 앞 두 경우는 죽어서 가게 되는 극락, 살아서 가는 또 다른 세계라는 별도의 공간으로 설정되었고, 마음을 미타와 극락으로 인식한 경우에는 상대적 세계를 초월한 현실 자체를 극락으로 인식하였다. 이때 염불 표현은 그 주체인 시적 화자나 대상 인물이 염불 대상인 아미타불을 외우는 주객 분리의 상태에서 시적 화자나 대상인물이 곧 아미타불이 되는 주객일치의 지경으로 설정되었다. 징벌이 계속되는 저승이나 늙고 병듦이나 죽음의 고통이 있는 현실에 대비하여 별도의 새로운 공간인 극락을 설정하고 여기에 이르는 방법으로서 염불을 교시하고, 그런 방편이 필요 없는 대상 인물들에게는 마음이 곧 부처라고 하여 현실 세계를 바로 극락으로 상정하여 교시했다. 별개의 세 가지의 극락을 한 가지만 보여 주기도 하고, 두 가지나 세 가지를 동시에 같은 작품 안에 보여 주기도 했는데 이는 유심정토를 알리기 위하여 염불을 통하여 두 가지 방편을 시설하고, 최후에는 자성미타나 유심정토를 회복하게 하려고 한 것이 염불가류 불교가사의 핵심 이념이라고 할 수 있다.

제5장 왕생가류 불교가사의 표현 방식과 세계 인식

1. 왕생가류 불교가사

불교가사는 내용이 주로 종교적 이념으로 구성되어 있어 교술이라는 가사 문학의 중요한 성격을 잘 보여주는 대표적 사례로 여겨져 왔다. 실제 일반 사대부가사나 규방가사, 서민가사에 비하여 불교가사가 교술적 성격을 상대적으로 더 강하게 보이는 경향이 있다. 그러나 불교가사가 종교가사로서 가지는 여러 국면상의 고유한 특징을 교술성이라는 포괄적 개념으로만 간단히 언급하고 간과할 수는 없는 측면이 있다. 교술갈래의 성격에 근거하면서 보여주는 불교가사의 다양한 하위 특성을 규명함으로써 가사의 구체적 본질에 더 깊이 접근할 수 있다고 본다. 개별 작가의 불교가사 작품에 대한 연구를 넘어 불교가사 내부에 뚜렷이 드러난 하위 유형들의 특징을 논의함으로써 불교가사가 가지는 다양한 구체적 성격을 규명하고 나아가 가사 문학 전체 특성을 귀납적으로 파악하는 데도 단초를 마련할 수 있다고 본다.

불교가사의 하위 유형은 불교라는 종교 사상의 존재 방식과 밀접한 상관성을 가진다. 불교에서는 부처의 가르침을 익히고 수행하며, 이를 바탕으로 중생을 살피고 교화하는 것을 핵심 과제로 삼는다. 이런 과제의 실천 과정에는 우선 출가와 수행이 있어야 하며, 중생을 불쌍하게 여기고 그들을 가르치는 교화 행위가 중요한 위치를 차지한다.

이에 필자는 여러 가지 유형 가운데 왕생가류 불교가사1)를 표현 방
식과 세계 인식의 두 가지 항으로 나누어서 논의를 진행하고자 한다.
이 유형에 속하는 작품들은 서법상 문장 종결의 방식이 특이하게 나
타나는데 어떤 문장을 왜 사용했는지를 살피고자 한다. 또한 이 유형
의 작품들은 특정의 수사를 반복적으로 사용하여 작가가 말하는 수행
의 방법이나 지시를 수월하고 자발적으로 따르게 하려는 의도를 보여
준다. 따라서 표현 방법상 가장 두드러지는 특징을 보여주는 문장 사
용 방식과 수사의 구사 방식이라는 두 가지 기준에서 작품 표현의 특
징을 먼저 살펴보고자 한다. 그리고 이러한 표현 방식을 통하여 왕생
가류 가사 작품에서 말하고자 한 세계 인식의 특성을 검토하고자 한
다. 중생과 부처, 사바와 극락세계 등을 대비하여 세계 인식의 이원
성을 보여 주면서도 중생이 바로 부처이고 사바가 바로 극락이라는
일원적 세계 인식을 내재적으로 담고 있어서 이들 상호 관계의 질서
를 논의함으로써 왕생가류 불교가사의 특징을 규명하고자 한다.

논의에 사용한 자료는 각 원전2)에 실린 작품들과 『불교가사 원전연
구』3)에 수록된 작품들이다.

---

1) 왕생가류 불교가사는 극락왕생을 중심 내용으로 하는 불교가사 작품을 포괄하는
개념이다. 염불이나 참선과 같이 특정 수행 방법을 집중적으로 보여주는 것이 아니라
염불을 하더라도 왕생을 위하여 한다는 점에서 왕생에 초점이 맞추어져 있는 내용의
작품을 이 유형에 드는 것으로 보았다. 이러한 기준에 만족한 작품을 들어보면 〈普勸
念佛文本西往歌〉, 〈朝鮮歌謠集成本西往歌〉, 〈勸往歌〉, 〈往生曲〉, 〈釋門儀範本夢
幻歌〉, 〈遷魂往生極樂歌〉, 〈龍成禪師往生歌〉, 〈鶴鳴禪師往生歌〉, 〈六甲十往願佛
歌〉 등이 있다. 제목으로 보아 〈釋門儀範本夢幻歌〉, 〈誌公和尙勸世念佛歌〉는 해당
이 없는 듯하나 내용은 왕생을 주로 다루고 있어서 여기에 포괄하여 살피고자 한다.
2) 박희선 편저, 『학명큰스님 평전 횐학의 울음소리』, 불교영상회보사, 1994, 1~328
쪽./ 연관 편역, 『학명집』, 성보문화재연구원, 2006, 1~195쪽./ 용성진종, 『각해일
륜』, 대각회 출판부, 1990, 1~216쪽./ 용성진종, 『수심론』, 대각회 출판부, 1978,
31쪽./ 용성진종, 『귀원정종』, 1~195쪽./ 용성진종, 『용성선사어록』, 대각회 출판
부, 1973, 1~100쪽./

2. 문장과 수사의 표현 방식

표현 방식은 다양한 하위 분야로 나누어 논의할 수 있으나 여기서는 문장 사용 방식을 내용과 연관하여 살피고, 표현의 효과를 높이기 위하여 구사한 비유나 대조 등의 수사법상의 특성을 논의하고자 한다. 서법상 특정 문장을 사용하고 있는 방식을 규명함으로써 작가의 의도를 어떻게 관철하고 있는가를 살피기 위해서이다. 그리고 수사법의 경우는 문장 사용 방식을 기초로 교시의 효과를 극대화하기 위하여 사용하는 것이 일반적이기 때문에 이를 검토함으로써 왕생가류 불교가사의 표현 방식을 규명해 보고자 한다.

1) 문장 사용의 방식

여기서는 서법상의 문장이 왕생가류 불교가사에 어떻게 사용되고 있는지를 살피고자 한다. 왕생가류 가사 작품은 서법상의 문장을 내용에 따라 분명한 의도를 가지고 구별하여 사용하고 있다는 것이 특징이다. 청유나 명령을 통하여 시적 대상 인물의 행동을 구체적으로 요구하는 경우가 있고, 특정 내용을 드러내어 강조하기 위하여 설의의 의문문을 사용하기도 했다. 그리고 칭송의 필요나 탄식의 효과를 높이기 위하여 감탄문을 구사하기도 하고 분명한 사실과 특정 내용을 단정하여 객관적으로 나타내기 위하여 평서문을 사용하는 경우도 있다. 이러한 문장 사용의 사례를 구체적 예를 들면서 살피고자 한다.

---

3) 임기중, 『불교가사 원전연구』, 동국대학교 출판부, 2000.

(1) 부모의 기친얼골 주근후에 속절업다 (중략)[4]
　　제산은 첩첩ᄒ고 소상산이 더욱 높다 (중략)
　　지혜로 비를 무어 삼계마다 건네리라 (중략)　　　　〈普勸念佛文本西往歌〉
　　대숭경전 독송하고 이극락에 나왓노라 (중략)
　　그 가온데 성도하니 우리도사 아미타라 (중략)
　　내외중간 모도 업서 죄성이 공적하다 (중략)
　　비록 인간 잇사오나 발서 극락백성이라 (중략)　　　　　〈勸往歌〉

(2) 반일ᄌ치 아프시니 이 아니 거룩흔가 (중략)
　　이 몸이 무샹흔줄 어리그리 모로ᄂᆞᆫ가 (중략)
　　빈궁고초 무량고를 다시ᄆᆞ엇 언론홀가 (중략)
　　인간으로 나올 긔약 망연ᄒ고 아득ᄒ니 이 아니 놀랍소 (중략)
　　신심업는 듕싱등을 엇지제도 ᄒ올손가 (중략)　　　　　〈왕싱곡〉
　　만반고통 뿐일지니 그도안이 몽환인가 (중략)
　　보살도를 성취하니 대각세존 이 아닌가 (중략)
　　일구원심 공부하면 이극락에 아니갈까 (중략)
　　죄업짓는 저중생이 그 아니 불상한가 (중략)
　　불보살의 대원인들 무슨도리 잇겟는가 (중략)　　　　〈釋門儀範本 夢幻歌〉

(3) 자세자세 생각하니 남가일몽 꿈이로세 (중략)
　　흙이 되고 바람되니 일펼황피 냄새나네 (중략)
　　무덤팔척 기리한길 생각하니 허망하네 (중략)
　　마음심자 무섭구나 공부하면 깨친다네 (중략)　　　　〈지공선사권세연불가〉
　　삼계륜회 화택이오 륙도왕래 고해로다 (중략)
　　원각적멸 둘이 없어 처처극락 즑어워라 (중략)
　　물우에뜬 거품이요 바람에켠 등불일세 (중략)
　　영겁생사 끊어지면 불생불멸 즑업도다 (중략)　　　　〈용성선사왕생가〉

───────────────

4) 해당하는 예문만 보이고 여기서 생략된 내용은 논의 과정에서 필요에 따라 원용
하여 거론하고자 한다.

　(4) 가봅시다 가봅시다 조흔국토 가봅시다

　　　천상인간 두어두고 극락으로 가봅시다 (중략)　　　　　　　〈학명선사왕생가〉

　　　자비하신 원력으로 굽어살펴 주옵소서 (중략)

　　　고통바다 헤어나서 열반언덕 가사이다 (중략)

　　　몸으로써 지은죄에 살생죄를 짓지마소 (중략)

　　　일심으로 염불모셔 극락으로 가옵시다 (중략)

　　　선심하고 마음닦아 불의행사 하지마소 (중략)　　　　　　　〈육갑시왕원불가〉

　(1)에서는 평서문의 사례를 들어 보였다. 먼저 〈보권서왕가〉5)에서 평서문의 내용을 차례대로 보면 '거친얼골 주근후에 쇽절업다'고 하여 이 문장 바로 앞에서 감탄문을 통하여 전제한 무상(無常)의 구체적 한 현상을 평서문으로 단정하여 나타냈다. 그리고 다음 문장은 '사상 산'이 높다는 불교 교설, 그 다음은 중생을 제도하겠다는 의지를 각각 나타내는데 평서문을 사용했다. 다음 〈권왕가〉의 경우도 이와 유사하다. 극락에 오게 된 사연을 자신 있게 나타내는 것을 시작으로 여래, 아미타를 소개하고 죄성의 공적함, 사상, 극락 백성 등 불교 교설을 명백하게 드러내는 데에 평서문을 사용하고 있다. 즉 평서문은 불교에서 말하는 교설을 단정적으로 나타낼 때 주로 사용하고 있는데 그 구체적 내용이 중생의 본질에 대한 이해, 불교의 교리, 귀의 대상인 여래나 아미타의 존재에 대한 소개가 중심을 이룬다.

　(2)는 의문문의 사례들인데 〈왕생곡〉의 예문을 순서대로 살펴보면 첫 문장은 주어인 일체불이 중생을 제도하며 아파하는 것을 두고 거룩하다고 강조하는 데에 의문문을 사용한 것이다. 두 번째 문장은 중생

───────────────

5) 앞으로 작품명을 말할 때 편의상 줄여서 원작품명의 맨 앞 단어와 맨 뒤 단어만을 사용하고자 한다. 예를 들어 〈普勸念佛文本西往歌〉의 경우 〈보권서왕가〉로 줄여서 사용하고 나머지 작품들도 마찬가지이다.

이 이 몸의 무상함을 모르는 것, 이어서 한량없는 고통, 윤회, 신심 없는 중생 등의 부정적 실태를 강조하기 위해서 의문문을 사용하고 있다. 〈석문몽환가〉의 경우를 보면 만반 고통, 대각세존, 공부와 극락, 중생, 불보살의 대원을 의문문으로 표현하고 있다. 문장명필과 백종기 예가 임종에는 고통밖에 없어서 몽환이라 강조하고, 대각세존이 바로 이분이라는 점, 공부하면 반드시 극락에 간다는 것, 죄업 짓는 중생의 불쌍함, 불에 들어가는 중생은 불보살도 어찌 할 수 없다는 것을 각각 나타내고 있다. 그런데 의문형의 문장은 무엇을 몰라서 알기 위하여 질문하는 순수한 의문문이 아니라 문면에 나타난 것과는 반대의 의미를 의문형으로 표현하여 강조하는 설의적 의문 형식을 취하는 것이 거의 대부분이다. 〈왕생곡〉 두 번째 문장에서 '······어이그리 모르는가'라고 힐책을 위해 반문하거나 〈왕생곡〉 마지막 문장에서 '······엇지계도 ᄒ올손가'라고 진지한 질문을 던지는 일반 의문문이 일부 나타나고 대부분의 의문문은 문면의 의미와는 반대로 '거룩하며, 언론할 것이 없으며, 놀라우며, 몽환이고, 대각세존이며, 극락에 반드시 가며, 불쌍하며, 어쩔 도리가 없다'는 것을 설의적으로 강조하는 데에 의문문이 사용되었다. 이를 내용과 연관해 보면 중생의 피할 수 없는 한계를 주로 부각하고 여기에 귀의처로서의 세존이나 아미타불을 칭송하며 수행을 강조하기 위해서 설의적인 의문문을 구사하였다.

(3)에 보인 문장은 다양한 모양의 감탄문의 종결 방식을 보여 주고 있다. 즉 〈지공염불가〉에서 '······로세, ······네', 〈용성왕생가〉에서 '······로다, ······워라, ······일세' 등의 감탄 종결어미를 사용한 문장 결구를 볼 수 있다. 〈지공염불가〉는 감탄문을 먼저 인생의 무상함을 전체적으로 나타내고 다음은 죽어서 육신이 사대로 흩어지면서 냄새 나며 가게 되는 무덤을 묘사하고 이 작품 끝 행에서는 공부하면 반드시

깨친다는 것을 주장했다. 유한한 존재의 현실을 감탄의 문장으로 표현하다가 이를 극복하는 방법을 마지막에 감탄문으로 표현하여 절망을 극복할 길을 결론적으로 제시하고 있다. 〈용성선사왕생가〉에서도 이와 유사한 방식으로 감탄문을 사용하고 있다. 먼저 첫문장에서 인생이 고해라는 것을 먼저 말하고 이어서 극락의 즐거움을 제시하고, 일체가 무상하다는 것을 말하고, 이어서 불생불멸의 즐거움을 표현하였다. 감탄문으로 인생의 무상함과 불생불멸의 즐거움을 대비하여 정서적으로 후자를 자연스럽게 따르도록 유도하고 있다. 요컨대 감탄문은 긍정적 내용을 찬탄하고 부정적 내용은 한탄하는 기능을 하여 부정을 거부하고 긍정을 지향하게 하는 정서적 자극을 극대화하는 장치로 사용된다.

(4)에서는 청유문과 명령문을 동시에 제시했다. 함께 행동할 것을 종용하거나 행동할 것을 명령하는 것이 다 시적 대상에게 행동할 것을 요구하고 있다는 점에서 동궤에 놓이는 것이라서 여기에 함께 다루었다. 〈학명왕생가〉에서는 '가봅시다'라는 짧은 청유문을 여러 번 반복하여 강조하고 있다. 마치 민요의 AABA의 형식과 같은 문장 배열을 통하여 박자감을 살리면서 이 문장 뒤에 제시할 내용을 함께 따를 것을 제안하고 있다. 그런데 〈육갑원불가〉에서는 '가사이다', '가옵시다'와 같이 청유문의 결구를 보이는 문장도 있고 '주옵소서', '짓지마소', '하지마소'와 같은 명령문의 결구를 보이는 문장이 동시에 나타난다. 그런데 청유문의 경우에는 '조흔국토', '극락', '열반언덕' 등과 같이 이상향으로 나아갈 것을 말할 때 주로 사용하고 있고, 명령문은 불법승 삼보에 뭔가 요청을 할 때나 '살생죄'나 '불의행사'와 같이 구체적으로 해서는 안 될 일을 금지할 때 사용하고 있다는 것을 알 수 있다. 요컨대 이상 세계로 나갈 것을 권유하거나, 구체적으로 해야 할 일, 하지 말아야 할 일을 하거나 하지 말도록 명령할 때에 청유문과 명령문을 사용하고 있다.

왕생가류 불교가사 전체 9편의 작품 400여 문장 가운데 의문문과 감탄문이 각각 28%, 29%를 차지하고 평서문, 명령문, 청유문이 각각 20%, 17%, 6%의 빈도를 보여준다. 이러한 문장 사용의 실태는 왕생가류 불교가사가 설의나 반문을 통하여 내용을 강조하면서 부정적 내용을 한탄하고 긍정적 내용을 찬탄하는 정서적 표현에 주로 기대고 있다는 것을 말해 준다. 그래서 더 일반적인 평서문이 상대적으로 적은 비중을 보여주게 되었다. 명령문이 청유문보다 훨씬 더 많이 나타난 것은 구체적 덕목을 실천하도록 명령하거나 금지 사항을 못하게 시키는 예가 많았기 때문이며, 청유문이 가장 적은 것은 왕생을 하자는 것과 같이 포괄적 행위를 함께 할 것을 제안하는 데서 비롯됐다고 할 수 있다.

2) 수사 구사의 방식

왕생가류 불교가사에는 여러 가지 상호 대비되는 내용을 병치하여 시적 화자가 의도한 세계로 시적 대상을 끌어가려는 의도를 강하게 나타낸다. 또한 이를 더 분명하게 강조하고 드러내기 위하여 설의법이나 비유법을 적절히 구사하며, 시적 화자의 주장을 구체적으로 드러내고 입증하는 과정에서 여러 가지 사항들을 나열하는 표현방식을 반복적으로 사용하기도 했다. 여기서는 가장 중요하게 사용된 대조법을 어떻게 사용하고 있으며 이를 통하여 무엇을 보여주고자 했는지를 살펴보고자 한다. 아울러 나머지 수사법의 경우도 작품의 전체 질서에서 어떤 기능을 수행하고 있는지를 살펴보고자 한다.

　(5) 삼세 제불은 이ᄆᆞ음을 아ᄅᆞ시고
　　 뉵도 즁싱은 이 ᄆᆞ음을 져ᄇᆞ릴싀 (하략)　　　　〈보권염불문본서왕가〉

확탕노탄 져 지옥에 화살갓치 들어가서
만반고통 바들적에 모은재물 가져다가 저지옥에 인정쓸가
만사만생 대고통을 어느때나 버서날고 (중략)
화장바다 건거가서 극락세계 들어가니
황금누각 지어놋코 칠보지 사색연화 곳곳이 피여잇고
가지가지 보배남기 칠보당을 들넛스니 구경하기 더욱좃타

〈조선가요집성본서왕가〉

(6) 부모되고 ᄌᆞ식되ᄂᆞᆫᄉᆞ이 어늬ᄌᆞ식 더귀ᄒᆞ며 어느ᄌᆞ식 덜귀홀가
귀ᄒᆞ기는 일반이나 졋달라고 우는자식 졋살쥬어 먹게ᄒᆞ고 (중략)
졋도밥도 아니달라하고 울지도않고 노는子息 젖을주며 밥을줄까

〈왕싱곡〉

천청에 밝은 달이 청강수에 빗치오나 달이실로 온배업고
물도실로 아니가되 강수가 징청고로 밝은 달이 나타나네
만일물이 흐리오면 달그림자 업서지니
물의청탁 탓이언정 달은 본래 거래 없네   〈권왕가〉

(7) 이몸이 옥ᄌᆞ타여 탐욕옥의 미인비요
이몸이 셩ᄌᆞ티여 나찰귀의 굴혈이오
이몸이 송장갓티여 독ᄉᆞ의 밥이며   〈왕생곡〉

제일전에 진광대왕 진광대왕 매인생은 경우갑이 상갑인데 (중략)
제이전에 초광대왕 초광대왕 매인생은 무자갑이 상갑이라 (중략)
제삼전에 송제대왕 송제대왕 매인생은 임오갑이 상갑인데 (중략)

〈육갑시왕원불가〉

(5)의 〈보원서왕가〉는 중생과 부처를 대비하고 있다. 부처와 중생
은 마음을 아는가 저버리는가에서 나누어진다고 했다. 생략된 아래

부분에서 '생각해서 마음을 깨쳐 먹고 태허를 생각하고 화장 바다를 건너저어 극락세계에 들어간다.'고 말하고 극락세계에 들어가 펼쳐진 모습을 이어서 서술하고 있다. '칠보금지에 칠보망이 둘러 있고 구품 연대에 염불소리 울려 퍼진다.'고 하였다. 그래서 부처와 중생의 대비는 중생이 마음을 깨쳐 극락에 가야하며 그러기 위해서는 염불을 해야 한다는 주장을 전개하기 위하여 사용한 수사법이다. (5)의 〈조선서왕가〉에서는 지옥과 극락을 대비하고 있다. 그러나 전반부와 같이 문장을 바로 마주 대응시키지는 않고 작품의 전개 과정에서 먼저 부정적인 지옥을 소개하고 이어서 긍정적인 극락을 소개하고 있다. 먼저 지옥을 말하면서 사자에게 지옥으로 끌려가는 것에서부터 만 번 죽고 만 번 사는 지옥의 고통을 '아이고 답답 설움이야 저 고통을 어이할꼬'라는 탄식의 문구를 사용하여 절실하게 표현했다. 이어서 이런 부정적 정황에서 드디어 출가를 하고 염불을 하여 극락세계로 들어간다는 이야기를 계속 전개하고 있다. 그리고 화려하고 아름다우며 무상락(無上樂)을 즐기는 극락의 광경을 보여주어 자연스럽게 극락에 가기 위한 염불에 나서도록 단락을 배치하고 있다.[6]

(6)의 〈왕싱곡〉은 부모가 자식을 차별 없이 귀하게 기르는 것을 읊고 있다. 그런데 문제는 젖과 밥을 달라고 하지도 않고 울지도 않는 자식에게 젖과 밥을 줄 것인가라고 반문하고 있다. 부모 자식의 관계가 바로 부처와 중생의 관계와 같다는 것을 '대자대비 부텨님이 듕싱 제도 ᄒ오심도 이와 갓치 다름 업셔'라고 표현하고 있다. '부터님의 듕

---

6) 중생과 부처, 지옥과 극락이라는 불교의 대표적 개념의 대조뿐 아니라 대조적 대상의 제시는 이외에도 더 다양한 것들이 있다. 몽환과 극락(489), 하열심과 아만심(298), 선과 악(88, 804), 세간과 염불(90), 탐물과 염불(85), 유루락과 무루락(88), 탐물과 선근(91), 계행수도와 염불(752) 등이 나타난다.(* 여기 표기된 숫자는 임기중의 『불교가사 원전연구』(동국대학교 출판부, 2000)의 쪽수이다.)

싱제도 승속남녀 노소업시 니지우마 육축까지 제도코즈 ᄒ시지만'이
라고 하여 부처가 중생에 대하여 차별 없이 대하지만 역시 여기서도
문제가 되는 것은 신심없는 중생을 어떻게 제도할 것인가가 가장 문제
라는 것이다. 부처 중생의 관계를 부모 자식의 관계로 은유적으로 표
현했다가 뒤에 가서 '갓치'라는 말을 직접 사용하여 직유법을 병용하고
있다. (6)의 〈권왕가〉에서는 달과 강물 관계를 말하고 있다. 이것 역시
단순한 풍경이 아니라 마음을 비유적으로 드러낸 것이다. 인용문 다음
생략된 가사를 더 들어 보면 '이도 또한 이갓하야 내마음이 흐린고로
불신을 못보다가 임종일렴 밝은고로 불월이 나타나니/ 내마음이 청탁
잇지 불은 본래 거래없네.'라고 바로 이어서 말하고 있기 때문이다. 둘
의 관계를 살펴보면 인용문의 달은 불신을, 강물은 내 마음을 비유한
것이다. 강물에 청탁이 있지 달은 본래 청탁이 없듯이 마음에 청탁이
있지 불신은 본래 청탁이 없다는 비유를 통한 논리를 전개하고 있다.[7]

(7)은 반복법과 병렬법이 사용된 예이다. 앞부분의 〈왕싱곡〉을 보면
'이몸이'로 시작되는 문장을 세 번 반복하고 있는데 생략한 것까지 합치
면 열 번에 걸쳐서 '이몸이'를 반복하고 있다. 몸이 가지고 있는 부정적
성격 열 가지를 나열하여 병렬법을 사용하고 있다. 몸이라는 같은 대상
을 반복하면서 다양한 몸의 특징을 나란히 배치하는 표현방법을 보이고
있다. 그 나열된 몸의 특징을 차례대로 보면 여기 제시된 獄, 城, 송장,
허환, 물거품, 꿈, 버섯, 초개 등으로 특징지어져 있다. 그 뒤 〈육갑원불
가〉를 보면 앞부분과는 다소 다르게 반복과 병렬의 방법을 구사하고

---

7) 비유는 이외에도 '천년의 잠(753), 잠을 깨다(303, 752), 달팽이 뿔(279), 大悲船
(753), 푸줏간소(979), 화살(89)' 등 다양하게 나타난다. 이 비유들은 '大悲船'이라
는 왕생의 방편을 표현하는데 사용되기도 했으나 대부분 인생의 무상함이나 어둠
을 표현하는데 사용되었다.

있다. 〈왕싱곡〉이 문장 수준에서 반복법과 병렬법을 구사하고 있다면 〈육갑원불가〉는 단락의 수준에서 반복법과 병렬법을 구사하고 있다. 인용한 부분을 보면 제일전, 제이전, 제삼전의 대왕과 매인 생을 각각 소개하고 있다. 여기서 생략한 부분까지 들어 보면 각 전마다 지옥을 소개하고 무슨 죄를 짓지 말고 참회와 염불을 통하여 극락에 갈 것을 요구하는 구성을 반복하고 있다. 즉 각 단락은 대왕, 매인 생, 지옥, 죄, 참회와 염불을 통한 극락왕생이라는 순서의 구성을 반복하고 있다.

이 외에도 이런 반복하거나 병렬하는 수사법을 구사하는 경우는 더 나타난다. 〈권왕가〉에서 어떤 공덕을 짓고 자신이 극락에 오게 되었는가를 반복하여 소개하는 경우가 나타났다. '염불시킨 공덕으로 이 극락에 나왔노라'를 시작으로 '십선업의 수행, 사성존께 예배, 병든 사람 지성으로 구원, 십렴 염불' 등 극락에 오게 된 공덕을 다양하게 같은 단락구조를 반복 나열하면서 소개하고 있다. 〈권왕가〉 중반부에서는 십악업을 짓지 말라고 하고 열 가지 악업을 하나씩 제시하며 범하지 말 것을 열 번에 걸쳐 명령하여 나열하고 있다. 그리고 〈권왕가〉 후반부에서 극락왕생의 사례를 22회에 걸쳐 소개하여 여러 가지 사실을 나열하여 왕생을 증명하고 있다. 〈왕싱곡〉을 보면 위에 인용한 바로 뒤 부분에서 무상함의 역사적 사실을 진시황, 초패왕, 전륜왕, 불노선, 현인, 작복인 등의 예를 나열하여 읊고 있다. 〈원혼왕생극락〉 후반부에서도 '화만진구 모든ㅅ대을 공득수에 모욕하고'로 시작하여 '더운 것, 주린 배, 마른 목'을 각각 '휴헐하고, 포만하고, 해갈하고'라고 하여 같은 문장 구조를 반복하여 병렬의 수사를 구사하고 있다.

반복을 통한 병렬의 수사는 긍정하거나 부정할 내용 가운데 특히 강조해야 중생의 무상함과 극락의 영원함을 표현할 때 주로 사용하고 있다. 그래서 왕생가류 불교가사에 사용된 수사는 부정적인 내용은 절대로 금지하고 긍정적 내용은 반드시 실천에 나가게 하는 추동력을 동시에 발휘하는 기능을 하고 있다.

3. 이원 대립의 일원 지향적 세계 인식

위에서 살핀 표현 방식을 통하여 작가가 보이고자 한 세계 인식이 어떠한가를 살피고자 한다. 표현 방법상 문장 종결이나 수사법상에 나타난 특징들은 주로 이원 대립의 세계인식을 드러내는 데 기여하고 있다는 것이다. 크게 묶어서 긍정과 부정의 대립으로 설명할 수 있는데 부처와 극락, 선업이 긍정의 편이라면 중생과 지옥, 악업 등이 부정의 핵심내용이다. 긍정을 따르고 부정을 벗어날 것을 기본적으로 강조하는 것이 왕생가류 불교가사의 기본적 특징이라고 할 수 있다. 그렇다면 실제 이원 대립적 세계 인식이 구체적으로 어떻게 구성되어 있으며 일원적 세계 인식과는 어떤 관계를 맺고 있는지를 논의하고자 한다.

1) 이원 대립의 체계성

왕생가류 불교가사에 나타난 이원 대립의 대표적 내용은 중생과 부처, 지옥과 극락, 악업과 선업이라는 기호로 표현된다. 또한 여기에 관련하여 다양한 이원 대립의 세계가 나타난다. 이런 이원 대립의 항을 구성하는 구체적 내용으로 어떤 것들이 더 있으며, 이들이 세계 인식의 어떤 기본 질서에 의하여 서로 관계 맺고 있는지를 살핌으로써 이원 대립의 항에 나타난 세계관적 인식의 특성을 규명해 보고자 한다. 왕생가류에 속하는 9편의 작품은 모두 이원 대립적 용어를 어떤 방식으로든 구사하고 있다. 그런데 이런 이원 대립이 일정한 체계성을 보이고

있다. 지옥과 극락과 같은 공간의 대립, 중생과 부처와 같은 인물의
대립, 선행과 악행과 같은 행위의 대립이 이를 잘 말해 준다. 그 외에도
특정 현상, 마음이나 정서, 일 등을 두고 대립항이 더 나타난다.

   (8) 극락은 멀어디고 지옥은 갓갑도다 〈조선가요집성본서왕가〉
       화택제자 구원할제 성교중에 이른말삼
       십만억토 서편짝에 극락이라 하는세계 〈권왕가〉
       이제라도 잠을깨야 몽환세계 탐착말고
       시시때때 염불하여 저극락에 어서가세 〈석문의범본몽환가〉

   (9) 악한사람 수업스며 선한사람 하나업다 〈조선가요집성본서왕가〉
       삼세제불은 이ᄆᆞᆷ을 아ᄅᆞ시고
       늇도중싱은 이ᄆᆞ암을 져ᄇᆞ릴식 〈보권염불문본서왕가〉
       우리세존 대법왕이 백천방편 베푸시다 황택제자 구완할제 (중략)
       시방새개 염중생 임명종시 당하오면
       아미타불 대성존이 그중생을 다리다가 연화중에 환생헌이
                   〈천혼왕생극락가〉

  (10) 지은죄를 생각하야 참회심을 이륵켜서
       이참사참 두가지로 삼보전에 참회하소 (중략)
       병이비록 중하여도 귀신에게 빌지마오 (중략)
       사람즘생 물론하고 죽는자를 맛나거든 부대염불 하여주오 〈권왕가〉
       월장경에 하신 말씀 말세중생 억억인이
       계행수도 할지라도 득도할니 하나없고
       다행발심 염불하면 극락간다 하였으니 〈육갑시왕원불가〉

   (8)을 보면 먼저 〈조선서왕가〉에서 지옥과 극락을 대비하고 있다.
그런데 극락은 멀어지고 지옥이 가까워진다고 안타까워하고 있다. 그

이유로 이 문장의 앞에서 '염불한번 아니하고 세간만 탐착하야'서임을
밝혔다. 극락이 왜 좋은가는 이 문장의 뒤 부분에서 자세히 보여주고
있다. 그런데 〈권왕가〉에 오면 지옥과 극락의 대비에 그치지 않고 화
택과 극락을 대비하기도 한다. 火宅이라고 하면 일반적으로 삼계화택
(三界火宅)이라고 하여 욕계, 색계, 무색계가 모두 불난 집이라는 말이
다. 죽어서 가는 극락이나 지옥이 아니라 중생이 사는 세 가지 공간이
삼계인데 그 삼계를 화택으로 설정하고 이를 다시 극락과 대비하고 있
는 것이다. 〈석문몽환가〉에서는 몽환세계와 극락을 대비하고 있다. 여
기서 몽환세계는 이 작품의 앞부분에서 '몽환세간 탐착말고 일체세간
천만사가 몽환일줄 꼭밋어서'라고 하여 천만사가 있는 일체 세간이 바
로 몽환세계임을 분명히 말하고 있다.

　지옥이나 삼계, 몽환세계는 모두 중생이 머무는 공간의 개념을 가지
는 것으로 왕생가류 불교가사에서는 이들 세계를 모두 극락세계와 대
비되는 것으로 표현하고 있다. 죽어서 가는 지옥은 물론 살아서 고통
이 계속되는 삼계나 현실도 모두 이상 세계인 극락과 대비되는 것으로
그려져 있다. 따라서 고통이나 무상이 없는 극락세계는 죽어서만 가는
저 세상이 아니라 살아서도 당연히 추구하고 나아가야 할 이상 세계로
그려진다.

　(9)에서 〈조선서왕가〉에서는 '악한 사람, 선한 사람'이라고 하여 이
사바 세상 두 가지 유형의 인물을 대비하고 있다. 그러면서 이 작품의
이어진 내용에서 수 없는 악한 사람이 염불하지 않고 살다가 죽어서는
지옥에 끌려가 고통을 당한다는 전제로서 세속의 두 가지 유형의 인물
을 대비하였다.[8] 그런데 대부분은 세속 인물의 두 유형을 상호 대비하

---

8) 그 외에 이 세상의 미련한 놈과 지혜자(〈권왕가〉)를 대비하기도 한다.

기보다는 부처와 중생을 대비하는 것이 일반적이다. 〈보권염불문〉을 보면 '삼세제불과 뇩도중싱'을 대비하고 있다. 양자의 차이는 마음을 아는가 저버리는가에 따른 것이라고 했다. 이와 같이 부처와 중생이라는 인물 대비가 〈천혼극락가〉에 오면 먼저 법왕과 제자의 대비로 나타나기도 한다. 즉 '세존'이라는 스승이 제자에게 가르침을 펴는 것으로 작품을 시작하고 있다. 가르침의 내용은 바로 서편에 있을 극락을 소개하고 가기를 권하는 것으로 되어 있다. 그리고 작품이 진행되면서 '아미타 대성존'과 '중생'의 관계로 대비 인물의 형상이 바뀐다. 스승과 제자의 관계가 실제는 부처와 중생의 관계임을 드러낸 것이다.

이와 같이 왕생가류 불교가사에는 인물의 대비를 분명하게 보여주고 있다. 세속의 선인 악인이라는 두 가지 유형의 대비는 염불을 권하기 위한 전제 정도로 가볍게 사용되었다면 중생과 부처라는 대립축이 중심을 이룬다. 정황에 따라 삼세 제불과 중생을 대비하기도 하고 스승과 제자라고 하면서 아미타불과 중생을 대비하여 표현하기도 하였다. 이러한 인물의 대비는 스승인 부처가 제자인 중생을 제도하는 모습으로 그려진다. 제도의 핵심이 바로 염불을 통하여 공간 대립에서 부각된 극락세계에 가도록 하는 것이다.

(10)에서는 실천해야 할 행위의 대비를 보이는 사례들을 제시했다. 〈권왕가〉에서는 행해야 할 행위로 참회를 사참(事懺)과 이참(理懺)[9]로 나누어 대비적으로 제시하고 있다. 이참의 개념이 존재의 본질이 공함을 살펴서 罪福을 극복하는 것이라면 사참은 구체적으로 지은 죄를 존상 즉 불보살 앞에서 참회하는 것으로 되어 있다. 그런데 이런 양자를

---

9) 法의 無性을 觀하여 罪福의 相을 잊는 것은 理障을 破하여 理懺이 된다. 身口意가 지은 것으로 하나하나의 法度에 依하여 尊像을 대해 過罪를 彼陳함은 事障을 破하여 事懺이 된다.('理懺', 『韓國佛敎大辭典』, 5卷, 同編纂委員會, 483쪽)

대비적으로 제시하면서도 문맥으로 보면 사참에 치중하고 있음을 알 수 있다. '이참과 사참을 삼보전에 참회한다'는 말 자체가 그러하고, 이어서 이참의 의미를 상세하게 말하면서도 '이는 실로 이러하나 사상으로 불연하다'고 하여 '삼보의 신력이 아니시면 죄를 엇지 소멸할꼬'라고 하고 있기 때문이다. 그리고 이어서 '귀신에게 비는 것'과 '염불하는 것'을 대비하고 있다. 병이 무거울 때 귀신에게 빌지 말고 죽는 자를 만나거든 염불을 하여 줄 것을 당부하고 있다. 다음 〈육갑염불가〉에서는 『월장경』10)이라는 경전의 내용을 인용하여 '계행수도'와 '염불'이라는 수행 행위를 대비하고 전자를 통해서는 득도할 사람이 하나도 없으나 후자를 통하면 극락을 간다고 말하고 있다. 요컨대 대비를 통하여 강조한 실천 행위로는 크게 참회와 염불이 주종을 이룬다. 참회 안에서도 본질을 성찰하는 이참보다는 삼보에 의지하는 사참을 더 권장하고 수행 방법상에서도 계율을 지키고 수행하는 것보다 염불을 하는 것이 더욱 효과적이라는 주장을 분명하게 했다.

지금까지 이원 대립적 대상으로 나타난 중심 내용이 공간과 인물, 행위로 구성되어 있다는 것을 살펴보았다. 이들 작품은 삼계나 세속, 지옥의 대립 공간인 극락, 중생과 제자와 악인의 대립 인물로서 삼세 제불이나 아미타불, 이참이나 수행에 대립적인 염불을 내세워 강조하고 있다. 그래서 부처의 가르침에 따라 염불이라는 행위를 함으로써 극락이라는 이상 공간으로 나갈 수 있다는 것을 강조하는 것이 '왕생 가류 불교가사'의 핵심 내용이다. 이런 권유의 내용을 따름으로써 왕

---

10) 『大方等大集月藏經』의 略名. 高齊의 那連提耶舍 번역. 『大集經』, 六十卷 중에 第四十六부터 五十六의 月藏分 十一卷임. 월장은 보살의 이름. 月藏菩薩은 西方에서 와서 方等의 妙理를 說한 사람.('月藏經', 『韓國佛敎大辭典』, 5卷, 同編纂委員會, 105쪽)

생가류 불교가사는 정서적으로 유루락(有漏樂)이 아니라 무루락(無漏
樂)[11]을 얻게 되며, 주린 배가 포만하고 마른 목이 해갈이 되며[12] 무상
(無常)함이 상주(常住)함으로 전환되는[13] 현상이 나타나기도 한다는 염
불 왕생의 효과를 대조적 이원적 세계를 통하여 강조하고 있다.

2) 일원 지향의 내재성

구체적 현실의 모습을 대립적으로 드러내고 교화를 위한 방편을 사
용하기는 했으나 궁극적으로는 이원대립의 두 세계가 따로 있는 것이
아니라 하나의 진리라는 것을 말하려는 보다 근본적인 작가의 의도가
이들 왕생가류 불교가사의 이면에 고루 내재해 있다. 수많은 대립과
사연의 소개가 마침내는 여기에 이르기 위한 긴 여정이라는 것을 암시
하는 일원적 세계 인식을 내비치고 있다.

(11) 자성외에 극락업고 극락외에 자성업네
내마음이 아미타요 아미타가 자성일세 (중략)
한방안에 일천등불 광명각각 편만하되 서로서로 걸림업네
이마전지 이르오면 사바극락 둘아니요　　　　　〈권왕가〉
마음밧게 극락업고 극락밧게 마음업서　　　〈석문의범본몽환가〉

---

11) 有漏는 번뇌의 異名. 煩惱의 事物을 含有하였으므로 有漏라함. 一體世間의 事體
는 모두 有漏法이 되고 煩惱의 出世間의 事體를 여의는 것은 모두 無漏法이 된다
('有漏', 『韓國佛敎大辭典』, 5卷, 同編纂委員會, 147쪽). 이 표현은 〈조선서왕가〉에
보이는데 쉽게 말하자면 세간의 즐거움은 유루락, 출세간 혹은 극락의 즐거움은
무루락이라는 의미이다. 세간의 즐거움은 상대적이라서 즐거움에 반드시 슬픔과
같은 부정적인 국면이 따르지만 출세간의 즐거움은 절대적이라서 즐거움만 있다는
말이다. 그래서 이 작품에서는 교시를 따르면 무루락을 얻는 효과가 있다는 것을
강조하고 있다.
12) 〈권왕가〉, 〈천혼극락가〉.
13) 〈권왕가〉.

　　동공발심 대원으로 허송세월 하지안코　　　　　　　〈학명선사왕생가〉

(12) 자성불을 모셨건만 어느날에 차자볼가　　　〈조선가요집성본서왕가〉
　　범부성인 따로업서 처처극락 현전하고 염렴미타 출세로다　〈권왕가〉
　　세속범부 마음이오 제불성인 마음이라
　　턴지면목 둘아닌데 집착하면 길닯으오　　　　　　　〈용성선사왕생가〉

　(11)에서 〈권왕가〉를 보면 자성이 바로 극락이라고 하고 자성은 바로 아미타이며 내 마음이라고 말하고 있다. 그리고 이어서 '사바와 극락이 둘이 아니라' 하나라고 말하고 있다. 본질의 차원에서 자성과 극락, 공간적 차원에서 사바세계와 극락세계가 하나라는 것이다. 이원적 세계가 아니라 일원적 세계라는 것을 분명히 말하고 있다. 이것은 염불 삼매에 들면 얻을 수 있는 결과로서의 세계임을 '염불 삼매 성취하야 전후삼제 끈처지고 인아사상 문어지면 십만억토극락세계 자심중에 낫하나고'라고 하여 매우 논리적으로 언급하고 있다. 자성과 공간, 또는 사바와 극락 두 개의 공간이 하나라는 것을 말한 것이 〈권왕가〉라면, 〈석문몽환가〉에서는 마음과 극락을 일원적으로 파악하고 있다. '마음밧게 극락업고'라는 말은 마음이 극락이고 극락이 곧 마음이라는 것을 의미한다. 공간 개념인 극락이 바로 마음이라는 주장을 하고 있는 것이다. 그리고 〈학명왕생가〉에서도 '유심정토'라고 하여 마음이 바로 극락정토임을 말하고 있다. 하루바삐 아미타불을 염불하면 유심정토가 현전한다는 것을 위 인용문과 같이 표현하고 있다. 즉 형상 없는 자성이나 마음이 바로 극락이라는 공간과 일치한다고 하여 공간의 차원에서 일원적 세계 인식을 표현하고 있다.
　(12)에서 〈조선서왕가〉에서 자성불이라는 표현을 하여 자기의 성품이 곧 부처라는 인식을 표현하고 있다. 그러나 이 문장 앞부분의 언급

에서 '일생이 얼마관대 염불한번 아니하고 세간만 탐착하야' 자성불을 모시고 있으면서도 찾지 않는가라는 한탄을 하고 있다. 여기서 자기 성품이 바로 부처라는 것을 염불의 전제로 하고 있다는 것을 알 수 있다. 이어서 〈권왕가〉에서는 범부(凡夫)와 성인(聖人)이 따로 없다고 하여 이 둘이 본래 하나임을 말하고 있다. (11)에 인용한 〈권왕가〉와 같은 전제 아래서 나타난 현상이 바로 (12)의 〈권왕가〉 인용 부분이다. 즉 〈조선서왕가〉에서 전제한 자성불을 잊고 있다가 염불을 거침으로써 범부와 성인이 일치하는 일원적 세계가 현현하는 것으로 말하고 있는 것이다. 〈용성왕생가〉에서는 이런 과정을 더 구체적으로 표현하고 있다. 인용문에서 범부와 성인이 모두 마음으로 귀결되어 천진한 면목은 둘이 아니라고 명백하게 표현하고 있다. 그러나 집착을 하면 길이 달라진다고 하여 범부와 성인이 나누어져 둘이 된다는 것을 말하고 있다. 범부와 성인이 모두 마음이라서 하나라는 일원적 세계 인식 역시 이 인용문 앞에서 '어서어서 념불하여 왕생극락 하올적에'라고 하여 염불이 전제되어 있다. 즉 이 작품에 보인 범부와 성인이 마음이라는 기준에서 하나가 되는 것 역시 염불을 통하여 마음을 맑혔기 때문에 나타난 현상으로 말하고 있다. 인물과의 관계에서 중생이 곧 부처라는 핵심적인 말을 한 것이 바로 인용문 (12)라고 할 수 있는데 양자가 하나가 되는 데는 역시 마음이 개재해 있다. 마음을 쓰기에 따라 하나가 되기도 하고 둘이 되기도 하지만 본래는 하나이며, 이 하나라는 것이 염불을 통하여 확인되는 것임을 분명하게 말하고 있다. 앞 절에서 다른 수행법과 대비하여 염불이 우수하다고는 했지만 부처와 중생을 근본적으로 다른 두 존재로 나누어 놓고 염불 수행을 하는 것이 아님을 명쾌하게 드러냈다. 마음, 극락, 부처가 하나이며 특히 범부와 성인, 중생과 부처가 하나라는 것은 염불 수행의 전제이면서 결과로 도출되는 것이어서 이원 대립적 세계관의 이면에 일원적 세계 인식이 내재하고 있는 것이 염불가류 불교가사에 나타난 세계인식의 중요한 특징이라고 할 수 있다.

4. 왕생가류 불교가사의 표현과 세계인식

이 장에서는 불교가사에서 왕생을 주된 내용으로 하는 작품들을 왕생가류 불교가사라는 하위 유형으로 분류하고, 이들 작품이 표현 방식이나 세계인식 상에서 공유한 특징의 그 구체적 내용을 논의해 보았다.

표현 방식에서는 문장 사용과 수사법 구사에 대하여 논의하였다. 서법상의 문장들이 사용된 정황을 살펴보았는데 평서문은 불교의 관점에서 바라본 중생의 모습이나 불교의 교리, 중생의 귀의 대상인 부처의 존재를 객관적으로 말할 때 사용했고, 의문문은 질문하는 일반 의문문이 아니라 반문과 수사의문문이 중심이었는데 중생의 한계나 그 귀의처인 부처를 칭송하고, 수행을 강조하기 위하여 사용했다. 그리고 감탄문은 무상함의 괴로움을 한탄하거나 극락세계의 장엄함을 찬탄하는데 주로 사용하였고, 청유문이나 명령문은 극락이라는 이상 세계로 나갈 것을 권유하거나 구체적으로 실천할 일, 하지 말아야 할 일을 하거나 말도록 명령할 때에 주로 사용하였다. 서법상 다섯 가지 문장 가운데 의문문과 감탄문을 전체 문장에서 각각 30% 가까이 가장 많이 사용하여 긍부정의 세계를 강조하거나 정서적 충격을 주고 평서문은 불교 교리와 같은 사실을 객관적으로 표현하는 데에 사용했고, 청유문과 명령문은 이상 세계로 함께 나갈 것을 요청하거나 그러기 위해 필요한 여러 가지 구체적 덕목을 실천하도록 명령하는데 주로 사용했다.

그리고 수사법의 사용 실태를 논의해 보았는데 왕생가류 불교가사 작품에 가장 두드러진 수사법이 대조법이고 다음으로 비유법, 병렬법 등이 많이 구사되었다. 대조법은 세간 안에 존재하는 선과 악, 하열심과 아만심 등의 대립 항을 표현하는 데도 일부 사용되기는 하였으나 주로 세간과 출세간 즉, 사바와 극락의 가치를 대조적으로 표현하는데 주로 사용되었다. 사바와 극락, 중생과 부처 등의 대립적 가치를 드러내기 위하여 양자와 관련된 사항들을 주로 대립적으로 표현하였다. 그리고 비유법은 세속 현실의 무상함을 나타내기 위하여 잠, 달팽이 뿔, 화살 등과 같은 비유적 용어를 빌려 사용됐다. 미망을 잠에, 인생과 시간의 무상함을 달팽이 뿔이나 화살에 비유한 것이 그것이다. 그리고 이 유형의 작품들은 유사한 사실을 반복하여 병렬의 방법을 사용하기도 했는데 〈왕생곡〉에서는 몸이 무상하다는 증거를 같은 문장 구조를 나열하여 보여주기도 하고, 〈육갑원불가〉에서는 지옥의 여러 가지 종류를 단락 단위로 나열하는 방법을 사용하기도 했다. 그리고 〈권왕가〉의 경우에는 극락에 온 사람이 극락에 오게 된 연유를 여러 단락을 반복하여 말하기도 하여 단락 수준에서 병렬법을 구사하였다. 즉 부정적 사례와 긍정적 사례를 다양하게 반복하여 부정적인 것과 긍정적인 것의 실상을 깊이 이해시키고 세뇌하여 독자로 하여금 긍정을 지향하려는 믿음을 갖게 하려는 의도를 병렬법으로 구현했다.

　다음은 이러한 문장 사용의 방식과 수사법 구사를 통하여 보여준 작가의 세계 인식을 살펴보았는데 대조적인 두 가지 긍·부정적 세계를 가장 실감나게 드러내고 있다. 표현 방식을 통하여 주로 표면적으로 부각하고자 한 세계는 실제 사바와 극락으로 대표되는 두 대립 항이다. 부분적으로 사바세계 내의 사항들을 대립 항으로 나타내기도 했으나 대부분은 사바와 극락세계의 대립이 중심이다. 대립 항은 이 세계를 구성하는 다른 핵심 요소들의 대립을 당연히 수반하고 있었다. 사바와 극락이라는 배경 공간의 대립에 중생과 미타라는 인물 형상의 대립, 세간 탐착과 염불 수행이라는 행위의 대립이 함께 드러나 있었기 때문이다. 여기에 더하여 이런 대립에 부수하는 효과로서 유루락과 무루락, 굶주림과 포만, 목마름과 해갈, 무상함과 상주함이라는 각종 현상의 대립을 동시에 보여 주기도 했다. 이런 이원 대립의 세계 인식은 사바의 부정적 세계를 거부하고 주로 염불을 통하여 극락이라는 긍정적 세계를 지향하도록 유도하려는 의도와 연관되어 있었다.

일반적으로 왕생가류 불교가사는 염불을 중요한 수단으로 사바 세계에서 초월적 극락 세계로 가게 하는 단순한 내용일 듯한데 실제 그렇지 않았다. 이원대립의 차원에서 사바를 버리고 극락을 지향하는 겉모습을 보여 주기는 하였으나 염불을 지극하게 하면 사바가 극락이고 중생이 부처라는 것을 깨닫게 된다는 말을 하였다. 그런데 사바와 극락, 중생과 부처가 하나라는 이런 일원적 세계 인식의 기반은 본래부터 가지고 있었다는 전제가 나타나 있다. 자성불을 스스로 모시고 있었는데(〈조선서왕가〉) 이것을 잊고 있다가 염불을 하게 되면 나누어진 것처럼 보이던 사바와 극락이 본래 하나라는 것을 발견하게 된다는 말이다(〈권왕가〉〈석문몽환가〉〈조선서왕가〉〈용성왕생가〉). 따라서 사바와 극락으로 대표되는 이원 대립적 세계 인식의 기저에는 사바가 극락이고 중생이 바로 부처라는 일원적 세계 인식이 근원적으로 내재해 있다는 것이 왕생가류 불교가사에 나타난 세계 인식의 중요한 특징이다.

이 장에서는 왕생가류 불교가사가 표현 방식과 세계 인식의 기준에서 보여주는 특징을 살펴보았는데 이로써 불교가사 다른 유형의 작품들도 각기 고유한 특성을 보여 줄 개연성이 높다는 것을 알 수 있다. 왜냐하면 불교가사의 각 유형은 각기 특별한 불교의 종교적 국면과 연관되어 있고 각 국면에서는 특정한 목적을 반드시 달성해야 하기 때문에 여기에 기여한 유형별 불교가사는 그 유형만의 특징을 가질 수밖에 없기 때문이다. 왕생가류 불교가사 작품들이 염불을 통한 수행을 추동하려는 목적이 강하기 때문에 그 결과 극락에 이를 수 있으며 그것은 바로 현세에 성취할 수 있다는 것을 보일 필요가 있었다 하겠다. 이원적이면서 일원 지향적 세계 인식을 보여 주는 것도 그 때문이라고 할 수 있다.

제6장 토굴가류 불교가사의 갈래 성격과 이념 지향

1. 토굴가류 불교가사

불교가사는 가사 발생 시기부터 20세기에 이르기까지 창작되고 향유되면서 전체 가사 문학사에서 중요한 자리를 차지해 왔다. 이는 불교가사가 종교가사의 한 하위 갈래라는 단순한 지위를 넘어 가사 문학 일반의 이해에 중요한 열쇠 역할을 할 수 있는 가능성을 가지고 있기 때문이다. 불교가사의 이런 특성을 드러내고 이해하기 위해서는 특정 작가의 개별 작품을 깊이 있고 세심하게 다루는 불교가사 작가론, 작품론을 거론할 필요도 분명히 있으면서 동시에 불교가사 문학을 더 거시적 관점에서 유형별로 묶어서 유기적으로 논의할 필요가 있다.

불교가사의 하위 유형은 기준에 따라 다양하게 나누어 볼 수 있는데 불교가사 작품 존재 현상에 근거하고 불교 공동체의 운행 방식을 서로 연관하여 살필 수 있다. 이 장에서 논의하고자 하는 토굴가류 불교가사1)는 수행(修行)의 종교인 불교가 수행을 위하여 특정 공간을 찾아가

---

1) 토굴가류 불교가사는 작품의 내용에 시적 화자가 토굴을 마련하고 수행을 하는 과정만을 담고 있거나 이런 내용과 함께 포교 등의 내용도 함께 담고 있는 작품을 포괄하는 개념으로 사용하고자 한다. 이런 개념에 부합하는 작품을 보면 〈귀산곡〉, 〈영암화상 토굴가〉, 〈태고화상 토굴가〉, 〈토굴수제염불〉, 〈삼연선생염불가〉, 〈나

거나 마련하고 실제 수행을 하는 과정과 수행의 결과 얻은 깨달음의
기쁨 등을 노래하는 불교가사 하위 유형의 작품이라고 할 수 있다. 그
런데 토굴가류는 작품 성격이 그렇게 단순하지 않다.[2] 토굴가류 가사
에서 토굴은 수행 공간이기만 하여[3] 작품에서 수행자의 수행 과정과
결과 등이 단순하게 드러날 것 같은데 교시의 문제까지 동시에 개입되
면서 작품은 더 복잡한 양상을 띤다. 불교가사는 다른 불교의 경전과
다르게 전승되는 과정에서 새로운 내용이 개입되기도 하고 같은 소재
의 다른 작품을 창작하기도 하여 한 유형 안에서의 불교가사 작품도
매우 복잡하고 다양한 성격을 가지게 되었다.[4]

옹화상증도가〉, 〈입산가〉 등 7편이 있다. 〈나옹화상증도가〉의 경우 제목을 달리하
는 이본이 두어 작품 더 있으나 여기서는 하나의 작품으로 보고 논의를 진행하고,
〈삼연선생염불가〉는 다른 토굴가의 편린에 불과하여 다루지 않는다. 지금까지는
토굴가류 불교가사 유형에 대한 연구는 없고 〈토굴가〉 개별 작품에 관한 연구가
일부 이루어졌다. 대표적인 논의로는 "〈토굴가〉 전승의 경로와 문학사적 의의(김
종진, 『우리어문연구』, 제25집, 우리어문연구회, 2005, 429~454쪽)"와 "太古和尙,
〈土窟歌〉, 攷(李惠和, 『漢城語文學』, 제6집, 漢城大學國文學科, 1987, 29~45쪽)"
를 들 수 있다.

2) 불교가사의 유형은 기준에 따라 여러 방향에서 복잡하게 나누어 볼 수도 있겠으나
불교 공동체의 존재 방식에 따라 유형을 나누는 것이 작품의 실상을 드러내고 이해
하는데 수월하다. 또한 현재 존재하는 불교가사는 이런 현장의 여건에서 생산되고
향유되었기 때문에 더욱 그러하다. 토굴가류라는 말에서 나오는 토굴 수행은 불교
공동체의 여러 활동 가운데 중요한 하나의 활동이다. 예외도 있겠으나 대부분은
집단적 수행을 하다가 다시 개별적 수행을 할 때 토굴이라는 공간을 마련하게 된
다. 그래서 토굴이라는 용어를 사용하고 실제 토굴에서 이루어지는 수행 생활을
보이고 있는 작품은 여기에 포괄된다. 그리고 이런 내용과 함께 교시에까지 나간
작품도 같은 유형 안에서 중대한 변화를 보이는 사례가 되기 때문에 이 유형에 포
괄해야 할 자료라고 할 수 있다. 따라서 토굴가류 불교가사는 연구를 위한 불교가
사 하위 유형으로도 매우 적절하다고 판단했다.

3) 〈영암화상토굴가〉에서는 토굴의 개념을 수행의 물리적 공간에 그치지 않고 교시
의 공간이면서 不動하는 마음이 토굴이라 하면서 참토굴은 心性 가운데 있다는 데
까지 확대해석한다.

따라서 본고에서는 토굴가류 불교가사의 복합적 성격을 드러내기 위하여 우선 갈래적 성격이 어떠한지 유형내 작품을 상호 비교하면서 논의하고자 한다. 그러면서 불교가 종교 사상이기 때문에 존재에 대한 인식과 교시에 있어 어떤 이념적 양상을 보이고 있는지도 살피고자 한다. 이런 논의의 과정에 토굴가류 불교가사와 상호 교섭된 다른 유형의 작품이나 유형과 유형간의 상호 질서에 대한 언급도 부분적으로 하게 된다. 이런 논의 과정에 다룬 자료는 해당하는 문집5)과 이를 일괄적으로 정리한『불교가사 원전연구』6)이다.

2. 토굴가류 불교가사의 갈래 성격

토굴가류 불교가사는 갈래 성격이 단순할 것 같으나 실제 이 유형에 속하는 작품을 전체적으로 살피면 그렇지 않다. 토굴이 수행자 혼자서 수행하는 공간이기 때문에 수행의 과정에서 겪는 시적 화자의 일상이나 정서가 중심 내용을 차지하여 서정적 성격이 중심일 것으로 예상되나 이 유형의 작품에 표현된 정서 자체의 내적 성격이 변화하고, 이런 수행 생활과 정서를 담은 원초적 〈토굴가〉의 모습에서 벗어나 시적 대상 인물을 향해 교시라는 목적을 달성하려 함으로써 작품은 교술적 성격을 갖기에 이른다.7) 그래서 서정 갈래의 성격을 주

---

4) 불교가사는 구전되거나 전사되면서 작품들 간에 내용이 서로 섞이고 추가, 축소되는 등 변화를 거듭해 왔다. 같은 작품의 이본이 여럿 발생하는 이유도 그 때문이라 할 수 있다. 불교가사 전승에 대해서는『불교가사의 연행과 전승』(김종진, 이회, 2002)을 참고할 만하다.

5) 침굉,『枕肱集』(동국대학교본)/ 나옹,『나옹록』, 장경각, 2001.

6) 임기중,『불교가사 원전연구』, 동국대학교 출판부, 2000.

7) 작품 창작의 배경이나 동기 등에서 토굴가류 불교가사는 개인적 체험과 정서만

로 보여 주는 작품이 있는가 하면 교술의 성격을 보여 주는 작품이
나타난다.[8]

1) 서정 갈래적 성격

서정은 시적 화자가 자신의 정서를 작품에 표현할 때 나타나는 성격
이다. 토굴가류 불교가사에서 시적 화자는 자기 생활을 보여 주는 과
정에 심정을 토로함으로써 서정적 성격을 분명하게 보여 주고 있다.
서정적 성격을 보여주는 작품의 해당 부분을 들어가면서 논의를 계속
하고자 한다.

  (1) 靑山林 지푼고디 一間茅屋 지여두고
      松門을 半開ᄒ고 石庭에 徘徊ᄒ니
      綠楊春 三月下에 春風이 믄득부니
      庭林에 자빅화(紫白花)ᄂᆞᆫ 處處에 퓌엿시니
      風景도 조컨이와 物象이 더욱조타[9]　　　　　　　〈나옹화상증도가〉

  (2) 슬프다 싱각거든
      世間은 崢嶸ᄒ야 貪愛로 일삼거늘
      靑年의 斷髮ᄒ야 物外예 뗴혀안자
      名花香葉을 슬토록 주어 먹고
      石隙의 淸水를 거스리 주여 마셔

표현할 것으로 예상할 수 있으나 실제 독자를 향한 교시를 내용에 담으면서 교술적
성격까지 갖게 되었고 양자의 성격을 대변하는 두 부류의 작품만 있는 것이 아니라
서정과 교술 양 극단의 중간에 작품들이 일정한 숫자로 분포함으로써 작품마다 두
성격을 가진 비율이 각기 달라서 성격상 단순하지 않고 다양성을 연출하였다.
8) 서정과 교술이라는 이항 대립적 논의로 인하여 연구가 이분법적인 듯하나 서정과
교술의 두 가지 성격이 하나의 작품에 구현되면서 연출하는 다양하고 구체적 성격
을 구명하는 작업이기 때문에 실제 이 연구는 유기적이라 할 수 있다.
9) 작품의 원전에 충실하면서 이해를 돕기 위해 한자는 밝혀 적었다. 이하 동일.

淸貧을 樂을 사마 이러구러 지나리라
아보소 淸白家風을 나는 인가 ᄒ노라   〈귀산곡〉

위 두 인용문은 각각 그 해당 작품의 처음과 끝 부분이다. (1)은 시적
화자가 '一間茅屋'을 지어 놓고 주변을 배회하면서 '春風'을 맞고 '자빅
화(紫白花)'를 구경하면서 '風景'과 '物象'을 좋아하는 내용으로 되어 있
다. 즉 이것은 시적 화자가 토굴을 지어 놓고 살아가는 자연 친화적
삶을 즐거워하는 내용이다. 이 작품의 시적 자아는 자신의 생활과 거
기서 일어나는 감흥을 노래하고 있다. 여기에 나타난 정서가 인간의
순수한 기쁨이라는 점에서 감성적 정서이다.[10] 자연 속에서 시적 화자
가 얻은 이러한 기쁨은 불교가사가 아닌 사대부가사에서 자연 속에 살
아가는 소박한 생활을 노래한 은일 가사와 크게 다름이 없다.[11]

이런 감성적 정서를 표현하는 경우는 시적 화자가 자신의 출가 입산
의 생활과 정서를 읊은 다른 작품에도 공통적으로 나타난다. 〈귀산곡〉
에서 '일납단표(一衲單瓢) 드러메고 청산리(靑山裏) 한간변(閑澗邊)의/
넌즛넌즛 혼자드러 석창라황(石窓蘿幌)의 고락(苦樂)을 수연(隨緣)ᄒ야'
라고 할 때 괴롭고 즐거움은 산촌의 자연 생활에서 얻은 시적 화자의
감성적 정서이다. 이런 면모는 백용성의 〈입산가〉에 더욱 분명하게 나
타난다. '千事萬念 다 덙이고 江湖上에 放浪하며/ 山林 中에 隱逸하여

---

10) 인간의 정서는 크게 몇 가지로 나누어 볼 수 있다. 喜怒哀樂의 인간 일반 정서를
   감성적 정서, 불교 수행을 통한 깨달음에서 얻는 법열적 정서, 어떤 문제에 대한
   비판이나 지향을 나타내는 의지적 정서 등으로 나눌 수 있다. 정서라고 하면 당연
   히 감성적 정서를 지칭하는 것으로 보고 있으나 정서에 대한 세밀한 논의를 위하여
   실제는 이와 같은 구체적 구분이 필요하다고 본다.

11) 자연 속에서 얻은 휴식과 여유를 통해서 얻은 기쁨은 근본 동기가 무엇이었든 동일
   하기 때문이다.(〈8. 3. 4. 사대부가사〉(『한국문학통사』 2권, 제4판, 2005, 310~318
   쪽) 참고.)

逍遙自在 놀아보세'라고 하여 이 글의 시적 화자는 입산하여 세상의 시념(事念)을 던져버리고 자연에 은일(隱逸)하여 자유롭게 살아가려는 뜻을 분명하게 드러내고 있다. 그래서 서정적 갈래 유형에 속하는 작품에서 시적 화자가 수도를 통하여 깨달음을 얻기 전까지 자연 속에 살아가며 누리는 기쁨이나 괴로움 등의 정서는 감성적이기 때문에 그런 감성적 정서를 표현한 이 유형 소속의 작품은 서정성을 갈래적 성격으로 얻었다고 할 수 있다.

(2)는 시적 화자가 간화선을 통한 불교적 깨달음을 얻은 뒤에 살아가는 자신의 삶을 읊은 내용으로 되어 있다. 문맥으로 보아 '슬프다'는 말은 그 다음에 이어 나오는 '貪愛로 일삼는 世間'을 두고 가진 시적 화자의 심정이다. 그런데 실제 시적 화자 자신이 가진 심정은 '淸貧을 樂을 사마 이러구러 지나리라'에 나타난다. 맑고 가난한 것을 즐긴다는 말이다. 탐애로 살아가는 세간 시적 대상 인물들의 삶은 슬퍼해 주면서, 가난으로 일관한 시적 화자 자신의 삶은 즐거움으로 그리고 있다. 진리를 깨달은 입장에서 볼 때 탐애에 얽매여 고통 받으며 살아가는 사람은 보기에 슬프다는 것이고, 여기서 벗어난 자신은 비록 현실적으로 풍요롭지 않지만 그런 고통을 넘어서 있어서 즐겁다는 표현을 하고 있다. 따라서 여기서 세간을 슬프게 본 것은 남을 불쌍하게 여기는 감성적 정서라면 청빈을 즐거워하는 것은 감성을 넘어서 진리를 깨달은 입장에서 얻은 법열적 정서라고 할 수 있다.

(2)번 이외 이 부류에 속하는 다른 작품에서도 법열적 정서가 표현되고 있다. 〈나옹화상증도가〉의 경우 '皎皎한 夜月下에 圓覺山 션듯 올나/ 無孔笛을 빗겨불고 沒絃琴 노피타니/ 無爲自性 眞空樂이 이즁의 가잣더라'라고 하여 '圓覺'의 깨달음을 얻고 나서 '眞空樂'을 가지게 됐다고 읊고 있다. 이 즐거움은 진리를 깨달은 데서 얻은 법열의 정서

이다. 그리고 〈입산가〉의 경우도 법열적 정서를 표현하고 있는데 '盡
世界가 風流하고 渾天地가 歌舞하니/ 迦葉尊者 춤추듯이 나도 한 번
추어보세'라고 읊고 있다. 시적 화자는 온 세상이 풍류를 놀고 온 천지
가 노래하고 춤춘다고 하면서 나도 춤을 추겠다고 하였다. 이 부분 역
시 시적 화자가 깨달음을 얻은 뒤에 누리는 법열을 표현하고 있다.

이 유형에 속하는 작품들은 처음 입산하여 단순히 산이라는 자연 환
경속에 사는 일상의 기쁨이라는 감성적 정서를 표현하는 데서 시작하
여 수행과 깨달음을 거치면서 얻게 된 진리 체험의 기쁨 즉 법열적 정
서를 작품의 후반부에 표현하는 데까지 나아가고 있다.

따라서 (1), (2)와 같은 하위 유형의 작품은 모두 시적 화자가 자신의
생활과 정서를 표현하는 공통점을 가지고 있다. 시적 화자가 일관되게
자신의 생활과 그에 근거하여 발생한 감성적, 법열적 정서를 시적 자
아 성격의 변화 없이 표현하고 있기 때문에 내용이 단순하여 실제 (1)
번 작품은 30행, (2)번 작품은 39행 정도로서 단형으로 작품이 마무리
되고 (2)와 유사한 개념의 작품인 백용성의 〈입산가〉도 30행 정도의
짧은 형태를 보인다. 즉 이것은 작품 전체의 내용 전개가 어떤 계기로
출가 입산하여 즐겁거나 괴로운 은일적 생활을 시작하고, 일간모옥의
토굴을 조성하고, 수행하여 깨달으며, 깨달은 뒤에 누리는 자유로움과
기쁨을 노래하는 공통된 흐름을 가지고 있기 때문에 나타난 현상이다.

정서를 직접 드러낸 인용문에서 다루지 않은 부분을 더 살펴보면
〈나옹화상증도가〉의 경우 입산의 동기가 나타나지 않지만 〈귀산곡〉
의 경우 세간 부귀공명의 無用함이나 출세간의 그릇된 수행 풍토 등
이 구체적 출가의 동기로 나타나고, 〈입산가〉의 경우도 '이 時代가
어느 땐고/ 大覺 셩존 末法이오 五濁惡世 苦海로다/ 佛前 佛後 우리
人生 可憐하고 불상하네/ 生活難과 鬪爭難이 四海 명불 료량하니/

苦海 中에 빠인 중생 걸을긔약 茫然하네'라고 하여 五濁악세의 말법 시대에 고통에 빠진 중생의 삶이 출가 입산의 동기로 나타난다. 실제 〈귀산곡〉의 경우 '呵呵呵 錯錯子아 네 엇지 錯錯혼다/ 浮生이 一夢이 오 萬富도 如雲이다/ 부귀공명 榮利財貨 엿보와 어대쓸다'로 시작하 여 세간의 부귀공명이 쓸데 없다는 것이 출가의 첫째 이유이고, 이어 진 내용을 보면 '十二예 出家ᄒ야 十三에 爲僧ᄒ야/ 畵閣 高堂의 恋 意히 안닐며 玉軸金文 주어 보딘/ 說食飢夫 기리도여 念佛參禪 우히 너겨 外事만 쏘로는다 '라고 하여 일차 출가 뒤에 불교 본연의 수행인 염불이나 참선을 도외시하고 玉軸金文의 문장 찾기와 음식 말하는 굶 은 사나이처럼 하여 바깥 일만 추구했다는 것을 자기의 구체적 재출 가의 동기로 표현하고 있다.

그리고 출가하여 토굴을 마련하고 수행하는 과정은 이 부류에 해당 하는 작품들이 모두 보여 주고 있다. (1)의 경우 시적 화자가 자신이 체험한 이 과정을 '긔중의 무슴일이 世上에 最貴한고/ 一片無爲 珍寶 香을 玉爐에 쏘즈두고/ 寂寂한 明窓下의 외로이 혼즈안즈/ 十年을 期 限ᄒ고 一大事을 窮究ᄒ니/ 曾前에 모르던일 今日에야 알이로다'라고 서술하고 있다. 10년의 기한을 정해 놓고 일대사를 궁구하는 수행을 하여 모르던 것을 알게 됐다고 술회하고 있다. (2)의 경우를 보면 시적 화자가 자신의 수행 과정을 더 구체적으로 표현하고 있다. '趙州霜劍 빈기 안고 閑暇히 누원는양/ 明月 滄海底의 沙伽羅 大龍이 如意珠를 빈기 믄듯/ 無常을 즈로 깨쳐 着意工夫ᄒᄂ 즛슨/ 春風廣野外예 馹騎 千里馬 鞭影을 도라본듯'이라고 하여 화자 자신은 조주와 관련된 화두 를 참구하는 공부 과정을 말하고 있다.

위에서 살폈듯이 출가의 동기, 출가 입산, 수행, 깨달음, 깨달은 뒤의 기쁨 등 시적 화자 자기 자신이 실천해온 행위와 정서를 자기 목소리로

일관되게 표현하는 데서 토굴가류 불교가사의 서정 갈래적 성격이 분
명하게 드러났다. 그런데 여기서 표현된 정서는 구체적으로 감각적 정
서에 그치지 않고 깨달음의 결과 얻어지는 법열적 정서에까지 나감으
로써 감성적 서정 표현에 치중한 여타 가사와는 달리 서정의 폭이 확대
되었고 시적 화자가 경험한 법열적 정서는 단순한 표출에 그치지 않고
고통에 빠져 있는 중생에 대한 연민과 교화 활동으로 나아갈 수 있는
원동력 역할을 하였다. 여기서 시적 화자가 실제 중생을 향해 나아갔을
때 타자인 중생을 가르치는 교시에까지 나서게 되는데, 법열적 정서를
담은 서정 계열의 작품은 같은 토굴가류 유형 안에서 교술이라는 갈래
적 성격을 달리하는 작품을 산출하는 기반 역할을 하기에 이른다.

2) 교술 갈래적 성격

 토굴가류 유형에 속하는 불교가사 작품은 앞 절에서 보여 준 것과
같이 시적 화자의 생활이나 정서만을 표현하지 않고 시적 대상 인물[12]
을 향하여 일정한 교시를 내리면서 교술적 성격을 보이는 작품이 나타
난다. 작품의 기본 구도에서는 앞 절의 작품과 같은 전개 구도를 보이
면서도 작품 내 기본 단락 사이사이에 교시와 관련된 다른 내용을 삽
입함으로써 전체적으로 작품이 길어지고, 시적 화자의 입장도 자기 표
현의 수행자와 시적 대상을 교시하는 교시자라는 다른 성격의 시적 화
자가 교차되면서 나타난다. 따라서 여기서 다룰 작품들은 서정 갈래적
성격을 바탕에 깔고 있으면서도 교술 갈래적 성격을 공유하는 특징을
보여 준다. 실제 해당 작품을 들면서 논의를 계속하고자 한다.

---

12) 시적 화자의 상대되는 인물로서 이 유형의 작품에서는 교시의 대상인 몇 가지 다
   른 이름의 중생으로 나타난다.

(3) 여바라 豪傑들아 四大가 强剛하고
　　六根이 頑固할 제 夢幻世界 貪着말고
　　善知識을 親見하여 徑截門에 바로 들어
　　活句參禪 하옵다가 廓徹大悟 見性하야
　　夢幻三昧 證得하사 毘盧華藏 普陀極樂
　　衆生苦樂 夢幻인줄 正正히 信하오며
　　夢幻三昧 貪着말고 一切衆生 因緣따라
　　恒沙世界 드나들며 되는대로 건저보소　　　　　　〈태고화상토굴가〉

(4) 꿈을씨쇼 꿈을씨쇼 이거시 糧食이라
　　먹은후의 토치마소
　　眞心不忘 銘心ᄒ야 노는입의 염불ᄒ쇼
　　나무아미타불 彌陀佛 발원ᄒ되
　　發願을 眞心ᄒ여 阿彌陀佛 염쥬슈(念珠數)요　　　〈토굴수제염불〉

(3)은 〈태고화상토굴가〉 전체 작품 가운데에서 맨 앞 서두에서 생사 윤회에 빠진 중생의 현실을 말하고, 다음은 입산하여 토굴을 마련하고, 이어서 일체가 夢幻이라는 고인의 말을 빌려오고 난 다음에 제시된 내용이다. (3)을 자세히 보면 먼저 시적 대상 인물인 '豪傑들'을 부르는 것으로 시작하여 뒤에 이어진 내용은 수행 과정과 중생 구제의 과업을 실천할 것을 명령하는 것으로 되어 있다. 그 구체적 내용을 보면 몽환세계를 탐착하지 말 것, 선지식을 친견할 것, 경절문에 들어 활구참선을 할 것, 확철대오 견성하여 몽환삼매를 증득하고, 바르게 믿고, 몽환삼매에 탐착 말고, 항사세계에 드나들며 거기에 탐착하지 말고, 중생을 건지라고 명령하고 있다. (3)의 내용이 (1), (2)와 다른 것은 우선 시적 대상 인물인 '호걸들'에게 수행자의 일반적 출가수행과 중생제도의 과정을 따를 것을 명령하고 있다는 점이다. 즉 (3)에서 시

적 화자는 당시에 있었던 불교 수행자의 삶을 다른 사람에게 살아가라
고 명령하여 가르치고 있다. 따라서 (3)은 수행자의 일반적 삶의 과정
을 타인에게 교시하고 있어 시적 화자 자신의 생활이나 행위, 정서를
표현한 작품과는 성격이 달라졌다. (3)의 내용이 교술적인 이유가 바
로 여기에 있다고 하겠다.

교술적 성격은 교시에만 그치지 않고 불교에서 말하는 객관적 사실을
단정의 방법으로 설명하는 데서도 드러난다. (3)번 작품의 바로 앞부분
에는 10여 행 정도로 길게 〈몽환가〉의 내용을 차용하여 왕후호걸, 사대
육근, 처자권속, 대신백료, 상마거승 진보대왕, 세간 만사 등 일체가
'夢幻'이라는 것을 나열하여 설명하고 있다.[13] 그 외에도 『佛說經中』의
말이라고 하면서 환생의 어려움, 禍敗殺 면하기 어려움, 삼독에 빠지기
쉬움, 담배 피우기 등의 문제점을 나열하여 보여 주고 있다. 또 '세상사
람'이라는 시적 대상 인물에게 인간의 부귀영화가 허망하고 무상하다고
일러 주고, '청춘남아들'에게는 시적 화자의 출세간적 眞實樂이 부귀라
고 말해 주고 활구참선, 염불선을 하도록 명령하고 두 가지 수행의 가치
를 강조하는 내용으로 작품을 끝맺고 있다. 이런 일련의 내용은 이 작품
에서 시적 화자가 자신의 입산 생활, 염불과 마음 소를 찾는 수행, 스스
로 깨닫고 나서 얻은 無心이라는 山中富貴樂을 소개하는 부분을 제외하
고는 모두 타자를 향한 설명과 교시로 되어 있다. 즉 (3)은 불교 교설에
입각한 현실 인식, 염불과 참선이라는 불교 수행, 수행의 효과 등을
불특정의 '호걸들, 세상 사람, 청춘남아들'과 같은 시적 대상 인물들에

---

13) 다른 유형의 불교가사와 이런 맥락에서 교섭이 나타난다. 대중들에게 현실의 허망
  함을 가르치기 위해서 몽환가류 작품 내용을 차용해 오기도 하고, 수행 방법을 권
  고하는 과정에서 염불가류, 참선곡류 가사와 같은 특정 주제 중심의 작품으로 구체
  화해야 할 필요에서 다른 유형의 작품과 상호 연계될 가능성을 갖게 된다.

게 알려 주거나 교시함으로써 교술적 성격을 띠게 되었다. 즉 불교적 교리에 근거한 사실을 알려 주거나 특정 수행 방법, 행동을 하도록 명령하여 교시함으로써 교술적 성격을 가지게 되었다.

(4)는 이 작품 맨 앞에서부터 살펴보면 일체가 몽중이고 허망하다는 것, 출가 입산하여 수행하다가 시비와 競論이 많은 대중 생활을 떠나 재출가의 길을 나서서 '초옥한간'의 토굴을 짓고 수행을 하는 과정, 중생 제도를 제안하는 과정에 술을 금지하고 파와 마늘 먹는 것을 금지하는 말을 차례로 하고 나서 자신의 가르침을 말하고 있는 부분이다. 앞뒤 문맥으로 보아 (4)에서 말한 꿈은 중생의 꿈이니 여기서의 명령은 이것을 어서 깨라는 명령이고, 토하지 말라고 한 양식도 중생의 꿈을 깨는 일이라고 할 수 있다. 그러기 위해서는 노는 입에 염불을 해야 한다고 보고 그 실천을 명령하고 있다. 구체적 시적 대상 인물을 제시하지는 않았으나 불특정 다수 인물에게 불교에서 일반적으로 말하는 꿈을 깰 것, 염불을 할 것 등의 교시를 내리고 있다는 점에서 이 부분 역시 교술적인 성격을 분명히 보여 주고 있다.

전체 작품의 흐름에서 보면 (4)의 경우도 비슷한 양상을 보여 준다. 먼저 시적 화자가 토굴을 마련하면서 여러 선례를 길게 소개하고, 經의 말이라고 하면서 人身의 어려움, 愛慾網과 火賊 피함을 말하고, 세존과 미륵보살, 관음보살에게 '우리 국왕, 부모, 형제'를 제도하자는 제안, 三毒患을 피하고 술과 파, 마늘 금식을 강조하고, 이어서 (4)의 내용이 나오고, '세상사람'이라는 시적 대상 인물에게 '人家의 富貴貨'가 무상하고 몽중임을 말하고, 다시 '청춘소년들'에게 古老의 말을 빌려 염불선을 강조하고 시비하지 말 것과 일체가 몽중이니 嗔心을 품지 말며 孝悌忠信을 밝혀 가라고 명령하고 있다. 일련의 이런 내용은 객관적 사실이거나 경전의 내용으로서 시적 화자가 시적 대상 인물에게 어떤 내용을 알도록 설명하거나 실천을 명령하거나 권고하여 주장하는 근거로 삼고 있어서 역시 교술적 성격을 분명하게 보여 준다. 이런 교술적 내용은 역시 (3)의 경우와 마찬가지로 시적 화자 스스로가 출가 입산하고 토굴을 마련하여 살아가는 자기 생활, 염불과 좌선을 통한 수행과정, 깨달음, 깨달음의 결과로 얻은 토굴 부귀락을 소개하는 시적화자의 주관적 생활이나 정서 관련 내용이 섞여 있다.

여기에 해당하는 작품들은 전체적으로 시적 화자의 생활과 정서를 표현하면서도 작품 전개의 각 단계마다 여러 가지 다른 이름으로 지칭했으나 중생이라고 포괄할 수 있는 일반 대중을 향하여 때로는 경전이나 다른 사람의 말을 인용하여 사실을 알려주는 설명을 하기도 하고, 자기가 보여준 출가수행을 전범으로 제시하면서 이를 따를 것을 권하는 교시적 성격을 가져서 작품 전체적으로는 교술적 성격을 우세하게 띠게 되었다. 시적 화자 자신의 주관적 경험 사례를 내용에 담고 있지만 이는 사실의 설명과 주장을 통하여 교시의 효과를 극대화시키는 데에 기여하는 기능을 주로 수행하고 있기 때문이다. 경전이나 다른 사람의 권위를 빌려 사실을 설명하기도 하고 자신의 절실한 경험을 소개하면서 타자를 향해 지식을 전하거나 어떤 주장을 제시함으로써 작품이 (1), (2)에 비하여 장형이 되었고, 그에 따라 작품 내용의 전개도 더 복잡해지고 시적 화자의 목소리도 출가 수행자와 교시자의 두 가지 목소리가 교체되면서 작품이 진행되었다.

(3)번 작품이 120여 행, (4)번 작품이 220여 행, 〈영암화상토굴가〉가 200여 행에 이르러 30여 행에 그친 (1), (2)번 작품에 비하여 장형이 되었다. 이는 인용문 (3), (4)를 포괄하고 있는 두 작품이 기본적으로 (1), (2)번 작품의 뼈대를 가지고 있으면서도 작품의 전개 과정에 교술적인 내용을 많은 분량에 걸쳐 표현함으로써 나타난 자연스런 현상이다.

3. 토굴가류 불교가사의 이념 지향

앞 장의 논의 과정을 상기해 보면 토굴가류 불교가사는 가사 갈래가 가지는 복합적 성격의 근원을 설명하는 데에 매우 유용한 근거가 될 수 있다는 점을 알 수 있다. 시적 화자가 자신의 생활과 정서를 토로하는 작품군이 있었고, 이런 내용을 가지고 있으면서 시적 대상 인물을 향하여 교리와 자기 삶에 근거하여 사실을 알리고, 실천을 명령하거나 권유하여 교시하는 작품군이 있었기 때문이다. 더구나 이런 양면성이 하나의 작품 안에 유기적으로 구현됨으로써 가사의 갈래적 성격을 두고 벌어진 서정 갈래, 교술 갈래. 혹은 혼합 갈래라는 갈래 성격에 대한 많은 논란이 어디에서 근원했는지를 어느 정도 이해할 수 있도록 도와준다.

이 절에서는 앞 절에서 살핀 갈래적 성격이 구현되는 과정에서 표현된 구체적 내용의 핵심인 이념과 정서에 대하여 논의하고자 한다. 시적 화자가 자기 생활과 정서의 기저를 형성하는 근거로서의 이념이 무엇인지? 그리고 시적 대상 인물을 향하여 알리거나 가르치고자 한 사실이나 주장의 이념이 무엇인지를 유기적으로 따져 봄으로써 토굴가류 불교가사의 성격을 이념적 측면에서 밝혀 보고자 한다.

1) 존재 인식과 자기 수행의 이념

앞 절 제1항에서 서정 갈래적 성격의 작품을 살펴보았다. 이들 작품에서 시적 화자는 생활을 영위하며 어떤 이념을 스스로 구현하려는 과정에서 서정성을 획득하게 되었는지를 더 구체적으로 살펴 볼 필요가 있다. 이는 시적 화자의 기본적 지향성과 거기에서 유발되는 정서를 이해하는 단초가 될 수 있기 때문이다. 실제 작품을 들어가면서 논의를 계속한다.

(5) 아아아 錯錯子아 네엇지 錯錯흔다
   浮生이 一夢이오 萬富도 如雲이다
   富貴功名 榮利財貨 엿보와 어디쓸다
   十二예 出家ㅎ야 十三에 爲僧ㅎ야
   畵閣 高堂의 恣意희 안닐며
   玉軸金文 주어보더 說食飢夫 기리도여
   念佛參禪 우이너겨 外事만 쓰로는다   〈귀산곡〉

(6) 밝은달이 無心하여 나를빛어 無心하고
   맑은발암 無心하여 나를불어 無心하다
   의텬장검(倚天長劒) 빼어들고 五蘊山中 깊은곳에 無明業賊 벤후에
   法王宮殿 옮아가서 獅子座에 높이앉어
   八萬智慧 恒沙軍卒 金剛力士 텬룡팔부(天龍八部)
   겹겹으로 에워싸니 億萬乾坤 煌朗하다   〈입산가〉

(5)는 시적 화자의 입장에서 존재에 대한 중요한 인식을 보여 주는 부분이다. 앞장에서 갈래 성격을 설명하기 위한 근거자료로 이 부분을 인용했으나 여기서는 존재 인식의 측면에서 재론하고자 한다. 여기 인용 부분에서 중요한 존재로 거론되는 것은 '錯錯子'와 '浮生', '富貴功名 榮利貨財'이다. '착착자'는 12세에 출가하여 13세에 승려가 된 어떤 사람이다. 그런데 시적 화자는 그 사람을, 절에 두루 다니며 글이나 얻어 보고 염불과 참선을 우습게 여기고 바깥 일만 추구하는 사람으로 인식한다. 바깥일에 해당하는 것은 이 글의 문맥으로 보아 '浮生'과 '富貴功名 榮利貨財'이다. 시적 화자는 '浮生'을 한 바탕 꿈으로, '富貴功名 榮利貨財'는 엿보아도 쓸데없는, 즉 구름과 같은[如雲] 존재로 인식하고 있다.

시적 화자의 입장에서 바라본 대상의 인식은 이외에 다른 작품에서도 쉽게 찾을 수 있다. 백용성은 〈입산가〉 서두에서 '이 時代가 어느

땐고/ 大覺 성존 末法이오 五濁惡世 苦海로다/ 佛前 佛後 우리 人生
可憐하고 불상하네/ 生活難과 鬪爭難이 四海 명불 료량하니/ 苦海 中
에 빳인 중생 겄을긔약 茫然하네/ 이것저것 생각하니 피눈물이 절로
난다'라고 하여 시대와 인생이라는 것에 대한 분명한 인식을 보여 주
고 있다. 그는 '이 시대'를 말법시대, 고해로 인식하고 '인생'도 고해
가운데 빠진 건지기 어려운 중생으로 인식하고 있다.

대부분 시적 화자의 입장을 일관되게 읊은 토굴가류 작품에서 시대
나 인생 등 대상에 대한 인식을 작품의 서두에서 보여주고 있다. 그런
데 부생이 꿈이라든가 부귀공명이 뜬 구름 같이 쓸데 없다는 식의 시
적 대상 존재에 대한 인식은 기본적으로 불교의 이념에 기초한 것이
다. 이것은 일체를 공으로 보고 집착을 끊으려는 불교 가르침의 기본
전제이기 때문이다. 불교의 가장 기본 경전이라고 할 수 있는『반야심
경』의 오온개공(五蘊皆空)이나 근본불교의 가장 핵심 교리인 제행무상
(諸行無常)[14]이 그것을 말해 준다. 그런데 바로 이런 발상이 시적 화자
가 장차 입산 출가하여 토굴을 마련하여 수행하게 되는 도입의 역할을
하고 있는 것이었다. 이는 존재 인식에 있어 불교 이념의 수용이 출가
수행의 단초가 되고 있음을 보여준다.

(6)은 시적 화자가 드디어 토굴을 마련하고 수행하는 방법과 그 결
과 얻게 되는 경지를 말하고 있는 부분이다. 밝은 달과 맑은 바람이
무심하여 내가 무심하게 되었다고 하고 여기에 '의련장검(倚天長劍)'을
빼어들고 오온산 가운데 무명업의 도적을 베고 법왕 궁전 사자좌에 앉
으니 지혜와 군졸, 금강력사, 천룡팔부가 호위하고 억만 건곤이 환하
게 밝아졌다고 하였다. 시적 화자가 보인 수행 방법은 의천장검으로

---

14) 근본불교의 핵심 교리인 三法印 가운데 하나로 諸行無常, 諸法無我, 涅槃寂靜 가
운데 하나이다.

무명을 끊는 것이고 결과는 건곤이 밝아진 것이다. 여기서 의천장검은 하늘에 기댄 긴 칼이라는 말인데 표현이 역설적이고 일반적 논리에 어긋난다. 하늘에 기댔다는 말은 어디에도 기대지 않았다는 말인데 이와 유사한 표현은 『금강경』을 해설한 함허의 말에서도 나타난다. '말말이 날카로운 칼이 햇빛을 받고 구절구절이 물을 뿌려도 젖지 않는다.'[15] 라고 하였는데 그 아래 해설에서 『금강경』의 묘한 지혜가 견고해서 대상에 꺾이지 않고 날카로움은 중생의 怨結을 능히 끊을 수 있다[16]고 설명을 덧붙이고 있다. 그래서 이 작품에 나오는 '의천장검'은 지혜의 칼일 수도 있고, 이를 형상화하여 표현한 화두가 될 수도 있다.[17] 그래서 (6)은 화두를 통한 참선으로 무명을 타파하고 깨달음을 얻은 시적 화자의 행위를 보여 주고 있다. 그리고 그 결과 얻어진 깨달음의 밝은 세계를 惶朗하다고 표현하고 있다는 것도 이를 뒷받침한다.

시적 화자 스스로의 수행을 보여주는 경우를 더 들어보면 앞장 (1)번 글 다음 설명 부분에는 인용한 〈나옹화상증도가〉에서 '십년의 기한을 정하고 일대사를 궁구한다'는 말이 나온다. 여기서 '일대사를 궁구한다'는 말 역시 해석이 여러 가지로 엇갈릴 수 있으나 여기서 '궁구'는 불교적 수행의 관행과 승려들의 수행 과정을 동시에 고려하면 주로 참선 수행을 지칭하는 것으로 봐야 한다. 불교에서는 화두를 드는 것을 두고 참구 또는 궁구라는 말을 쓰고 있기 때문이다. 그리고 작품 제목에 나타나는 나옹화상은 스스로 화두 참구의 간화선법을 일생동안 실

---

15) 言言利刃當陽 句句水灑不着(〈金剛般若波羅蜜經五家解序說〉, 『金剛經』(오대산 월정사 영인본)). 이 구절은 조선 후기 백파긍선의 『단경기』(동국대 소장 필사본) 에도 거듭 나타난다.

16) 金剛妙慧 堅不爲物挫 利能斷衆生怨結(『같은 책』).

17) 이것은 백용성이 평생 수행의 방법으로 참선을 했던 과정과 연관해 보면 쉽게 이해된다.

천하여 깨달음을 얻었던 고려말 삼사(三師)[18] 가운데 한 사람이기도
하다. (2)번 글 설명 부분에서 〈귀산곡〉에서는 '趙州 霜劍'을 가지고
공부한다고 하였는데 이 역시 조주가 주인으로 나오는 여러 가지 화두
가운데 어느 하나를 사용하여 공부하는 것으로 이해할 수 있다. 그리
고 그 결과 얻은 경지는 중생의 처지를 슬퍼하면서도 자신은 청빈을
즐기는 삶을 살아가는 모습으로 나타난다.

　시적 화자가 자신의 생활과 정서를 읊은 작품에서는 시대, 중생, 부
귀영화와 같은 대상을 각각 말법 시대, 고해에 빠진 존재, 구름처럼
헛된 것이라는 불교 이념적 존재 인식을 보여 주었고 이것이 계기가
되어 출가해서는 다소 표현이 다르기는 했지만 주로 화두를 참구하는
참선수행을 하고 그 결과 깨달음과 법열을 드러내는 방식으로 이념이
표현되었다. 불교 이념의 존재 인식에 동의하여 출가 수행함으로써 감
성적 정서를 넘어 법열적 정서를 얻기 위해서 이 유형 가사의 시적 화
자들은 간화선이라는 불교 수행을 실천하고 장차는 교시에까지 나가
려는 이념적 지향을 이면적으로 보여 주었다.

2) 존재 인식과 타자 교시의 이념

　자기 실천의 세계를 보이는 데에 그치지 않고 호걸, 청춘, 사람 등
여러 가지로 지칭되는 중생이라는 타자를 향하여 교시를 내리고 있는
작품의 경우에는 일체 존재에 대한 인식이 어떠한지? 그리고 설명과
교시에서 주로 강조한 이념이 어떤 것인지를 함께 살펴보고자 한다.

---

18) 백운경한, 태고보우, 나옹혜근의 세 사람을 지칭한다.(대한불교조계종교육원 편,
　　『조계종사』 고중세 편, 조계종출판사, 2006, 259쪽)

(7) 몽중(夢中)으로 도라보니 꿈 아닌게 별노업너
　　부귀영화 몽중이요 빈천곤궁(貧賤困窮) 몽중이요
　　성현범부[聖賢凡夫] 몽중이요 슈고슈락[受苦受樂] 몽중이요
　　지옥천당[地獄天堂] 몽중이요 비단그반 몽중이요　　　〈영암화상토굴가〉

(8) 욕계(欲界)에 투신하야 선미(禪味)에 맛없다고
　　활구참선(活句參禪) 심한처(深閑處)에 공도세월(空度歲月) 부대마라
　　심행처(心行處) 멸진처(滅盡處)에 언어도(言語道)가 끈첫도다
　　자미(滋味)없다 수심(愁心)말며 길 없다고 세념(世念)말고
　　아미타불 대치(代置)하오
　　무자미(無滋味) 무색처(無色處)에 시심마(是甚麼)로 활구삼아
　　염자수자(念者修者)시심마오
　　염도염궁(念到念窮) 무념처(無念處)에 행와(行臥)에도 시심마오
　　불퇴정진(不退精進) 닥거가며 시심마를 놋치마소　　　〈태고화상토굴가〉

　(7)에서 다루고 있는 대상 존재는 부귀영화, 빈천곤궁, 성현범부, 수고수락, 지옥천당 등이다. 그런데 대상 존재의 내면을 들여다보면 각각 상호 대비되는 개념들로 구성돼 있음을 알 수 있다. 깨달음을 얻기 이전 일반 중생들이 알고 있는 세상은 이와 같이 좋고 나쁜 것이 대립적으로 존재하는 것인데 바로 그 상대적인 세계가 몽중 즉 꿈이라는 인식을 보여 주고 있다. 같은 작품의 나머지 부분에 나타난 존재에 대한 인식을 더 보면 이 작품의 맨 앞부분에서 세상사가 허망하다고 하면서 중국 역대 부귀영화를 누린 사람들을 예로 제시했고, 공부가 된 경지에서 바라본 세계는 '아미타로 바라보니 미타아님 별노업너'라고 하면서 성현범부, 승속남녀, 청산첩첩, 록수잔잔, 미운놈, 고운놈, 욕먹기, 떡먹기, 잡바지기, 업더지기, 두두물(頭頭物), 숨나만상(森羅萬象), 역경계(逆境界), 순경계(順境界) 등 긍정적인 것과 부정적인 것을

모두 아미타라고 인식하고 있다. 깨달음을 이루고 나서 얻은 불교 이
념적 새로운 인식을 이렇게 제시해 보이고 있다.

이외 다른 작품에 나타난 경우를 더 살펴보면 〈태고화상토굴가〉의
서두에서 시적 화자는 세상만사를 허망한 존재로, 人人을 자성불을 구
족한 존재로 각각 인식하고 있다. 〈토굴수제염불〉의 서두에서도 세상
사를 허망하다고 하고 그 사례를 중국 역사에서 가져왔다. 그리고 〈불경
문〉을 인용하여 '범쇼유상(凡所有相)이 기시허망(皆是虛妄)이오니'라고
하여 모양 있는 일체는 허망한 존재로 인식하고 있다. 또한 '나의 지경
천진불[天眞佛]을 찾는 것만 못ᄒ도다'라고 하여 나를 천진불을 가진
존재로 보는 인식을 드러내고 있다. 이 작품 후반에 이르러 부귀와 빈천
이 무상하고 몽중이라 인식하고 작품 마지막 부분에 오면 '몽중으로
모라보니 꿈안인것 별노업ᄂ'라고 하면서 '부귀영화, 지옥천당, 슈고슈
락[受苦受樂], 비는거만, 토굴슈라[土窟受樂]' 등을 모두 꿈으로 인식하
고 있다. 그래서 타자를 교시하는 내용의 작품에서는 일체 존재에 대한
인식의 근거가 불교의 이념으로 통일돼 있어 단순하다고 할 수 있다.
물론 인식의 대상은 세상사로부터 매우 다양하게 제시되었지만 이들
모두를 허망하고 꿈같은 존재라고 인식하고 있기 때문이다. 자기 수행
을 보이는 서정적 갈래의 작품에 비하면 인식의 대상이 더 늘어나고
대상들은 긍부정의 대립적 측면을 가지는 것이 특징인데 이것은 불교
이념 이전 모든 존재에 실체가 있다고 보는 데서 발생한 현상이었다.
그래서 이 작품은 대립적 존재 일체를 허망하거나 꿈같고 구름 같은
존재라고 보는 불교 이념적 인식을 수용함으로써 세속의 대립적 실체적
인식에서 비롯된 고통을 극복한 사례도 보여주고자 하였다.

앞뒤 문맥으로 보아 (8)의 시적 대상 인물은 '청춘남아들'이라고 할
수 있다. 시적 화자는 '청춘남아들'이라는 타자에게 수행에 관한 교시를

내리고 있다. 먼저 活句參禪, 염불을 할 것을 명령하여 교시하고 있다. 더 구체적으로 활구참선은 '念者修者'와 '行臥'의 주체를 찾는 '是甚麼' 화두를 드는 것이고 염불은 아미타불을 부르는 것임을 알 수 있다. 그런데 이 양자의 관계를 자세히 따져보면 염불 수행하는 자가 '이 누구인가?'를 살피는 것이 되어 염불선의 수행을 의미한다. 그리고 염도염궁무념처(念到念窮無念處)라는 말은 염불의 지극한 경지를 말하는 것인데[19] 그런 경지에서 行住坐臥하는 것이 이 무엇인가?를 의심하라는 것도 바로 염불하는 주체가 바로 누구인가를 의심하는 염불선을 권하는 것이다.

그 외에도 타자를 교시하는 이념은 더 드러난다. (8)이 속해 있는 같은 작품 앞 부분에 보면 '호걸들'을 상대로 '선지식(善知識)을 친견하야 경절문(徑截門)에 바로 들어/ 활구참선 하옵다가 확철대오(廓徹大悟) 견성(見性)하야/ 몽환삼매(夢幻三昧) 증득(證得)하사 비로화장(毘盧華藏) 보타극락(普陀極樂)/ 중생고락 몽환(夢幻)인줄 정정(正正)히 신하오며/ 몽환삼매 탐착(貪着)말고 일체 중생 인연 따라/ 항사세계(恒沙世界) 드나들며 되는대로 건져보소'라고 명령하고 있다. 이 부분의 내용을 보면 수행상에 그치지 않고 중생제도까지 나갈 것을 교시하고 있다. 먼저 활구참선을 통하여 견성을 하고 거기서 얻은 '비로화장'과 '보타극락'의 세계에 혼자 머물지 말고 나가서 중생을 건지라고 명령하고 있다. 또 작품의 중반과 끝 부분에 오면 貧富가 무상하여 아미타불 염불하는 것만 같지 못하며, 早晚을 시비하는 것이 다 몽중이라 아미타불 염불하는 것만 같지 못하다고 주장하고 있다.

---

19) 阿彌陀佛在何方 着得心頭切莫忘 念到念窮無念處 六門常放紫金光, 〈示諸念佛人〉 第6首, 『懶翁錄』, 장경각, 2001, 153쪽. 이 작품의 轉句를 그대로 사용하고 있다. 염불이 지극한 경지에 이르러 염불하는 대상과 주체, 즉 주관과 객관이 일치한 염불 삼매의 경지를 이렇게 표현한다.

〈영암화상토굴가〉에서도 수행과 관련된 이념에서 이와 유사한 내용이 발견된다. '시시불망(時時不忘) 명심ᄒ야 노는입의 염불ᄒ소/ 南無阿彌陀佛 彌陀發願 하거니와/ 발원ᄌᄂ 이 뉘신고 놋지 말고 일용(日用)ᄒ면/ 밤시도록 가는길에 힛도들 때 못보올가?'라고 하여 염불을 하라고 하고 다시 염불하여 발원하는 자가 누구인가를 돌이켜 보면 언젠가는 해 뜨는 것을 본다고 하여 염불과 선을 통합한 염불선 수행을 권유하고 있는 것을 확인할 수 있다. 같은 작품 뒤 부분에 '팔풍 경계 당ᄒ여도 몽중으로 더져 두고 아미타불 너친(內親)ᄒ쇼/ 남이 진심낼지라도 진심으로 갑지마소'에서는 팔풍이라는 외부의 자극을 꿈이라고 보고 아미타불 염불을 할 것을 가르치고 있다.

〈토굴수제염불〉의 일부인 (4)를 보면 꿈을 깰 것과 나무아미타불 염불을 할 것을 명령하고 있다. 이 작품의 끝 부분에도 인용문 (8)과 같은 내용으로 염불선의 실천을 강조하고 있다. 그리고 작품의 마지막 부분에 일체가 몽중이라는 인식을 바탕으로 '공연니 욕을 먹고 진심(嗔心)으로 품지마쇼'라고 하여 진심을 내지 말 것을 가르치고 있다.

이상에서 살폈듯이 토굴가류 불교가사 가운데 타자에게 교시를 내리는 작품의 경우에는 세속의 수많은 대립적 존재가 본래 꿈처럼 비어 있다는 불교 이념의 존재 인식을 보여주고 이념상 염불 수행을 주로 권했고, 참선의 경우에도 화두만 참구하는 것이 아니라 염불을 하는 자를 돌이켜 보는 염불선을 주로 권고하고 있다는 것을 알 수 있다. 그래서 자기 수행의 전체로서 일체 존재에 대한 불교 이념적 인식을 동기로 출가 수행하여 깨달음으로써 불교 이념적 정서인 법열적 정서를 얻고, 이를 바탕으로 대중들에게 이런 경험을 갖게 하기 위해서 교화에 나섬으로써 수행과 교시라는 불교 이념의 지향은 토굴가류 불교가사에 처음부터 전제되어 있었다고 할 수 있다.

4. 토굴가류 불교가사의 갈래 성격과 이념 지향

토굴가류 불교가사는 전체 불교가사에서 하나의 하위 유형을 형성하고 있으면서 불교가사의 특성을 알려주는 중요한 역할을 하는 것으로 주목했다. 토굴이라는 같은 제재를 가지고 있으면서 서정과 교술의 성격을 동시에 보여주고 있고 이념상으로도 존재 자체나 수행과 교시의 차원에서 상당히 넓은 진폭을 보여 주고 있기 때문에 이 유형의 불교가사를 논의의 대상으로 삼았다. 논의 전체를 갈래적 성격과 이념적 지향으로 나눈 아래 다시 갈래적 성격에서는 서정과 교술 갈래적 성격, 이념적 지향에서는 존재 인식과 수행, 존재 인식과 교시 상의 두 가지 이념으로 각각 나누어 논의을 진행했다.

갈래적 성격에서 서정적 갈래의 성격을 보이는 작품에서는 시적 화자가 처음부터 끝까지 수행자로서 그 자신의 생활과 정서를 성격 변화 없이 표현하였고, 특히 서정은 자연적 토굴 생활에 울어나는 기쁨이나 괴로움 등 감성적 정서를 표현하는 데서 시작하여 수행과 깨달음을 통하여 긍정·부정의 상대적인 정서가 아니라 절대적인 기쁨이라는 법열적 정서를 표현하는 데까지 나아갔다. 서정 갈래의 작품이면서도 출가의 동기가 불교적 인식에서 기인하고 서정의 성격이 법열적 정서에까지 이름으로써 그렇지 못하여 고통 받는 많은 중생이라는 대중을 교화하려는 자연스런 동력을 작품 내면에 갖추었다고 보았다.

그래서 교술갈래적 성격을 보이는 작품에서는 시적 화자가 자기의 생활과 정서를 표현하는 수행자의 입장을 가지고 있으면서도 동시에 작품 전개 중간중간에 대중을 가르치는 교시자로서의 목소리를 내고 있었다. 교시의 내용은 經典이나 古老 등으로부터 얻은 불교 관련 여러 가지 사실을 알려 주기도 하고, 시적 화자 스스로가 출가 입산하여 경험했거나 스스로 가졌던 정서를 표현하여 시적 대상 인물로 하여금 이를 따르도록 적극 교시함으로써 이 유형의 토굴가는 교술적 성격을 우세하게 가지게 되었다.

그리고 이념의 측면에서 토굴가류 가사 역시 불교가사로서 교시적 의도가 기저에 깔려 있다고 할 수 있다. 서정적 토굴가 유형의 작품이 가지고 있는 이념적 지향은 존재 인식이나 자기 수행 생활의 측면에서 두루 드러났다. 우선 존재에 대한 인식에서는 불교에서 일체를 이해하는 방법을 그대로 따르고 있었다. 즉 부귀영화를 비롯한 일체 세간의 일들이 꿈과 같이 비어 있고 허망하다는 인식을 보여 주었다. 이런 인식이 계기가 되어 출가 수행한 시적 화자는 드디어 깨달음을 통해서 법열을 느끼고 자유를 얻게 되어 소위 이념적 정서를 자기화했다. 그런데 여기서 수행의 이념을 보면 주로 간화선의 참선 수행을 보여주고 있었다. 다소 막연하게 표현되어 판단하기 어려운 면이 없지 않았으나 앞 뒤 문맥과 작가론적 입장을 동시에 검토해 보면 이들의 수행 이념은 주로 활구참선법이었다.

교술적 토굴가 유형의 작품은 존재에 대한 인식이 서정 갈래 유형의 작품과 근본적으로는 같으나 일체를 긍정·부정의 대립적으로 더 다양하게 제시하고 그 모든 것이 허망하고 꿈이라고 보는 불교적 인식을 보여 주었다. 이 유형 작품에 나타난 시적 화자는 바로 이런 인식부터 시적 대상 인물들에게 알려주려고 했다. 그리고 수행 방법으로는 참선을 강조하기도 했으나 실제는 염불을 주로 강조했고, 염불을 하면서 염불 하는 자를 의심하는 염불선을 강조하였다. 이는 시적 화자의 자기 수행과 대중에게 권하는 수행법이 상당히 다르다는 것을 의미하는데 이는 토굴가류 불교가사 작가들이 상대하는 다양한 대중의 요구나 수준에 따라 가르침을 내린 결과로 판단했다. 요컨대 불교적 이념에 근거하여 대상을 인식하고 그런 인식을 수행을 통하여 체득하여 스스로 세속의 고통을 극복하면서 법열이라는 이념적 정서를 경험하고 나아가 이를 대중에게까지 전달하려는 이념 지향성이 토굴가류 불교가사 전체에 지속적으로 관철되고 있었다.

불교가사에서 하나의 중요한 하위 유형을 차지하는 토굴가류 불교가사는 수행을 중요한 과제로 다루면서도 대중 교화에까지 나가면서 불교의 다른 하위 유형과 매우 밀접한 관계를 보여준다. 세속의 허망함을 알리기 위해 몽환가류 가사, 수행을 교시하기 위해 참선곡류 가사와 염불가류 가사 작품 등과 관련을 맺는 것 등이 그것이다.

제7장 참선곡류 불교가사의 구조적 성격

1. 참선곡류 불교가사

여러 작품이 포함된 하나의 유형을 논의할 때는 당연히 유형의 공통 자질을 추출할 수 있어야 하는데 참선곡류의 경우는 특정 성격을 분명하게 보여 주고 있다. 종교가사의 가장 중요한 특징이 교리 전파라고 할 수 있는데 불교가사에서는 다양한 불교 교리 가운데 어떤 불교 교리를 중심 내용으로 담아서 표현하는가에 따라 유형을 규정해 불 수 있다. 동시에 중심 내용을 어떤 방식으로 표출하는가가 또 다른 기준이 될 수 있다. 불교가사 역시 문학의 한 하위 갈레이기 때문에 내용 표출의 특정 방법이 역시 유형을 결정하는 중요한 요소가 된다고 할 수 있다.

이런 관점에서 특정한 선(禪)만이 아니라 선 수행의 다양한 면모를 작품의 내용으로 담고 있으면서 시적 화자가 발견한 다양한 문제에 대한 대안으로 이와 같은 선 수행 방법을 일정한 작품 전개의 질서에 따라 제시하고 있는 작품을 모두 참선곡류 불교가사의 유형 작품으로 포괄하여 논의를 하고자 한다.[1]

---

1) 이런 개념 규정에 합당한 작품 외연은 침굉의 〈태평곡〉과 〈귀산곡〉, 지형의 〈참선

먼저 참선곡류 작품이 보여 주는 작품 전개의 원리를 파악하여 이 유형의 작품이 보여주는 공통된 특성을 파악하고자 한다. 그리고 시적 화자가 어떤 입장에서 어떤 목소리로 말하고 있는지를 살피고자 한다. 시적 화자의 목소리는 말하기 방식을 결정하는 요소로서 작품의 성격을 규정하는 중요한 기준이 되기 때문이다. 또한 시적 화자가 어떤 불교 사상을 앞에서 살핀 작품 전개 원리에 입각하여 말하고 있는지를 논의하고자 한다. 이 장에서는 작품 전개의 원리와 시적 화자, 내용인 수행방법이라는 세 가지 기준에서 참선곡류 불교가사의 구조[2]를 논의하고자 한다.

논의에 필요한 자료는 『불교가사 원전연구』[3], 각 작품 수록된 개별 저서 『경허집』[4], 『학명집』[5], 『일의일발록』[6], 『한암집』[7], 『한국가사문학주해연구』[8] 등을 사용하고자 한다.

곡〉과 〈권선곡〉, 그 외 〈나옹화상증도가〉, 〈태고화상토굴가〉, 경허의 〈참선곡〉, 학명의 〈참선곡〉과 〈선원곡〉, 만공의 〈참선곡〉, 〈산에 들어가 중이 되는 법〉, 〈참선을 배워 정진하는 법〉, 한암의 〈참선곡〉 등이다. 참선곡이라고 이름을 붙이지 않았으나 위에서 내린 개념에 부합하는 것은 참선곡류 작품으로 포괄했다.

2) 여기서 구조란 전체를 이루는 부분들의 상호 관계의 총합이라는 문학 연구 상의 일반적 의미로 사용하고자 한다. 작품 전개 원리는 형식 구조, 선 수행 방법은 내용 구조, 시적 화자는 형식과 내용 구조에 주로 관여하는 것으로 볼 수 있으나 이 세 가지는 엄밀한 의미에서 형식과 내용 구조 어느 하나로만 전적으로 말할 수 없는 유기적 관계 질서를 보인다.

3) 임기중, 『불교가사 원전연구』, 동국대학교 출판부, 2000.

4) 경허, 『鏡虛法語』, 경허성우선사법어집간행회, 인물연구소, 1981./ 경허, 『경허집』, 극락선원, 1990.

5) 박희선 편저, 『학명큰스님 평전 흰학의 울음소리』, 불교영상회보사, 1994./ 학명 저, 연관 편역, 『학명집』, 성보문화재연구원, 2006.

6) 한암 저, 한암문도회 편저, 『한암일발록』, 민족사, 1996.

7) 한암 저, 석명정 역주, 『한암집』, 통도사 극락선원, 1990.

8) 임기중 편저, 『한국가사문학주해연구』, 1~21권, 아세아문화사, 2005.

2. 문제와 해결 연계적 작품 전개의 원리

교시적 성격이 강한 종교가사는 그 종교의 교리를 전달하는 것이 중
요한 과제인데 그러기 위해서 해결해야 할 당면한 문제9)를 반드시 제
시하려는 경향을 가진다. 참선곡류 가사의 경우에도 여기서 예외가 아
니다. 그래서 문제를 제기하고 해결 방책10)으로서 수행 방법을 제시하
는 기본 전개 원리에 따라 작품을 전개하는 양상을 보여 준다. 그런데
문제 제기와 해결 방안의 제시라는 기본적 작품 전개 원리는 같지만
문제 제기와 해결 방안 제시의 구체적 방식은 다르게 나타났다.11) 문
제 제기 없이 해결방안만 제시하는 경우에서부터 성격을 조금씩 달리
하면서 문제를 세 번까지 제기하여 거듭 해결 방책을 제시하는 방식,
문제를 매우 길고 다양하게 제기하고 해결 방책은 간단하게 제시하는
등 여러 가지가 나타난다.

(1) 此身 믄득 주거 八寒八熱 諸지옥애
     다쑥겨 든니며 무한고통 受홀時예

---

9) 여기서 문제는 무상이라는 불교적 관점에서 발견한 생로병사, 시간의 흐름, 세속
   가치, 수행 방법 등이 보여주는 종합적 문제를 포괄하는 개념으로 사용하고자 한
   다. 참선곡류 불교가사가 제기하는 이런 문제가 다른 유형의 불교가사와 어떻게
   다르고 같은지는 불교가사의 다른 하위 유형에 대한 연구를 더 진행해야 확인할
   수 있는 과제이다.
10) 참선곡류 불교가사가 제시하는 해결 방안은 한결같이 간화선을 비롯한 여러 가지
    선 수행이며 수행의 과정을 매우 구체적으로 보여 주고 있다는 것이 특징이다.
11) 참선곡류 가사에 나타난 작품 전개의 원리가 크게 보아 문제제기-해결방안 제시로
    되어 있으나 그 구체적인 내용에 있어서는 일반적인 데서 구체적인 대로 작품을
    전개하거나 문제-해결의 관계를 한 번, 두 번, 세 번 등 다르게 반복하는 특징을
    보여 주었다. 이는 문제-해결의 일반 원리에서는 다른 유형의 작품과 같을 수 있으나
    구체적인 방법에 있어서는 다를 확률이 높다는 것을 보여준다. 이 역시 다른 유형에
    대한 연구를 진행해야 더 정확하게 변별성과 동질성을 파악할 수 있는 과제이다.

남방敎主 地藏大聖 六環杖을 들러집고
가슴을 헤글며 눈물을 즌흘려도 救濟홀 方이업다
此時예 當ᄒ야는 文章도 쓸듸업고 技藝도 둘듸업다
비록縱橫 無碍說이라도 다두러 펼듸젹다

(중략)

趙州霜劍 빈기안고 閑暇히 누원는냥
月明 滄海底의 沙伽羅 大龍이 如意珠를 빈기믄돗
無常을 ᄌ로ᄡᅵ쳐 着意工夫 ᄒᆞ는즛슨
春風廣野外예 駬騏千里馬 鞭影을 도라본돗   〈귀산곡〉

(2) 名欲權利 구함인가 名欲權利 구하려면 山에들일 무삼인가
     文章名筆 구함인가 文章名筆 구하려면 山에들일 무삼인가
     入山爲僧 하는法은 世上萬事 다버리고 남음없는 發心으로
     善知識을 參禮하야 焚香叩頭 信올리고
     어떤것이 부처리까 한말씀을 올리며는
     善知識이 무삼法을 答할른지 그 말씀을 信行하여
     行住坐臥 動靜中에 一分一刻 間斷없이
     昏沈散亂 팔리잖고 惺惺寂寂 擧覺할때
     起心은 天魔요 不起心은 陰魔요 起不起는 戲論魔니
     무삼方便 行하여야 허물된病 다고치고 眞實道에 정진할꼬

〈산에 들어가 중 되는 법〉

(3) 千萬古 英雄豪傑 北邙山 무덤이요
     富貴文章 쓸대업다 黃泉客을 免할소냐
     오호라 내의몸이 풀끝에 이슬이요 바람속의 등불이라
     三界大師 부처님이 丁寧이 이로사대
     마음깨쳐 성불하야 生死輪廻 永斷하고
     不生不滅 저國土에 常樂我淨 無爲道를
     사람마다 다할줄노 八萬藏經 遺傳하니
     사람되야 못닥그면 다시工夫 어려우니 나도어서 닦아보세

(중략)

죽을제 苦痛中에 後悔한들 무엇하리
四肢百節 오려내고 머리골을 쪽이난듯
五臟六腑 찢난중에 압길이 캄캄하니
寒心慘酷 내노릇이 이럴줄을 뉘가알꼬
저地獄과 저畜生에 내의身世 慘酷하다
百千萬劫 蹉跎하야 다시人身 망연하다
參禪잘한 저道人은 안저죽고 서서죽고
알토안코 蟬脫하며 오래살고 곳죽기를 제맘대로 自在하며
恒河沙數 神通妙用 任意快樂 自在하니
아무쪼록 이世上에 눈코를 쥐어뜻고 부지런히 하여보세
오늘내일 가는것이 죽을날이 당도하니
푸주간에 가는소가 자옥자옥 死地로세

(중략)

이글을 자세보와 하로도 열두시며
밤으로도 조금자고 부지러니 공부하소
이노래를 깊이믿어 책상우에 페여놓고 시시때때 警策하소

〈참선곡〉(경허)

(1)번 작품에는 문제와 해결법이 한 번 나타났다. 여기서 문제는 죽어서 지옥에서 받는 고통이고, 해결법은 입산출가하여 조주 선사가 제시한 선 수행법을 실천하는 것이다. 조주의 霜劍이 무엇을 뜻하는지 작품 안에 구체적으로 나타나 있지는 않다. 그러나 조주는 禪宗史에서 대표적 선사로 알려져 있고 그의 무자 화두가 유명하다.12) 그래서 구

---

12) '제18칙 趙州狗子', 『從容錄』, 백련선서간행회, 장경각, 2003, 117~123쪽. / '416佛性', 『禪門拈頌』, 혜심, 오어사운제선원, 1994, 179쪽 참고. 조주가 無字話頭를 가지고 공부한 것이 아니고 '개에게 불성이 있는가?'라는 어떤 승려의 질문에 '없다'고 한 조주의 대답이 뒷날 화두가 되었다는 말이다.

체적으로 언급은 하지 않았으나 선 수행을 문제 해결의 방안으로 제시
했다고 할 수 있다. 이 작품 외에도 문제 제기를 한번 하고 대안을 제
시한 경우가 몇 작품 더 있다. 〈인혜신사지형참선곡〉, 〈학명선사참선
곡〉, 〈참선을 배워 정진하는 법〉 등이 그것이다. 〈인혜신사지형참선
곡〉에서는 작품 시작에서 18가지 허물이라는 문제를 묶어서 말하고
그 다음부터 허물을 부정하고 수행, 화두, 자기 보물의 가치, 당부 등
을 해결 방책으로 서술하고 있다. 문제인 허물과 허물 아님을 작품 시
작 부분에서 두 차례 제기하고 나머지 부분에서 선을 중심으로 한 문
제 해결의 방안을 제시하였다. 〈학명선사참선곡〉에서도 이와 유사한
전개 양상을 보이고 있다. 작품의 서두에서 生死大事, 無常殺鬼의 문
제를 제기하고 그 문제의 사례 13가지를 바로 이어서 길게 제시하였
다. 즉 문제와 문제의 사례를 동시에 제시하고 이를 해결한 부처, 가
섭, 달마를 소개하고 마지막에 수행 방법을 권유하고 있다. 〈참선을
배워 정진하는 법〉에서는 진실도가 아닌 사례를 16개의 항에 걸쳐서
따지며 말하고 있는데 작품이 짧기 때문에 문제 부분이 작품 전체에서
대부분을 차지하는 판도를 보였다. 문제를 한 번 제시하는 작품의 경
우는 문제 자체를 매우 길게 다각적으로 말하는 것이 특징이다. 여러
가지 문제를 한두 번으로 묶어서 제기하고 해결 방안을 최종적으로 제
시하는 방법으로 작품이 전개되었다.

(2)를 보면 추구하지 말아야 할 부정적 현실을 먼저 몇 가지 제기하고,
여기에 대한 해결 방법으로 입산 출가를 제시했고, 같은 작품 끝 두
행에서 마음과 관련된 그릇된 것 세 가지 문제 즉 起心, 不起心, 起不起
를 제기하면서 진실도를 모색하고자 하고 있다. 두 차례에 걸친 문제
제기에서 첫 번째 문제는 입산 출가하는 목적이 무엇인가라는 본질적
관점에서 위 인용문에 생략된 것까지 들면 '옷과 밥, 富貴榮華, 名欲權

利, 文章名筆' 등을 출가하여 구하는 것을 문제로 제기하고, 그 방책으로 참다운 출가의 과정을 이어서 보여 주었다. 그리고 곧 이어 이미 출가 하여 수행자가 수행하는 과정에 생기는 마음의 문제를 제기하고 있다. 이 표현에 따르면 起心, 不起心, 起不起心의 세 가지 문제를 제기하고 이를 해결하기 위해서 진실도를 제시하고자 모색하면서 작품을 마무리하고 있다. 출가와 관련된 문제, 출가 후 수행과 관련된 문제라는 국면별 두 가지 문제를 제기하고, 이에 따라 두 번 해결 방안을 제시하는 모양을 갖추었다. 이와 같이 문제 제기와 해결 방안의 묶음을 두 번 보여주는 예는 한암 선사의 〈참선곡〉에서도 보인다. 이 작품 역시 맨 앞부분에서 인생의 허망함이라는 보편적 문제를 제기하고 있다. 세월의 무상 속에서 늙어감, 병듦, 죽음, 업 등의 문제를 매우 유장하게 제시하고 있다. 그리고 이어서 이런 문제를 극복하는 방안이 출가하여 애욕을 끊고 성불하는 것이라고 말했다. 구체적으로 화두를 참구하는 과정, 초견성, 인가와 오후 보임의 과정을 말하였다. 다시 세월의 무상함과 빠름의 문제를 제기하고 자기 반성적 수행을 해결 방안으로 제시하였다. 老病死의 문제를 길게 먼저 제시하고 출가수행의 긴 과정을 해결 방안으로 제시하고, 후반부에서 세월의 신속함과 무정함이라는 문제를 짧게 제기하고 자기 반성적 수행을 문제 해결 방안으로 제시하였다. 긴 문제에 긴 방책, 짧은 문제에 짧은 방책을 대응하여 문제와 해결 방안의 병치를 두 번 반복하는 작품 전개의 모습을 보이고 있다.

(3)을 보면 세속에서 당연하게 추구하는 가치인 영웅호걸, 부귀문장이 죽음 앞에 소용없이 되는 문제를 제기하고 있다. 더구나 몸이 이슬이나 등불처럼 무상한 것으로 묘사되어 있다. 이 같이 세속적 가치와 몸이 무상하다는 문제를 제기하고 여기에 대하여 마음을 깨치는 부처의 가르침을 해결 방안으로 제시하고 있다. 그러면서 이것이 해결 방

안이 될 수 있는 이유도 동시에 말해 주고 있다. 생사윤회를 영원히 끊고, 不生不滅의 면모를 모든 사람이 가지고 있음을 부처의 말인 팔만장경이 바로 말하고 있기 때문이라는 것이다. 이어서 여기 인용하지 않은 부분에서 화두를 참구하는 선 수행을 구체적으로 말하고 계속해서 죽음이 수반하는 심각한 문제를 제기하고 참선을 잘한 도인은 그런 죽음으로부터 자유롭다는 것을 해결 모형으로 보여 주고 있다. 그리고 바로 이어 시간이 빨라 죽음이 바로 눈앞에 이르는 문제를 제기하고 이 글 열심히 공부하는 것을 방안으로 제시하였다. 즉 이 작품은 세속적 가치와 몸의 무상함, 죽음, 세월의 신속함 등 세 가지 문제를 차례로 제기하고 여기에 대한 해결 방안으로 불교에서 선 수행, 선 수행의 모범 본받기, 이 공부의 권유 등을 나누어 차례로 제시하였다.

이와 같이 세 차례에 걸쳐 문제를 제기하고 해결 방책을 보여준 작품으로 〈태고화상토굴가〉, 〈학명선사선원곡〉, 〈만공선사참선곡〉 등이 있다. 〈태고화상토굴가〉를 보면 먼저 생사윤회를 면하지 못하는 문제를 제기하고 여기에 대한 해결책으로 입산출가 생활을 제시하고, 세속적 가치인 왕후호걸, 사대육근, 처자권속, 대신백관 등이 몽환이라는 문제를 제기하고 여기에 출가수행과 중생제도를 대안으로 제시하고, 술과 담배 등의 나쁜 습관에 빠지는 문제에 염불과 시심마 화두를 해결 방안으로 제시하였다. 즉 생사의 근본적 보편적 문제를 가장 먼저 제기하고 세속 가치의 무상함, 그릇된 습관 등 점차 구체적 문제를 제기하고 대답도 점차 더 구체적으로 해 나가는 흐름을 보이고 있다.

〈학명선사선원곡〉에서는 먼저 본질의 입장에서 일체가 평등하나 여전히 迷悟, 眞妄, 千差萬別, 淨土穢土의 차별이 있는 문제를 제기하여 부처의 일대기를 해결책으로 보여 주고, 부처의 가르침에 귀와 눈이 멀어서 듣고 보지 못하여 알지 못하는 문제를 제기하여 여기에 부처의

49년 설법을 말하고 역대 조사의 가르침을 비판하면서 농사를 대안으로 제시하고, 당대 농부와 승려들이 가진 문제를 구체적으로 제기하여 鬧中 공부를 해결 방안으로 제시하였다. 여기서도 일반적이고 보편적 문제를 제기하는 데서 시작하여 가르침에 무관심한 문제, 당대의 구체적 수행 문제의 순서로 구체적 문제를 제기하면서 부처의 일생, 鬧中 禪의 실천이라는 점차 구체적 해결책을 차례로 제안해 나갔다.

〈만공선사참선곡〉을 보면 업장이 지중하여 고인의 말씀을 안 믿고, 참선을 알지 못하는 문제를 제기하고 참선을 설명하는 방안을 제시하고, 육체 생활과 중병으로 죽는 사람들의 문제를 제기하고 불타의 가르침을 제시하고, 육도윤회와 고초를 겪는 문제에 대하여 실달 태자의 출가, 수행, 견성의 과정을 모범상으로 보여주고 본받자는 제안을 해결 방안으로 제시하였다. 업장 때문에 믿지도 알지도 못하는 문제, 육체 생활로 병사하는 문제, 윤회와 고초의 문제를 점차 분명하게 차례대로 제기하고 여기에 대하여 참선의 설명, 불타의 가르침, 불타의 일대기를 각기 해결 방안으로 제시하였다.[13]

3. 몇이면서 하나인 시적 화자의 성격

앞 장에서 문제 제기와 방안 제시라는 작품 전개 구조를 살펴보았다. 여기서는 각기 문제를 제기하거나 방안을 제시할 때 누가 어떤 어조로 무엇을 말하는가를 논의하고자 한다. 종교가사에서는 종교적 교리를 교시자의 입장에서 출가자나 일반 신도들에게 일방적으로 가르

---

13) 참선곡류의 작품들이 대부분 문제 제기와 해결 방안의 병치라는 작품 전개를 기본 골격으로 하고 있는데 19세기 자료인 나옹화상의 〈증도가〉 경우는 이와 달리 문제 제기가 빠지고 수행과 오도, 자유로운 삶만이 제시되어 있다.

치는 것이 일반적이다. 그런데 기본 성격으로 보면 시적 화자는 모두 교시자이지만 구체적인 성격을 살펴보면 교시자는 더 다양한 모습으로 나타난다.[14] 시적 화자는 구체적으로 주장을 논리적으로 전개하기도 하고, 특정 사실을 소개하여 알리기도 하며, 실제 자신의 경험을 말하는 사람으로 나타나기도 하기 때문이다. 이것은 작자가 전달하고자 하는 내용에 따라 가장 효과적인 표현 방식을 선택하는 과정에서 자연스럽게 나타나는 현상이라 할 수 있다. 그래서 참선곡류 가사 작품에 나타난 시적 화자의 성격을 살피는 것은 불교가사의 현상을 이해하는 또 다른 한 기준이 될 수 있다.

(4) 하하하 우사올사 허물된 말 우사올사
    엇지하야 허물인고 本來空寂 無相事를
    漏泄하야 일으려니 엇지 아니 허물인고
    平等不動 無高下를 動舌하야 자랑하니
    이런 故로 허물일세 不生不滅 無去來를
    닥가 가라 일으오니 근들 아니 허물이며
    不增不減 一圓相을 有라 無라 妄談하니
    그도 亦是 허물이며 유상무상 둘 아님을
    名相 일워 是非하니 깁흔 허물 더욱 되네
                (중략)
    허물 中에 善察하면 眞實道에 절로 들어
    허물 아니 되난 妙理 그 中에 잇나니라

14) 참선곡류 불교가사에는 주장하는 사람, 설명하는 사람, 체험하는 사람 등 몇 가지 시적 화자가 나타나는데 이 세 가지는 교시자라는 하나의 시적 화자로 수렴되는 현상을 보인다. 가사가 가지는 자아의 세계화라는 중요한 성격이 시적 화자의 차원에서도 구현되는 현상을 여기에서 확인할 수 있다. 교시를 중요한 내용으로 하는 불교가사는 물론, 다른 종교가사나 도덕가류 등을 광범하게 연구하면 시적 화자의 성격을 대비적으로 더 분명하게 밝힐 수 있다고 본다.

出格丈夫 들어 보소
本來空寂 일넛서도 見聞覺知 분별 내고
平等不動 일넛시나 對境하면 亂動하고
不生不滅 일넛시나 因 지으면 果 밧으며
不增不減 일러시나 作善作惡 길 다르고
有相無相 둘 아니나 理와 事와 相對하고
本來淸淨 無物이나 隨緣現色 各各이며 〈인혜신사지형참선곡〉

(5) 十字架에 죽었으니 耶蘇氏의 永生인가
歸去來로 避世하니 陶淵明의 맑은 節介
窮達 속에 늙고 마니 姜太公의 만난 운수
바둑판만 남았으니 商山四皓 古風이오
淸談으로 究境하니 竹林七賢 遺跡이라.
百尺竿頭 나아가서 法眼 들어 살펴보니
治亂得失 이안이며 盛衰興亡 그뿐이라.
物外高見 누구던가 우리 大覺 出世하니
不生不滅 드러내어 衆生에게 布施하니
唯我獨尊 그 아니며 天上天下 다시 없네.
不二法門 指示하니 拈花微笑 應機런가. 〈학명선사참선곡〉

(6) 世上萬事 생각하니 虛妄하고 可憐하다
人人個個 本自具足 與佛無限 自性佛은
어이하야 昧却하고 生死輪廻 못免하니
冤痛하고 可憐하다 無上妙道 求할진댄
一衣一鉢 絶人情코 萬疊靑山 깊이들어
一間土窟 모아놓고 아츰저녁 摩旨지여
普濟衆生 祝願後에 그마지를 물리쳐서
목부러진 나무술과 귀부서진 가시저로
茶와함게 供養하니 禪悅食이 이아닌가 〈태고화상토굴가〉

(4)의 전반부는 허물이라는 문제를 제기하는 내용으로 되어 있다. 무엇이 왜 허물인가를 따지는 말을 이 작품 서두에서부터 바로 시작하고 있다. 이어지는 내용을 보면 '本來空寂 無相事를 漏泄하야' 일렀기 때문에 허물이라고 했다. 또 '平等不動 無高下'를 자랑하기 때문에 허물이라고 했다. 같은 논법으로 '不生不滅 無去來', '不增不減 一圓相' 등을 妄談하거나 是非하여 허물을 만들었다는 것이다. 누설하거나 망령되게 말하거나 시비할 수 없는 것을 누설하고 말하고 시비했기 때문에 허물을 만들었다는 것이다. 시적 화자가 허물이라는 문제를 제기하는 방식이 매우 논리적이다. 그런데 (4)의 후반부에 보면 허물이 안 되는 묘리가 있다는 것을 다른 예를 가져와서 또 증명하고 있다. 전반부에서 허물을 지적할 때 가져왔던 대상들을 대부분 가져와서 반대의 논리를 펴고 있다. 本來空寂, 平等不動, 不生不滅, 不增不減, 有相無相, 本來淸淨 등에 대하여 각각 분별내고, 난동하고, 인을 짓고 과를 받으며, 선악의 길이 다르고, 理事가 상대하고, 인연 따라 모양을 드러낸다는 사실을 들어서 전반부에서 말한 허물이 허물 아닌 도리를 드러내고 있다. 시적 화자는 본질의 차원에서 보면 분명히 문제가 되지만 중생이 살아가는 현상의 차원에서 보면 허물이 아니라는 논리를 전개하고 있는 것이다. 시적 화자는 분별과 인과, 선악의 문제가 있는 현실을 부각하기 위해서 본질 차원의 허물이 현실 차원에서는 역설적으로 허물이 아니라는 논리를 전개했다. 전체 작품의 후반에 이르면 이런 논리적 주장에 근거하여 그가 말한 특정 수행에 나설 것을 명령하여 가르치는 교시자가 된다.

학명선사의 〈선원곡〉에도 주장을 논리적으로 전개하는 主張者가 시적 화자로 등장한다. 학명은 문제적 현실을 말하면서 '야야우리 農夫님네 農夫되기 까닭업다/ 高樓巨閣 閑逸터니 田中勞力 왼일인가/ 俗

風싸라 農業하니 外道知見 이아닌가/ 야야우리 스승님네 僧侶되기 까
닭없다/ 終日토록 閑談하고 밤새도록 잠자기네/ 재주적이 잇다하나
佛法信心 全혀업고/ 四敎大敎 마쳤으나 佛法知見 망연하네'라고 하였
는데, 놀다가 풍속 따라 농업을 하면 외도 지견이 되기 때문에 농부
될 까닭이 없으며, 종일 한담하고 밤새 잠자고 불법 신심이 없고 불법
지견이 망연하기 때문에 승려 될 까닭이 없다는 인과의 논리를 전개하
고 있다. 이런 문제의 대안을 '佛祖巢窟 처부수고 寺刹廢風 改良하세/
勞動하고 運動하니 身體따라 健康하다/ 靜中工夫 그만두고 鬧中工夫
하여보세/ 야야우리 동무님네 쌍파면서 노래하세'라고 제안하고 있다.
문제를 인과적 논리로 제기하고 다시 그 문제를 해결하는 방안을 논리
적으로 배치하고 있다. 풍속따라 농업하는 것도 문제였고, 한담하고
잠자는 승려 생활도 문제이기 때문에 이를 극복하는 방법은 농업과 공
부를 통합하는 鬧中工夫라는 논리를 펴고 있다. 풍속만 따르는 농업과
정중공부의 두 가지 문제를 농사지으며 공부하는 요중공부로 해결하
자는 제안을 하고 있다. 이 작품 후반부에서 시적 화자는 실제 공부의
과정을 제시하고 있다. 만공 선사도 〈참선을 배워 정진하는 법〉에서
진실도가 아닌 것을 여러 사례를 들어 논리적으로 입증하여 논리적으
로 주장하는 시적 화자를 내세우고 있다. 그런데 이러한 논리적 말하
기는 시적 화자가 명령이나 청유를 통한 구체적 요구를 하기 위한 전
제를 세울 때 주로 사용하였다.

　(5)의 전반부에서 시적 화자는 무상을 벗어나지 못한 사례를 예로
들고 있다. 예수, 도연명, 강태공, 상산사호, 죽림칠현 등이 자취만 남
기고 모두 사라져서 무상하다는 것을 말하고 있다. 벗어날 수 없는 무상
의 문제를 구체적 사례를 소개하여 설명하고 있다. 그런데 바로 이어서
이를 극복한 사례를 다시 들어 보이고 있다. '우리 大覺'과 염화 미소의

주인공인 '가섭'이 예의 인물이다. 즉 시적 화자는 무상함의 사례, 무상
극복의 사례를 대비하여 각각 소개하고 있다. 무상 문제에 대하여 이를
극복한 사례를 대응시킴으로써 자연스럽게 극복의 사례인 부처를 따르
게 하는 효과를 나게 하였다. 이와 같이 참선곡류 가사에는 어떤 사례를
소개하는 說明者가 시적 화자로 역시 많이 등장한다. 〈지형참선곡〉에
서 시적 화자는 '前念後念 頓斷하고 一念現前 圓明道理 衆生諸佛 增減
업내/ 歷千劫이 不古하고 亘萬世而 長今이라/ 이 말삼이 올사오니 自己
上에 잇난 寶物/ 나난 알고 쓰거니와 남들도 아르신지'라고 하여 圓明道
理는 중생과 부처가 동일하다는 불교의 교리와 이것을 알고 쓰는 자기
를 소개하고 있다. 〈태고화상토굴가〉에서 시적 화자는 고인의 말, 경허
나 만공, 한암 〈참선곡〉에서 시적 화자는 부처님의 말씀이나 행적을
소개하고 있다. 교화에 필요한 자료의 객관성을 높이고 신심을 불러일
으키기 위하여 이와 같이 불교의 객관 사실을 소개하는 시적 화자가
등장하여 부정 혹은 긍정적 사례를 다양하게 말하고 있다.

시적 화자의 논리적 주장이나 사실의 소개가 신뢰성과 객관성을 제
고하는 바탕이 되어 교시의 효과를 제고하는 역할을 했다. 그런데 (6)
과 같이 구체적 자기의 체험을 생생하게 말함으로써 더 현장감 있고
자기 동일성의 정서적 감염을 불러와 새로운 방법으로 교시의 효과를
높이는 역할을 하는 시적 화자도 등장한다. (6)에서 시적 화자는 세상
만사를 허망하게 보고 생사윤회를 면하지 못해서 원통하고 가련하다
고 탄식했다. 시적 화자는 대상 인물을 불쌍하게 여기는 방식이 아니
라 윤회를 시적 화자 자신이 실제 겪는 것으로 그리고 있다. 바로 이어
서 무상도를 구하기 위하여 토굴을 짓고 마지를 올리고 축원을 하고
부러진 수저로 소박한 공양을 하는 입산출가의 경험 역시 자기의 것으
로 서술하고 있다. 윤회를 면하지 못하는 원통한 일, 이를 극복하기

위해 토굴을 짓고 수행에 나서는 일을 모두 자신의 일로 표현하고 있
다. 이와 같이 자신의 체험을 서술하는 시적 화자는 다른 작품에도 빈
번하게 나타난다. 침굉의 〈귀산곡〉에서도 시작은 착착자(錯錯子)라는
청자에게 말을 건네는 것으로 시작했으면서도 지옥에 다니며 고통을
받고 스스로 입산하여 수행하는 모습을 자신의 것으로 서술하고 있다.
나옹화상의 〈증도가〉는 처음부터 끝까지 출가, 수행, 오도, 자유자재
한 삶의 과정을 자신의 것으로 그려보여 주고 있다. 나머지 참선곡류
작품에도 부분적으로 이런 체험자(體驗者)가 화자로 나타난다.

　교시의 목적을 실현하기 위하여 논리적으로 자기의 주장을 전개하
는 주장자를 시적 화자로 내세우기도 하고, 객관적인 타당성을 확보하
기 위하여 사례를 소개하여 설명하는 설명자를 시적 화자로 세우기도
하며, 현장감과 자기 동일성의 효과를 높이기 위하여 자신의 체험을
서술하는 체험자를 시적 자아로 내세우기도 했다. 그런데 이러한 시적
화자의 설정에서 더 나아가 직접적이고 구체적인 교시를 위하여 교시
자의 얼굴을 바로 드러내기도 하였다. 특정 가르침을 실천할 것을 명
령하거나 요청하는 교시자를 시적 화자로 내세우는 것이 그것이다. 이
것은 (4), (5), (6)에서 보인 여러 가지 화자의 이면에 내재하는 본질적
화자의 모습이다.

(7)　알왈말삼 무궁하나 공부에 방히키로
　　　이만더강 국치오니 출격장부(出格丈夫) 살피시오
　　　불조(佛祖)의 이른 방편 ᄌ기상(自己上)에 도리켜셔
　　　진실다이 참구(參究)하고 수언싱회(隨言生解) 부디마소　〈참선곡〉(한암)

　이 작품에서 시적 화자는 출격장부라는 시적 대상인물에게 지금까지
한 말을 살피라고 명령하고 진실하게 참구하고 말을 따라 알음알이를

내지 말라고 당부하고 있다. 이 작품의 시적 화자는 앞부분에서 중생의 입장을 자기 체험으로 서술하고, 지혜인과 부처의 가르침을 소개하고, 수행과 깨달음, 인가, 오후 보임, 중생 제도 등의 자기 체험을 서술해 오다가 작품 끝 부분에 와서 직접적 교시자의 태도를 드러냈다.

〈지형참선곡〉에서도 格外丈夫 禪君子들에게 나의 말을 들으라고 명령하고, 〈태고화상토굴가〉에서도 호걸들에게 선지식을 친견하고 경 절문에 바로 들어 견성하고 중생을 건질 것을 명령하고, 〈경허참선곡〉에서도 이 글을 자세히 보고 부지런히 공부하고 때때로 경책하라고 명령하였다. 〈학명참선곡〉에서도 앞부분에서 여러 사례를 소개하고 마지막 부분에 가서 '是個甚麼'라는 화두를 看看하고 惺惺하라고 명령하고 있다. 대부분 작품의 마지막 부분에서 시적 화자가 명령이나 청유의 서법을 통하여 직접적으로 이런 교시적 입장을 분명하게 드러냈고, 가끔 작품의 전개 중간 중간에 이런 청유나 명령의 시적 화자를 내세워 직접적 교시를 하기도 했다.

4. 간화선과 그 변주 선(禪) 수행 방법의 결속

참선곡류 불교가사 작가들은 문제 제기와 해결 방책의 제시라는 기본적 원리에 따라 작품을 전개하면서 교시의 효과를 극대화하기 위하여 논리적으로 주장하거나 사실을 소개하고 설명하며 체험을 서술하는 여러 시적 화자를 설정하여 내세우고, 명령하거나 청유하는 요구의 목소리를 가진 직접적 교시자를 시적 화자로 내세워 독자에게 구체적으로 무엇을 왜 어떻게 배우고 실천해야 하는 지를 효과적으로 전달하는 성과를 거두고자 했다. 이와 같이 참선곡류 불교가사가 지향한 교시의 가장 중심에 바로 禪 修行이 자리하고 있다. 제기한 문제의 핵심적 해결 방안이 바로 선이라는 말이다. 그런데 이 禪도 한 가지만 나타나지 않고 성격이 다소 다른 선수행법들이 서로 연관하여 나타나는 특징을 보여 주고 있다. 이 장에서는 작품 내용의 중심에 표현된 간화선과 여타 선수행법들이 실제 어떤 모습으로 나타나는지를 살피고자 한다.

(8) 앉고서고 보고듣고 着衣喫飯 對人接語
　　一切處 一切時에 昭昭靈靈 知覺하는 이것이 어떤건고
　　몸뚱이는 송장이요 妄想煩惱 本空하고
　　天眞面目 나의부처 보고듣고 앉고눕고
　　잠도자고 일도하고 눈한번 깜작할새 千里萬里 다녀오고
　　許多한 神通妙用 分明한 나의마음
　　어떻게 생겼는고 疑心하고 疑心하되
　　고양이가 뒤잡듯이 주린사람 밥찾듯이 목마른이 물찾듯이
　　六七十 늙은寡婦 子息을 잃은후에 子息생각 간절틋이
　　생각생각 잊지말고 깊이궁구 하여가되
　　一念萬年 되게하야 廢寢忘餐 할지경에 대오하기 갑갑도다
　　　　　　　　　　　　　　　　　　　　〈참선곡〉(경허)

(9) 欲界에 投身하야 禪味에 맛없다고
　　活句參禪 心開處에 空度歲月 부대마라
　　心行處 滅盡處에 言語道가 끈첫도다
　　滋味없다 愁心말며 길없다고 世念말고
　　阿彌陀佛 代置하오 無滋味 無色處에
　　是甚麽로 活句삼아 念者修者 是甚麽오
　　念到念窮無念處에 行臥에도 是甚麽오
　　不退精進 닥거가며 是甚麽를 놋치마소　　　〈태고화상토굴가〉

(10)一定心 主宰되야 動靜二邊 作用중에 自心性을 비최오면
　　無形無相 본래 淸淨 空有二相 雙亡하고

　　헌출하개 諸相업서 보히여도 알길업고
　　훨적널러 所住업서 알지라도 보히잔코
　　잇삽난듯 업삽난듯 府仰間에 昭昭하나
　　內外中間 차즈려면 그나形相 간데업고
　　鐘鼓소래 들리오나 소래형상 보히잔내　　　　　　〈지형참선곡〉

　(8)은 경허가 '이뭣꼬[是甚麽]' 화두를 참구하는 과정을 설명하고 있
는 부분이다. 여기서는 '이것이 어떤 겐고'라고 하였지만 이는 '이뭣꼬'
를 작품 당시 말로 표현한 것이다. 이 화두는 간화선[15]이 정착되기 이
전 육조 혜능에서부터 시작된 것으로 알려져 있다.[16] 이 화두가 후대
로 내려오면서 앞에 붙이는 말에 따라 몇 가지로 나누어진다. 지금 보
고 듣는 이것이 무엇인가?, 송장 끌고 다니는 이것이 무엇인가?, 부모
가 낳기 전에 이것이 무엇인가?, 중생도 아니고 부처도 아니고 마음도
아닌 이것이 무엇인가? 등이 그것이다. 여기서 경허가 제시한 것은 첫
번째 방식의 화두이다. 지금 앉고 서고, 보고 듣고, 옷 입고 밥 먹고
사람 만나 말하는 이것이 무엇인가라는 것은 현재 활동하고 있는 이것
이 무엇인가를 묻는 방식이기 때문이다. 그리고 이어진 부분에서 이
화두를 드는 방법을 더 구체적으로 말하고 있다. 특히 의심을 할 때
간절하고 지속적으로 할 것을 쥐 잡는 고양이, 주린 사람, 목마른 사람
의 예를 들어서 말하고 있다. 화두를 드는 한 생각이 만년을 가듯하여

---

15) 고우외 4인, 『간화선』, 대한불교조계종교육원, 2005 참고.
16) 혜능이 오조 홍인으로부터 법을 받아서 몰래 떠났는데 이를 끝까지 뒤 쫓은 도명
　이 바위에 놓인 의발을 들려다가 들리지 않자 덜컥 겁이 나서 하는 말이 '제가 여기
　온 것은 의발을 얻기 위함이 아니고 법을 위한 것이다'라고 했는데 여기에 육조가
　'善도 생각하지 않고 惡도 생각하지 않을 때 너의 본래 면목이 무엇인가?'라고 물었
　다. 이 질문에 도명은 깨달았다고 한다('117 擲衣鉢', '118 本來面目', 『선문염송』,
　49쪽 참고). 여기서 '본래 면목이 무엇인가?'가 바로 '이것이 무엇인가?[是甚麽]'라
　는 화두의 시작이 된 것으로 본다.

먹고 자는 것을 잊을 지경이 되어야 깨닫게 된다고 하였다.

　화두를 드는 간화선은 20세기 참선곡류의 가사 작품에 더 분명하고 집중적으로 나타난다. 만공은 세 편의 가사 작품에서 간화선을 표현하고 이것도 모자라서 가사 작품과 연관하여 따로 별도의 산문을 통하여 화두 참선의 방법을 자세히 설명하였고[17], 한암도 스승과 별도로 〈참선곡〉을 지어 경허보다 더 자세하게 간화선 수행 방법을 가르치고 있다.[18] 물론 그 이전의 참선곡류 불교가사 자료에서도 간화선은 중요한 수행 방법으로 다루어졌다. 그러나 근세 작품이 간화선을 주로 부각한 것에 비하여 그 이전 작품들이 다른 선수행법을 병행하여 제시하는 모습이 다르다고 할 수 있다.

　(9)에서 활구참선이라고 한 것은 간화선을 말한 듯하다. 그런데 재미가 없거나 길이 없을 때에는 아미타불로 대치하라는 말을 하고 있다. 그래서 '念者修者 是甚麼오'라고 하여 염불하는 사람, 수행을 하는 사람이 이 무엇인가?라고 살피며, '念到念窮無念處에 行臥에도 是甚麼오'라고 하였는데 이것은 염불을 하여 생각이 다하여 생각 없는 곳에 이르러서[19] 行住坐臥할 때 '염불하는 이것이 무엇인가'라는 화두를 든다는 말이다. 인용부분 (9)의 앞부분에서 화두를 하다가 마음과 말길이 끊어지고 재미가 없다고 해서 그만 두지 말고 염불을 할 것을 권하고 있다. 그러면서 그 염불하는 자가 무엇인지 의심할 것을 주문하고 있다. 염불

---

17) 졸고, 「만공 선사 불교가사의 유기적 상관 맥락과 담화 방식」, 『어문학』 제109집, 한국어문학회, 2010. 9.

18) 졸고, 「한암 선사 〈참선곡〉 구조의 역동성」, 『우리말글』 제48집, 우리말글학회, 2010. 4.

19) 이 구절은 〈莊嚴念佛〉에 나오는 한 구절이다. "아미타불은 어디에 있는가? 마음에 붙여 절대로 잊지 말라. 생각이 생각이 다하여 생각 없는데 이르면 여섯 문으로 항상 자금광의 빛이 나리라.(阿彌陀佛在何方 着得心頭切莫忘 念到念窮無念處 六門常放紫金光)

이 지극한 경지에 이르는 무념의 상태에 가서 일상생활을 할 때에도 '이뭣꼬'라는 화두를 놓치지 말라고 당부하고 있다. 염불선이 염불을 하면서 염불하는 이것이 무엇인가를 의심하는 것인데[20] (9)의 내용은 바로 이런 것을 구체적 현장에서 실현하는 방법을 교시하고 있다. 침굉도 〈태평곡〉과 〈귀산곡〉에서 염불과 참선을 거론하였고, 지형도 〈勸禪曲〉에서는 염불을 권장하고 있다. 참선곡류 가사 가운데 비교적 앞선 자료에서 염불선이나 염불을 수행 방법으로 함께 제시하였다.

(10)은 일정한 마음을 주재로 하여 動靜의 일상에서 자기의 심성[自心性]을 비춘다고 말하고 있다. 그러면 空과 有의 두 가지 형상이 다 없어져서 보여도 알 수 없고, 알아도 보이지 않으며 안과 밖, 중간에 찾아도 그 형상이 없다고 했다. 이것은 廻光反照[21]의 수행을 말한 것이다. 여기서는 움직이고 고요한 일체의 행동 속에서 돌이켜 자신의 마음, 여기서는 자기의 심성을 비추어 본다고 했다. 그리고 학명이 그의 〈참선곡〉에서 달마의 경우를 말하면서 面壁觀心이라고 하고 '내의 面目 삶혀보세'는 쓰인 용어상으로 관법으로 보이지만 이 작품 마지막 행 '勞動上에 나못보면 그저勞動 거짓勞動'이라고 한 부분을 함께 고려하면 회광반조로 판단이 된다. 동정하는 행위의 근원자인 자신의 마음을 돌이켜 살피기 때문이다. 대혜가 『서장』에서 자신을 돌이켜 보라고 한 것 역시 이것을 말한다. 송대 간화선을 정립한 대혜 종고는 회광반조의 수행법을 이른 시기에 사용했는데 이 자료를 교재로 삼았던 이 당시 승려들도 자연스럽게 회광반조의 방법을 중요한 수행법으로 사용한 것으로 보인다.

---

20) 염불선은 선정과 염불을 병행하는 수행방법인데 唐代 五祖 홍인의 문하 法持에서부터 시작되어 宋, 元 이후 유행했다.('염불선', 『선학사전』, 월운감수, 이철교, 일지, 신규탁 편찬, 불지사, 1995, 458~459쪽 참고)

21) 간화선을 정립한 대혜도 『서장』에서 이런 수행 방법을 가르쳤다.(대혜종고저, 고우 감수, 전재강 역주, 『서장』, 운주사, 2008, 190~191쪽 참고)

겉으로 보아 이와 비슷하면서 다른 선수행법이 觀法[22]이다. 경허는 그의 〈참선곡〉에서 '五蘊色身 생각하되 거품같이 觀을하고/ 바깥으로 逆順境界 夢中으로 생각하야 喜怒心을 내지 말고/ 虛靈한 나의 마음 虛空과 같은 줄로 眞實이 生覺하야'라고 하고 있다. 경허는 『반야심경』에서 '照見五蘊皆空'이라고 하여 일체를 빈 것으로 본다는 그 觀과 같은 논리를 〈참선곡〉 첫 구절에서 펴고 있다. 역순 경계를 꿈속 것으로 생각하는 것은 관법의 또 다른 표현이다.

이상의 논의에서 참선곡류 가사가 제시하는 수행법이 단순한 간화선의 참선법만이 아니라는 것을 알 수 있다. 간화선이 가장 중요한 수행법으로 다루어지기는 했으나 이것이 제대로 되지 않을 때 염불선을 수행한다든지 회광반조를 통하여 마음을 비우고 다시 간화선으로 나가기도 하고, 선에 입문하기 위한 사전 정지작업으로 觀法을 통하여 일체 존재의 본질을 살펴보는 등의 다른 여러 가지 선수행의 방법을 동시에 제시하고 있기 때문이다. 관법이나 회광반조의 선 수행을 바탕으로 간화선에 나가는 경우를 보여주기도 했고, 간화선을 수행하다가 진전이 없을 때 염불을 곁들이는 염불선을 강조하기도 했다. 그런데 간화선의 경우 주로 '이뭣꼬' 화두를 사용했고, 침굉과 만공의 경우 조주무자 화두의 참구를 권장하기도 했다.

5. 작품 전개 원리와 시적 화자, 복합적 선수행

여기서는 불교가사의 개별 작품 연구에서 유형적 연구로 나가야 할 필요에 따라 참선곡류 불교가사를 살펴보았다. 불교가사의 하위 유형

---

22) 교육원 불학연구소 편저, 『수행법연구』, 조계종출판사, 2005, 609~716쪽 참고.

을 구성하고 있는 작품들 간의 상관관계, 유형들 간의 교섭관계, 작품 외적 사실과의 관계 등을 개별 작품 차원보다 더 상위에서 논의함으로써 불교가사의 전체적 특징을 유기적으로 조망할 수 있게 해 주는 것이 유형 연구라고 보고 이 작업의 일환으로 참선곡류 불교가사를 논의했다. 참선곡류 불교가사의 성격을 작품 전개, 시적 화자, 수행 방법이라는 세 가지 기준에서 살펴보았다.

작품 전개의 원리라는 기준에서 참선곡류 불교가사는 문제 제기와 해결 방안의 제시라는 기본 원리에 의하여 작품이 전개되고 있었다. 문제와 해결의 관계를 한 번만 사용한 작품이 있고, 이를 세 번까지 반복하는 작품이 나타났다. 한 번만으로 작품이 마무리는 되는 경우에는 여러 가지 문제를 묶어서 종합적으로 제기하고 여기에 핵심적 해결 방안을 제시하였고, 두세 번 반복한 경우 처음에는 인간을 비롯한 일체가 무상하다는 보편적인 문제를 먼저 제기하고 점차 수행 과정의 특정 국면이나 시대적 구체적인 문제를 제기하였으며 이런 문제 제기에 맞추어 해결방안도 일반적인 데서 구체적인 데로 문제에 걸맞게 제시되는 양상을 보여 주었다.

시적 화자의 성격에서는 교시자의 목소리를 기본적으로 가지면서도 교시의 효과를 높이기 위하여 주장을 논리적으로 펴는 주장자나, 객관 사실을 예로 소개하여 알려주는 설명자, 출가 수행의 과정을 자기의 체험으로 서술하는 체험자를 시적 화자로 설정했다. 이와 같은 몇 가지 시적 화자는 같은 작품 안에서 결국 명령이나 청유를 통하여 특정 교시를 따르도록 요구하는 시적 화자 즉 직접적 교시자로 귀결하는 모습을 보여 주었다. 직접적이고 일방적 교시에 앞서 논리적 주장과 객관적 사례의 제시, 생생한 자기 경험을 현장감 있게 들려줌으로써 작가가 의도한 교시가 신뢰성과 감염력을 더 높이는 효과를 거둔다고 보았다.

그리고 참선곡류에서 궁극적으로 가르치고자 한 핵심 내용이 무엇인가를 살폈는데 간화선이 참선곡류 불교가사의 중심 내용을 이루고 있었다. 여기에 더하여 염불선이나 회광반조, 관법 등이 부차적인 선수행법으로 표현되었다. 회광반조나 관법이 본격적 간화선 수행을 하기 위한 사전 준비 단계의 선수행법으로 간주되었고, 염불선은 간화선 수행에 진전이 없을 때 수행을 포기하지 않고 지속하는 방법으로 제시되었다. 간화선, 염불선, 회광반조, 관법이 모두 문자를 사용하지 않고 사유를 기본 바탕으로 한다는 점에서 선이라고 할 수 있는데 그 가운데 '이뭣꼬'와 '無字'를 의심하는 간화선이 선수행의 주류로 참선곡류 유형의 작품에 표현되었다.

요컨대, 문제 제기와 해결 방안 제시의 작품 전개 원리에 따라 주장자, 설명자, 체험자를 시적 화자로 내세워 간화선을 중심으로 한 회광반조, 염불선, 관법 등 다양한 선 수행법을 유기적으로 연관하여 논리적으로 주장하고, 객관적으로 설명하며, 절실한 자기 체험을 서술하면서 작품 마지막 부분에서 교시자로서 청유나 명령의 화법을 통하여 교시를 내림으로써 선수행이라는 해결 방안을 수용하게 하려 했던 것이 바로 참선곡류 불교가사 유형이 가진 구조적 특징이라 할 수 있다.

제8장 경전가류 불교가사의 소의 경전과 성격

1. 경전가류 불교가사

불교가사는 동학가사나 천주교가사와 같이 같은 종교가사이면서도 구체적 성격에 있어서 다른 면모를 많이 보여 준다. 상제나 천주와 같은 신을 믿고 섬기는 과정이 없는 대신 스스로 수행하는 과정을 반드시 거쳐야 하기 때문이다. 불교 공동체의 여러 국면에서 수행이 많은 부분을 차지하는 것도 이와 같은 특성에 연유한다고 할 수 있다. 그리고 불교가사 여러 유형 가운데 수행 관련 유형이 많이 나타나는 것도 이와 연관이 있다. 그러나 종교가사가 가지는 포교 지향성은 불교가사 역시 가지고 있다. 여기서 다루고자 하는 경전가류 불교가사는 이런 수행 지향성과 포교 지향성의 두 가지 지향성을 모두 가지고 있는데 이것은 소의 경전이 수행의 과제가 되면서도 포교의 주제가 되는 것과 연관이 있다.

경전가류 불교가사는 특정 불교 경전이나 불교 이론을 가사로 전환한 작품으로 반드시 소의 경전을 가지고 있는 불교가사를 일컫는다. 여기에 해당하는 작품은 현재 〈법화일승가〉, 〈진여자성가〉, 〈육도가〉, 〈원효대사발심수행가〉, 〈보조국사계초심학인가〉, 〈인과약설〉, 〈인과응보가〉, 〈부모은중가〉, 〈부모은공가〉 등 모두 아홉 편이다. 불교가사

의 여러 가지 유형이 다 독자적 성격과 기능을 가지고 중요한 역할을
하지만 경전가류 불교가사는 불교라는 종교가 가진 가장 중요한 교리
를 담고 있으면서 수행과 포교라는 두 가지 과제와 가장 밀접한 관계
를 맺고 있기 때문에 불교가사 전체에서도 특별한 자리를 차지한다.
이 유형의 불교가사를 연구해야 할 필요성이 바로 여기에 있다. 그리
고 이 유형에 속하는 불교가사가 모두 원전 불경을 배경으로 가지고
있고, 한문 경전을 가사화하는 그 자체와 그 과정에서 일어나는 여러
가지 변화가 이 경전가류 불교가사 유형과 불교가사의 전체를 이해는
데에 중요하기 때문에 논의가 필요하다.

이런 경전가류 불교가사를 이해하기 위해서는 팔만대장경이라는 방
대한 불경 가운데 어떤 경전이나 자료를 무슨 이유에서, 어떻게 가사
화했는가? 하는 문제를 다루어야 한다. 이것은 경전가류 불교가사가
의 존재 방식이 일반 불교가사와 상당히 다르고, 서로 다른 성격의 경
전이 경전가류 불교가사로 수렴되면서 보여주는 변화를 구명해야 하
기 때문이다. 한문으로 된 원전 경전에서 한글 가사로 전환되면서 나
타나는 경전가류 불교가사 형성 과정의 특성을 작품의 갈래 성격, 작
품 내적 화자의 형성 과정이라는 기준에서 검토하면 이 문제를 어느
정도 해결할 수 있을 것으로 보인다. 이런 기준에 의하여 한글 가사가
한문의 원전에 비하여 어떻게 차별화되는 지를 살펴야 가사와 가사 아
닌 원전의 차별성을 더 심층적으로 밝혀 볼 수 있다.

이 논의에서는 해당 불교가사 작품과 이들 작품의 배경이 되는 모든
원전 불교 경전을 기초 자료로 삼고, 이런 불교 경전 표현방식을 변형
하면서 형성된 경전가류 불교가사 작품을 중심 연구 자료로 삼고자 한
다.[1] 따라서 경전가류 불교가사, 소의 경전[2], 기타 유형의 불교가사
자료를 비중에 따라 모두 포괄하여 논의를 진행하고자 한다.

2. 경전가류 불교가사의 소의 경전과 그 수용 방식

경전가류 불교가사의 중요한 특징 중에 하나가 소의 경전을 가지고 있다는 점이다. 앞에서 말한 팔만사천 장경 가운데 소의 경전으로 사용된 것을 이 유형의 가사 작품과 연계하여 보면 〈법화일승가〉는『법화경』, 〈진여자성가〉는『십우도』, 〈육도가〉는『대품반야경』, 〈원효대사발심수행가〉는『발심수행장』, 〈보조국사계초심학인가〉는『계초심학인문』, 〈인과약설〉과 〈인과응보가〉는『불설삼세인과경』, 〈부모은중가〉와 〈부모은공가〉는『부모은중경』의 내용을 각각 가사화하여 나타났다. 이 장에서는 수많은 경전 가운데 선택되어 불교가사로 전환된 경전들이 어떤 성격을 가지는 지를 먼저 논의해 보고자 한다. 경전가류 불교가사 형성 과정을 이해하는 기초 작업으로 반드시 거쳐야 할 작업

---

1) 임기중,『불교가사 원전연구』, 동국대학교 출판부, 2000./ 임기중,『불교가사』1·2·3·4·5권, 동국대학교 부설 역경원, 1993./ 안동내방가사전승보존회,『2001년 제5회 내방가사경창대회원고모음집』, 한빛, 2001./ 안동내방가사전승보존회,『2002년 제6회 내방가사경창대회원고모음집』, 한빛, 2002./ 안동내방가사전승보존회,『영남의 가사』1, 한빛, 2002. 이 세 가지 자료는 모두 가사의 원전을 담고 있는 자료집이고 연구서가 아니다. 실제 경전가류 불교가사에 대한 기존 연구는 지금까지 한 번도 이루어지지 않았고 이 유형 이외 염불가류, 참선곡류, 몽환가류 불교가사 등 다른 불교가사유형에 대한 연구를 필자가 진행해 왔는데 그 논문은 참고 문헌에 제시한 것으로 대신한다.

2) 이운허 옮김,『묘법연화경』법보원, 1972./ 무비,『법화경강의』상·하, 불광출판사, 2008. 혜담지상 옮김,『대품마하반야바라밀경』상·하, 불광출판사, 1992. 한길로 역주,『불설삼세인과경』, 보련각, 2010. 월호 풀이,『세어본소만존재한다』, 운주사, 2009. 선주사,『부모은중경』, 보련각, 불기 2538. 이상이 이 장에서 다룬 경전가류 불교가사의 소의 경전인데 최근 불경의 가사화 작업이 새로 진행되는 사례가 발견되었다. 승려와 속가인이 협동작업으로『가사체 금강경』(무비스님·대심거사 주역, 운주사, 2013)이라는 작품을 출간했고 향후 중요경전(『부모은중경』,『아미타경』,『약사경』,『권수경』,『보현행원품』등)을 가사화하는 작업을 실행하고 있다.

이기 때문이다. 경전 자체가 보여주는 특성에 기초하여, 이들 자료가 불교가사라는 문학작품으로 전환되면서 나타나는 몇 가지 수용 양상을 따져 보고자 한다.

1) 소의 경전의 성격 구도

소의 경전만 보면 『법화경』, 『대품반야경』, 『부모은중경』, 『불설삼세인과경』, 『십우도』, 『발심수행장』, 『계초심학인문』 등 7편이다. 이 가운데 앞의 네 가지는 독립된 불교 경전이고 뒤의 세 편은 경전이 아니라 불교 교리를 담은 단일 문건이다.[3] 이들 경전과 교리 담론의 내용을 차례대로 살펴 성격을 구명해 보고자 한다.[4]

『법화경』은 초기 대승 경전으로 상당히 긴 불경이다. 후진 구자국 구마라집이 한문으로 번역한 『법화경』을 보면 전체 7권으로 되어 있고 다시 28개의 품으로 나누어져 있다.[5] 제1권에 1. 序品, 2. 方便品, 제2권에 3. 比喻品, 4. 信解品 등 각권에 두 품씩 들어 있고, 마지막 제7권에 가면 24. 妙音菩薩品, 25. 觀世音菩薩品, 26. 陀羅尼品, 27. 妙莊嚴王本事品, 28. 普賢菩薩勸發品 등 다섯 개의 품이 배치되어 있다. 각 권 안에 배치된 품의 수는 일정하지 않아서 제3권에는 세 개 품, 제4권에는 여섯 개의 품, 제5권에 네 개 품, 제6권에 여섯 개의 품이 배속되어 작품 전체는 28개 품으로 구성되어 있다.[6]

---

3) 여기서는 편의상 두 가지를 모두 '경전'이라는 용어로 통칭하고자 한다.

4) 이들 경전에 대한 구체적 내용을 다 언급하는 것은 논문의 방향과 어울리지 않기 때문에 필요한 내용만 거론하고자 한다. 이런 논의도 이 분야를 다룬 전문적 연구의 도움을 받아서 논리를 전개하고자 한다.

5) 구마라집 말고도 한역은 축법호, 사나굴다 등의 번역본이 더 있고 산스크리트 본에서 영역, 프랑스어역, 티베트어역, 몽고어역, 일어역 등이 있다.(김승동, 『불교·인도사상사전』, 부산대학교 출판부, 2001, 470쪽)

이 경전은 대승경전으로서 승속의 남녀를 포괄하는 보살을 가르친
다는 기본 전제 아래 일체 중생인 대중을 상대로 三乘[7]을 넘어 一佛
乘[8]을 가르치는 내용으로 되어 있다. 이런 교육을 위해 이 경전에서는
각종 방편 교설을 동원하고 비유를 많이 사용하며 그 가르침에 따라
수행하는 모든 보살, 대중들의 성불을 授記한다.[9]

『법화경』은 부처의 일대시교를 華嚴時, 鹿苑時, 方等時, 般若時, 法
華 · 涅槃時의 五時[10]로 나누었을 때 마지막 시기에 설해진 경전이다.
녹원시에 설해진『아함경』의 가르침, 방등시에 설해진 대승의 가르침,
이 양자를 같다고 보아 융합을 꾀한 반야의 가르침을 거쳐 마침내『법
화경』에 와서 부처의 진실한 가르침을 온전히 드러냈다고 할 수 있다.

『대품반야경』도 중국 후진 구마라집의 번역이 현존하는데 다른 번
역본으로 玄奘의『大般若經』이 있다.[11] 이 경전은 대승 경전 가운데

---

6) 이운허 국역, 구마라십 한역, 『묘법연화경』, 법보원, 1972, 1~1104쪽.

7) 聲聞乘, 緣覺乘, 菩薩乘 세 가지 가르침(이기영, 『불교개론』, 한국불교연구원,
   1977, 47~48쪽).

8) 앞의 삼승은 근기가 낮은 사람을 제도하기 위한 방편의 가르침이었고 오직 부처의
   본격적 하나의 교시만이 진실한 가르침이라는 의미에서 삼승을 넘어서 일승의 기
   치를 세우고 있다.(이기영, 『불교개론』, 한국불교연구원, 1977, 47~48쪽)

9) 授記란 언제, 어디에서 어떤 이름의 부처가 될 것이라고 먼저 예언해 주는 것을
   의미한다. 그 외 이 경전의 내용을 더 보면 또 땅 속에서 칠보의 탑이 솟아나『법화
   경』을 진실하다고 증언하기도 하고(11. 견보탑품), 사바세계가 깨어지고 한량없는
   보살이 솟아올라 왔다고도 하고, 부처는 스스로 자신이 엄청나게 오래 전에 이미
   성불해 있었다고도 하였다. 그리고 여래의 수명은 길어서 중생들이 무생법인을 얻
   고 남의 공덕을 기뻐하며 남을 지극히 공경한 상불경 보살이 석가모니의 전신이라
   고도 하며(20. 상불경보살품), 또 자기 법을 여러 보살에게 부촉하고(22. 부촉품),
   이어서 여러 보살을 중심 내용으로 하는 각종 보살품이 배치되어 있고, '26. 다라
   니, 27. 묘장엄왕본사품' 등이 배치되고 앞에 소개한 28품이 끝에 배치되어 있다.

10) 諦觀 저 · 이영자 역, 『천태사교의』, 경서원, 1988, 38쪽.

11) 김승동, '대품반야경'조, 『불교 · 인도사상사전』, 부산대학교 출판부, 2001, 354쪽.

가장 이른 시기인 서력 기원 전후에 성립된 반야경이다.[12] 책 전체가
상권과 하권으로 나누어져 있고 상권은 제1권에서 제13권까지이고 하
권은 제14권에서부터 제27권까지인데 각 권 아래에는 다시 品을 나누
어 배치하고 있다.[13]

　이 경전에서는 일체의 사태에서 眞如를 다해야 한다고 하고 그러기
위해서는 空觀에 의거하지 않으면 안 된다고 주장한다. 一切皆空의 의
미를 아는 것이 究竟智이며 여기에 의거하여 삶을 살아가는 것이 보살
이라고 한다. 이런 보살의 경지에 이르기 위하여 보시, 지계, 인욕, 정
진, 선정, 반야라는 6바라밀[六度]의 실천을 강조한다. 이런 수행을 통
하여 얻는 구경지, 일체지를 반야바라밀이라고 강조하고 있다. 이 경
전은 앞에서 말한 오시의 가르침에 의거하면 네 번째 반야시에 해당하
고 불교 가르침을 공관으로 회통하는 특징을 보여준다.

　『부모은중경』은 같은 이름의 三本이 있고 서로 같지 않은 부분이 있
다고 하여 僞經 논란이 있는 경전이다.[14] 그러나 이 경전이 세간에서
는 매우 중요한 경전으로 간주되고 최근에는 이를 배경으로 불교가사
까지 나타났다.[15] 경의 길이는 비교적 짧은데 번역된 책에서는 전체

---

12) 혜담 역, 『대품마하반야바라밀경』 상·하, 불광출판사, 1992. 이 경전에 대한 소개
　　는 이 책의 해제 부분을 참고하고 경전의 전체 내용은 이 책에 근거하여 필자가
　　서술한 것이다.
13) 상권은 제1권에 序品第一, 奉鉢品第二, 習應品第三 등 세 개의 품이 있고 이하
　　각 권마다 2~5개의 품을 배치하여 마지막 제13권에 聞持品第四十五, 魔事品第四
　　十六까지 포괄하여 전체 46개의 품으로 구성되어 있다. 하권은 제14권의 兩過品第
　　四十七, 佛母品第四十八, 問相品第四十九에서 시작하여 각권마다 2~5개의 품을
　　배치하여 마지막 제27권의 常啼品第八十八, 法尙品第八十九, 囑累品第九十에 이
　　르기까지 전체 44개의 품으로 구성되어 있다.
14) 김승동, '부모은중경, 부모은중경변상도'조, 『불교·인도사상사전』, 부산대학교
　　출판부, 2001, 694~695쪽.
15) 〈부모은중가〉, 〈부모은공가〉, 〈인과응보가〉 등은 최근 안동지역내방가사 전승보

9개의 장으로 구성되어 있다.[16] 이 가운데 제4장에서 부모 특히 어머니의 은혜를 第一 懷軆守護恩에서부터 第十究竟憐愍恩까지 열 가지를 순서대로 표현하여 강조하고 있다.[17] 이 경은 오시에 해당하지 않고 후대에 지어진 것으로 특히 유교적 효를 강조하는 우리나라나 중국에서 중시되었고 경전의 내용을 그림으로까지 그려 유포하였다.[18]

『인과경』은 두 가지가 있는데 하나는 『과거현재인과경』[19]이고 다른 하나는 『불설삼세인과경』이다. 가사로 전환된 작품은 후자인데 이 경전은 매우 짧은 것이 특징이다. 그래서 장의 구분 없이 사건 사건을 하나씩 나열하는 방식으로 내용을 전개하고 있다. 이를 일부 들어 보면 부처가 영취산에서 영산회를 베풀 때, 아난이 1250인을 이끌고 부처 앞에 모여서 중생의 업보에 대하여 질문하고 여기에 부처가 대답하는 것으로부터 시작하여 전체적으로 금생에 잘 된 사람, 못된 사람이

존회에서 발간한 『영남의 내방가사 1』(한빛, 2002)에 게재된 작품이고 〈인과약설〉은 안동시에 거주하는 이동수가 제공한 음성자료이다.

16) 선주사, 『부모은중경』, 보련각, 불기 2538. 전체 체제를 보면 '제1장 이 경의 연유, 제2장 마른 뼈의 교훈, 제3장 잉태했을 때의 고생, 제4장 낳아서 기르신 은혜, 제5장 불효, 제6장 보은의 어려움, 제7장 불효와 지옥, 제8장 보은의 길, 제9장 이 경의 명칭' 등으로 구성되어 있다.

17) 열 가지 은혜를 들어 보면 第一 懷軆守護恩, 第二臨産受苦恩, 第三生子忘憂恩, 第四咽苦吐甘恩, 第五廻乾就濕恩, 第六乳哺養育恩, 第七洗濯不淨恩, 第八遠行憶念恩, 第九爲造惡業恩, 第十究竟憐愍恩으로 되어 있다.(선주사, 앞의 책, 27~50쪽)

18) 김승동, '부모은중경변상도'조, 『불교·인도사상사전』, 부산대학교 출판부, 2001, 695쪽.

19) 이 경전도 명칭을 『인과경』이라고 하고 송나라 때 구나발다라가 번역한 4권이 있다. 『과거현재인과경』은 부처가 사위성에 있을 때 과거에 보광여래에게 수기를 받은 것을 설하고 스스로 출가하여 항마, 성도하고 5비구를 비롯한 야사, 세 가섭, 사리불, 목건련, 마하가섭 등을 제도하여 아라한을 만들었던 자기의 과거를 기록한 自說佛典이다. 『불설삼세인과경』은 한 권이 있는데 구마라십이 번역한 것으로 되어 있다.(김승동, '과거현재인과경'조, 『불교·인도사상사전』, 부산대학교 출판부, 2001, 117쪽 참고)

왜 그런지에 대하여 일일이 구체적으로 자문자답의 형식으로 인과의
과정을 설명하는 내용으로 되어 있다.[20]

『십우도』는 선수행의 단계를 소와 목동의 관계에 비유하여 열 가지
그림과 頌으로 표현한 선서이다. 현재 세 가지 종류가 전하고 있는데[21]
그 가운데 곽암의 것이 가장 많이 유포되어 있고 일반적으로『십우도』라
고 하면 곽암의 것을 떠올린다.[22] 곽암의『십우도』10개 장을 보면 '1심
우(尋牛), 2견적(見跡), 3견우(見牛), 4득우(得牛), 5목우(牧牛), 6기우귀
가(騎牛歸家), 7망우존인(忘牛存人), 8인우구망(人牛俱忘), 9반본환원(返
本還源), 10입전수수(入鄽垂手)'로 되어 있다. 이 경전은 수행하고 깨달
음을 얻어 자유자재하게 교화에 나서는 전체 과정을 형상화를 통하여
구체적으로 그려 보여주고 있는 열 수의 한시 작품이다. 수행과 깨달음,
교화의 세 가지 내용이 열 가지 각 단계로 나뉘어 표현되어 있다.

『발심수행장』은 처음 마음을 내어 수행하는 것에 대한 가르침을 담고
있는 한문으로 된 원효의 산문 글이다. 내용을 보면 사욕을 버리고 고생
을 한 부처가 적멸궁을 장엄했다는 말을 시작으로 욕심을 못 버려서
윤회를 한다는 등의 일[23]과 해가 바뀌어도 착한 길을 가지 않는 것,

---

20) 예를 들면 금생에 귀한 벼슬을 한 사람, 능라금수 비단옷을 입은 사람, 먹고 입는
것이 풍족한 사람, 먹고 입는 것이 넉넉지 못한 사람, 부모 없는 사람, 자식 없는
사람, 금생에 단명한 사람 등 일일이 금생의 잘 되고 못된 결과가 과거 원인에 의하
여 되었다는 것을 끝까지 설명한 내용으로 되어 있다. 선인선과 악인악과의 기본
선악 의식을 심어주는 기능을 수행하고 있다.

21) 첫째 하나는 宋의 淸居晧昇이 지은 것이고, 다음 하나는 역시 宋의 普明이 지은
것으로 總序와 10장의 송으로 구성되어 있다. 그 다음 하나는 宋代 廓庵師遠이 지
은 것으로 慈遠의 서문이 있고 전체 10장의 그림과 송으로 구성되어 있다.

22) 이철교·일지·신규탁, '십우도'조, 『선학사전』, 불지사, 1995, 425~426쪽 참고.

23) 그 외에 내용을 더 보면 윤회하는 중생을 지적하고 사대색신의 오욕락, 애욕망
때문에 출가 수행하지 못한다는 점, 물건에 탐심을 두는 것과 재물을 주는 자비,
출가하여 목과와 산골 물을 마시며 하는 검소한 수행 생활, 좋은 음식과 옷이 소용

늙은 몸으로 수행을 못하며, 누워서 게으름과 앉아서 심난하다는 것
등을 지적하고, 또 차생에 못 닦으면 윤회가 두려워서 급급한 일이라는
지적 등 여러 가지 내용으로 구성되어 있다. 수행을 가르치면서도 수행
을 어떻게 하는가와 함께 수행해야 할 필요성을 여러 가지 사례를 들어
반복해서 강조하여 수행에 나서게 하려는 교시적 글이다.

『계초심학인문』은 처음 발심을 하여 수행하려는 사람이 지켜야 할
여러 가지 일들을 가르치는 보조의 산문 글이다. 일부 내용을 보면 우
선 발심한 사람은 착한 벗을 사귀고, 계를 지키고 부처의 말을 따라야
하고, 대중 속에서 부드럽고, 온화하고 착하고 순종할 것, 화합어를
쓰고 사랑하는 마음으로 서로 대면하고 재물과 여색을 멀리하고 남이
거부하는 것을 알려 하지 말며, 육일이 아니면 속옷을 빨지 말라는 것,
법문 들을 때와 걸을 때, 말할 때, 병든 사람 있을 때, 손님 올 때,
웃어른 만날 때, 음식물 먹을 때, 일할 때에 하지 말아야 할 것들을
낱낱이 나열하여 교시하고 있다.[24]

없음, 허송세월하며 방일하지 말 것, 애정을 뗄 것, 두 바퀴 수레 같은 계행과 지혜
를 갖출 것, 승려로서 누추한 일 하지 말 것, 계행은 높은데 가는 사다리이어서
계행이 없으면 남의 복전이 될 수 없다는 것, 세월이 흘러가니 부지런히 수도할
것, 인간 탐욕을 참으면 무궁락이 이른다는 것, 승려가 치부는 웃음거리, 죄악 지음
이 늘어남, 심신의 괴로움에 끝이 없다는 등의 내용을 길게 나열하고 있다.

24) 그 외에 또 묵묵할 것, 도 닦기 힘쓸 것, 반야경을 항상 읽을 것, 수련할 때 부지런히
할 것, 축원할 때 경의 뜻을 볼 것, 산해 같은 자기 죄를 참회할 것, 부처와 내 마음이
감응됨을 믿을 것, 함께 사랑하고 보호하며 지켜야 할 것들을 나열하고, 또 말할
때, 문밖에 나갈 때, 속가 집에 갔을 때, 대중절에 머물 때, 산란한 인연 만났을
때, 종사 법문 들을 때 지켜야 할 것을 말하고 슬기롭게 배우면 해탈 보리를 이루고
어리석게 배우면 생사에 빠진다고도 하였다. 법문을 들을 때 의심나면 묻고 연구하
면 선심, 도심이 생긴다고 하고, 탐진치가 학질처럼 일어나니 단속하고 지혜를 얻어
막을 것이며, 게으르지 말 것, 뉘우치고 옳은 길로 갈 것을 강조하고 있다. 이렇게
닦았을 때 나타나는 효과 즉 수련 문이 밝아지고, 도업이 새로워지고, 환희심이
나고, 물러섬이 없어지고, 오래하면 바른 지혜가 밝아지고 자기 본심을 찾고 자비한

이상에서 살펴본 경전들의 내용을 함께 보면[25] 일정한 특징과 관계 구도가 발견된다. 『법화경』에서는 역대 부처와 그 찬양을 통한 일불승이라는 불교 핵심 교리를, 『대품반야경』에서는 공관에 기초한 구경각과 육바라밀이라는 수행의 방법, 『부모은중경』에서는 부모 은혜와 효행의 방안, 『인과경』에서는 각종 과거 현재 미래의 인과법칙에 기초하여 고취한 선행의 내용 등을 각각 나타냈다. 『십우도』에서는 수행 차제에 따라 나타나는 구체적 상황의 제시, 『발심수행장』에서는 세월의 무상함과 수행의 필요성, 『계초심학인문』에서는 각종 경우마다 해야 할 수행과 효과에 대하여 주로 말하여 수행의 차제를 보이고 수행에 나서게 하고 있다. 요컨대 불일승과 공이라는 불교 핵심 교리를 전제하고, 여기에 이르기 위한 수행 방법과 수행의 차제, 효도와 인과의 대중적 실천의 구도로 경전들이 선정돼 있다.[26]

지혜가 생겨 중생을 제도하고 천상과 인간에서 대복전을 짓게 된다고 하였다.

25) 『법화경』은 일승이라는 가르침을 통하여 과거, 현재, 미래 부처의 계계전승과 수기에 대한 내용을 담고 있다. 『대품반야경』은 공관에 의거하여 구경각을 얻어야 한다고 하고 그 중간에 수행방법으로 육바라밀을 강조하는 내용으로 되어 있고, 『부모은중경』은 부모 가운데 특히 어머니의 은혜가 크다는 것을 강조하고 불효의 결과, 보은의 방법 등을 가르치는 내용으로 되어 있다. 『인과경』은 일체를 인과라고 하고 특히 모든 인간의 현재 삶이 과거에 지은 업인으로 인하여 결정된다고 하고 미래지향적으로 좋은 업인을 지을 것을 강조하는 내용으로 되어 있다. 그리고 『십우도』는 수행의 열 단계를 동자가 소를 찾는 것에 비유하여 나타냈고, 『발심수행장』은 인간이 왜 윤회의 고통을 겪는지, 계행을 왜 지켜야 하는지, 수행을 왜 해야 하는 지 등에 대하여 주로 말했고, 『계초심학인문』은 이와 유사하면서도 구체적 경우마다 해야 할 일을 말하고 그렇게 하면 지혜가 밝아지고 본심을 찾고 중생을 제도하여 복전을 짓게 된다는 효과를 말하고 하였다.

26) 결국 부처의 근본 가르침을 전제로 수행해야 할 필요성과 경우마다 구체적으로 해야 할 일과 수행 방법을 말하고, 선 수행의 단계적 진행 과정을 보여주었고, 인과의 도리와 효도에 대하여 강조한 것이 경전가류 가사의 소의 경전이 가진 핵심 내용이다. 불교 핵심 교리를 기초로 하면서 공관에 기초한 보살의 바라밀 수행, 선수행, 이런 수행에 나서기 전의 기본적 수행, 대사회적으로 인과와 효행의 교시

즉 소의 경전들은 교리와 수행, 대중 포교라는 삼각 구도로 상호 관
계를 맺고 있다.

2) 소의 경전의 수용 방식

소의 경전을 보면 『법화경』, 『대품반야경』은 방대하고 『부모은중경』,
『삼세인과경』은 짧고, 『십우도』는 열 수의 한시, 『발심수행장』과 『계초
심학인문』은 한 편의 한문글이다. 여기서는 다양하게 존재하는 불교
경전을 제한된 길이의 가사 작품으로 어떻게 수용하는지를 살피고자
한다. 소의 경전이 다양하듯이 경전을 가사로 수용하는 방식도 각기
다른 모습을 보여 준다. 먼저 『법화경』은 한 편의 가사에 비하여 방대한
경전이기 때문에 〈법화일승가〉를 보면 경전 내용을 자세하게 표현하지
않고 작품의 전반부에 『법화경』의 불일승 사상과 부처의 위대함을 찬양
하고, 작품 후반부에 경전의 내용을 '서품'부터 마지막 '보현보살권발품'
까지 묶어서 28개품의 핵심 내용만 몇 행으로 요약하여 나타내고 있
다.27) 즉 경전과 부처를 찬양한 부분을 새롭게 창작하고 경전 내용은
항목별로 일률적으로 요약하는 방식, 즉 창작과 요약의 방식으로 경전
을 수용하고 있다.

〈육도가〉는 『대품반야경』을 수용하고 있는데 이 경전 역시 『법화경』

등의 내용을 실천하도록 교시하는 것으로 되어 있어서 크게 보면 수행과 교시의
내용이 소의 경전의 중심내용이라고 할 수 있다.

27) 필요에 따라 경전가류 불교가사나 경전의 구체적 내용을 분량상 각주에서 일부
제시한다. 예를 들어 『법화경』을 소의경전으로 하는 〈법화일승가〉 마지막 부분 '묘
음보살 원힝발켜 묘법묘힝 유통ᄒ며/ 관음보살 보문경계 원힝이 자지ᄒ야/ 묘법묘
힝 유통ᄒ며 다라니로 홍호ᄒ야/ 묘법묘힝 유통ᄒ니 마샤엇지 침로ᄒ며/ 필경성취
못호올가 묘장엄왕 본샤품에/ 전사유통 ᄒ오시고 보현보살 권발품에/ 샹힝유통 ᄒ
오시고 인ᄒ여 결경ᄒ니/ 칠축경이 맛차도다'에는 『법화경』의 제7권의 제24품에서
제28품까지의 긴 내용이 단 몇 행으로 요약되어 있다.

에 못지않게 방대하다. 『대품반야경』에서는 육바라밀의 실천 방법, 반
야바라밀과 나머지 다섯 바라밀의 관계 등 경전의 여러 곳에서 반복하
여 육바라밀을 설명하고 있다. 그런데 〈육도가〉에서는 이런 다양한 논
의를 생략하고 육바라밀을 각기 한 번씩만 차례대로 발췌하여 제시하
고, 각 항목에 대표적인 사례를 몇 가지씩 들어서 이를 실천할 것을
교시하고 있다. 그리고 작품의 시작과 끝 부분에서 수행의 필요성을
세출세간의 결과를 통하여 강조하고 있다.[28] 즉 이 작품은 경전에서
여러 번 반복하는 내용을 일회만 발췌하고 각항의 사례를 들어 그 내
용을 강조하는 방식[29], 즉 부분 발췌와 강조의 방식으로 경전을 수용
하고 있다.

『십우도』를 내용으로 하는 〈진여자성가〉는 전체 열 개의 과정 가운
데 첫 번째 尋牛에서부터 여섯 번째 騎牛歸家까지 여섯 개의 과정만을
발췌하여 수용하고 있다. 그리고 발췌한 여섯 단계 가운데 첫 번째 심
우의 내용을 전체 작품 길이의 4분의 3정도로까지 확장하고, 4분의 1
정도의 제한된 범위 안에서 나머지 단계를 아주 짧게 읊고 있다. 가장
강조된 첫 단계를 보면 법을 위한 고행, 인욕을 강조하고 그런 수행을
한 사례로 설산동자, 파순동자, 선지식, 장성턴자, 여러 등의 여러 인
물을 들고, 원수를 갚지 말라고 하고 일체가 천진미타라고도 하였다.
이후 중간의 몇 단계를 간단히 언급하고 작품의 끝 부분에서는 수행의

---

28) 서사에서 수행을 통하여 부처와 보살이 되고, 천자와 제후가 될 수 있으니 닦아
보자고 제안하고, 결사에서는 공부를 하여 극락세계에 가고 본래 구족한 자기미타를
발견하여 자유롭게 왕래하며 중생을 제도하여 부처와 같이 되자는 제안을 하고 있다.
29) 〈육도가〉에서는 『대품반야경』의 六波羅蜜에 대한 많은 내용을 줄여서 한 번씩만
읊고 있는데 해당 부분을 보면 '보시말삼 삽사오니 신심으로 보옵소셔/ (중략) /보
시공덕 하려니와 계힝문을 닥거보셰/ (중략) /계힝법도 하려니와 참난법을 닥거보
셰 (하략) '로 되어 있어서 육바라밀의 각 항을 한 번씩만 읊고 있다.

결과 소를 발견하고 얻어서 잘 길러 타고 집으로 돌아오며 무공적, 피
리를 분다고 하였다. 경전에서 대등하게 다룬 10개 단계를 가사에서는
여섯 단계만 발췌하여 다루었고 다시 1단계에 비중을 크게 주고 나머
지 다섯 단계는 자연스런 부수과정으로 짧게 서술하고 있다.[30] 따라
서 이 작품은 경전의 내용을 필요에 따라 선택하고 그 가운데서도 특
정 하나의 항목에 집중하는 모습을 보여서 발췌와 강조라는 수용 방식
을 보여 준다.

『부모은중경』을 근거로 하는 〈부모은중가〉와 〈부모은공가〉를 보면
이와는 또 다른 수용 방식을 보여준다. 먼저 〈부모은중가〉를 보면 전
체 아홉 개의 장으로 된 경전의 내용 가운데 '제4장 낳아서 기르신 은
혜'의 하위 열 가지 조목 가운데 여섯 항을 발췌하여 부각하고, 효도를
강조하는 작자의 의사를 표현하는 방식으로 경전을 수용하고 있다.[31]
〈부모은공가〉는 작품이 더 짧은데 서사에서 유교의 삼강오륜의 중요
성을 강조하고 본사에서 자식을 회임한 것, 낳는 고통, 젖 먹여 기르는

---

30) 〈진여자성가〉 끝 부분을 보면 '운무가 흣터지고 헤일이 반오ㅎ면 쇼간자회 아니볼
가/ 쇼를차는다 하야도 탈셩각 두지말고/ 평셩의 이킨벌웃 곳치기가 어려와서/ 인욕
을 널비져씨고 선정을 바로잡아/ 오분향쵹 풀을베여 육도고 싱금이며/ 제팔지 밧츨
가라 제구지 과정폭게/ 경ㅎ게 시리노니 빅우가 짜로여서 흑우즉시 빅우로다/ 불복
그자 복구요 불순리자 순리라/ 무일점 지녀ㅎ니 졍라라 적쇄쇄라/ 쇼연이 쇼를타고
탄탄한 중안길노/ 무공적술 피리불며 고힝보기 어려올가'라고 하여 짧은 부분에
見牛, 得牛, 牧牛, 騎牛歸家 등의 『십우도』 상의 여러 단계를 표현하고 있다.
31) 서사에서 부모 은혜가 일월과 같아서 제일이라고 하고 그 중에서도 어머니의 은혜
가 백천 배가 된다고 하면서 본사에서는 어머니의 회임과 그 고통, 자식을 낳고
걱정을 내려놓으며, 쓴 것을 삼키고 단 것을 먹으며, 대신 진자리로 가며, 멀리 가
면 걱정하는 은혜 등 이 경전 제4장 '낳아서 기르신 은혜'에 나오는 열 가지 조목
가운데 대표적인 여섯 가지 은혜를 선책하여 제시하고, 결사에서는 효자 효부는
극락 연화봉에 간다고 하면서 효도를 하면 복을 받고 불효를 하면 죄를 받는다고
하고, 부처님의 설법에서도 효도를 강조했음을 상기시키며 효도를 강조하여 제4장
이외 나머지 장의 내용은 간략하게 요약했다.

수고, 먹이고 입히는 은혜 등을 소개하여 역시 이 경전 제4장의 항목 가운데 세 가지를 발췌하여 부각하고, 결사에 가서 八惡을 버리고 八 善이라는 덕목을 실천할 것을 새롭게 당부하였다. 그래서 이 두 작품 은 경전의 특정 한 장의 내용에서 몇 개 항목을 발췌하여 집중적으로 강조하고 새로운 내용이나 덕목을 가지고 와서 그 실천을 강조하는 방 식, 즉 부분 발췌와 강조, 창의의 방식으로 경전을 수용하였다.

『인과경』을 기초로 하는 두 작품 가운데 먼저 〈인과약설〉은 과거, 현재, 미래의 삼세인과 사상을 바탕으로 하고 있다는 점에서 이 경전 을 수용했다. 그리고 이 경전이 말하는 인과의 구체적 사례 여러 가지 를 수용하고 그 외에 새로운 인과의 사실들을 더 가져와서 작품이 길 어졌다. 전생에 짓는 원인에 따라 부귀영화를 누리기도 하고 빈천하기 도 하다는 등32)의 내용은 대략 이 경전의 내용을 거의 그대로 수용한 것이다. 그런데 새로운 내용을 추가한 것이 상당히 있다. 예를 들어 머리 위에 삼대 신이 있어서 선악을 기록했다가 죄나 허물을 천상에 보고 한다거나 부엌에서 욕설이나 악담을 하면 조황님이 노모님께 보 고를 한다든지, 身口意 삼업을 금하고 내공과 외공을 닦으라고 하면서 짓고 닦은 대로 천국으로 보내 준다는 등의 이야기는 이 작품에만 나 오는 새로운 내용이다. 〈인과응보가〉를 보면 역시 삼세인과의 기본 사 상에 바탕을 하면서 부모남편을 거역하거나 친구권속과 불화하고 후 배후손을 학대하고 악담과 시기 질투를 하면 각종 병이 생긴다고 하 고, 인색하면 빈천하고, 불효하면 병신 자식을 갖는다는 등 경전 내용 을 다소 변경하여 수용했다. 경전에 구체적으로 나타나지 않는 새로운

---

32) 전생 원인에 따라 영웅호걸이 되거나 대인군자가 되거나 천치 바보가 되며, 왕후 부인이 되거나 빈천 부인이 되는 등의 일을 비롯하여, 금생에 백년해로하거나 생사 이별을 하는 것이 효도와 불효에 따른 과보라는 등의 예를 더 제시하고 있다.

것으로 사주팔자를 부정하면 신과 자연의 노예가 된다거나 화합하고 우애, 효도하면 천지신명이 보호한다거나 화목하면 지상정토라거나 사람들에게 자성법을 가르치라고 하고 보살도를 행하고, 마음 쓰기에 따라 극락세계도 되고 화택도 된다거나 사바세계를 가꾸어 지상천국, 불국토를 만들자고 제안하고, 자성미타와 함께 하자는 등이 나타난다. 경전의 일부 내용을 다소 변경하여 받아들이고 새로운 많은 내용을 추가하는 방식, 즉 변환과 창작의 방식으로 경전을 수용하는 모습을 보여 주고 있다.33)

『발심수행장』을 근거로 하는 〈원효대사발심수행가〉, 『계초심학인문』을 바탕으로 하는 〈보조국사계초심학인가〉는 경전 원작을 축자적으로 번역하는 공통성을 보여 준다. 작품 중간 중간에 추가하거나 변화시키거나 빠뜨린 것이 있기는 했지만 이런 경우에도 소의 경전의 뜻을 완전히 또는 부분적으로도 바꾸지는 않았다. 따라서 이 두 작품은 원전의 수용을 축어적으로 수용하고 있다는 것을 확인할 수 있다.

이상 소의 경전의 수용 양상을 요약해 보면 〈법화일승가〉는 창작과 전체 요약의 방식, 〈육도가〉와 〈진여자성가〉는 부분발췌와 강조의 방식, 〈부모은중가〉와 〈부모은공가〉는 부분 발췌와 강조, 창작의 방식, 〈인과약설〉과 〈인과응보가〉는 원전 변환과 창작의 방식, 〈원효대사발심수행가〉와 〈보조국사계초심학인가〉는 축어적 번역의 방식으로 각각 소의 경전을 수용한 것으로 나타났다.

---

33) 『인과경』의 경우 인과의 사례를 다양하게 수집할 수 있어서 이를 기초로 창작된 불교가사 역시 새로운 내용을 더 추가하고 기존의 내용도 자유롭게 변경할 수 있었던 것으로 보인다.

3. 경전가류 불교가사 갈래와 화자의 성격

경전가류 소의 경전을 가사화하면서 나타난 경전 수용의 몇 가지 양상은 앞에서 살핀 길이나 유형에서 뿐만 아니라 원전이 성격상에서도 어떤 변화를 겪는다는 것을 의미한다. 이런 양상은 한문 산문 경전의 한글 가사에로의 전환 과정에서 자연스럽게 나타나는 현상이라고 할 수 있다. 그렇다면 원전인 불교 경전이 경전가류 불교가사로 전환되면서 성격이 어떻게 변전하고 작품의 어떤 측면이 그런 변화를 주도했는지를 살펴보고자 한다.[34]

그래서 한문으로 된 원전 자료를 가사라는 갈래로 개발하면서 나타나는 변화의 요소와 과정을 양자 대비를 통하여 살피고자 한다. 이 가운데 먼저 작품 전체 갈래적 성격을 살펴보고 이런 성격 형성의 핵심 요소가 되는 시적 화자 문제를 다루고자 한다. 그런 성격의 변화를 가장 극명하게 나타낼 수 있는 표지는 누가 누구에게 무엇을 어떤 방식으로 말하는가라고 할 수 있다.[35]

1) 갈래의 성격

가사의 갈래적 성격에 대한 논란이 완전히 마무리된 것은 아니다. 가장 주목되는 주장이 가사가 교술 갈래인가? 서정갈래인가? 하는 두

---

34) 이것은 교수학습의 과정에서 교사가 선택한 수업 자료를 교재로 개발하는 과정과 유사하다고 할 수 있다. 무엇을 교수학습의 자료로 선택하고 어떤 방향으로 그 자료를 가공하여 교수 학습 활동에 투입하는가 하는 문제와 그 진행 과정이 상당히 닮아 있다. 경전가류 불교가사를 창작한 작자들이 교재로 개발할 원전 자료를 먼저 선택하고 이것을 불교가사라는 교재로 개발하여 대중 교화에 이것을 사용하고 있기 때문이다.
35) 여기서 '누구'는 시적 화자이고 '누구에게'는 시적 청자이다. '무엇'은 작품의 내용이고 어떻게는 진술의 방법이다.

가지다. 가사가 아닌 불교의 일반 경전이나 불교적 세계를 담은 시,
산문 등 다양한 한문 원전이 가사로 전환되면서 어떤 변화 과정을 거
쳐 경전가류 불교가사로 전환되는지 그 과정을 살펴 볼 필요가 있다.
서정적, 서사적, 교술적 원전의 기본 성격과 대비하면 불교가사의 성
격이 말하는 갈래적 성격을 어느 정도 짐작을 할 수 있기 때문이다.
경전가류 불교가사로 전환되는 불교 경전은 일반 불교 산문의 경우,
불교경전의 경우, 불교 운문의 경우 등 세 가지 유형36)으로 나누어
볼 수 있는데 각 유형의 원전이 어떤 변화 과정을 거쳐 경전가류 불교
가사의 갈래적 성격을 획득하는지를 살피고자 한다.

> (1) 모드신 부처님이 적멸궁에 장엄함을
>   많고많은 겁해속에 모든사욕 버리시고
>   고생을 하심이요 허다한 중생들이
>   화택속에 윤회함을 한량없는 풍진속에
>   한량없는 탐욕심을 버리지 못함일세
>   오호라 애달토다 막음없는 저천당에
>   가는사람 적은것은 삼독심을 시달림을
>   벗으나지 못함이요 사대색신 오욕낙을
>   제집보물 삼음이라37)   〈元曉大師發心修行歌〉

---

36) 『발심수행장』과 『계초심학인문』은 작자가 불교 교리에 기초하여 독자를 가르치는
   내용을 담고 있어서 교술 갈래에 해당하고, 『법화경』과 『대품반야경』, 『인과경』,
   『부모은중경』 등 불경은 작품외적 자아가 작품 내적 자아의 삶에 개입하여 사건을
   진술한다는 점에서 서사적이지만 내용이 허구가 아니라 불교교설이라는 점에서는
   교술이라고 할 수 있고, 한시 작품의 경우에는 서정 갈래에 해당한다. 이런 유형이
   가사화한다는 말은 교술, 서사적 교술, 서정의 갈래가 하나의 가사로 전환한다는
   것을 의미한다. 가사의 갈래 성격에 대한 대표적 논의는 김학성, '가사의 장르성격
   재론', 『한국시가문학연구』, 신구문화사, 1983, 310~331쪽./ 조동일, 『한국문학의
   갈래이론』, 집문당, 1992./ 김병국, '장르관찰의 시각, 그리고 이 책의 내용', 『장르교
   섭과 고전시가』, 월인, 1999 등이 있다.

(2) 무량보살 마정ᄒ고 유통차경 촉루ᄒ며
   약왕보살 본ᄉ발켜 묘법묘힝 유통ᄒ며
   묘음보살 원힝발켜 묘법묘힝 유통ᄒ며
   관음보살 보문경계 원힝이 자지ᄒ야
   묘법묘힝 유통ᄒ며 다라니로 홍호ᄒ야
   묘법묘힝 유통ᄒ니 마샤엇지 침로ᄒ며
   필경성취 못ᄒ올가 묘장엄왕 본샤품에
   전사유통 ᄒ오시고 보현보살 권발품에
   샹힝유통 ᄒ오시고 인ᄒ여 결경ᄒ니
   칠축경이 맛차도다   〈법화일승가〉

(3) 선근공덕 모든일이 부모효도 제일이라
   극락세계 연화봉에 효자효부 상품대요
   천상옥경 상제전에 효수제자 제일이니
   부모은공 자주깨쳐 효도하고 복받으세   〈부모은중경〉38)

(4) 이은쇼를 슈심말쇼 쵸수남관 험한길의
   발쵸청풍 가지말고 쇼간자취 작작회광
   반죠노 비치시니 일쥬의 반야풍이
   홀연히 두쳐지고 운무가 훗터지고
   헤일이 반오ᄒ면 쇼간자취 아니볼가39)   〈진여자성가〉

---

37) 원작에서 이부분을 보면 다음과 같다. 夫諸佛諸佛 莊嚴寂滅宮 於多劫海捨欲苦行
   衆生衆生 輪廻火宅門 於無量世貪欲不捨 無防天堂少往至者 三毒煩惱爲自家財 無
   誘惡道多往入者 四蛇五欲爲妄心寶(원효, 『發心修行章』, 『한국불교전서』 제1책,
   동국대학교 출판부, 841쪽).
38) 이만식, 〈부모은중가〉, 『영남의 내방가사』 1, 한빛, 2002, 26쪽.
39) 水邊林下跡偏多 芳草離披見也麽 縱是深山更深處 遼天鼻孔怎藏他(『十牛圖』, 월
   암, 『세어본 소만 존재한다』, 운주사, 2009, 38쪽 참고).

(1)〈元曉大師發心修行歌〉는『發心修行章』을 가사화한 작품이다. 일정한 교리에 입각하여 불교 수행을 권장하는 글이라는 점에서는 한문 원전 역시 교술 갈래적 성격을 보인다. 그런데 같은 교술적 성격의 불교 산문을 가사화하면서도 필요에 따라 다른 요소를 넣으면서 표현의 변화를 주고 있다. (1)에 나오는 '오호라 애달토다'라는 표현은 원전 『發心修行章』에는 나오지 않는다. '아, 슬프다!'라는 이 표현은 주관적 정서를 직접적으로 표출한 구절인데 교술적이기만 한 원전 안의 앞뒤 문맥 정황에 따라 이런 서정적 표현을 추가함으로써 극단적 교술성을 완화하고 있다. 이는 정서적 교감을 통해 청자의 공감을 불러와서 교시의 효과를 높이려는 태도를 드러낸 것으로 볼 수 있다. 그리고 (1)에서 '애달토다' 다음 문장 전체를 원전과 대비해 보면 천당과 악도 두 가지를 모두 대구 형식으로 표현한 원문의 내용을 변경하여 천당에 가는 내용으로 묶어 표현하는 변화도 보여 주고 있다.

이와 유사한 변화는 같은 성격의 『계초심학인문』의 경우에도 나타난다. 〈보조국사계초심학인가〉의 서두 부분을 보면 '처음발심 하는사람 악한벗을 멀리하고/ 착한벗을 친근하며 다섯가지 계율과/ 열가지 계행등을 진심으로 잘받아서/ 지켜야 할일이며 범하면 안될일과/ 공개할일 막을일을 잘아아서 할지어라'[40]까지는 『계초심학인문』을 충실하게 축자적으로 번역하다가 그 뒤에 이어지는 '살생을 하지말것 도둑질 하지말 것/ 음행을 하지말것 거짓말 하지말 것/ 음주를 하지말것 다섯가지 계행이라/ 높은자리 앉지말일 몸치장 하지말일/ 가무를 하지말일 재물을 탐내지말일/ 때밖에 먹지말일 열가지 계행이라'라는 원

---

40)『계초심학인문』의 해당 부분을 보면 '夫初心之人 須遠離惡友 親近賢善 受五戒十戒等 善知持犯開遮' 등으로 되어 있고 구체적인 계율의 항목은 나오지 않는데 가사에서는 오계와 십계를 모두 제시하고 있다.

문에 없는 구체적 계행의 항목을 추가했다. 그래서 갈래 성격이 같은
한문을 가사화하면서도 필요에 따라 정서적인 표현이나 구체적 객관
사실을 자유롭게 추가하여 원전의 교술성에 표현의 다양성, 내용의 풍
부성을 더하는 변화를 보여 주고 있다.

(2) 부분은 전체 28개의 품으로 된『법화경』의 후반 '22. 촉루품'에서
부터 '28. 보현보살권발품'까지 7개의 품을 이렇게 짧게 요약한 것이다.
그런데 이 경전도 일반 다른 불교 경전과 마찬가지로 序品에서 '이와
같이 내가 들었다'41)로 시작한다. 이것은 부처가 말한 모든 내용을 기억
하고 있었던 아난이 자기가 들은 대로 말한다는 뜻으로 사용한 불교
경전 서두의 상용 문구이다. 따라서 경전 내용이 전개되면서 직접 여러
가지 당시 상황이나 관련 정황을 설명하는 작품 외적 자아에 해당하는
작자는 아난이고, 경전 안에서 실제 대화나 행동을 하는 작품 내적 자아
에 해당하는 주인공은 부처로 되어 있다. 이것은 주인공이 행동과 말을
하고 작자가 이런 과정을 설명하면서 진행하는 소설의 서사적 기법과
닮은 것이다. 따라서 이 경전의 경우에도 작가에 해당하는 아난이 설명
을 하면서 주인공인 석가의 말과 행동을 보여주는 방식으로 내용을 전
개하여 작품의 표현 방법이 서사적이라고 할 수 있다.42) 서사적 대립과
긴장이 나오는 경우도 있고 그렇지 않은 경우도 있지만 서사적 진술의
기법은 이 경전에서 시종일관 준수되고 있다.43) 그렇다면 작품 (2)에서

---

41) 如是我聞, 我聞如是 또는 聞如是라고도 한다. 석가모니불이 열반한 후 가섭을 중
심으로 경전을 편찬할 때 아난이 모든 경전의 처음에 붙인 말이다.(김승동, '如是我
聞'조, 『불교 · 인도사상사전』, 부산대학교 출판부, 2001, 1389쪽 참고)
42) 여기서 서사적이라는 말은 소설과 같이 허구의 사건을 전개하여 서사 갈래라는
의미가 아니라 작품 전개의 방법, 진술의 방법이 비슷하다는 말이다. 이를 정확하
게 말하자면 서사적 교술이라고 할 수 있다.
43) 『묘법연화경』 제1권, '1. 서품'을 보면 '내가 이와 같이 들었다. 어느 때 부처님께서
왕사성 기사굴산중에서 큰 비구 대중 일만이천인과 함께 계셨으니……'로 시작하여

보인 요약제시 부분은 긴 서사적 진술을 객관 사실로 짧게 축약하여 직접 제시함으로써 교술적 방식으로 전환한 것이다. 방대한 서사적 진술을 다 생략하고 다만 각 품의 핵심 인물의 행위를 그 인물을 직접 등장시켜 말과 행동을 하게 하지 않고 시적 화자가 직접 설명하며 작품 전개에 항상 개입하고 있기 때문이다. 다시 말하자면 시적 화자가 누가 무엇을 하여 어떻게 했다는 직접 진술의 문장을 계속 이어가서 주인공의 삶이 객관 설명의 정보로 전환되고 있는 것이다.

(3)의 경우는 본격적 경전을 수용하면서도 (2)와는 또 다른 면모를 보여주고 있다. (3)이 근거로 하고 있는『부모은중경』역시 '이와 같이 나는 들었다'로 시작하고 있다. 그리고 이 경전이 설해진 상황을 아난이 설명으로 시작하여 석가의 대화와 행동을 소개하면서 내용이 진행된다. (2)에서는 이런 경전의 내용을 완전히 축약하여 개요를 설명하는 방식으로 표현했지만 (3)의 전체 작품에서는 이 경전의 일부 내용을 발췌하여 제시하다가 (3) 부분에 와서는 이 경전의 내용에 기초하면서도 실제 이 경전과 직결되지 않는 내용을 새롭게 제시하여 주장하고 있다. (3)을 보면 선근공덕 가운데 부모효도가 제일이라고 하고 그래서 극락세계와 상제전에 효자효부가 가장 좋은 상품대에 가게 된다고 하면서 효도하여 복을 받자고 제안하고 있다. 시적 화자는 여기서 극락과 상제전이라는 내생의 결과를 가져와서 효도를 권장하고 있다. 이것은 서사적 진술의 불교 경전이 교술적 불교가사로 전환된 또 다른 방식의 한 사례가 된다고 할 수 있다. 있는 내용을 요약하여 가르치는

제7권 '제28품'의 '……부처님이 이 경을 말씀하실 적에 보현 등의 여러 보살과 사리불 등의 여러 성문과 하늘과 용과 사람과 사람 아닌 이 등 모은 대중이 모두 크게 환희하여 부처님 말씀을 받아 지니고 예배하고 물러갔다'로 끝나고 있는데 그 중간에 서술자가 지속적으로 작품에 개입하여 이야기를 서사적으로 전개하고 있다.

것이 아니라 있는 내용 가운데 일부를 발췌하고 그것을 근거로 새로운 주장을 세우고 있기 때문이다.

(4)는 원전『심우도』의 두 번째 見跡 부분을 표현한 것이다. 원전을 보면 이 부분을 하나의 장면으로 묘사되어 있다. '물가 수풀 아래 발자국이 많은데 꽃다운 풀 헤치고 보았는가? 비록 이곳이 깊은 산 깊은 곳이라 해도 먼 하늘 향한 콧구멍이니 어찌 숨길 수 있으리오?'44)라고 하여 소의 발자국을 발견한 정황을 서정적으로 묘사하고 있다. 발자국이 많은데 일부러 헤치고 보았는가를 되묻고 아무리 숲이 깊어도 숨길 수 없다는 것을 설의의 의문문으로 마무리하고 있다. 본래 드러나 있는 발자국을 산수 자연의 풍경을 가져와서 서경적, 서정적으로 그리고 있다. 그런데 이에 비하여 (4)는 같은 내용을 표현하면서도 서술 방식이 다르다. 억지로 힘한 길로 찾아 가지 말고 소간 자취를 밝게 돌이켜 비추면 반야의 바람이 불어서 구름이 흩어지고 지혜의 태양이 나서 소가 간 자취를 볼 수 있다는 것이다. 밝게 비추어 볼 것, 그래서 지혜가 나오면 자취를 볼 수 있다는 것을 직접 교시하고 있다. 같은 내용을 원전에서는 풍경을 통한 서정으로 처리했다면 (4)는 이 작품을 하나의 제재로 가져와 소를 찾는 구체적 방법을 알려 주고 그 결과 얻게 될 변화를 말함으로써 화자의 주장을 따르도록 교시하여 서정적 원전이 교술적 불교가사로 전환되었다.

이상에서 보았듯이 경전가류 불교가사는 같은 교술적 성격의 한문 원전도 구체적 사실이나 정서적 표현을 더 추가하여 표현 영역을 넓히거나 풍부하게 하고자 기도하였고, 본격적 경전의 경우에는 서사적으로 진술된 전체 경전의 내용을 모두 요약하여 교시의 자료로 삼거나,

---

44) 앞의 예문 (4)의 각주 참고.

부분을 발췌하고 경전의 기본 정신에 기초하면서 새로운 주장을 내세움으로써 교시적 의도를 분명하게 드러내어 교술적 성격으로의 전환을 이루었다. 그리고 구체적 장면 묘사를 통한 서정적 표현의 시 작품도 원인과 결과의 연계라는 논리적 질서에 따라 원작을 교시의 대상 자료로 변용함으로써 교술적 성격을 드러냈다. 불교경전이 가진 교술과 서사적 교술, 서정적 성격을 모두 가져와 부분적으로 서정성을 더하거나 교술성을 강화하면서 본질적으로는 객관적 설명과 주장으로 내용을 통일함으로써 교술이라는 새로운 갈래 성격을 가진 불교가사로 전변한 정황을 여기에서 확인할 수 있다.[45)]

2) 화자의 성격

작품의 갈래 성격이 전환되는 데에 변화의 구체적 징표가 되는 중심 개념이 바로 시적 화자이다. 시적 화자는 말하는 사람이기 때문에 듣는 사람이 누구인가, 무엇을 왜 말하는가를 보면 역으로 시적 화자의 성격을 짐작할 수 있다. 경전가류 불교가사의 소의 경전이 본래 가진 작품 속의 화자는 서정적 자아, 서사적 주인공, 교시자 등 원전 작품의 성격에 따라서 다르게 나타나는 양상을 보여준다.[46)] 이런 이질적 주

---

45) 여기서는 불교가사의 갈래 성격이 교술적이라는 것은 주지의 사실이지만 이런 성격이 다른 자료와의 관계에서 어떻게 구현되는지 과정을 들여다보고자 하였다. 불교의 다양한 비문학적 자료를 경전가류 불교가사가 수용하면서 어떤 변화 과정을 거쳐서 교술이라는 하나의 통일된 갈래가 형성되는지를 보여 주고자 하였다. 화자의 성격 역시 비문학적 자료에서 드러난 여러 가지 얼굴이 교시자라는 하나의 얼굴로 통일되어 가는 과정을 보여 주고 있어서 바로 이어 2)항에서 이를 살피고자 한다.

46) 불교 경전 원전에서 서정시로 되어 있는『십우도』의 경우는 서정적 자아, 서사적 진술로 이루어져 있는『법화경』과『대품바라밀경』,『부모은중경』,『인과경』의 경우는 서사적 주인공, 직접적 교시를 내리는『발심수행장』과『계초심학인문』의 경우는 교사자 등이 각기 화자로 되어 있다. 이런 다양한 화자가 경전가류 불교가사

체가 실제 경전가류 불교가사로 수렴되면서 어떤 모습으로 바뀌어 가
는지, 그 결과 나타난 특징적 성격은 또 무엇인지를 논의하고자 한다.

(5) 한집에 같이살며 도를딱는 대중들아
　　서로서로 사랑하여 말다툼을 삼가하며
　　서로서로 보호하여 시비승부 삼가며
　　머리를 한테모아 헛튼잡담 삼가며
　　남에신발 신는일은 조심조심 삼가며
　　앉는자리 눕는자리 차서를 넘지말며[47]　　　〈보조국사계초심학인가〉

(6) 부모동싱 쳐자권속 아무리 무슈한들 졔도하리 몃몃치며
　　금은칠보 하니업셔 무슈하게 써여시니 복닥그리 젼여업닉
　　목연존자 쏜을보고 광목셩녀 쏜을보옵
　　부모쳔도 하옵실졔 셜지연등 송경염불
　　가지가지 심을써서 필경낙을 바더시니
　　존비귀쳔 물논하고 부모쳔도 하옵소셔　　　　　　　〈六度歌〉

(7) 원인없는 결과없고 고가없는 낙이없네
　　수도란건 도를닥고 다녔는 과정일세
　　수도하는 형제자매 고를많이 받아야만
　　고를받은 보은으로 낙도많이 받으리라
　　고생끝에 성공이며 성공끝에 낙이로다
　　미륵조사 출세함도 그도역시 고생이요　　　　　　〈인과약설〉

(8) 발죠청풍 힝니하야 위법망구 몸을일코
　　늑년고힝 하노라고 회향길을 이젓던가

로 수렴되면서 교시자로 통일된다는 점에 유의하여 논의를 진행한다.
47) 居衆寮 須相讓不諍 須互相扶護 愼諍論勝負 愼聚頭閑話 愼誤着他鞋 愼坐臥越次
　　(보조, 『계초심학인문』, 168쪽).

오회라 슬푼지고 여보셰샹 사름들아 이니말슴 들어보쇼
인욕을 어려워말고 험노를 근심마쇼
고금녁더 죠사님도 그고힝을 다하야니[48]   〈진여자성가〉

(5)의 기반이 되는 원작 『계초심학인문』에도 시적 화자를 알려주는
시적 청자가 나타난다. 원작의 맨 앞부분에 '初心之人'이 바로 이 작품
의 시적 청자인데 작품(5)의 전략(前略)된 맨 앞부분에도 이를 그대로
번역하여 '처음 발심하는 사람'이라고 하여 동일한 청자가 그대로 나타
나 있다. 그런데 여기 (5) 부분에는 '도를 딱는 대중들아'라는 새로운
시적 청자를 세우고 있다. 이것은 본래 원전에는 없는 것을 가사 작자가
새로 추가한 시적 청자이다. 이렇게 추가된 청자를 감안하면 원작이
'초심지인'에 국한하여 교시를 한 것이라면 가사 작자는 초심자만이 아
니라 공부를 오래한 사람들도 청자의 범위에 포괄함으로써 교시 대상의
확대를 꾀하고 있다. 같은 성격의 글을 가사로 수용하면서 여기서는
시적 청자를 확대하여 시적 화자의 교시 대상 범위를 넓히는 면모를
보여 주고 있다. 이런 현상이 〈원효대사발심수행가〉에는 이와 반대 방
향으로 나타난다. 원전에서 그냥 行者, 道人이라고 한 것을 여기서는
'도를 딱는 행자, 덕을 딱는 도인'으로 각각 바꾸어 더 구체적 대상으로
심화하여 표현하고 있기 때문이다. 원전에서 말한 행자와 도인이 실제
이런 설법을 들어야 할 현실적 청자라면 가사에서 사용한 '도를 딱는
행자, 덕을 딱는 도인'은 이상적 청자[49]라고 할 수 있다. 이것은 듣는

48) 원전인 『심우도』의 '尋牛' 부분을 보면 '망망한 수풀 헤치고 찾아 가노니 강물은
넓고 산은 먼데 길은 더욱 깊네. 힘이 다하고 심신이 피곤해도 찾을 길 없는데 다만
숲 속 늦은 매미 소리만 들리네(茫茫撥草去追尋 水闊山遙路更深 力盡神疲無處覓
但聞楓樹晚蟬吟)'로 되어 있다.
49) 수용미학에서 말하는 이상적 독자와 상통하는 개념으로 사용했다.(차봉희 편저,
『수용미학』, 문학과 지성사, 1987, 62~66쪽 참고)

자를 칭송함으로써 교시의 효과를 더 높이려는 변용이라고 할 수 있는데 청자가 더 구체화되었다. 이와 같이 새로운 청자를 설정하거나 기존의 청자를 더 긍정적 인물로 구체화함으로써 화자의 대상자 범위를 확대하고 심화하여 교시의 효과를 제고하려는 의도를 드러내고 있다.

(6)의 소의경전인 『대품반야경』 역시 다른 경전과 마찬가지로 시작에서 '이와 같이 내가 들었다'라고 하고 이 경전을 설하게 된 여러 가지 정황이나 일에 대하여 작품 외적 자아인 아난이 직접 작품에 개입하여 이야기를 진행한다. 그리고 설명의 중간 중간에 부처가 직접 설법을 하고 행동을 하는 것으로 되어 있다. 그리고 육바라밀에 대해서도 부처는 이것이 어떤 것이며 왜 실천해야 하는 지를 논리적으로 설명할 뿐이다. 그런데 작품 (6)은 그 전반부에서 시적 화자는 설명의 방식으로 여섯 가지 항의 실천을 대상화하여 교시하고 (6) 부분에서는 이를 근거로 부모를 천도해야 한다는 것을 강조하고 있다. 이런 말을 하는 과정에 자연스럽게 '자식'을 시적 청자로 부각하였다. 구체적 덕목을 제시하고 나서 실천할 것을 '닦거보세, 보옵소서, 동왕극낙 하옵시다, 동출삼계 하옵시다, 하여보세, 하옵소서 , 가옵소서' 등 청유나 명령의 서법으로 어떤 행동 실천을 요구하고 있어서 화자는 부모를 둔 자식이나 어떤 인물을 청자로 상정하여 이런 방식으로 교시를 내리고 있다고 할 수 있다. 따라서 여기서 시적 화자는 교시자라고 할 수 있다.

(7)에서는 시적 청자를 더욱 분명하게 거명하고 있다. '수도하는 형제자매'라고 청자의 이름을 붙이고 있기 때문이다. 작품 (7)의 전략(前略)된 맨 앞부분에도 보면 시적 화자는 '수도하신 형제자매'라고 부르고 '인과설을 들어보소'라고 명령을 하고 있다. 작품 초두에서 들어보라고 명령을 내리고 원인 없는 결과가 없고, 苦 없는 樂이 없다고 교시하고 다시 이 부분에서 청자를 불러 환기한 뒤에 고를 많이 받아야 그

댓가로 낙을 많이 받는다고 하고, 성공과 낙도 모두 고가 먼저 있다는
것을 교시하면서 미륵조사의 출세도 고행의 결과라는 것을 예로 추가
하여 직접 설명하고 있다. 서사적 진술이 중심인 불교경전을 가사로
전환하면서 서사의 주인공과 그 행적은 시적 화자의 설명 대상으로 변
전시켰다. 그리고 설정된 청자에게 무엇을 요구하는가에 따라 시적 화
자의 성격이 정해지는데 여기서는 인과의 법칙을 가르치고 있어서 교
시자가 바로 이 작품의 시적 화자라고 할 수 있다. 서사적 진술의 전체
내용을 가사로 전환하면서 직접적 설명의 대상 내용으로 개변함으로
써 가사의 시적 화자는 교시자의 성격을 획득했다.

(8)은 전반부에서 소를 찾는 과정의 어려움을 육년 고행을 가져와서
먼저 말하고 이것이 슬프다고 말하고 있다. 그리고 여기에 '세상 사롬
들'이라는 시적 청자를 세우고 그들에게 내말을 들으라고 명령하고 있
다. 인욕을 어려워하거나 험로를 근심하지 말라고 명령하고 고금의 조
사들도 고행을 했다는 이유를 들었다. 그런데 실제 원작의 해당 부분
을 보면 '망망한 풀숲을 헤치고 찾아다님이여/ 물은 넓고 산은 멀어
길이 더욱 깊네/ 힘이 다하고 정신은 피곤한데 찾을 데가 없고/ 다만
숲 속에는 때 늦은 매미소리만 들리네'[50]라고 읊고 있다. 여기서는 소
를 찾아 나선 시적 화자가 시간은 늦고 소를 찾지 못한 답답한 상황을
구체적 형상화를 통하여 표현하고 있을 뿐이다. 원전의 시적 화자는
작품 내적으로 시적 청자를 설정하고 그에게 소를 이렇게 찾으라고 직
접 교시를 내리는 것이 아니라 시적 화자 자신이 소를 찾지 못하는 절
박하고 답답한 심리적 상황을 주관적으로 표현하고 있는 서정적 자아
이다. 여기에 비하여 (8)은 소를 찾지 못하는 '세상사람'에게 어떻게

---

50) 원문은 예문 (8)번 각주 참고.

하면 소를 찾을 수 있는지를 원작의 내용을 하나의 자료로 빌려와서 교시하고 있다. 따라서 이 작품의 시적 화자는 소를 찾는 방법을 가르치는 교시자라고 할 수 있다.

교술적, 서사적, 서정적이라는 불교 원전 자료에 각각 나타난 서정적 자아, 서사적 주인공, 교시자 등의 화자가 경전가류 불교가사로 전환되면서 원전의 내용을 객관적으로 설명하거나 자기 주장을 내세워 교시자라는 하나의 시적 화자로 통일되었다.

4. 경전가류 불교가사의 소의 경전과 성격

불교가사의 각 유형들이 일정한 필요에 의하여 나타났듯이 경전가류 불교가사 역시 그러하다. 불교는 수행과 깨달음, 포교를 중시하는 종교로서 그런 국면과 관계되는 불교가사 유형이 많이 생성되는 경향성을 보여 준다. 바로 이런 측면에서 경전가류 불교가사는 이 중요한 세 가지 국면에 모두 연관되는 것으로서 불교 공동체의 가장 핵심적 문제를 다루는 유형이라고 할 수 있다. 이와 같이 중요한 위치를 짐하는 경전가류 불교가사가 어떻게 존재하며 성격이 어떤지를 구명하면 불교가사 전체에 대한 이해의 폭을 넓히는 데 일조할 수 있다는 판단에서 다른 유형의 문학이 가사화되면서 어떤 성격의 변화 과정을 거치는지를 살펴보았다.

어떤 경전이 경전가류 불교가사의 소의 경전 역할을 했는지를 우선 살펴보았다. 불교가사 〈법화일승가〉는 『법화경』, 〈진여자성가〉는 『십우도』, 〈육도가〉는 『대품반야경』, 〈원효대사발심수행가〉는 『발심수행장』, 〈보조국사계초심학인가〉는 〈계초심학인문〉, 〈인과약설〉과 〈인과응보가〉는『불설삼세인과경』, 〈부모은중가〉와 〈부모은공가〉는『부모은중경』을 각각 소의 경전으로 하고 있다는 것을 확인했다. 이들 소의 경전은 불교 핵심 교리를 기초로 하면서 공관에 기초한 보살의 바라밀 수행, 선 수행, 이런 본격 수행에 나서게 하려는 기본적 수행, 대사회적으로 인과와 효행의 교시 등의 내용으로 되어 있어서 크게 보면 수행과 교시라는 불교 일반의 주제가 경전가류 불교가사 소의 경전의 중심내용이라고 할 수 있다.

그리고 경전가류 불교가사가 소의 경전을 수용하는 양상을 요약해 보면 〈법화일승가〉는 창작과 전체 요약의 방식, 〈육도가〉와 〈진여자성가〉는 부분발췌와 강조의 방식, 〈부모은중가〉와 〈부모은공가〉는 부분 발췌와 강조, 창작의 방식, 〈인과약설〉과 〈인과응보가〉는 원전 변환과 창작의 방법, 〈원효대사발심수행가〉와 〈보조국사계초심학인가〉는 축자적 번역의 방식으로 각각 소의 경전을 수용한 것으로 나타났다.

경전가류 불교가사는 표현상 교술적, 서사적, 서정적 갈래의 불교 경전을 가사화하면서 기존의 원전이 가진 갈래적 성격의 변화를 가져왔다. 같은 교술적 성격의 한문 원전도 구체적 사실이나 정서적 표현을 더 추가하여 교술적 갈래 성격의 풍부성을 가져왔고, 본격적 경전의 경우에는 서사적 경전 전체 내용 모두를 요약하거나 경전의 기본 정신에 기초하면서 새로운 주장을 강구함으로써 교술적 성격을 형성했고, 구체적 장면 묘사를 통한 서정적 표현의 시 작품을 인과의 논리적 서술을 통하여 이 원작을 교시의 대상 자료로 전환시킴으로써 경전가류 불교가사는 교술적 성격을 드러냈다. 경전가류 불교가사의 교술적, 서사적, 서정적 갈래 성격을 각기 수용하여 원전의 성격을 살리거나 변경, 보강하면서 교술이라는 갈래 성격의 불교가사로 변전한 과정을 여기에서 확인할 수 있었다.

또한 교술적, 서사적, 서정적이라는 불교 원전 자료에 나타난 서정적 자아, 서사적 주인공, 교시자 등 작품 속의 여러 성격의 화자들이 모두 교시자라는 하나의 시적 화자로 바뀌었다는 사실을 밝혀 보았다. 같은 성격의 교술적 화자의 경우는 청자의 보편화, 구체화를 통하여 그 성격을 강화하고, 서사의 경우에는 작품외적 자아의 입장을 강화하여 작품 내적 자아의 일체 행위, 언설을 모두 요약하여 대상화하였고, 서정의 경우에는 서정적 자아의 정서적 정황을 객관적 자료로 진술하여 경전가류 불교가사의 시적 화자는 모두 교술적 시적 화자가 되었다.

제9장 찬불가류 불교가사의 지향적 주제와 다층적 갈래 성격

1. 찬불가류 불교가사

불교가사 역시 종교가사의 한 유형으로서 교주에 대한 찬양이 일반화되어 있다. 찬양의 대상이 무엇인가에 따라 찬양의 방법이나 내용도 달라질 수 있는데 조선 역대 군주를 찬양한 〈용비어천가〉[1], 불교 교주를 칭송의 대상으로 하는 〈월인천강지곡〉[2]과 같은 악장, 사적 찬양을 담은 시조 작품[3]이 나타나는 것도 그런 이유 때문이라고 할 수 있다. 특히 부처에 대한 종합적이고 본격적 찬양은 마명의 〈불소행찬〉이 창작되고 한시로 번역[4]되는 데서 시작하여 우리문학에서는 악장으로 〈월인천강지곡〉, 가사로는 〈석존일대가〉와 같은 작품으로 이어져 왔다고 할

---

1) 졸고, 「'용비어천가'에 나타난 유교 이념과 표현 현상」, 『어문학』 제62집, 한국어문학회, 1998, 199~220쪽 참고.
2) 졸고, 「'월인천강지곡'의 서사적 구조와 주제 형성의 다층성」, 『안동어문학』 제4집, 안동어문학회, 1999, 167~190쪽 참고.
3) 졸고, 「송도적 시조의 작가와 작품의 성격」, 『시조 문학의 이념과 풍류』, 보고사, 2007, 44~72쪽 참고.
4) 현존 한역 〈불소행찬〉은 마명이 짓고 曇無讖이 5언 한시로 번역한 것이다.(동국대학교본 〈불소행찬〉 참고)

수 있다. 가사 이전에 있어온 부처 찬양의 전통이 가사에서는 실제 어떻게 구현되고 있는지를 논의하는 것은 찬양 또는 칭송의 의도로 창작된 한시나 악장과 같은 다른 갈래와의 대비 연구에도 기초가 될 수 있다.

찬불가류 불교가사에는 아주 몇 십 행에 불과한 짧은 작품이 있는가 하면 수백 행의 장편 작품도 함께 나타난다. 그리고 해당하는 작품 수도 다른 유형의 불교가사에 비하여 더 많다. 불교가사가 종교가사인 만큼 교주나 그의 가르침을 찬양하는 일은 불교라는 이념 수행이나 신앙, 의식 진행5) 과정상에서 매우 중요한 위치를 차지한다. 믿고 따를 대상의 어떤 면모가 위대한지를 찬양하고 강조하면서 향유자들에게 믿음의 확신을 주고, 그 모범을 따라 실제 수행하게 하고, 종교 의식을 더 엄숙하고 교시적으로 진행하는 등의 일이 부처 찬양을 바탕으로 이루어질 수 있기 때문이다.

여기서는 부처에 대한 찬양을 중심 내용으로 하는 작품을 찬불가류 불교가사로 규정하고 이 유형에 속하는 작품6)을 지향적 주제와 다층적 갈래 성격으로 나누어 논의하고자 한다. 주제 차원에서 찬불가류 불교가사를 왜 창작했으며, 어떤 지향성을 보이는가에 주목하고자 한다. 다른 유형의 경우와 같이 찬불가류 불교가사도 창작 목적이 있어서 목적 지향적 성향을 보이고 이것이 작품의 핵심 주제를 형성하기 때문이다. 이 유형의 작품들은 찬양 대상인 부처와 그와 관련된 여러 가지 위대한 실제적, 설화적 사실을 알리고, 이를 바탕으로 일어난 관련 정서나 청자를 향하여 명령하고 제안하는 내용 등이 작품을 구성하고 있다.

---

5) 현재까지 일부 가사 찬불가는 실제 불교 의식에 사용되고 있고, 지금도 가사 갈래에 근접하는 노래 찬불가가 계속 창작되고 있다.

6) 이 유형에 속하는 작품은 〈불종교가〉, 〈팔상가〉, 〈기념가〉, 〈성도가〉, 〈성탄경축가〉, 〈퇴경선생열반가〉, 〈오도가〉, 〈월인찬불가〉, 〈찬불가〉, 〈사월팔일경축가〉, 〈신불가〉, 〈석존일대가〉 등 모두 12편이다.

부처의 위대함에 대한 여러 가지 사실은 자연스럽게 찬양을 유도하는 바탕이 되는 것으로 보이는데 찬양은 거기에 그치지 않고, 청자를 향하여 어떤 행동을 하게 하여 교시를 내리려는 지향을 보여 주기도 한다. 그래서 이런 지향적 주제의 내용을 논의하는 것이 이 유형의 작품 성격을 내용의 차원에서 구체적으로 밝히는 데에 유용하다고 할 수 있다.

작품의 갈래 성격은 앞에서 말한 지향적 주제를 작품으로 실제 구현하기에 가장 효과적인 방법을 모색하는 일과 연관된다고 할 수 있다. 찬양 대상이나 그와 관련된 위대한 사실을 될 수 있는 대로 우선 많이 알려야 하는 데서 사실 전달과 관계되는 갈래 성격을 획득할 가능성이 높고, 이를 두고 찬탄의 정서적 반응을 보일 때 정서 표현과 관계되는 갈래 성격을 획득할 가능성이 높다. 또 여러 가지 사실을 낱낱이 제시하지 않고 사건을 시공간의 질서에 따라 전개함으로써 이야기 서술과 관련된 갈래 성격을 획득하게 될 수도 있고, 현장감을 생생하게 살리기 위해 인물들 간에 극적 대화의 장면을 드러내는 경우도 나타나고 있어서 이와 관련된 갈래 성격도 예상해 볼 수 있다. 이 장에서는 일반 시가사상 송도문학의 흐름에서, 불교가사 안에서 큰 비중을 차지하는 찬불가류 불교가사가 어떤 성격의 주제를 다루고 있으며, 이를 실제 가사 작품으로 구현하면서 어떤 갈래적 성격을 획득하고 있는지를 논의하여 이 유형 불교가사의 성격을 구명하고자 한다.[7]

이 작품의 기본 자료는 임기중의 『불교가사 원전연구』[8]를 바탕으로

---

7) 여기에서 해당 작품의 작자, 창작의도, 향유 방식을 직접적으로 연구하지는 않았지만 이 장의 논의에서 자연스럽게 창작 의도와 같은 것은 어느 정도 드러날 수 있다. 또한 이 장에서는 기존의 불교가사 연구에서 작자와 작품을 개괄적으로 소개하거나 작품의 상호 영향 관계, 유통 관계, 향유 방식의 관계 등을 연구한 것과는 달리 작품 자체에 대한 구조적 연구를 시도한다.

8) 임기중(2000), 『불교가사 원전연구』, 동국대학교 출판부.

하고, 때에 따라 저본인 영인본을 참고로 하며, 나아가 관련 연구 자료를 또한 참고하고자 한다.

2. 찬불가류 불교가사의 지향적 주제

종교적 의식, 수행, 포교 등의 국면과 깊은 관련을 가진 불교가사는 개별 작품이나 유형별 작품을 통하여 이런 측면과 관련된 주제를 표현하려는 지향성을 가지고 있다. 그런데 개별 작품이나 유형별 작품은 그 자체의 고유한 주제를 가지고 있으면서도 인근 작품이나 인근 유형의 내용을 일정 부분 수용하는 모습을 보이기도 한다. 이것은 한 작품이나 유형의 내용이 다른 작품이나 유형의 주제와 일정한 관계로 연관되는 불교가사의 기본적 성향에 기인된 것이다. 예를 들어 몽환가류 불교가사가 몽환을 중심 주제로 제시하면서도 몽환이라는 문제 극복과 연계되기 쉬운 염불, 참선, 왕생의 이념을 필요에 따라 도입하는 경우와 같은 것이 그것이다.[9]

그렇다면 찬불가류 불교가사는 어떤 주제를 어떻게 표현하고 있는지를 논의함으로써 이 유형의 불교가사가 지향하는 바가 무엇인지를 구명하고자 한다.

1) 사실 전달과 찬양 지향

찬불가류 불교가사에서 기본적으로 찬양이 중요한 내용이 될 수 있다는 것은 이미 작품 제목에서도 짐작할 수 있다. 그런데 무엇을 어떠

---

9) 몽환가류 불교가사는 몽환의 문제 현실을 중심 내용으로 하면서도 문제 극복 방안의 내재적 요구에 참선, 염불, 간경 등의 방법을 제시하면서 참선곡류, 염불가류, 왕생가류 등의 불교가사 내용을 몽환가류 불교가사 작품 내적 맥락 질서에 따라 수용하는 모습을 보인다.

하다고 찬양하는가? 왜 찬양하는가? 또 찬양은 어떻게 이루어지는가?
하는 등의 구체적 문제는 별도의 논의를 필요로 한다. 즉 찬양이 이루
어지기 위해서는 찬양할 구체적 대상과 방법이 있어야 하고 그에 따른
찬양 행위가 뒤따라야 된다고 할 수 있다. 실제 작품을 예로 들어 논의
를 진행하고자 한다.

> (1) 삼천년전 회고하니 인도항하 제상류에
>   관개지역 사천여리 옥토양양 평원이라(일)10)
>   왕궁이며 바라문탑 취록간에 소사잇고
>   아름다운 페다찬가 삼림속에 요량하네(이)
>   구십여파 철학자는 참이치를 토론하며
>   대소왕후 서로서로 패업을 닷투도다(삼)
>   계급제도 엄정하야 바라문족 찰제리족
>   비사족과 수도라를 사성이라 명칭하네(사)
>   저희들의 조상들이 분지야부 광야에서
>   항하상류 이전할제 그때부터 시작하야(오)
>   정복자와 피정복자 치자이며 피치자가
>   종족현격 유심하야 사성계급 형성헷네(육) (중략)
>   세력잇는 그설법이 질풍갓고 신뢰가치
>   오천축을 풍미함도 우연한일 아니로다(삼십삼)   〈석존일대가〉
>
> (2) 우리석가 부처님의 공부역사 들어보세
>   과거결원 무량겁에 복혜덕상 많이닦아
>   이생법신 받으실때 중인도 가비라국
>   룸비니 공원에서 화란은 춘성하고
>   만화는 방창할때 무수나무아래

---

10) 이하 괄호 안의 한글표기 숫자를, 인용문 번호와 구별하기 위해서 작품에 본래
    표기된 아라비아 숫자, 한자 등의 장 번호 대신 사용하고자 한다.

좌협탄생 태자시다 목고사방 하신후에
주행칠보 하옵시고 지천지지 가르치며
낭랑하신 목소리로 천상천하 유아독존
사자후로 소리치니 만천하가 울리시네
고목이 꽃이피고 무자한이 득남하고
장병인은 상쾌하고 삼십희종 칠보유리 지상으로 솟아나고
백곡이 풍부하고 만민이 환락더라   〈팔상가〉

(1)은 〈석존일대가〉의 '제1장 총론'의 맨 앞부분이다. 중략 앞부분에
서는 부처가 살던 지역의 넓고 비옥한 지리적 환경과 바라문 종교, 90
여 파의 철학자가 패업을 서로 다투던 일, 사회 계급 등에 대한 다양한
내용을 소개하고 있다. 불교 기준에서 보면 불교 아닌 외도의 현황이
나타나 있고 불교가 극복하고자 했던 4성 계급이라는 신분 제도가 발
생한 유래가 함께 표현되어 있다. 외도에 대한 이와 같은 상세한 언
급11)은 다른 작품에는 보이지 않고 이 작품에만 나타나 있는데 중략
뒤 문장 내용을 보면 왜 외도에 대한 사실을 이렇게 상세하게 말하고
있는지를 알 수 있다.

이 작품의 서두인 '총론'이 전체 33장 66행으로 되어 있는데 그 가운
데 마지막 3개 장에서 부처를 칭송하고 있다. 이것은 '총론' 서술의 목

---

11) 〈석존일대가〉 '제1장 총론'에는 인용문에 보여준 것 이외에도 바라문이 율령을 제
정하고 사성 가운데 최고위를 점령하고, 천수백년을 신정을 조직했고, 또 바라문은
교육까지 전담하여 그들 중심의 사회를 계속 유지했는데 이를 두고 바라문의 폭횡
상황이라고 했고, 또 그들은 자재천교와 배화교를 신봉했는데 부패했고, 바라문
승도들이 전횡하고 배격 논쟁을 벌여 타계급의 원수가 되었으며, 바라문이 쇠하고
나서 수많은 철학자가 나와 학설을 창도하여 부처가 세상에 나올 당시에는 학파수
가 백이 넘는다고 했고, 외도가 95종이나 되었는데 그 가운데 성론사, 순세파, 유가
학파, 시사사, 가라구타 가전연, 산도야 비라지 등 육파철학이 세력이 컸다고 소개
하고 있다. 이렇게 인도 당시의 사회상과 사상계를 상세하게 보여주고 석존의 이야
기를 장의 끝 부분에 결론으로 가져왔다.

적이 앞에 자세하게 보인 외도 자체를 드러내는 데 있지 않고, 이를
극복하고 새로운 시대를 연 부처를 대비적으로 칭송하는 데에 있다는
것을 의미한다. 부처를 등장시키고 칭송한 '총론'의 마지막 3개장 바로
앞 28, 29, 30장에서 지금까지 자세하게 소개한 외도의 근본적 문제를
28장에서 요약하여 지적하고, 29, 30장에서 새로운 변화를 요구하는
시대적 분위기를 나타내고 있다. 29, 30장을 보면 '편중하든 사회계급
혁파할자 누구이며/ 모든 학설 통일하야 종교혁정 누가할고(이십구)//
당시 인도 민족들은 일대성인 출현키를/ 갈앙하고 갈앙하야 대한운예
기다리듯(삼십)'라고 하여 당대의 가장 큰 문제였던 치우친 사회 계급
제도, 혼란한 종교 학설을 혁파하고 혁정할 사람이 누구인가라고 하여
심각한 두 가지 문제를 능히 해결할 위대한 인물인 부처의 출현을 예
고하고 있다. 그래서 실제 견고한 사회 제도와 어지러운 종교계를 자
세하게 소개한 것은 그 두 가지 문제는 참으로 고치기 어렵고 통일하
기 힘든다는 것을 먼저 말하고, 그럼에도 불구하고 부처가 이를 해결
하였으니 참으로 그가 위대하다는 것을 더욱 잘 드러내는 효과를 더
해준다고 할 수 있다. 요컨대 부처 이외의 외도 관련 상세한 부정적
사실들을 배경 자료로 가져와서 거기에 위대한 부처의 출현을 바로 대
비시켜 부처를 부각하고, 또한 찬양을 더함으로써 부처의 위대함을 작
품 서두에서부터 알리고 있다.[12]

(2)는 〈팔상가〉의 맨 앞부분으로서 부처의 탄생을 중심 내용으로 하
고 있다. 실제 인용문 (2)의 앞부분에서 먼저 부처의 위대함을 일반론
적으로 칭송하고, 이어지는 (2)에서 '부처님의 공부 역사'를 들어 보자

---

12) 극복의 대상인 외도나 사회 계극 제도와 달리 교화의 대상인 중생에 대해서는 연
민의 정을 가지고 이들을 교화하려는 입장에서 안타까움의 정서를 드러내는 모습
을 보여 준다.

는 제안을 하고 복덕을 갖춘 과거 전생, 그 때문에 금생에 법신으로 태어난 것, 사방을 둘러보고 주행칠보를 하며 하늘과 땅을 가르치고 '천상천하유아독존'이라는 사자후를 외친 것 등 부처 탄생의 설화를 그대로 전달하고 있다. 탄생에 대한 이러한 사실은 불교에서 그 일대기를 말할 때 당연한 일로 받아들이는 내용들이다. 이런 사실에 이어서 언급하고 있는 내용은 '고목에 꽃이 피고 자식 없는 사람이 아들을 낳고, 병자는 병이 낫고 칠보유리가 땅에서 솟아나고 백곡이 풍성하여 모든 백성이 기뻤다'는 등의 초자연적 현상들이다. 비록 부처에 대한 새로운 사실이나 작가의 독자적 인식을 표현하지는 않고 일반적 내용을 서술을 하고 있으나, 탄생과 함께 나타난 여러 가지 기이한 현상의 표현은 탄생의 위대함을 신화적으로 묘사하여 극도로 칭송하고자 한 발언이라고 할 수 있다.

찬불가류 불교가사에서 주로 다루는 내용이 부처의 탄생, 출가, 고행, 성도, 설법, 입멸에 이르는 일생에 대한 사실인데 이런 삶의 과정을 모두 다루는 〈석존일대가〉를 제외한 여타 작품들은 이런 항목 가운데 한 두 항이 빠져서 다소 길거나, 한두 항목만으로 이루어져 아주 짧은 작품까지 나타난다.[13] 그런데 여러 항목 가운데 일부를 생략하면서도 가장 많이 다루어진 항목이 설법, 즉 중생 교화 부분이다. 그리고 각 항목은 부처 일생의 중요한 과정들로서 뛰어난 면모를 보여 주는

---

13) 이 유형에 속하는 작품의 내용을 간략하게 살펴보면 〈불종교가〉는 출가, 성불, 설법, 〈팔상가〉는 탄생, 사문유관, 출가, 설법, 〈기념가〉는 설법, 〈성도가〉는 성불, 설법, 〈성탄경축가〉는 탄생, 〈퇴경선생열반가〉는 탄생, 설법, 입멸, 〈오도가〉는 성불, 〈월인찬불가〉는 설법, 〈찬불가〉는 설법, 〈사월팔일경축가〉는 탄생, 출가, 설법, 〈신불가〉는 출가, 설법, 〈석존일대가〉는 탄생, 출가, 고행, 성불, 설법, 입멸 등이 각각 나타나 있다. 여기서 빈도수를 보면 설법이 가장 많이 나타나고, 다음은 탄생과 출가, 성불, 입멸, 고행, 사문유관 순서로 많이 나타난다.

것으로 표현되고, 각기 그 항목에 대한 칭송을 겸한다. (2)에서처럼 탄생의 큰 의미를 이적을 통하여 부각하고 칭송하기도 하지만 〈석존일대가〉에서는 탄생 자체의 신화적 거룩함보다는 탄생하고 나서 학문과 무예의 탁월한 실력을 갖추는 실제적 내용을 가져 와서 찬양하기도 했다. 탄생을 다룬 작품을 더 보면 〈불종교가〉에서는 도솔천궁 희명보살이 고해 중생을 건지기 위해 마야부인에게서 났고, 나서는 바로 사방 칠보를 걸으며 '천상천하유아독존'이라 말했다고 표현했고, 〈기념가〉에서는 苦海 중생의 제도를 서원으로 32상 80종호의 대인상을 가지고 정반왕궁에 났다고 표현했고, 〈성도가〉에서는 광겁의 덕행으로 금생에 법신을 받아서 났다고 표현하고, 〈성탄경축가〉에서는 보리수에 우담발화 꽃이 피었는데 시방삼세에 제일이며 중생을 건지기 위해 출현했다고 했고, 〈퇴경선생열반가〉에서는 일대사를 위해 삼계 손님이 되었다고 표현했고, 〈사월팔일경축가〉에서는 세계를 움직이는 웅장한 소리가 하늘과 땅에 홀로 나 하나라고 했다고 표현했다. 여러 작품에 나타난 이런 탄생 관련 내용들은 전생, 중생제도의 서원, 대단한 탄생게와 외모 등에 관한 신화적 역사적 사실들을 총망라하고 있다. 이것은 부처의 탄생이 역사적 사실을 바탕으로 하면서도 설화적 상상의 결과와 종교적 의미 부여가 함께 작용하여 작품이 서술되고 있다는 것을 의미한다.[14] 앞의 각주에서 소개한 다양한 외도 관련 사실을 제시하면

---

14) 성도에 대해 다른 작품을 더 보면 먼저 〈불종교가〉의 경우 부처가 마군의 항복을 받고 성불하니 수미산중이 북을 치고, 십호를 구족하고, 우담바라 꽃이 피고, 경쇄와 종탁이 다시 운다고 하여 성불의 위대함을 주변 이적을 가져와서 칭송하였다. 〈팔상가〉에서는 6년 동안 염불 참선을 주야 없이 닦아서 활연대오했다고 하고, 〈성도가〉에서는 설산에서 6년을 고행하여 명성을 보고 견성했다고 하고, 〈오도가〉에서는 입산하여 12년 만에 샛별을 보고 삼세불의 도를 깨쳤다고 하고, 〈사월팔일경축가〉에서는 산중에 공부하기 열두 해라고만 말하고, 〈신불가〉에서는 육년 수도했다고만 하고, 〈석존일대가〉에서는 '제6장 석존의 성도'에 21개 장의 긴 글을 통하여

서 문제의 심각성을 탄식하는 정서를 감탄문형으로 은연중 드러냈고, 중생에 대해서는 〈팔상가〉에서 '애닯고 가련하다 이세상에 나온중생'이라고 하여 연민의 정서를 직접적으로 드러냈다.

여기서는 찬불가류 불교가사가 주로 외도와 중생, 부처의 일생, 불교의 교리 등에 대한 종교 역사적 사실과 설화적 이야기, 여러 가지 가설 등을 알려주어 찬양하고, 외도와 사회계급제도의 문제점, 중생의 현실에 대해서는 탄식이나 한탄을 나타내고 있다는 것을 논의해 보았다. 부처를 중심으로 하고 그 주변의 부정적 환경, 그의 가르침을 중심 내용으로 가져 와서 찬양으로 나아가려는 주제적 특성을 보여 주었다. 여러 가지 사실의 전달이 찬양을 위한 전제임을 보여주었다고 할 수 있다.

우유죽을 먹고, 5비구가 떠나고, 정관중에 나타난 여러 가지 마장을 극복하고 초경에서 4경까지 시방삼세 무량세계, 삼계실상, 삼계인과를 통찰하는 과정을 거쳐 5경에 명성을 보고 일체 종지를 얻어 이룬 성도, 성도 이후 삼계가 나의 소유이고 중생은 나의 적자임을 알게 되고 무상보리를 성취하여 삼계 도사가 되어서 세계 광명이 비치고 범천이 찬탄하고, 무상정각으로 세간 유정에게 불생멸문을 개방했다고 성도의 의미를 표현했다. 성도와 관련한 이러한 내용은 성도까지 걸린 시간, 성도까지 행한 수행 과정과 방법, 성도 이후의 세 가지로 나누어 볼 수 있다. 입산에서 성도까지 걸린 시간을 6년, 12년의 두 가지가 나타났고, 수행 방법에서는 염불참선, 고행, 관찰과 통찰 등이 나타났고, 성도 이후에는 삼계가 내 소유이고 중생이 나의 적자라는 새로운 인식을 하고 범천이 찬탄하며 유정들에게 불생멸문을 개방했다고 했다. 그래서 성도와 관련해서는 종교 역사적 사실에 가설 또는 이설을 가져오고 성도가 가지는 의미까지 표현하고 있다. 부처의 일생 가운데 여기서는 탄생과 성도만 살펴보았는데 '사문유관'을 하나 더 들어보면 두 작품에만 나타나 있는데 〈불종교가〉에서 부귀영화에 뜻이 없어 사문유관을 했고, 사문유관 이후 생로병사에 괴로워했다고 했고, 〈팔상가〉에서는 우연히 사문유관이 생각나서 동남서북 문에서 노인, 병인, 사인, 승려를 각각 만나고 도사스님으로부터 염불참선을 머리 불끄듯이 주야불철 공부하면 모든 것이 몽중임을 알게 된다는 말을 들었는데 이 도사스님은 정거천 신선이 태자 출가를 권하려고 화신했다고 하여 일반적으로 알려진 사실과 설화적 상상을 동시에 내용으로 표현하고 있다.

2) 주장 제시와 교시 지향

찬불가류 불교가사는 부처를 찬양하거나 외도와 중생을 한탄하는데
그치지 않고 또 다른 내용을 중요하게 다루고 있다. 종교가사가 가진
포교라는 기본적 속성 때문에 작가는 기회 있을 때마다 앞 항에서 말
한 사실과 찬양을 근거로 청자를 향하여 부처의 가르침을 스스로 따르
거나 남에게 전할 것을 요구한다. 실제 작품에서 무엇을 가지고 그러
한 요구나 제안을 하며 그것이 궁극적으로 지향하는 바가 무엇인지를
논의하고자 한다.

(3) 저모든하늘 가운대에 가장놉흐고
　　이넓분세상 만류중에 제일귀하사
　　지혜와복덕 구족하신 부처님전에
　　한마음함께 기우려서 찬양합시다 (이)
　　자비와큰힘 향하는곳 가림업도다
　　우리의원함 낫낫따라 사랑하옵서
　　안락과행복 주옵시는 부처님전에
　　한마음함께 기우려서 찬양합시다 (삼)　　　　　　　　〈찬불가〉

(4) 어화우리 동포들아 어서어서 공부ᄒ야
　　포교ᄒ며 전도ᄒ야 보불은덕 ᄒ야보셰
　　이와갓흔 불은덕은 우리당연 갑흘바라
　　우리아니 갑흐오면 그뉘기룰 밋을손가　　　　　　　　〈기념가〉

(5) 속키와셔 셜법듯고 ᄌᆞ오ᄌᆞ중 ᄒ야보시
　　무싱무멸 묘종지난 심ᄂᆞ ᄒ나 심불노파
　　불ᄂᆞ ᄒ나 심ᄌᆞ법문 인인게게 다잇스니
　　이법한변 ᄭᅵ치ᄌᆞ면 청양골을 곱게셰워
　　가부좌을 ᄆᆡ시고 묵묵관심 ᄒ여보소

싱노병亽 그무워신고 팔백면추 호로신셰
노亽고을 못면ᄒᆞ이 영영불민 심묘법은
윤회싱亽 불수ᄒᆞ이 팔만장경 셜한법과
역디조亽 지시ᄒᆞ신 심외무불 불시심
역역키도 일녀쎠라 쳔만亽업 다희보와도
마음ᄒᆞ나 쥬장이닌 알기쉽다 우리종법   〈불종교가〉

(3)은 〈찬불가〉로서 주장과 교시의 특성을 잘 보여 주고 있다. 부처
의 위대함이 어떠하다고 주장하고 그런 부처를 내가 스스로 찬양하는
것이 아니라 남에게 찬양하자고 청하여 제안하고 있기 때문이다. 화자
는 부처가 하늘 가운데 가장 높고, 넓은 세상에서 제일 귀하며 지혜와
복덕을 갖추었고 또 자비의 큰 힘을 갖추었으며, 우리 원하는 것을 사
랑하여 안락과 행복을 주는 존재라고 주장하고 있다. 바로 그런 존재
에게 함께 마음을 기울여서 찬양하자는 제안을 하고 있다. 근본적으로
불교의 일반적 입장과 어긋나지 않지만 부처의 위대함에 대한 작가의
주장이 먼저 나오고 찬양할 것을 제안하여 교시하고 있다고 할 수 있
다. 앞 절에서 말하는 찬양은 실제 작가 스스로 찬양하는 것으로 서술
된 데 비하여 여기서는 찬양할 것을 남에게 제안하여 교시를 내리고
있는 모습으로 표현이 바뀌었다.

찬양의 교시는 이외에도 〈기념가〉의 끝 부분을 보면 '동포들아 동포
들아 명심불망 잇지마소/ 기념기를 놉히들고 만세흔번 불너보셰'라고
하여 이 작품 앞부분에서 말한 불은덕을 갚자는 내용과는 직접적 관계
없이 만세를 부르자고 하여 역시 불교 전체에 대한 찬양을 제안하여
주장하고 있다. 그리고 〈성도가〉에서도 작품의 끝부분에서 '일심을 바
다서 만세 부르세/ 만세야 만세야 불교 만만세(후렴)'라고 하여 이 작품
앞부분에서 다룬 내용과 세부적 상관없이 만세를 부르자고 하여 불교

전체를 찬양하자는 제안을 하고 있다. 권상로는 그의 다른 작품 〈성탄경
축가〉에서도 '후렴'을 두어 이와 유사하게 찬양을 제안하여 주장하고
있다. 〈신불가〉에서도 '후렴'을 두어 '경배합시다 경배합시다 서가세존
님께 경배합시다/ 경배합시다 경배합시다 서가세존님께 경배합시다'라
고 하여 용어를 달리하여 역시 찬양을 제안하여 교시하고 있다. 인용문
(3)이 작품 전편에 걸쳐 찬양을 제안하여 교시를 했다면 〈기념가〉, 〈성
도가〉, 〈성탄경축가〉, 〈신불가〉 등에서는 작품을 마무리하면서 끝 부
분 일부에서 결론적으로 찬양을 교시하고 있다.

(4)에서는 시적 대상 인물인 '동포'를 향하여 '공부하여 포교하며 전
도하여 보불은덕을 하자'고 제안하고 있다. 그렇게 해야 할 당위적 근
거는 따로 없고 우리가 아니면 할 사람이 없기 때문이라고만 하였다.
같은 내용을 두고 '동포'를 향하여 잊지 말라고 명령하고 있다. 그런데
인용문 (4)의 바로 앞 본문에서는 보불은덕[15]을 어떻게 하면 할 수 있
는가에 대한 시적 화자의 주장을 제시하고 있다. '보불은덕 ᄒ사랴면
어이ᄒ야 ᄒ올넌고/ 향화등촉 당번보개 가지가지 공양ᄒ며/ 삼시신명
하사칠보 가지가지 보시ᄒ며/ 정대ᄒ고 상좌되야 항사겁을 지니여도/
포교전도 못ᄒ오면 보불은덕 아니로셰'라고 주장하여 공양하고 보시
하고, 상좌가 되어도 포교 전도하지 못하면 보불은덕이 아니라고 한
것이 그것이다. 그래서 여기서는 보불은덕하는 방법이 바로 포교라고
주장하고 그 실천을 청유와 명령의 서법으로 요구하여 교시하고 있다.
특정한 교리를 교시하는 것이 아니라 불교 포교를 해야 한다는 주장을

---

15) 더 예를 들어 보면 권상로는 〈퇴경선생열반가〉에서 어떻게 하는 것이 보불은덕을
하는 것인지는 말하지 않고 '이십일년 감수하사 남은복을 우리에게/ 이런은덕 못갑ᄒ
면 불자의무 아니로셰'라고 하여 부처가 100세를 21년 덜 살고 우리에게 복을 남겨주
었다고 하고 이를 갚을 것을 요구하고 있어서 역시 은덕 갚기를 교시하고 있다.

하고 그 실천을 교시하고 있다.

(5)에서는 먼저 빨리 와서 설법을 듣고 스스로 깨닫자고 제안하고, '무생무멸묘종지, 심자법문'이 사람에게 다 있으니 척량골을 곧게 세우고 가부좌하고 묵묵관심하라고 명령하고 있다. 그리고 이어서 불교 교리를 더 상세하게 설명하고 있다. 생로병사의 고통을 면하지 못하는 사람들에게 이것을 면할 수 있는 불교식 방안을 제시하고 있다. 不昧한 심묘법은 윤회와 생사가 따르지 않는다고 하였다. 그리고 팔만장경에서 연설한 법, 역대 조사가 말한 '심외무불불시심'의 마음 밖에 부처가 없고 부처가 곧 마음이라는 교리를 보여주고 있다. 이러한 내용의 불교는 마음 하나만 주장하기 때문에 알기가 쉽다고 판단하고, 부처의 가르침을 중심 내용으로 가져 와서 마음 밖에 부처가 따로 없다는 것을 가르치고 있다. 즉 인용문 전반부에서 수행하여 깨칠 것을 명령하고 후반부에서는 깨쳐야 할 법이 어떤 것인지에 대하여 더 상세하게 부연 설명하여 가르치고 있다.

교시의 내용은 이 외에도 〈석존일대가〉에서 '빈바사왕 가섭등에 설시하신 그 법문은/ 일체제법 본래공해 아와 아소 업것마는/ 범부전도 망상으로 실아실법 잇다하나/ 전도상을 끈흘진대 이것이곳 해탈이라'고 하여 '諸法無我'라는 불교의 핵심 가르침을 소개하고 이어서 '諸行無常' 등 여러 가지 교리, 계율 등을 교화의 행적을 따라 소개하여 직접적 제안이나 명령을 내리지는 않지만 112장으로 구성된 가장 긴 '제7장 석존의 설법' 장을 마련하여 교시를 내리고 있다. 그리고 이 작품에서는 부처의 가르침을 당시에 실제 누가 받았는가에 관한 종교 역사적 사실을 소개하는데 주력하고 있으나 교시 내용을 가장 긴 장으로 만들어 강조하고 있는 이 작품 자체와 또 교시를 따르도록 요구하는 찬불가 일반 다른 작품 내용과 연관시켜 보면 부처의 가르침을 따라 배워야 한다는 주장을 하는 것으로 볼 수 있다.

교시와 관련하여 〈팔상가〉에서는 범부 성현 따로 없다는 부처의 법 문을 명심하고 내 머리 불끄듯 공부할 것을 권장하고 있고, 탐욕을 금 하고 염불을 권하며, 『월장경』이라는 경전을 인용하여 계행수도로 득 도하지 못하고 염불하면 성불한다고 가르치고, 〈기념가〉에서는 무생 법인을 증득하여 무상쾌락을 받는 것이 좋다고 하고 이를 남에게도 알 려 은덕을 갑자고 제안하고, 〈성도가〉에서는 범부와 성현이 따로 없다 는 경전 말씀을 들고 공부하자고 제안하고[16], 〈성탄경축가〉에서 부처 의 영산위의를 경축하자고 제안하고 있다. 즉 교시에서는 범부와 성현 이 따로 없고 무생법인이라는 부처의 핵심 가르침을 바탕으로 염불하 여 성불할 것을 남에게 가르쳐 포교할 것을 요구하고 있다.

여기까지 사실 전달과 찬양 지향, 주장 제시와 교시 지향의 주제에 대하여 논의하였다. 찬불가류 불교가사의 내용으로 제시된 사실은 부 처 일생의 여러 과정이 중심이었고, 이런 부처와 관련한 사실의 전달 은 그 자체가 가지는 위대함을 발판으로 찬양으로 나아가는 지향성을

---

16) 이 작품의 해당 부분을 조금 들어 보면 '형제야 형제야 우리형제야/ 세존의 역사를 드러보시오/ 광겁에 덕행을 만히 닥그사/ 금생에 정법신 바다나섯네(일)/ 정반왕대 자로 탄생하오서/ 만승의 영화를 바리시구요/ 설산에 육년을 고행하시고/ 명성을 보시며 견성하섯네(이)/ 광대한 법문을 연설하오서/ 무량한 중생을 제도하섯네/ 우 리도 세존을 모범하여서/ 대원을 세우고 공부합시다(삼) 〈성도가〉'로 되어 있다. 이 부분에서 세존의 역사를 들어보라고 전제하고 부처의 일생을 간단하게 제시하 면서 이를 모범삼아 우리도 공부하자는 제안을 하고 있다. 이 작품의 앞뒤에 보면 작품 내적 청자인 '형제'를 불러서 세존의 역사를 들어보라고 명령하고 마지막 행 에서 그 모범을 따라 공부하자고 제안하고 있다. 시작과 끝에서 명령과 청유를 통 하여 부처라는 모범을 따를 것을 교시하고 있다. 부처의 삶은 덕행 닦기, 출생, 출 가, 고행, 견성, 법문 연설로 되어 있는데 중생 제도 등의 전체 과정을 짧게 표현하 고 있어서 교시의 대상으로서 갖추어야 할 기본적이고 핵심적 면모를 간략하게 드 러내고 있다. 부처의 매우 다양하고 긴 삶의 과정을 단 몇 줄로 요약하고 이를 모범 으로 공부할 것을 제안하고 있다.

보여 주었다. 그리고 외도와 계급제도의 극복 문제, 중생 제도의 과제를 가져와서 부처의 삶에 대비함으로써 그가 수행한 역할을 부각하여 칭송의 자료로 삼았다. 대상 인물의 위대함을 찬양하는 데에 그치지 않고 청자들에게 찬양을 종용하며 수행, 포교와 같은 특정 행위를 논리적 근거를 세워 실천하도록 주장하며 부처의 가르침을 모범 삼아 바르게 살아 갈 것을 명령하거나 청유함으로써 주장을 통해 교시하려는 지향성을 지속적으로 보여 주기도 했다.

요컨대 부처의 위대한 생애에 관한 많은 정보를 알리려는 것은 그 위대함을 찬양하기 위함이고, 찬양은 부처의 위대함을 정서적으로 대중들에게 각인시켜 부처라는 모범을 배우고 실천해야 한다는 주장을 하고, 마침내 대중을 교시하려는 것이 바로 찬불가류 불교가사의 지향적 주제라고 할 수 있다.[17]

3. 찬불가류 불교가사의 다층적 갈래 성격

가사의 갈래 성격에 대한 논란이 끝나지 않았듯이 불교가사의 갈래 성격도 단정하기 어려운 점이 있다. 찬불가류 불교가사는 그것이 가진 복합적 성격 때문에 실제 작품을 가지고 갈래의 성격을 구체적으로 논의할 만한 자료가 된다. 찬불가류 불교가사는 앞 장에서 논의했듯이 주제 측면에서 사실 전달과 찬양 지향, 주장 제시와 교시 지향이 유기적 관계를 맺으면서 작품을 이루는 과정에 특징적 갈래 성격을 획득한 것으로 보인다. 갈래 성격은 시적 화자가 어떤 입장에서 어떤 목적으

---

17) 부처와 관련한 다양한 사실은 찬양으로 이어지고, 찬양은 가르침에 대한 주장의 근거가 되어 궁극적으로 교시를 지향하고 있었다. 즉 '부처의 다양한 모습 → 찬양 → 실천의 주장 → 교시'라는 유기적 관계를 보여 주고 있었다.

로 누구에게 말하는가라는 화법 구사 방식과 깊은 관련을 가진다. 이 유형의 작품에서 드러난 두드러진 갈래 성격을 중심으로 논의를 진행하고자 한다.

1) 교술성과 서사성

앞 절에서 살핀 바 부처의 일생, 그 주변의 여러 사실이 이 유형 불교가사 내용의 가장 많은 부분을 차지하고 있고 이를 제시할 때 낱낱의 사건을 순서 없이 나열하기보다는 인물 일대기의 시공간적 흐름에 따라 서술하여 이야기 전개 양상을 보여 주고 있어서 이와 관련된 가장 핵심적 이 두 가지 갈래 성격을 먼저 논의할 필요가 있다. 실제 작품을 예로 들어가면서 논의를 진행하고자 한다.

(6) 우리형제 자매드라 오날날을 아르시오
대자대비 우리세존 강생왕궁 하신본회
일대사를 위하여서 삼계손님 되엿서라
칠십구년 주세하사 팔만사천 법문으로
중생제도 하옵시고 일생능사 마친후에
구시라성 나아가서 최후공을 밧으시며
니련하칙 쌍수간에 열반하신 오날일세   〈퇴경선생열반가〉

(7) 태자쎄서 성을넘어 동진하기 십칠여리
람마시에 달하시샤 게셔잠간 휴식하고(일)
갱진하야 아발미하 심림중에 들어가샤
적정한곳 가리어서 수도장을 삼으셧네(이)
태자씌서 자기손수 수발체제 하오시며
가사입고 보복버셔 차익돌려 보내시네(삼)
차익위유 하오시며 그의복과 백마건척

왕끠봉환 하라시고 결단하야 하신말삼(사)
조만별리 하는 것은 이세상의 상례이니
엇지항상 한가지로 단란함을 엇을소냐(오)
차익돌려 보내신후 갱진하야 발가선을
방문하야 보오시니 고행하는 외도로다(육)　　　　　〈석존일대가〉

　(6)에서는 세존이라는 인물이 왕궁에 태어난 사건을 먼저 서술하고
있다. 그런데 시적 화자는 부처의 탄생 사건을 일대사를 위하여 삼계
의 손님이 된 것으로 판단하고, 이어서 중생을 제도한 사건, 최후 공양
을 받고, 열반에 든 과정을 '우리 형제자매'라는 청자들을 상대로 차례
로 서술하고 있다. 작품의 주인공에 해당하는 부처가 실제 태어나서
교화하고, 최후 공양을 받고 마지막에 열반에 드는 전 과정을 시적 화
자가 직접 개입하여 자연적 시공간의 흐름에 따라 서술하고 있는 것이
다. (6) 부분에서는 시공간적 질서에 따라 사건을 전개할 때 시적 화자
가 작품에 직접 개입하여 문장을 서술하고 있다. 이러한 개입은 작품
의 첫 문장에서 이미 예고된 것이기도 하다. 청자인 형제자매들에게
'오늘이 무슨 날인가? 아는가?'라는 불러들이기의 어법18)으로 질문을
던지고 거기에 자답하는 방식으로 부처의 일생을 시공간 순서에 따라
요약해서 진술하고 있기 때문이다. 시적 화자가 작품에 직접 개입하여
이야기를 진술하고 가치 판단까지 추가함으로써 본격 서사에서 작품
외적 자아인 작가가 작품 서술에 직접 개입하는 것과 유사한 모양새를
갖추었다고 할 수 있다.
　여기서 다룬 중요한 사건은 모두 불교에서 일반적으로 중시하는 부
처의 탄생, 설법, 열반의 과정으로서 불교 상식의 한 측면이어서 종교

---

18) 김대행, 『시가시학연구』, 이화여자대학교 출판부, 1991, 59~65쪽 참고.

역사적 사실에 해당하는데, 주인공 관련 중요한 사건들을 낱낱이 따로 제시하지 않고 사태 진행의 순서에 따라 이를 과거 시제로 서술하고 있어서 부처의 일생이 서사적 방식으로 표현되었다고 할 수 있다. 그런데 이 부분이 서사적으로 서술되기는 했으나 일부 중요한 사건이 생략되면서 비약이 심한 현상이 나타나기도 했다. 이는 부처 일생이라는 긴 과정을 축약하면서 나타난 현상이라 할 수 있는데 찬불가류 불교가사 작품 가운데는 이와 같이 필요에 따라 시적 화자가 역사적 부처의 일생을 임의로 요약하여 제시함으로써 교술적 간편 서사의 성격을 보이는 경우가 많이 나타난다.19)

그런데 (7)에 오면 이와는 상당히 다른 모습을 보여준다. (7)은 〈석존일대가〉라는 작품 제목에서 예시되었듯이 부처의 일생 전체 과정이 당시 사회를 소개하는 '제1장 총론'에서부터 '제8장 석존의 입멸', '제9장 총결'에 이르기까지 상위 대형 장을 나열하고 다시 각 장안에서 여러 사실을 2행으로 구성된 하위 작은 여러 장을 연첩하여 작품을 서술하고 있기 때문이다. 작품 전체 전개 과정은 '제1장 총론'을 시작으로 '제2장 석존의 조선, 제3장 석존의 탄강, 제4장 석존의 출가, 제5장 석존의 고행, 제6장 석존의 성도, 제7장 석존의 설법, 제8장 석존의 입멸, 제9장 총결' 등 상위 대형 9개의 장으로 이루어져 있다.

위 인용문 (7)은 이 가운데 '제5장 석존의 고행' 첫머리에 해당하는 부분이다. 내용을 살펴보면 태자가 성을 넘고, 70여 리를 가서 람마시

---

19) 해당하는 작품의 예를 살펴보면 다음과 같다. 〈불종교가〉의 경우 탄생-사문유관-출가-성불-설법의 일련의 과정을 불과 20여 행이 조금 넘는 짧은 글에서 순서에 따라 시적 화자가 직접 서술하였고, 〈팔상가〉의 경우 전생-탄생-사문유관-출가-성불-설법의 과정을, 〈성도가〉의 경우 전생-탄생-고행-견성-설법의 과정을, 〈사월팔일경축가〉의 경우 탄생-출가-수도-설법 과정을 각각 간략하게 서술하였다. 이 작품들도 예문 (6)과 같이 모두 이런 일련의 여러 과정을 20여 행 내외의 짧은 글로 표현하고 있어서 간편 서사의 형태를 띠고 있다.

에 도착하여 잠간 쉬고, 다시 가서 아발미하 심림중에 가서 수도장을 삼았고 거기서 부처는 스스로 머리 깎고 가사를 입고 나서 그를 따라온 마부 차익을 돌려보내면서 이별이 세상의 일상이라는 말을 해 주고, 다시 더 나아가서 발가선을 방문하였는데 그가 바로 고행 외도였다는 것이다. (7)이 포함된 '제5장 석존의 고행'은 전체 60개의 하위 작은 장으로 구성되어 있다. 다시 말하자면 2행으로 된 작은 여러 하위 장으로 '석존의 고행'이라는 상위 하나의 큰 장을 형성했고, 나아가 이렇게 형성된 9개의 상위 큰 장을 가지고 〈석존일대가〉라는 하나의 작품을 형성했다. (7)에서 일부 보인 방식으로 고행의 전체 과정을 여러 하위 작은 장으로 자세하게 서술하여 고행담이라는 독립된 하나의 서사 단위를 형성하게 되었다.

구체적 진술의 과정을 보면 시적 화자는 주인공인 태자의 활동 과정을 제3자의 입장에서 때로는 내면 의식까지 서술하고 있다. 3인칭 시점에서 태자의 내면까지 드러냄으로써 본격 서사에서 말하는 전지적 작가 시점의 화자 성격을 보여준다. (7)의 (사)를 보면 자기를 따라온 차익을 돌려보내면서 '결단하여 말한다'고 하여 내면의식을 드러낸 부분이 나온다. 그리고 끝 부분에 그가 만난 발가선이 고행하는 외도라는 것도 외면을 판단하는 데서 어느 정도 알 수 있지만 수행자의 내면을 알아야 판단할 수 있는 면이 있어서 전지적 작가 시점의 특징을 보여주는 일부 근거가 된다. 실제 (7)에 이어진 부분에서 부처의 고행주의자와의 대화하는 과정을 서술할 때 왜 고행을 하는지 내면 의식을 드러내는 데서도 시적화자의 전지적 작가 시점으로서의 성격을 볼 수 있다.

그래서 (7)이 포함된 〈석존일대가〉는 작품 전체적으로 서두와 결말을 설정하고 주인공이 시공간의 질서를 따라 살아간 과정을 중요한 사건별로 하나의 큰 서사 단위를 형성하여 전체 9개의 서사 단위를 만들어 부처의 일생이라는 전체 서사물을 형성하고 있다. 그런데 여기서도 이런 서사의 구체적 내용이 모두 부처라는 역사적 인물의 실제 사건을 시간적 순서에 따라 과거 시제로 흥미 있게 서술하고[20] 있어서 서사의 기반은 교술이라고 할 수 있다. 즉 가사 〈석존일대가〉는 거의 종교 역사적 사실을 근거로 서사적 서술을 하고 있어서 교술적 장편 서사의 성격을 보여준다고 할 수 있다. (6)이 장구한 부처의 일생을 일부 중요 사건을 가져오고 나머지를 축약함으로써 일생 전체를 간편 서사물로 구성했다면, 이와 대비하여 (7)은 장구한 부처 일생의 한 부분인 고행 과정을 매우 자세하게 서술하고 이런 상위 장들을 연계하여 작품 전체적으로 장편 서사물을 이루었다는 점이 다르다. 서사 구현의 이런 차이에도 불구하고 불교 역사적 사실에 근거하고 있어서 교술성이 서사성의 기초를 형성하고 있다.

2) 교술성과 서정성

찬불가류 불교가사는 부처라는 인물을 전체적으로 찬양하는 작품이기 때문에 찬양이나 그와 관련된 정서가 표출될 가능성을 가진다. 교술적 서사성을 성격으로 가진 찬불가류 불교가사 작품에서 서정성이 실제 작품에 어떻게 구현되고 있는지를 실제 작품을 가지고 논의하고자 한다.

(8) 세계조판 억천겁에 제일성인 누구신가
    삼천년전 인도국에 정반왕궁 높하서라(일)
    갑인사월 초파일에 우리세존 탄강일세
    보리수에 봄이드니 우담발화 꽃피엿네(이)   〈성탄경축가〉

---

20) 이야기를 좋아하는 인간의 본질적 성향에 기대어 있다고 할 수 있다.

(9) 제바달다 인물됨이 용맹하고 다지하며
　　교만하고 기재잇서 다른사람 농락하네(구십일)
　　거즛불문 들어와서 불제자를 기만하야
　　자기당파 되게하고 오개조의 엄계폇네(구십이)

〈석존일대가 7. 석존의 설법〉

　(8)이 포함된 〈성탄경축가〉는 부처의 일생 가운데 탄생 부분을 부
각하여 집중적으로 드러낸 작품이다. (8)은 탄생 사건만을 다루고 있
으면서도 같은 사건을 다루고 있는 (7)번 작품의 '제3장 석존의 탄강'
부분이 장 자체 안에서 다시 서사적 구성을 보이는 것과는 다르다.
주로 탄생과 함께 나타난 우담발화 꽃이 피는 이적이나, 시방삼세 제
일이고, 천상천하에 독존하며, 중생을 건지고자 삼계도사가 된 행적
을 말하여 그 위대함을 찬미하는 것이 중심이 되어 있다. 말하자면
부처가 탄생한 '정반왕궁'의 높음을 감탄형 문장으로 표현하여 찬탄
하고, 부처의 '탄강'으로 우담발화 꽃이 피는 것을 역시 감탄형 문장
으로 찬미하고 있다. 시적 화자는 부처의 탄생과 그 배경인 정반왕궁,
이적인 우담발화라는 객관 대상을 찬미하여 대상에서 유발된 환희의
정서를 표현하고 있다.

　그런데 이때 표현된 대상에 대한 환희의 정서는 순수하게 시적 화
자의 내면에서 일어나는 개인적인 정서라기보다는 불교를 믿는 사람
이면 누구나 가질만한 일반적 정서에 해당한다. 다시 말하자면 부처
의 탄생이라는 현상을 두고 시적 화자만이 독자적으로 가진 순수 개
인적 정서가 아니라 불교를 믿는 대중들이 공유하는 정서를 표현하고
있다는 것이다. 여기에 표현된 정서가 독자적이지 않고 일반적인 성
향을 가진 것으로 볼 수 있는 이유는 부처라는 객관 대상을 두고 이
념을 함께 하는 사람이면 누구나 공감할 정서이기 때문이다. 부처 탄

생이라는 사실에 기초하여 일반적 정서가 표현되었는데 찬불가류 불
교가사가 보이는 대부분의 정서가 이런 성격이기 때문에 찬불가류 불
교가사는 교술에 근거한 서정성을 갈래적 성격의 하나로 보여 준다고
할 수 있다.

〈팔상가〉에서 '범부고쳐 성현됨은 오직사람 뿐이로다'라고 하여 범
부 고쳐 성현된다는 불교적 교리를 근거로 사람이 오직 그러하다고
찬탄하기도 하고, 같은 작품에서 '음식이 맛이없고 백만사가 뜻이없
어/ 출가생각 뿐이로다'라고 하여 출가라는 사실을 두고 역시 찬탄의
정서를 표현하고 있다. 같은 이 작품에서 중생을 두고 불상하고 가련
하다고 하거나 발심 염불하면 성불한다는 말씀을 칭송하기도 했다.
그런데 부처에 대한 찬탄과 중생에 대한 연민의 정서를 표현하면서
작품 끝 부분에서 '우리삼업 바치어서 무상대도 성도하세/ 거룩하신
경전말씀 또한마디 들어보세'라고 하여 정서 표현의 결과를 교시로
연결하고 있다. 〈성도가〉에서 금생에 법신으로 태어난 것, 명성 보고
견성한 것, 범부성현이 따로 없다고 가르친 것, 명성이 다시 뜬 것,
우리형제가 명성 보고 깨치지 못하는 것 등의 사실을 두고 시적 화자
는 칭송 혹은 탄식을 하여 정서를 직접 드러냈다.[21] 그런데 〈성도가〉

---

21) 본문에서 들지 않은 나머지 작품을 보면 〈퇴경선생열반가〉에서 열반일을 감창함
이 새롭다고 하고, 불교를 두고 만세를 부르기도 하고, 〈월인찬불가〉에서는 중생
건지러 나온 사실을 찬미하고, 〈사월초파일가〉에서 입산하여 공부한 것, 감로수
가 한 없이 내리는 것 등을 두고 감탄을 하고 있어서 사실에 근거한 서정을 보여
주고 있다. 그런데 시적 화자 자신의 내면적 정서를 직접 드러내는 방식으로 서정
을 표현한 작품이 나타나기도 한다. 예를 들면 〈오도가〉에서 '깃부구나 질겁구나
편안하구나/ 세상에서 모든고통 씌여버리고// 산목숨을 죽일마음 제한사람이/ 이
세상에 제일가장 성자로구나(일)// 깃부구나 질겁구나 편안하구나/ 세상에서 모
든탐심 내여버리고// 깁고깁흔 애욕에서 쮜여난몸이/ 이우주에 오즉혼자 지자로
구나(이)'라고 한 부분이 나오는데 구체적 대상을 두고 느낀 바를 나타내면서도
시적 화자가 자기 내면에서 일어난 정서를 표현하는 방식으로 문장을 서술하고

에서도 칭송하고 나서 '우리도 세존을 모범하여서/ 대원을 세우고 공부합시다'라고 하여 찬탄의 정서를 불러들이기 어법으로 교시와 연관 짓고 있다. 서정의 근거가 종교 역사적 사실태라는 점과 함께 표현된 정서를 교시와 연관 짓는 서술 행위로 인하여 서정성 역시 교술에 기초하고 있다고 하겠다.

(9)는 시적 화자가 제바달다라는 인물의 행위를 감탄문으로 표현한 문장이다. 제바달다는 부처의 친척으로 부처를 죽이고 자기가 그 지위를 차지하려고 했던 인물이다. 그 인물에 대한 평가를 내리고 탄식의 정서를 표현하고 있다. 먼저 인물이 용맹하고 지혜가 많고 교만하며, 기재가 있는데 이걸 바탕으로 남을 농락하였고 거짓으로 불교에 들어와 불제자를 기만하고 자기 당파를 만들고 거기서 사람들이 벗어나지

있다. 여기서 '깃부구나 질겁구나 편안하구나'라는 부분만 두고 보면 기쁨, 즐거움, 편함이라는 시적 화자 내면의 정서를 감탄형 문장으로 세 차례에 걸쳐 나열하고 있는 것처럼 보인다. 이런 방식의 표현은 시적 화자가 대상을 두고 기분이 어떠하다고 말하는 방식이 아니라 시적 화자 자신이 깨달아서 자기 내면에서 일어난 법열의 정서를 있는 그대로 표출하여 나타내는 방식이다. 그러나 자기 정서를 표현하는 이런 방식은 이 문장 다음 부분을 아울러 검토하면 성격이 달라진다. 첫째 문장 후반부에서부터 '세상 모든 고통을 씻어버리고 죽일 마음이 없는 사람이 이 세상의 최고 성자'라고 칭송하고, 둘째 문장 후반부 이후에서도 '세상 모든 탐심 버리고 애욕을 벗어난 몸이 이 우주의 한 사람뿐인 지자'라고 칭송하고 있기 때문이다. 그래서 문장 후반부의 이런 내용을 전반부와 연계하여 검토하면 시적 화자가 자기의 내면 정서를 직접 표출하는 방식으로 표현한 부분의 성격도 달라진다. 즉 시적 화자가 자기 정서를 표현하는 방식을 통하여 주인공인 부처의 성자, 지자적 내면의 정서를 생생하게 표현하고 그 후반에서는 이러이러하기 때문에 성자이고 지자라는 시적 화자 자신의 판단으로 돌아와 영탄하고 있기 때문이다. 깨달음에서 일어나는 법열의 정서를 완전히 자기화하여 추체험의 방식으로 표현함으로써 제3자의 깨달음을 더 절실하고 높이 칭송하는 효과를 거두고 있다고 할 수 있다. 그리고 정서가 시적 화자의 대상 인물에 대한 칭송 방식, 자기 내면 표출 방식으로 표현되면서 서정성이 드러났지만 정서 유발의 원천은 역사적 인물과 그의 구체적 행위에 근거하고 있고 찬탄의 정서가 교시로 이어진다는 점에서 이 예문의 갈래 성격 역시 교술적 서정이라고 할 수 있다.

못하게 엄한 계율을 만든 것 등 구체적인 사실을 나열하고 감탄형의 문장으로 이를 묶어 탄식하여 부정적 대상에 대한 정서를 표현하였다.

배반자의 부정적 행위에 대한 이런 한탄이나 탄식의 정서를 노래하기도 하면서 교화 대상인 중생을 향한 안타까움에서 나오는 탄식의 정서를 표현하기도 했다. 예를 들어 〈팔상가〉에서 '동천에 저명성은 해마다 떴건마는/ 어찌하여 못깨치고 고취중에 왕래하나// 애닯고 가련하다 이 세상에 나온중생/ 명성을 같이봐도 못깨치는 우리자매 불상하고 가련하다'라고 했는데 명성을 보고 깨달은 부처의 행적을 가지고 같은 명성을 보면서도 깨치지 못하는 중생을 대비하여 애달고 가련하고 불쌍하다고 하면서 중생에 대하여 가진 연민의 정서를 직설적으로 표현하고 있다. 〈성도가〉에서도 '애달고 애달다 우리 형제야/ 명성을 보와도 깨지 못하네'라고 하여 명성이라는 같은 심상을 가지고 깨치지 못하는 '우리형제'를 애달다라고 탄식하고 있다.

지금 살핀 제바달다의 일이나 중생의 상황 역시 당시에 있었던 종교 역사적 사실이고 중생의 고통을 공감하는 것 역시 불교 이념에 기초한 것이며, 이런 정서 표현의 결과를 이들 작품 후반부에서 결론적으로 공부에 연계시킴으로써 교시적 의도를 드러내서 서정은 교술적인 성격을 바탕에 가지게 됐다고 할 수 있다. 즉 부정적 대상이나 문제적 현실을 두고 나타낸 탄식이나 한탄과 같은 정서 표출은 정서적 감동을 통해 교화의 효과를 높이는 것이어서 역시 그 갈래 성격은 교술성에 기초한 서정성이라고 할 수 있다. 그런데 이런 서정성도 종교 역사적 사실을 주로 보여주는 〈석존일대가〉보다 각주 '19')에서 보였듯이 그 나머지 단형의 찬불가 작품에 상대적으로 더 우세하게 나타난다.

3) 교술성과 희곡성22)

일반적으로 가사에서 가장 적게 드러나는 성격이라고 할 수 있는 희곡
성이 찬불가류 불교가사에서는 인물들 간의 직접 대화가 빈번하게 구사
되면서 상당한 비중을 가진 것으로 보인다. 특히 대화에 의한 의사 **표현**
은 단형의 찬불가류 가사 작품들보다 장형의 〈석존일대가〉에 집중적으
로 사용되고 있다. 실제 이 작품에서 희곡성이 교술성과 연관하여 어떻
게 드러나는지를 해당 부분을 가져와서 구체적으로 논의해 보고자 한다.

(10) 태자청을 용납하야 뎌의법의 오의되는
　　구경해탈 설명하니 그요의에 무엇인가(사십) (중략)
　　일체상을 해탈하고 비비상처 들어가니
　　비비상처 드는 것이 그일홈이 구경해탈(사십팔)
　　진개피안 이것이라 사랑하는 태자시여
　　사고끈키 원커시던 이가흠을 수행하오(사십구)
　　태자끠셔 아라라의 설명함을 들으시고
　　비상이며 비비상에 대한질의 발하사대(오십)
　　소위비상 비비상에 아가업다 하겟나냐
　　잇고업는 두가지에 나는자못 의심된다(오십일) (중략)
　　아라라가 답못하니 태자끠셔 문을나샤(오십오)

〈석존일대가 제5장 석존의 고행10, 11〉

(11) 왕이듯고 일희일비 엇지하면 태자쎄서
　　출가하지 아니하고 전륜성왕 되게하랴(오)
　　왕이생각 하시기를 태자출가 방어함은

---

22) 문학 갈래의 이름을 '극'이라고 하지 않고 '희곡'이라고 하는 데서 이 용어를 사용
하게 되었다. 극성을 풀어서 극적 성격이라는 말도 사용할 만한데 문학이라는 이유
와 교술성, 서사성, 서정성 등과 균형을 맞추려는 의도에서 희곡성이라는 용어를
사용하고자 한다.

아모쪼록 이인세을 낙관케함 상책이라(육) (중략)
째는태자 십구세라 홀로생각 하시기를
내가임의 일자로써 아버지께 드렸스니(십칠)
지금부왕 명을거어 출가한다 할지라도
얼마큼은 부친께서 위로함을 엇드리라(십팔)

〈석존일대가 제4장 석존의 출가 6〉

(10)은 주인공 태자가 출가하여 여러 수행자를 찾아다니며 법을 묻
는 과정 중에 '아라라'라는 인물을 만나서 대화를 나누는 장면이다. 아
라라가 태자의 요청을 수용하여 자기의 구경 해탈법을 설명하는 데서
대화가 시작되는데 그는 바로 '비비상처'에 들어가는 것이 구경해탈이
기 때문에 四苦를 끊으려면 이 가르침을 수행하라고 명령한다. 여기에
대하여 태자는 비상, 비비상에 我가 있는가? 없는가? 의심이 된다고
하고, 我가 있거나 없거나 그의 주장은 모두 문제가 된다는 것을 논리
적으로 비판한다. 여기에 아라라는 반론을 제기하지 못하고 태자는 바
로 그곳을 떠나는 것으로 이 장면의 대화는 막을 내린다. 법을 묻는
태자와 대답하는 아라라 사이에는 사제 간의 주고받는 일방적 대화가
아니라 요청에 대답하고 반박하는 대립이 드러나 있다. 아라라가 자기
가르침을 말하고 이를 따라 수행할 것을 명령했지만 태자는 가르침의
한계를 정확하게 지적하고 비판적 대답을 한 것이다. 아라라가 더 이
상 대답을 하지 못함으로써 대립은 한 번으로 끝난다.

이와 유사한 방식의 대화나 일방적 대화는 더 나타난다. 태자가 발
가선이라는 외도를 만나서 "태자끠셔 발가선끠 질문하야 무르샤대/
'네가무삼 목적으로 이와가치 고행하나'(구)/ 발가선이 대답하되 '미래
세에 천상에셔/ 낙과얻기 원하거든 금세고행 이리하라'"라는 대화를
나눈 부분이 나온다. 왜 고행하는가라는 태자의 질문에 발가선은 천상

에서 낙과 얻기를 원한다면 고행을 이렇게 하라고 바로 명령하는 것으로 대답을 대신한다. 여기에 대해서도 태자는 천상의 낙도 구경이 아니고 괴로움일 뿐이라고 대답하여 논리적으로 반박을 했다.[23]

주고받지 않고 일방적으로 하는 발언도 나온다. "태자끠셔 책하사대 '일시이별 영세이별/ 어늬것슬 구하리요 너는속히 귀성하라'"라고 하여 태자는 자기를 데리러 온 궁중 사람을 돌려 보내면서 이렇게 말하였다. 그 외에도 출가하여 차익을 돌려보내면서 하는 말, 태자가 사화 바라문에게 하는 설법의 말, 성도한 태자를 칭송하는 범천의 말, 빈바사왕과 가섭 등에게 들려준 법문의 말, 부왕을 위로하는 말, 세존의 교화 말, 세존이 전쟁을 말리는 말, 세존의 예언의 말 등이 더 나타난다.

(11)의 전반부는 태자에 대한 '아사다선'의 예언을 듣고 부왕이 혼자 생각을 말한 것이다. 부왕은 '태자의 출가를 막는 것은 사람 사는 세상을 낙관하게 하는 것이 상책이라'는 생각을 혼자 마음속으로 말하고 있다. 그리고 (11)의 후반부는 출가하지 말라는 부친의 엄한 경계의 말씀에 태자가 스스로 출가의 의지를 마음속으로 다지면서 '아들을 낳아 드렸기 때문에 괜찮을 것이라'는 자기 생각을 혼자 말한 내용이다. 생각을 말로 표현하는 것은 기본적으로 실제 희곡에서는 상대방이나 청중까지 못 듣는 것으로 약속하고 하는 말하기 방법으로 방백이나 독백이 있다. 그래서 실제 이 예문의 발언은 희곡의 독백이나 방백에 해당하는 것이라 할 수 있다. 이와 같이 생각을 혼자 말로 표현한 사례는 더 발견된다. '울다라마'를 만나서 그의 도에 대해 듣고 태자가 혼자 생각한 것이 있는데 '아라라에 비교하야 출색잇슴 못보겠다/ 이에태자 생각하되 계도의지 할수업다(오십칠)/ 무상보리 증득하며 일체종지 성

<hr>

23) 주고받는 대화는 태자와 빈바사왕 사이의 대화, 城民과 가섭 사이의 대화, 아난과 부처, 수발다와 아난 사이의 대화 등이 더 나타난다.

취키는/ 저에구치 못하리니 자수하야 증득할뿐(오십팔)'이라고 내심을 말하고 있다. 일체 종지를 성취하기 위해서 스스로 수행해서 얻어야 겠다는 생각을 이렇게 나타낸 것이다. 다섯 비구가 태자를 떠나며 스스로 한 말, 태자가 일체 종지를 못 얻으면 앉은 자리에서 일어나지 않겠다는 다짐을 하는 말 등 혼자 하는 말이 여러 차례 나타난다.

이와 같이 대화, 독백, 방백의 표현 역시 그 말한 내용 자체가 불교의 교리 상에 의거한 사실에 근거해 있고 서사적 사건 전개의 과정 중에 나타나 있다. 그리고 대화의 결과 부처의 가르침이 옳고 위대하기 때문에 이를 따라야 된다는 교시적 의도를 은연중 드러내고 있다. 이것이 대화와 독백, 방백의 희곡적 성격이 교술성과 서사성에 기초해 있다고 할 수 있는 이유이다. 물론 희곡성은 앞장의 주제들을 현장감 있게 드러내는 데에 기여하고 있다.

여기서는 찬불가류 불교가사에 주로 드러나는 네 가지 갈래 성격을 논의해 보았다. 부처의 일생과 그 관련 불교 역사적 사실을 바탕으로 하면서 불러들이기의 어법으로 대중들에게 교시를 내리고자 하는 데서 교술성을 갈래 성격의 가장 기층으로 하고, 주인공인 부처 일생의 중요 사건을 시공간의 질서에 따라 전개하여 과거시제로 서술하는 데서 서사성, 주인공의 중요한 행위와 그와 적대적 인물의 행위, 교화 대상인 중생의 현실 등을 두고 찬양과 탄식, 한탄 등의 공감을 얻기 위한 정서를 표현하는 데서 서정성, 주인공이 제자, 이교도, 일반 대중과 대화하거나 혼자 생각을 말로 장면을 현장감 있게 표현하는 데서 희곡성이라는 갈래 성격이 표출되는 것으로 나타났다. 즉 이와 같은 서사성, 서정성, 희곡성이 모두 주인공이든 적대적 인물이든 교시 대상 인물이든 그들의 존재와 행위, 발언이 종교 역사적 객관 사실에 기초하고 있고, 표현의 결과를 교시와 연관시키고 있다는 점에서 서사성과 서정성, 희곡성이라는 세 가지 갈래 성격이 교술성에 입각하고 있다는 것을 밝혔다. 이 네 가지 갈래 성격의 상호 관계는 작품의 길이에 따라 단편의 경우 서정성, 장편의 경우 희곡성이 상대적으로 더 우세했다. 그러나 교술성을 가장 기층으로 그 위에 서사성, 또 그 위에 서정성과 희곡성이라는 갈래 성격이 더해져서 다층적으로 작품의 갈래 성격을 형성하고 있었다. 일견 무질서하게 보이지만 찬불가류 불교가사의 다양한 갈래 성격이 실상은 상하 층위로 유기적 질서에 따라 형성되어 가사가 근본적으로 교술 갈래이면서 여타의 갈래 성격을 필요에 따라 부분적으로 수용한다는 사실을 보여주는 역할을 한다고 할 수 있다.

4. 찬불가류 불교가사의 주제와 갈래 성격

원론적으로 설정 가능한 모든 불교가사 유형을 나누어 연구를 진행해야 구체적 종교 행위가 이루어지는 공간에서 향유된 불교가사의 여러 국면을 두루 논의할 수 있고, 더 나아가 작품이나 유형들 사이의 관계 질서를 찾아냄으로써 궁극적으로 불교가사 전체의 성격을 심층적으로 밝힐 수 있다고 본다. 이 장에서는 불교가사의 하위 유형인 찬불가류 불교가사의 주제와 갈래 성격을 논의해 보았다. 어떤 종교이든 그 교주에 대한 찬양은 아주 중요한 과제라고 할 수 있는데, 이것은 자기 종교의 우수성을 드러내는 여러 방법 가운데 그 종교를 창설한 교주의 위대성을 부각하는 것이 가장 효과적 방법의 하나라고 할 수 있기 때문이다. 찬불가류 불교가사 역시 종교가사로서 불교의 창시자인 부처에 대한 찬양을 주로 보여 주는 것도 종교가사 일반이 가진 이런 기본 성격과 무관하지 않다고 할 수 있다. 찬불가류 불교가사가 불

교가사의 가장 근본적 성격을 잘 보여 줄 수 있다고 생각되는 주제성
과 갈래 성격의 관점에서 논의를 진행했는데 지금까지의 논의를 간단
하게 정리하여 이 장의 결론으로 삼고자 한다.

우선 찬불가류 불교가사의 지향적 주제를 사실 전달과 찬양 지향,
주장 제시와 교시 지향의 둘로 나누어 논의하였다. 사실 전달과 찬양
지향이라는 측면에서는 찬불가류 불교가사는 외도와 중생의 실태, 부
처의 일생에 관한 사실을 알려주면서 동시에 각 작품에서 이런 내용과
상응하여 한탄하거나 찬양하려는 지향성을 주제의식으로 표현했다.
부처의 삶을 중심으로 하면서 그 주변의 부정적 여건과 현실을 작품의
내용으로 가져 와서 대비적으로 부처를 더 돋보이게 찬양하려는 지향
성을 보여 주었다. 부처 일생의 위대함, 외도의 도전, 중생의 현실 등
중요한 몇 가지 사실의 제시가 부처를 찬양하기 위한 것이었음을 보여
주었다.

그리고 주장 제시와 교시 지향이라는 측면에서는 부처를 작자가 스
스로 찬양하는 것이 아니라 독자들에게 찬양을 하도록 명령하거나 청
유하며 범부와 성현이 없다는 가르침을 명심할 것, 탐욕을 금하고 염
불할 것, 포교로 부처의 은덕을 갚을 것 등과 같이 수행이나 포교와
같은 특정 행위를 실천하도록 논리적 근거를 세워 주장함으로써 부처
의 삶을 모범으로 수행이나 포교에 나서도록 교시하려는 지향적 주제
성을 지속적으로 보여 주었다.

이 네 가지의 주제 요소들은 기본적으로 중심인물인 부처의 생애와
주변에 대한 사실을 근본으로 하고, 그 자체를 작가가 직접 찬양하기
도 하고, 종교 역사적 사실에 관련한 주장을 앞세워 대중을 끊임없이
교시하려는 지향의 방식으로 상호 관련을 맺고 있었다. 즉 부처의 삶
과 그에 관련된 많은 사실을 알리는 데서 출발하여 찬양을 지향하였

고, 찬양에 그치지 않고 사실과 찬양에 근거하여 일정한 주장을 세우고 마침내 대중을 교시하려는 지향성이 바로 찬불가류 불교가사 유형의 주제적 특징이었다.

이어서 찬불가류 불교가사의 갈래 성격을 교술성과 서사성, 교술성과 서정성, 교술성과 희곡성이라는 세 개 항으로 나누어 네 가지의 갈래 성격을 논의하였다. 교술성과 서사성의 차원에서 시적 화자가 독자의 흥미를 유발하기 위해 불교 역사적 사실인 주인공 부처 일생의 중요 사건을 시공간의 질서에 따라 과거시제로 서술하는 데서 서사성이 나타났다. 그런데 주인공이든 적대적 인물이든 교시 대상인 중생이든 그들의 존재와 행위가 모두 불교 역사적 사실이라는 점에서 서사성이 교술성에 근거하고 있다고 보았다. 이렇게 교술성과 관계를 맺고 있기 때문에 서사성이 일반 허구적 인물과 사건으로 갈등 구조를 형성하는 본격 서사와는 달리 교술적 서사의 성격을 띠게 된 것으로 보았다.

교술성과 서정성이라는 차원에서 시적 화자가 주인공의 중요한 행위와 그 적대적 인물의 행위, 교화 대상인 중생에 대하여 찬양과 탄식, 한탄 등의 공감을 얻기 위한 정서를 표현하는 데서 서정성이 나타났다고 보았다. 그런데 이와 같은 서정성도 모두 주인공이든 적대적 인물이든 교시 대상 인물이든 그들의 존재와 행위가 모두 불교 역사적 객관 사실에 근거하면서 서정 표출이 중생을 교화하려는 교시적 의도로 이어지고 있고, 서사적 서술 과정에서 불교 일반의 정서가 표출되어 서정성은 교술성과 서사성에 입각한 서정이며, 상대적으로 서정은 〈석존일대가〉를 제외한 단형 서사 형태의 나머지 작품에 우세하게 많이 나타난 것으로 파악됐다.

교술성과 희곡성이라는 차원에서 주인공과 다른 인물, 다른 인물과 다른 인물 사이에 대화가, 주인공 자신이나 다른 인물이 각기 그 자신

의 생각을 혼자 마음속으로 말하는 데서 독백이나 방백이 작품에 나타
나서 희곡성을 중요한 갈래적 성격으로 가지고 있음을 밝혔다. 그런데
현장감 있는 장면 제시를 위해 쓰인 대화의 내용이나 독백, 방백의 내
용 역시 불교 교리적 내용에 기초하고 있고 교시와 연관돼 있으며, 서
사의 과정 중간 중간에 구사되고 있어서 허구의 상상적 본격 희곡과는
달리 교술과 서사에 기초한 희곡성이라는 갈래 성격을 보여주었고 이
런 희곡성은 장편 서사 형태의 작품 〈석존일대가〉에 주로 나타났다는
것을 밝혔다.

그래서 여기에 나타난 네 가지 갈래 성격은 부처와 그 관련 사실을
전반적으로 다루고 교시의 의도를 표현하고 있다는 점에서 교술성을
가장 기층으로 하고, 시공간의 질서에 따라 인물 일생의 사건을 과거
시제로 서술하면서 그 위에 서사성을 획득했고, 서사적으로 서술된 사
태의 중요 고비마다 찬양하거나 탄식, 한탄의 정서를 표출하여 서정성
을, 이를 대화나 독백, 방백의 화법을 통하여 더 현장감 있고 생동감
있게 표현하는 과정에 희곡성을 다층적으로 구축하여 가장 기층의 교
술성 위에 서사성이, 서사성 위에 서정성과 희곡성이라는 갈래 성격이
겹쳐져서 다층적 갈개 성격을 가지게 된 것으로 보았다. 그래서 상대
적으로 '교술성-서사성-서정성'의 층위, '교술성-서사성-희곡성'의
층위를 보이는 두 부류의 작품이 존재한다고 할 수 있다.[24]

---

24) 층위를 두 개의 삼층 석탑에 비유하자면 두 탑 모두 가장 기층에 교술성을 가장
넓게 바탕으로 하고 그 위에 교술성 층위보다 조금 더 작은 서사상의 층위, 제일
위에 가장 작은 서정성, 희곡성의 층위가 각각 놓여있다고 할 수 있다. 위층으로
오를수록 그 갈래 성격은 점차 부분적이고 아래로 내려 올수록 전체적이 되는 것은
당연하다. 수학적 기호로 갈래 성격의 비중을 '교술성〉서사성〉서정성/희곡성'으로
표현할 수 있다.

≫ 제3부 ≪

한국 불교가사의 귀결

제1장 신체 불교가사에 나타난 현실 인식과 현실 대응의 방향

1. 신체 불교가사

　신체 불교가사라는 유형에 속하는 작품을 이해하기 위해서는 근대적 변화의 한 가운데 놓여 있었던 이들 작품에 관습이 어떻게 지속되고 당대적, 불교 본원적 현실 인식과 대응 방법이 실제 어떻게 나타나고 있는지를 파악하는 것이 중요하다. 이 장에서 사용하는 新體 佛敎 歌辭라는 용어는 근세에 와서 나타난 새로운 형식의 불교가사나 당대에 나타난 새로운 담론을 담고 있는 불교가사, 또는 이 양자를 모두 충족하는 불교가사를 함께 지칭하는 말로 사용하고자 한다. 신체라고 하면 일반적으로 新體詩라고 할 때의 '신체'를 떠올릴 수 있으나 여기서는 기존 국문학 갈래인 신체시의 '신체'가 아니라 전통의 불교가사와는 다른 새로운 내용과 형식의 가사라는 의미로 범연하게 이 용어를 사용하고자 한다. 그래서 실제 창가의 가사와 유사한 형식의 작품도 신체에 포괄하는 개념으로 사용하고자 한다. 4음보 1행을 연 구분 없이 길게 반복하여 장형을 이루던 전통 가사의 형식과 달리 4음보 1행의 형식은 지키되 연을 구분하거나 연 구분이 없는 경우에는 10여 행 내외로 된 짧은 단형의 작품을 신체 불교가사 작품으로 다루고자 한다.[1]˙그리고 이런 형식적 요소와 함께 작품 내용 특성도 함께 고려하여 근대적 새로운 변화를 내용에 담고 있는 작품들도 여기에 포괄하였다. 여기에 해당하는 작품을 보면 일부 무명씨와 함께 백용성, 학명선사, 권상로, 김태흡, 김정혜, 최취허, 이응섭, 조학유 등의 작가들이 남긴 작품이 대부분이다.[2]

이 장에서는 해당 유형의 작품에 전통의 관습적, 당대적, 불교 본원적 현실 인식과 대응 방향이 작품에 어떻게 나타나는가를 현실 반영의 기준에서 집중적으로 살핌으로써 신체 불교가사의 특성을 밝히고자 한다.[3]

---

1) 권오만은 『개화기시가연구』(새문사, 1989, 124~136쪽)에서 개화기 가사의 형태에 대하여 ① 작품 길이의 단축, ② 분련체 현상의 대두, ③ 반복구의 첨가 등의 변화를 지적하였다. 신체 불교가사의 경우 대부분 이런 형식적 특성을 보여주고 있다. 필자는 다만 이런 형식적 변화의 기준과 함께 당대적 현실을 반영한 내용을 가진 작품도 이 부류에 포괄하여 다루고자 한다. 이는 문학의 본질이 형식과 내용의 유기적 관계에 놓여 있다는 점을 동시에 고려하는 원론적 입장에 따른 것이다. 20세게 초에 창작된 새로운 형식과 내용의 불교가사를 지칭할 명칭으로 '신체 불교가사'라는 용어가 다소 어색한 면이 없지 않으나 '개화기 불교가사', '새 불교가사', '불교가사' 등의 용어는 적절성이 더 떨어져서 잠정적으로 이 용어를 그대로 사용하고자 한다.

2) 이런 기준에 해당하는 작품은 백용성의 〈왕생가〉, 〈권세가〉, 〈대각교가〉, 〈세계기시가〉, 〈중생기시가〉, 〈중생상속가〉, 〈입산가〉, 학명선사의 〈해탈곡〉, 〈선원곡〉, 〈망월가〉, 〈신년가〉, 권상로의 〈성도가〉, 〈성탄경축가〉, 〈열반가〉, 〈학도권면가〉, 김정혜의 〈기념가〉, 최취허의 〈귀일가〉, 이응섭의 〈석존일대가〉, 김태흡의 〈목련지효가〉, 〈오도가〉, 〈월인찬불가〉, 조학유의 〈찬불가〉, 작자 미상의 〈사월팔일경축가〉, 〈신불가〉 등 24수이다.

3) 현실 인식과 현실 대응이라는 기준은 어느 시대, 어떤 문학 작품을 연구할 때에도 적용 가능한 도구라고 할 수 있다. 왜냐하면 이런 두 가지 측면을 모든 문학 작품은 기본적으로 가지고 있기 때문이다. 그러나 작품의 갈래나 창작 시대 등의 사정에 따라 이런 기준이 더 적합한 경우가 있고 그렇지 않은 경우가 있을 수 있다. 신체 불교가사 작품들이 창작된 시기가 일제 강점기라는 외세 침략의 시대였기 때문에 현실 인식과 대응은 다른 시대의 작품보다 더 유용한 연구의 기준이 될 수 있다고 할 수 있다. 그리고 인식과 대응이라는 같은 기준을 가지고 작품을 연구하더라도 인식과 대응의 구체적 내용과 성격은 연구 대상 작품에 따라 얼마든지 다르게 나타나기 때문에 문학 작품의 성격을 밝히는데 좋은 기제가 된다고 할 수 있다.

비록 연구 대상 작품이 새로운 형식을 보이고 근대 지향적 성향을 보이기는 하지만 전통적 불교가사의 관행을 완전히 극복하지 못한 경우가 있는데 현실 인식과 대응 면에서도 이런 면모가 확인된다. 구체적 하위 항에서 이런 내용을 모두 포괄하여 논의해야 근대 신체 불교가사의 실상을 더 분명하게 드러낼 수 있다고 본다. 현실 인식과 대응 방향이라는 두 가지 과제 아래 세부적 항목으로 관습적, 당대적, 불교 본원적 현실 인식과 대응 방향을 나누어 논의를 진행하고자 하는 이유가 여기에 있다.[4]

관련 작가와 작품의 원전을 최대한 논의의 자료로 사용하고 동시에 이런 작품을 집대성하여 정리한 최근의 자료집을 동시에 기본 자료로 사용하고자 한다.[5]

2. 현실 인식의 방향

불교가사에 나타난 현실 인식은 바로 불교가사 작가의 현실 인식이라고 할 수 있다. 그런데 불교가사 작가의 현실 인식은 불교가사 작가 개인의 현실 인식이면서 그가 소속된 불교 사회와 그 불교 사회를 둘러싼 외곽인 일반 사회의 현실 인식에서 자유로울 수 없다. 한 개인의 인식은 자신의 개성이기도 하지만 그가 소속된 사회와 무관할 수 없

---

4) 이 장의 목차를 '1. 관습적 현실 인식과 대응, 2. 당대적 현실 인식과 대응, 3. 불교 본원적 현실 인식과 대응'으로 설정하는 것도 고려해 보았으나 세 가지 항목이 유기적으로 한 작품 내에서, 작품과 작품 사이에 공유되어 있어서 이를 드러내기에는 이 글이 선택한 목차가 적절하다고 보아 현실 인식과 대응이라는 두 가지 상위 절 아래에 세 가지씩의 하위 항을 두는 목차를 선택하였다.

5) 임기중, 『불교가사 원전연구』, 동국대학교 출판부, 2000. / 연관 편역, 『학명집』, 성보문화재연구원, 2006, 1~195쪽. / 용성진종, 『각해일륜』, 대각회 출판부, 1990, 1~216쪽. / 권상로, 『退耕堂全書』 卷一~卷十, 퇴경권상로박사전서간행위원회. 이화문화사, 1990. / 안진호 편, 『釋門儀範』 만상회, 1935.

다. 작가 개인은 그가 속한 사회 현실의 의식, 무의식적 영향을 끊임없이 받으며 살아 갈 수밖에 없기 때문이다.

그래서 불교가사에 나타난 작가의 현실 인식에는 작가들이 살았던 20세기 초라는 그 당대 시대 현실의 층위와 그 안에 온존해 온 불교 사회의 층위, 여기에 더하여 작가 개인의 개성이라는 층위가 다층적으로 작용하고 있다. 같은 종교가사이면서도 동학가사나 천주교가사와 다를 수밖에 없는 이유는 종교적 이념이라는 근본적 차이에 그치지 않고 특정 종교 사회, 그 사회를 둘러싼 상대적 외곽 환경이 다를 수밖에 없기 때문이다. 불교는 오랜 역사를 가진 전통 종교로서 숭유억불의 조선 시대를 겪어오면서 생존을 위하여 힘겨운 투쟁을 해야 했고 일제 강점기를 만나서는 여러 가지 또 다른 충격에 직면하게 된다. 불교는 그 자체의 정체성을 지키고 그 생존을 위해 현실적 대응을 해야 했다. 이런 측면에서 불교가사에 나타난 현실 인식, 즉 당대 현실을 어떻게 인식했는가를 먼저 논의하고자 한다. 당대 현실을 두고 무엇을 문제로 인식했는가에 따라 이어지는 행동 실천의 방향이 다르게 나타날 수 있다. 불교가사 작품을 살펴 보면 서로 상반되는 듯한 인식이 혼재되어 나타나고 있는데 관습적 현실 인식과 당대적 현실 인식, 불교 본원적 현실 인식 등이 그것이다. 이를 구체적으로 논의하여 실제 내용이 무엇이고 이런 다층적 인식이 상호 어떤 질서로 상관하고 있는지를 살펴 현실 인식 상에서 불교가사의 특성을 구명하고자 한다.

1) 관습적 현실 인식

숭유억불의 조선 사회를 거쳐 오면서 불교는 5백 여 년이라는 긴 세월 동안 살아남기 위하여 현실적 이념적으로 많은 노력을 기울였다. 조선 건국 이전 고려 말부터 강경파 유자들에 의하여 불교는 배척의 대상이 되었는데 이런 기조는 유교 이념국가인 조선시대 동안 내내 변함이 없었다. 유교가 말하는 비판의 핵심은 불교가 이념적으로는 유교의 기본 윤리인 삼강오륜과 같은 강상의 법도를 어기고, 현실적으로는 백성으로서 져야할 경제적 생산과 사회적 책무를 다하지 않는다는 것이었다.

그래서 불교는 이념적으로는 불교 옹호의 논거로 석가이든 공자이든 같은 도리 같은 마음을 지녔다고 주장하고[6] 사회 경제적으로는 국가의 각종 부역에 나가거나 특히 임진왜란이나 병자호란과 같은 전쟁에 참여하여 충의 정신을 보여주는 현실적 노력을 하지 않을 수 없었다.[7] 이념적 측면에서 불교는 유교 사회에서 살아남기 위하여 유교라는 관습적 봉건 이념을 따르지 않으면 안 되었는데 그 이유는 바뀌었지만 이런 흐름이 신체 불교가사에까지 이어지고 있다[8]는 것을 확인할 수 있다. 신체 불교가사에 어떤 방식으로 전통의 봉건 유교 이념이 표현되고 있는지를 살피고자 한다.

> (1) 水土配合 成立하니 五行次序 일어나네
> 明昧二氣 配合하여 서로서로 對沖하니
> 大風輪이 일어나서 三八木 되었도다(六)
> 陽木陰土 配合하여 四九金을 生하도다
> 陽金陰木 配合하여 二七火를 내는도다
> 陽火陰金 和合하여 一六水를 내는도다(七)
> 陽水陰火 配合하여 五十土를 내었도다(八)　　　　　〈세계기시가〉

---

6) 조동일, 제4판 『한국문학통사』, 지식산업사, 2005, 455쪽.
7) 정의행, 『한국불교통사』, 한마당, 1991, 318~339쪽 참고.
8) 조선시대에 불교가 유교 이념을 수용한 것은 불교의 존립을 위한 이유가 컸다면, 근대의 관습적 유교 이념의 추수는 불교 포교라는 적극적 이유가 더 크게 작용했다는 말이다.

(2) 농업귀일 기력업고 상업귀일 자본업내
   공업귀일 홀수업고 학업귀일 제일일세   〈귀일가〉

(1)번 작품의 작가 백용성은 3 · 1운동 33인의 한 사람으로 당시 독립
운동에 참여하기도 하면서 불교 내적으로는 대각회 운동을 전개하여
불교 개혁에 일생을 바친 인물이다.[9] 그가 남긴 여러 편의 불교가사는
다른 작가에 비하여 다소 특이한 성격을 보여 주는데 이 작품도 그 중
의 하나이다. 객관적 대상으로서 세계와 중생이 어떻게 존재하게 되었
는가를 〈世界起始歌〉, 〈衆生起始歌〉, 〈衆生相續歌〉 등의 작품으로 노
래하고 있기 때문이다. 이 작품은 바로 세계가 어떻게 생겨나게 되었
는가를 알려주는 작품이다. 세계라는 객관의 물질 대상이 성립하는 과
정을 통하여 객관적 물질계에 대한 인식을 보여 주고 있다.

객관 사물을 설명하면서 木, 金, 火, 水, 土 등 五行을 가지고 왔다.
불교에는 사물을 설명할 때 사용하는 요소로서 地, 水, 火, 風이라는
四大가 따로 있다. 그런데 이 작품은 유교에서 사물을 설명할 때 사용
하는 五行의 개념을 전적으로 도입하고 있다. 明昧二氣라는 것도 이
표현이 사용된 문맥으로 보아 밝고 어둡다는 뜻으로서 陰陽二氣의 다
른 이름이라고 할 수 있다. 작가는 불교가사에서 사물의 실상을 유교
이념의 개념과 원리로 설명함으로써 전통 유교의 관습적 대상 인식의
특징을 보여 주고 있다. 현실의 한 대상인 세계의 존재를 유교 관습이
가지고 있던 이론 체계로 설명하고 있어서 물질이라는 존재 현실을 관
습적으로 인식하고 있음을 분명히 보여주고 있다.

(2)번 작품은 최취허가 풍기 명봉사 귀일강당을 짓고 건립취지를 노

---

9) 졸고, 「백용성 불교가사에 나타난 담화 방식과 대상 인식의 구도」, 『어문학』 제
   103집, 한국어문학회, 2009 참고.

래한 가사이다. 귀일이라는 말은 선불교에서 말하는 '만법이 하나로 돌아가니 그 하나는 어디로 돌아가는가?'[10]라는 화두의 한 부분이다. 인용하지 않는 부분에서 '萬法歸一 一何歸之'라는 표현이 나타나서 출처가 같다는 것을 알 수 있다. 인용 부분을 보면 농업과 상업, 공업에서 귀일하기 어렵다는 것을 이유를 들어 말하고 있다. 농업은 어떤 이유에서인지 기력이 없고, 상업은 자본이 없고, 공업은 이유는 모르지만 할 수 없다고 하고 있다. 그러면서 학업에의 귀일이 제일이라고 선언하고 있다. 이런 순서 매기기에는 士를 가장 높이고 農工商을 낮게 보던 조선 시대의 관행이 은연중 반영되어 있다. 이 자체의 표현만 두고 보면 당대 현실을 반영한 측면이 없지 않으나 뒤에 이어진 부분을 함께 고려하면 봉건적 윤리의 실천과 연관하여 공부가 제일이라는 말을 하고 있어서 직업에 대한 조선시대의 관습적 인식이 반영된 것임을 알 수 있다. 주지하는 바 조선 시대에는 농공상은 지식인 계층인 士에 비하여 낮다는 뿌리 깊은 관행을 유지해왔다. 사농공상 등의 용어를 학업, 농업, 상업, 공업이라고 하여 작품이 쓰인 20세기 초 당시의 표현을 어느 정도 수용한 측면이 있으나 직업의 귀천에 대한 판단에는 관습적 인식을 분명하게 보여준다고 할 수 있다.

(1)번이 세계라는 객관 대상의 존재 원리를 불교의 사대 요소설이 아니라 유교의 음양오행설에 입각하여 설명하여 유교라는 관습적 이념을 수용한 측면을 보여 주었다면 (2)번은 귀일이라는 불교 화두 표현을 빌려왔으나 전통 유교 사회에서 바라본 선비를 높이고 현실적 생

---

10) 『碧巖錄』(妙觀音寺, 佛紀三千年, 124쪽)의 〈第四十五靑州布衫〉에 보면 '어떤 스님이 조주에게 묻되 "만법은 하나로 돌아가거니와 하나는 어디로 돌아갑니까?" 조주가 이르기를 "내가 청주에 있을 때 적삼을 한 벌 만들었는데 무게가 일곱 근이었다."(舉僧問趙州 萬法歸一 一歸何處 趙州云 我在靑州 作一領布衫 重七斤)'라고 한데에 이 화두가 보인다.(밑줄 필자, 이하 동일)

산직인 농공상을 낮게 보는 관습적 직업관이 일정 부분 반영되어 있는
것을 볼 수 있다. 그러나 이런 내용을 담고 있는 작품이 두 세 작품에
국한되어 있고 또 작품을 전개하면서 불교 본원적 내용으로 이행하는
한 과정으로 이런 인식을 보여 주어서 관행적 현실 인식은 불교가사
작품의 본질적이고 핵심적 현실 인식은 아니다. 그러나 이런 관습적
현실 인식이 작품에 나타난 데에는 작가들의 의식 내면과 함께 당대
불교 대중의 의식을 반영한 결과로 보인다. 즉 유교 전통의 관습을 불
교가 수용함으로써 이런 관념을 지녔던 많은 일반 대중들이 쉽게 이런
동질성을 근거로 거부감 없이 불교에 교화될 수 있는 공감대를 형성하
는 역할을 했다고 할 수 있다. 특히 〈귀일가〉 끝 부분에서는 다양한
유교 덕목을 성불로 귀착하게 서술을 하고 있기 때문이다.

2) 당대적 현실 인식

이 유형의 가사 작가들은 봉건적 윤리라는 관습에 따라 현실을 인식
하는 한 편에 당대의 관점에서 현실의 문제를 바라보고 그런 인식 위
에서 현실에 대응하고자 하는 성향을 보여 주기도 한다. 불교계가 근
세 일제 강점기를 거치면서 보여준 여러 가지 활동 가운데 그 일부 편
린이 이들 유형의 작품에 나타난다. 실제 당시에 새로운 불교 운동을
전개했던 작가들의 작품에 당대적 현실 인식의 면모가 주로 발견된다.

(3) 이 時代 이름은 競爭時代니
　　無形的 競爭이 필요하도다
　　慈悲가 너르신 우리 世尊도
　　彌勒과 工夫를 競爭하셨네(七)　　　　　　　　　〈학도권면가〉

(4) 야야우리 農夫님네 農夫되기 까닭업다
　　高樓巨閣 閑逸터니 田中勞力 왼일인가
　　俗風싸라 農業하니 外道知見 이아닌가
　　야야우리 스승님네 僧侶되기 까닭없다
　　終日토록 閑談하고 밤새도록 잠자기네
　　재주적이 잇다하나 佛法信心 全혀업고
　　四敎大敎 마쳤으나 佛法知見 망연하네
　　新式文學 갈쳤으나 山鷄野鶩 되고만다　　　　　　　　　〈선원곡〉

　권상로는 (3)에서 당시를 경쟁시대로 인식하고 '무형적 경쟁'이 필요
하다고 말하고 있다. 현실에 대한 이런 인식을 뒷받침하기 위하여 일반
적으로 알려져 있지 않고 실제 사실이 아닐 수 있는 세존의 경쟁 사례를
끌어들이고 있다. 권상로는 당시에 유행하던 진화론적 사고를 가지고
있었는데[11] 이런 관점에서 당시를 경쟁의 시대로 인식한 면모가 여기에
나타나 있다. 불교의 핵심 이론은 연기론인데 이에 따르면 일체는 어떤
것도 단일로 독립된 것이 없으며 둘 이상의 요소가 서로 의존하고 관계
맺으며 존재한다. 따라서 불교에서 사회 구성원인 인간도 경쟁하는 관
계가 아니라 서로 자기 역할을 하며 조화를 이루는 관계로 인식한다.
그런데 이 작품의 작가는 불교도 경쟁이라는 말을 함으로써 당시의 진
화론적 사조에 따른 당대적 인식을 보여 주고 있다.[12]
　(4)에서 학명선사는 매우 특이한 현실 인식을 보여 주고 있다. 그는
이 작품에서 농부와 승려에 대한 새로운 인식을 보여 주고 있다. 먼저

---

11) 이제헌, 「권상로 불교학의 근대적 성격」, 『불교학연구』 제4호, 불교학 연구회,
　　2002, 42~43쪽 참고.
12) 권상로의 삶 자체가 이런 면모를 잘 대변한다고 할 수 있다. 출가 전에 서당 교육
　　을 받고 출가 승려로서 전통 승가의 교육을 받았으면서도 기회 있을 때마다 신교육
　　을 받고 사회적으로는 승려에서 출발하여 대학 총장에까지 올라 경영인으로서 출
　　세를 반복했던 그는 자기 일생을 경쟁의 연속으로 이끌어갔다고 할 수 있다.

농부에 대하여 작가는 농부가 고루거각에서 늘 한가하고 게으르게 지내더니 밭 가운데서 노력하는 것은 왠 일인가라고 반문하고 그런 행태는 바로 풍속을 따라 농업을 하는 것이라 잘 못된 외도지견이라는 비판을 하고 있다. 이어서 승려에 대한 비판을 역시 하고 있는데 하루 종일 쓸데없는 이야기나 하고 밤새도록 잠자며, 불법에 대한 신심이 전혀 없고 '四敎大敎' 과정의 승려 교육을 받았으나 아는 것이 없다고 말하고, '新式文學'을 가르쳤으나 '山鷄野鶩'과 같은 사람이 되고 만다고 비판하고 있다. 당시 승려 사회의 문제적 현실에 대한 작가의 비판적 인식을 읽을 수 있다. 문제가 되는 관습적 농부와 승려의 행태를 매우 구체적 사실을 들어 비판하고 있다. 이것은 변화하는 시대에 적응하지 못한 두 가지 현장의 상황을 비판한 것이다. 인용문 (4) 다음에 이어질 내용을 함께 고려하면 농부와 승려에 대한 비판이 당대적 문제 현실에 대한 새로운 인식에 기초하였음을 알 수 있다. 농사가 단순히 농사 행위로 끝나며, 승려로서 책무를 다하지 못하는 관행적 승려 사회의 현실을 두고 양자를 변증적으로 통합함으로써 수행과 농사가 일치하는 禪農一致의 당대 새로운 불교운동의 전제로서의 인식을 보여 준 것이다.

그런데 불교 혁신 운동의 하나로 대각회 운동을 전개했던 백용성은 〈대각교가〉에서 이와는 또 다른 방향에서 당대적 현실 인식을 보여 주고 있다. 이 작품 1장에서 '大覺日月 올라오니 億萬乾坤 煌朗하다/ 萬相森羅 光明이오 六途衆生 眼目일세/ 正道邪道 分明하니 坦坦大路 疑心 없다'라고 하여 당대 현실을 대각의 일월이 올라와 '億萬乾坤'의 온 세상이 '煌朗하다'고 하였는데 대각의 일월이 떠오른 시대로 당대 현실을 인식하여 매우 긍정적 현실 인식을 보여 주고 있다. 이것은 그가 본래 성불의 입장에서 이미 모든 중생이 부처이며 그 깨달음은 밝게 빛난다는 대각회 운동의 관점에서 이루어진 현실 인식이라고 할 수 있다.[13] 결국 그는 대각회 운동의 측면에서 밝지 못한 현실을 넘어 본래 밝은 세상을 회복하기 위하여 대각회 운동을 전개하지 않을 수 없었다고 할 수 있다.

이상에서 현실을 당대적 관점에서 인식하고 있는 몇몇 경우를 살펴보았다. 당시 새로운 시대 이념인 진화론의 관점에 입각하여 당시 불교 사회 현실을 경쟁 시대로 인식하기도 하고, 수행과 노동이 일치해야 한다고 하는 선농일치적 관점에서 현실의 농부와 승려 생태를 비판적으로 인식하기도 하였으며, 대각회 운동의 한 과정에서 당시를 대각이 밝은 시대라고 긍정적으로 인식하기도 한 사례가 함께 나타났다. 이런 인식은 관습적 현실인식에 비하여 매우 진보적인 성향을 보여 주는데 전통의 관습이 보여준 시대적 한계를 극복하고 불교가 새로운 시대에 적응하기 위하여 나아가야 할 방향을 모색하는 과정에 나타난 인식이라고 할 수 있다. 관습적 인식이 그런 인식을 소유한 대중과 공감대를 형성하기 위해 표현되었다면[14] 당대 현실적 인식은 새로운 시대 변화에 처한 대중을 적극적으로 계도하고 이끌어가기 위하여 나타났다. 여기서 더 나아가 이러한 관습적, 당대적 현실 인식이 불교 본원적

---

13) 백용성은 일제 강점기 3·1운동 33인의 한 사람으로 활동하는 등 당대 현실의 모순에 대하여 일찍이 눈떴다고 할 수 있다. 이런 측면에서 보면 '대각의 일월이 밝았다'는 표현이 적절하지 않아 보인다. 그러나 백용성이 가졌던 本來成佛의 입장에서 보면 현실의 어떠한 상태 즉 전란 상태이건 평화 상태이건 어느 것이든 본질상에서는 부처의 세계라는 말이다. 일제 강점이라는 불운의 시대도 본질적으로는 대각의 일월이 밝아 있는 것인데 일제 강점이라는 구체적 시대 현실이 이를 가로 막고 있기 때문에 이를 극복하기 위한 사회 참여를 한다고 이해를 할 필요가 있다.

14) 〈귀일가〉의 후반부 일부를 보면 '三界萬類 歸一處는 畢竟成佛 歸一일세'라고 하고 있는데 士를 가장 높게 보고 이어서 차례로 여러 유교 윤리의 실천을 말하다가 작품 말미로 오면서 같은 대중을 상대로 '成佛'을 권하는 방향으로 내용을 전개하는 데서 이를 확인할 수 있다.

현실 인식과는 어떤 상관관계를 맺고 있는지를 더 살펴봐야 세 가지
현실 인식의 상관 질서와 그 의미를 더 분명하게 파악할 수 있다.

3) 불교 본원적 현실 인식

모든 종교 사상이 그렇듯이 불교도 교리상 고유한 현실 인식의 틀을
가지고 있다. 불교는 존재하는 일체를 연기론이라는 이론으로 설명하
고 여기에서 근거하여 인간의 현실과 이상에 대하여 특징적 인식을 보
여준다. 신체 불교가사에서는 인과라는 윤회적 관점에서 삶의 현실을
매우 중요한 과제로 다루고 있어서 인간의 현실과 그 인간이 살아가는
세계에 대한 불교 본원적 인식을 보여 주는 경우가 많이 나타난다.

(5) 萬千形相 어둔무리 善惡因果 받아나니
　　그림자가 서로쫓듯 쉴새없이 輪廻한다
　　前世上에 惡한業報 소말뱀 저아닌가(二)
　　地獄餓鬼 그러하니 제가짓고 제가받네
　　우습고도 不祥하다 우리들의 天然성품
　　善惡差別 없건마는 善지은자 樂받으며(三)
　　惡지은자 苦받으니 今生일을 미뤄보면
　　來生果를 알리로다(四)　　　　　　　　　　　　　〈권세가〉

(6) 가봅시다 가봅시다 좋은國土 가봅시다
　　天上人間 두어두고 極樂으로 가봅시다　　　　〈학명선사왕생가〉

(5)를 보면 인과에 대한 말을 하고 있다. '어둔 무리', '지옥 아귀',
'우리들'로 표현된 존재가 겪게 되는 인과에 대한 설명을 하고 있다.
'어둔 무리'는 '선악인과를 받아 나니'라고 표현하고, '지옥 아귀'는 앞
의 말을 받아 '그러하다'고 하고, '우리들'에 대해서도 '善 지은 자 樂

받으며 惡 지은 자 苦 받으니'라고 하여 역시 선악 인과에 대한 말을 하고 있다. 작가는 '어둔 무리', '지옥 아귀', '우리들'로 표현된 현실의 존재들이 모두 선악 인과에 얽매여 살아간다는 인식을 보여 주고 있다. 이 셋은 모두 '중생'이라는 말로 묶어 볼 수 있는 존재인데 작가는 여기서 삼자 모두 윤회한다고 말하여 고통을 겪는 존재로 인식하고 있다. 작가의 이런 인식은 연기론에 기초하여 윤회설을 중요한 이념으로 가지고 있는 불교의 본원적 사유를 그대로 옮겨온 것이라고 할 수 있다. 불교 12연기설에서는 연기법의 진리에 무지한 無明으로 인하여 生과 老死의 고통이 따르는 것으로 설명한다. 그리고 이런 생사윤회가 과거, 현재, 미래로 이어진다고 보는데 작가의 인식은 이와 일치한다. 윤회의 현실을 고통으로 보는 불교에서는 이를 벗어날 방도를 다양한 방향에서 모색하는데 이 작품에서 현실을 윤회하는 고통의 세계로 보는 것은 뒤이어 서술된 현실 대응 방법으로서의 불교 수행 방법과도 일치하는 것이다. 따라서 인식의 차원에서 이 작품은 윤회라는 불교 원본적 이념에 따라서 현실을 인식하고 있다고 할 수 있다.

(6)을 보면 현실에 대한 인식이 매우 함축적으로 표현되어 있다. 여기에 나타난 세계는 '天上人間'과 '좋은 國土', '極樂'이다. 이 문장의 문맥으로 보아 좋은 국토는 극락과 같은 세계이고, 나아가 육도 윤회의 고통을 벗어나지 못했다는 점에서 천상은 인간과 같은 범주의 세계이다. 이 가운데 작품 내적 세계가 실제 놓인 현실은 인간인데 그는 그런 인간은 물론 상대적으로 높은 천상계까지도 버리고 극락으로 가자고 요구하고 있다. 여기에 불교 본원적 현실 인식이 내재해 있다. 불교에서는 천상과 인간도 윤회의 고통을 면할 수 없는 세계로 인식한다. 불교에서는 천상이 좋기는 하나 거기서 복을 다 누리고 나면 다시 더 낮은 세계로 떨어져 고통을 받을 수밖에 없는 곳이고, 인간은 생로

병사의 근본 고통이 있는 곳으로 인식한다. 그래서 천상과 인간을 다
버리고 극락으로 가자는 작가의 요구가 나온 데에는 윤회의 고통을 벗
어나야 한다는 불교적 인식이 내재해 있다고 할 수 있다. 그리고 인간
은 물론 천상까지 버리고 가야할 극락은 인용문 (6)에 바로 이어 길게
서술하고 있다.[15)

  이상에서 살펴보았듯이 작가는 인간과 그가 살아가는 현실을 두고
윤회의 고통이 있는 세계로 인식하고 있다. 이것은 육도 윤회의 수레
바퀴 안에 갇혀 있는 인간 현실을 고통이 가득한 세계로 보는 불교 본
원적 현실 인식과 일치한다. 불교 본원적 인식에 따라 인간의 현실을
윤회의 고통 세계로 인식한 작가는 여기서 벗어나기 위한 방도를 강구
하는데 그 역시 불교 본원적임이 확인된다.

  이 절에서는 신체 불교가사에 나타난 현실 인식의 세 가지 특성을
살펴보았다. 유교 봉건 사회의 윤리를 따르는 관습적 현실 인식이 약
화되기는 했으나 여전히 나타나고 있었고 당대 시대적 변화에 따른 새
로운 현실 인식이 상당히 구체적으로 드러났다. 그러나 이런 인식이
근본적으로는 불교 본원적 현실 인식에 맞닿아 있으면서 불교적 세계
로 나아가게 하는 하나의 징검다리 역할을 하고 있었다는 것이 특징이
다. 관습적 현실 인식은 당시 관습에 젖은 대중을 불교로 포용하려는
과정에 나타났다고 할 수 있고, 당대의 새로운 현실 인식은 변화하는
시대에 불교가 적응하고 나아가 새로운 시대적 요구에 따라 대중을 선

15) 極樂이라 하는 곳은 온갖 苦痛 전혀 없어/ 黃金으로 땅이 되고 蓮꽃으로 臺를 지
    어// 阿彌陀佛 주인 되고 觀音勢至 補處되어/ 四十八願 세우시고 九品蓮臺 벌이시
    어// 般若龍船 내어 보내 念佛중생 接人할 때/ 八菩薩이 護衛하고 王菩薩 노를 저
    으며// 諸天音樂 갖은 풍류 天童天女 춤을 추며/ 五色光明 어린 곳에 生死大海 건
    너가서// 蓮胎 중에 化生하고 無量福樂 受用하며/ 너도 나도 差別없이 畢竟成佛
    하고 마네(〈학명선사왕생가〉).

도적으로 지도하려는 과정에 나타났다고 할 수 있다. 논의 과정에 인용하지 않은 나머지 많은 작품이 불교 이념 자체에 충실하고 있고[16] 관습적, 당대적 현실 인식을 보이는 작품 역시 인식의 귀결이 불교의 선양과 선전으로 이어져 있다는 점에서 불교 본원적 인식은 신체 불교가사에서 현실 인식의 핵심 역할을 하고 있다고 할 수 있다. 이와 같은 다양한 현실 인식의 바탕 위에서 현실 대응이 어떤 모습으로 나타나는 지를 살피고자 한다.

3. 현실 대응의 방향

1) 관습적 현실 대응

관습적 인식을 보인 작가들은 그들의 현실 대응 방법 역시 관습적인 특성을 보여 주었다. 물론 조선시대 훈민적 시조나 가사에서 삼강오륜을 핵심 주제로 강조하는 것과는 정도의 차이가 있지만 작품의 일부에서 봉건적 유교 이념에 의한 관습적 현실 인식과 그에 따른 관습적 현실 대응을 보이는 작품이 나타났다.

(7) 地水火風 建立일세 물이 얼어 얼음되니
　　얼음 全體 물이로다 밝은 性品 일어나서
　　幻變하여 世界되니 世界全體 마음이라(十八)

---

16) 신체 불교가사 24편 가운데 이 장에서 다룬 8편 이외, 구체적 현실 인식을 직접적으로 보여주지 않는 나머지 모든 작품은 불교 본원적 인식을 이면에 깔고 있다. 이들 작품 가운데는 부처를 칭송하는 송도적 작품이 가장 많은데 부처를 칭송한다는 것 자체가 중생의 현실을 고통과 인과로 보는 부처의 현실 인식은 물론 그 대응 방안까지를 모두 수용한다는 의미가 되기 때문이다.

三界唯心 分明하나 具縛凡夫 다 모르고
古今天下 無窮劫에 塵飛雜說 滔滔하다
天地同根 與我一體 어서어서 깨칩시다(十九)　　　　　〈세계기시가〉

(8) 國民義務 歸一하면 忠君愛國 歸一하고
　　孝親敬長 歸一하면 爲人子弟 歸一하고
　　交友投分 歸一하면 朋友有信 歸一일세
　　三綱五常 歸一하면 慈善道德 歸一이오　　　　　　〈귀일가〉

(7)은 인용문 (1)과 같은 작품의 마지막 두개의 장이다. (1)에서 세계
의 형성을 五行으로 설명하여 유교 관습적 인식을 보이다가 이 부분에
와서는 세계를 지수화풍이라는 불교의 四大로 다시 설명하고 그렇게
형성된 '세계전체'가 곧 마음이라고 하며 '三界唯心'이라고 했다. 그런
데 범부는 이를 모른다고 하면서 문제를 극복하는 방안으로 천지가 나
와 같은 뿌리라는 것을 깨칠 것을 권유하고 있다. 여기서 깨친다는 것
은 불교적 의미를 함유하는 것이지만 표현 자체를 보면 여기에 사용된
천지와 나의 관계는 하늘과 사람의 관계로 설명할 수도 있어서 이는
유교의 天人合一과 유사한 성격을 가지는 것으로 이해할 수 있다. 따
라서 '天地同根 與我一體'는 천지 자연과 인간의 관계를 天人合一로
말하는 유교적 관습의 다른 표현일 수도 있다. 현실을 관습적으로 인
식한 바탕위에서 나아가야 할 현실 대응 방식도 그러한 천인합일이라
는 유교적 원리의 자각이라 할 수 있다.[17]

(8)에서 작가는 '萬法歸一 一歸何處'라는 화두를 가져 와서 유교적
사회 윤리의 실천을 권유하는데 이를 사용하고 있다. 국민 의무의 귀

---

17) 여기서 '天地同根 與我一體'는 유교의 天人合一로도 해석이 가능하고 불교의 物我
一體로도 해석이 가능하다. 이 작품의 끝 부분의 '깨치자'는 말의 내용이 유교 원리
에 그치지 않고 불교 도리도 될 수 있는 중의성을 가지고 있다.

일에서 출발하여 충군애국, 효친경장, 위인자제, 교우, 붕우유신, 삼
강오상, 자선도덕을 차례로 언급하면서 앞 항의 귀일이 뒤 항목의 귀
일로 이어진다는 것을 단정적으로 주장하고 있다. 이러한 주장은 (2)
에서 말한 농공상의 귀일을 이루기 어렵다는 데서부터 출발한다. 유교
사회에서 관행적으로 낮은 지위에 자리매김 되었던 농공상을 귀일하
기 어렵다는 현실 인식에서 나온 대응책이 공부에 귀일하는 것이고 공
부에 귀일함으로써 충군애국을 비롯한 여러 봉건 윤리의 귀일을 이루
고 삼강오상의 귀일에까지 도달할 할 있다는 것을 말하고 있다. 농공
상의 귀일이 어렵다는 현실 인식에 근거하여 공부 귀일을 해결방안으
로 제시하고 이를 통하여 여러 가지 관습적 봉건 윤리의 귀일 즉 실천
을 할 수 있다는 주장을 전개하고 있다.[18]

　이외의 작품으로 김태흡의 〈목련지효가〉가 있는데 목련이라는 불교
적 인물을 효자로 칭송하고 있다. 그 첫 연을 보면 '왕사성 부상거사
거부장자로/ 천하에 모르는이 전혀없더니/ 그 아들 목련니는 철천 효
자로/ 만고에 일월가치 이름놉핫네'라고 읊고 있다. 이어지는 작품내
용에서 그의 어머니가 죄를 지어 아비지옥에 떨어져 온갖 고통을 받는
데 목련이 도를 통하고 지옥에 가서 구해온다는 내용으로 되어 있다.
물론 불가에서 행하는 7월 백중의 행사를 선전하고 효도를 위해 불교
를 믿게 하기 위한 의도에서 창작된 작품이기는 하지만 그 핵심 내용
으로 효도를 내세우고 있다는 것 역시 관습적 봉건 윤리를 매우 자연
스럽게 선전하고 있다는 증거가 된다. 지옥에 떨어진 어머니의 고통스
런 현실을 효자의 입장에서 바라보고 효 실천의 수단으로 도를 통하고
어머니를 구해낸다고 하여 도통을 통한 효행을 문제 해결의 방안으로

---

18) 이 작품도 끝 부분에서 '畢竟成佛 歸一일세'라고 하여 궁극에는 불교의 가르침에
　　맞닿아 있다.

제시하고 있다고 할 수 있다. 따라서 이 작품 역시 효라는 봉건 윤리의
관습적 입장에서 현실을 인식하고 효행을 문제 해결의 방안으로 나타
내고 있다.19)

2) 당대적 현실 대응

작가들은 당대적 현실 인식을 바탕으로 작품에서 새로운 현실 대응
방안을 제시하고 있다. 작가들은 당시 사회에서 각자 구체적 활동을
통하여 현실의 문제를 해결하기 위한 활동을 하고 있었는데 이런 내용
이 작품에 반영되어 나타났다.

　(9) 우리도 世尊을 效則하여서
　　　本分의 面目을 찾아 봅시다
　　　실지로 활발히 進步하여서
　　　慈容을 瞻仰하고 萬歲 부르세(八)　　　　　　　　　　〈학도권면가〉

　(10) 아하우리 農夫님네 밋친이내 말삼듯소
　　　佛祖巢窟 처부수고 寺刹廢風 改良하세
　　　勞働하고 運動하니 身體따라 健康하다
　　　靜中工夫 그만두고 鬧中工夫 하여보세
　　　야야우리 동무님네 쌍파면서 노래하세
　　　호미잡고 한번파니 一生參學 이아닌가
　　　호미잡고 두번파니 二八靑春 조흔째다
　　　호미잡고 세번파니 三生因緣 반가워라　　　　　　　　〈선원곡〉

---

19) 이 부분은 효의 실천을 위하여 불교가 필요하다는 인식을 분명히 보여주고 있어서
　　유교 관습의 수용이 유교적 성향의 사람들을 교화하는데 중요하게 기능한다는 것
　　을 잘 알려 준다.

(9)에서 작가는 앞의 (3)에 보인 경쟁시대라는 현실 인식을 바탕으로 나아갈 새로운 방향을 제시하고 있다. 세존을 效則하여 본분의 면목을 찾아보자고 하고 '실지로 활발히 진보하여 만세를 부르자'고 제안하고 있다. 세존을 본받자고 했으나 불교 일반적 의미의 수행을 하자는 것이 아니라 미륵과 경쟁하던 세존을 본받아 진보하자는 것이 그가 제시하는 현실 대응의 방법이다. 경쟁하고 진보하는 것의 구체적 의미가 드러나지 않아서 그가 제시한 현실 타개의 방안이 추상적이기는 하나 진화론적 당대 이념을 바탕으로 한 진보라는 것이 그가 주장하는 당대 현실적 대응 방법인 것은 틀림없다. 그의 이런 불교 진보론의 구체적 내용은 그가 〈조선불교혁신론〉[20]에서 정신개혁, 교육개혁, 조직개혁을 주장하는 데서 비교적 자세하게 나온다.[21] 따라서 권상로는 가사를 통해서는 불교 진보 혹은 개혁을 선언적으로 알리고자 했음을 짐작할 수 있다.

인용문 (4)에서는 농부와 승려를 두고 보여준 작가의 현실 인식을 살펴보았다. (10)의 내용은 이런 현실 인식에 근거하여 작가가 문제적 현실을 타개할 수 있는 방법으로 제시한 해결 방안으로 되어 있다. 작가는 여기서 '佛祖巢窟 처부수고 寺刹廢風 改良하세'라고 하면서 제시한 방법이 '노동하고 운동하는 것'이다. 여기서 '불조소굴, 사찰폐풍'은 앞 예문 (4)의 설명을 빌리면 관습적 세계라고 할 수 있다. 바로 이것을 부수거나 개량하자고 한 것은 관습적 현실의 부정이라는, 새로운 현실 대응 방법이다. 그의 말을 빌리면 대응 방안은 바로 鬧中工夫를 하는 것이고 더 구체적으로 말하자면 그것은 '짱파면서 노래'하는 것이다.

---

20) 권상로, 『퇴경당전서』 권八, 퇴경권상로박사전서간행위원회, 1990, 49~85쪽.
21) 김경집, 「권상로의 개혁론 연구」, 『한국불교학』 제25집, 한국불교학회, 1999, 417~426쪽./ 권기현, 「권상로의 생애와 불교개혁사상」, 『밀교학보』 제6권, 위덕대 밀교문화연구소, 2004, 162~177쪽 참고.

이어서 계속되는 가사에서 땅을 한 번 파는 것이 '一生參學'이라고 하고
이어서 계속 나가 '十十無盡'에 나아가서 '우리鬧中 工夫사람 내의 面目
삶혀보세'라고 요약하고 마지막 문장에서 '勞動上에 나못보면 그저勞動
거짓勞動'라고 하여 선농일치의 수행법을 현실 대응의 구체적 방법으로
제시하고 있다. 생활 따로 수행 따로의 잘못된 풍토를 양자의 변증법적
통합을 통하여 극복하는 새로운 해결 방안을 제시하고 있다.

대각회 운동을 펼쳤던 백용성 역시 〈대각교가〉에서 대각의 일월이
떴다고 보는 당대의 긍정적 현실 인식을 바탕으로 현실에 대응해 나갈
방도를 '어서 어서 오십시오 어서 어서 믿으시오/ 우리 自性 깨치오면
八解 六通 具足하며/ 三身 四智 圓明하여 永劫生死 解脫하오'라고 제
시하고 있다. 작가가 보기에 현실은 대각의 일월이 본래 밝게 빛나는
세상이지만 일반인들은 그 사실을 모르기 때문에 먼저 이들에게 그런
사실을 '어서 와서 믿으시오'라는 말로 표현하고 있다. 믿고 깨치면 대
각인 일월의 밝은 세상을 볼 수 있다는 뜻으로 '永劫生死 解脫하오'라
고 말하고 있다. 생사 고통이 있는 중생의 어두운 현실을 극복하고 본
래 대각의 일월이 밝은 상태를 분명히 불 수 있게 해 주는 현실 대응
방안으로 믿음을 주장하고 있다.

작가들은 승려로서 당대 현실을 나름대로 받아들이면서 여기에 대처
하는 특징적 방안을 각자 처한 입장에서 주장하고 있다. 노동과 수행의
일치, 대각운동, 진보활동 등을 통한 현실 대응을 각각 제시하여 그들이
당시 현실에서 인식한 문제에 따라 그 해결을 위한 당대적 현실 대응
방안을 분명히 보여주고 있다. 당대적 현실 대응 방안은 관습적 현실의
문제를 극복하려는 과정에서 나와서 양자는 극복의 관계로 나타난다.
관습적 문제 현실을 극복하려는 과정에서 모색된 당대적 현실 대응 방법
이 불교 본원적 대응방법과는 어떤 관계를 맺고 있는지를 살필 차례이다.

3) 불교 본원적 현실 대응

불교는 현실에 대해서 연기론이라는 특이한 인식을 보여 주듯이 문제를 해결할 때에도 불교 교리에 따른 특별한 방법을 제시한다. 이런 방안은 다양한 수행법이라는 이름으로 나타나는데 여기에는 스스로의 힘에 의하여 문제를 해결해 가는 방법도 있고 어떤 높은 다른 존재에게 기원을 함으로써 문제를 해결하는 방법도 가지고 있다. 전자가 주로 참선과 같은 자력적 수행을 말한다면 후자는 염불과 같은 타력적 수행을 말한다. 성격상 둘로 나누기는 했으나 양자가 혼합된 수행법이 있는가 하면 타력적인 것이 자력적인 역할을 하는 경우도 있어서 단선적 변별과 판단은 문제가 될 수 있다. 이와 같이 다양한 수행방법이 이들 작품에서 현실 문제의 해결 방안으로 어떻게 나타나는 지를 살펴보고자 한다.

(11) 찾는길이 여럿이나 返照工夫 妙하도다
善心惡心 많은마음 地水火風 除쳐 놓고
찾아보면 모두없네(一□)
비록찾이 못보니 靈智昭昭 分明하니
그것아니 微妙한가(一一)   〈권세가〉

(12) 壯하도다 우리형제 同共發心 大願으로
虛送歲月 하지않고 하루바삐 阿彌陀佛
唯心淨土 어디이며 自性彌陀 누구런가
千念萬念 無念으로 返照自性 間斷없이   〈학명선사왕생가〉

현실 인식의 차원에서 윤회라는 불교 근본 사상에 입각하여 현실을 바라본 필자는 이를 극복하는 방법 역시 불교 본원적 이념에 근거하여 찾고 있다. 앞 장의 예문 (5)에서 모든 중생은 윤회하며 고통을 겪는다는 불교적 현실 인식을 보여준 작가는 이를 벗어나는 방도를 작품 (11) 부분에서 제시한다. '찾는 길이 여럿'이라고 하면서 그 가운데 '返照工 夫'를 방안으로 제안하고 있다. 현실이라고 할 수 있는 '善心惡心, 地 水火風'은 '찾아보면' 없는 것이라고 하고 '靈智'는 분명하다고 하였다. 즉 여기서는 선악이나 지수화풍과 같은 현실이 없다는 것을 알게 하고 '영지'를 드러내는 방법으로 반조공부를 제시하고 있는 것이다.

그런데 여기서 말한 '반조공부'는 '회광반조공부'의 줄인 말이다. 회 광반조는 불교 수행의 일반적 방법이다. 조사선의 2조인 혜가가 달마 에게 배운 선법도 회광반조였고[22] 간화선을 정립한 송대 대혜조차 회 광반조를 중요한 수행법으로 제시했으며[23] 우리나라 보조지눌도 반 조를 수행방법으로 사용했다.[24] 돌이켜 살피는 수행 방법은 불교 시 작부터 있어오다가 후대 오면서 선이라는 수행 방법으로 더 분명하게

---

22) 이런 사실은 혜심이 편집한 『禪門拈頌』(오어사 운제선원, 아사달, 1994, 42~43 쪽), 〈99. 法印〉에 '혜가가 말하기를 "제 마음이 편치 않으니 스님께서 편안하게 해주십시오." 하니 스님이 "마음을 가져 오너라 너를 편안하게 해 주겠다." 하였다. 혜가가 말하기를 "마음을 찾아도 얻을 수 없습니다." 하니 스님이 말하기를 "너의 마음을 편안하게 해주었도다!" 하였다.(可曰 我心未寧 乞師與安 師云將心來 與汝 安 可曰 覓心了不可得 師云與汝安心竟)'라고 나온다. 여기서 '覓心'은 자신의 마음 을 찾아보는 것으로서 돌이켜 비추어 보는 것[返照]과 같은 의미이다.

23) 대혜는 『書狀』(대혜 저, 고우감수, 졸역, 운주사, 2009, 108~109쪽), 〈答富樞密季 申〉에서 '다만 알음알이를 아는 마음 위에 나아가서 보십시오. 도리어 장애가 됩니 까? 능히 알음알이를 아는 마음 위에 도리어 여러 가지가 있습니까?(但就能知知解 底心上看 還障得也無 能知知解底心上 還有如許多般也無)'라고 했는데 여기서 '知 解底心上看'은 일어나는 여러 가지 생각 위에서 살필 것을 말하여 자신의 내면에 일어나는 마음을 비추어 보는 반조와 같은 것이다.

24) 지눌은 『보조전서』(불일출판사, 1989, 82쪽), 〈원돈성불론〉에서 '만약 사람이 자 기 마음의 맑고 깨끗한 각성을 돌이켜 비추면 거짓이 사라지고 마음이 맑아져 만상 이 가지런히 나타난다(若人返照自心淸淨覺性 妄盡心澄 萬像齊現)'고 했는데 여기 서는 '返照'라는 말을 직접 사용하고 있다.

자리잡고 정형화되는 양상을 보이는데 (11)에 보인 반조 공부는 바로 이런 불교 선 수행 전통과 일치된 것이어서 고통 받는 중생의 현실을 극복하는 방법이 불교 본원적인 것이다.

(12)의 작가 학명은 앞 장의 (6)에서 윤회의 고통을 이유로 인간 현실을 떠나야 할 세계로 인식하였다. 학명은 (12)에서 떠나는 방법을 보여 주고 있다. 짧은 노래 형식으로 표현한 내용을 복원해 보면 아미타불을 부르고, 간단 없이 자성을 반조할 것을 현실 대응의 방안으로 제시하고 있다. 이러한 현실 대응 방안은 (6)에서처럼 여기서 멀리 떨어진 어딘가를 가야 '극락'이라는 이상 세계에 도달할 수 있는 것이 아니라 내가 바로 극락세계의 주인인 '자성미타'이고 그 내가 사는 이곳이 바로 극락인 '유심정토'라는 새로운 인식을 보여 준다. 현실을 떠나야 할 공간으로 그리면서도 불교의 이상 세계가 바로 이곳이라는 자각을 얻기 위해 염불과 반조라는 불교 본원적 현실 대응 방안을 강조하고 있다.

당대적, 불교 본원적 현실 대응 방안의 관계를 보면 진보나 선농일치, 대각회 활동 등의 당대적 현실 대응 방안이 모두 반조 공부나 염불과 같은 불교 본원적 현실 대응 방안을 변화하는 당대 현실에서 더 효과적으로 실현하려는 전제라는 상관 질서로 맺어져 있다.

이 절에서는 현실 인식에 바탕한 현실 대응의 방안에 대하여 논의해 보았다. 관습적 대응에서는 관습적 이념을 고수하며 충실히 실천하는 것을 현실적 대응 방안으로 제시했고, 당대적 대응에서는 당시에 유행하던 진보를 외치거나 선농일치의 활동을 전개하고, 대각운동을 전개함으로써 기존 불교 수행의 한계를 극복하고자 하였다. 그리고 불교 본원적 차원에서는 중생의 고통을 벗어나기 위하여 염불을 하거나 회광반조라는 수행을 현실 대응 방안으로 제시하였다. 관습적 대응 방안을 작품에 수용한 것은 이 작품들이 창작된 당시까지 관습에 젖어 있던 인물들을 불교에 입문하게 하기 위한 과정의 방편이었고, 당대적 방안을 제시한 경우에는 변화하는 상황에서 가장 유효한 수행의 방안을 모색하여 당시 대중을 교화한 것이었다. 불교 본원적 방안은 앞에서 제시한 두 가지 현실 대응 방안의 도움을 받으면서 궁극적으로 따라야 할 현실 대응 방안으로 제시되었다. 즉 관습적, 당대적 대응 방안은 모두 불교 본원적 대응 방안을 다른 각도에서 도와서 불교를 더 효과적으로 알리고 전파하는 역할을 하는 전제로서 기능하는 것으로 되어 있다.

4. 신체 불교가사의 현실 인식과 대응 방향

이 장에서는 신체 불교가사에 나타난 현실 인식과 현실 대응 방안에 대하여 살펴보았다. 20세기 초반에 많은 불교가사가 창작되었는데 그 가운데 새로운 변화를 보인 작품들을 따로 묶어 그 특성을 밝히기 위해 이를 몇 가지 하위 항으로 나누어 살펴보았다.

신체 불교가사에 나타난 현실 인식을 세 가지 측면에서 살펴보았는데 관습적 현실 인식과 당대적 현실 인식, 불교 본원적 현실 인식이 그것이다. 신체 불교가사에는 관습적 현실 인식이 미약하지만 분명하게 나타나 있었다. 특히 객관 대상인 세계의 생성을 설명하면서 유교의 오행 사상을 따르기도 했고 사회적 계층을 사농공상으로 나눈 가운데 농공상을 낮게 보고 사를 높이 보는 봉건 관습적 인식을 드러내기도 했다. 그리고 당대적 현실 인식에서는 당시를 경쟁의 시대로 인식하는 경우가 있었고, 기존의 농부와 승려라는 직업을 두고 양자가 가진 문제를 지적하기도 하고 당대를 대각의 일월이 밝은 시대로 인식하는 등의 당대적 인식을 나타냈다. 그리고 불교 본원적 인식에서는 인간의 현실을 인과의 고통이 상존하는 곳이며 그래서 인간 세계는 벗어나야 할 곳으로 인식하는 사례가 나타났다. 즉 불교의 윤회 사상에 기초하여 인간 현실을 고통의 세계로 인식하고 그 때문에 떠나야 할 공간으로 인식하여 불교 본원적 인식의 특성을 보여 주고 있었다. 관습적 현실 인식은 관습에 젖은 일반대중과 공감대를 형성하고, 당대적 현실 인식은 변하는 시대에 불교의 적응력을 제고하기 위한 자각이었다면 불교 본원적 현실 인식은 앞의 두 가지 인식의 도움을 받아 이르고자 한 시대를 초월한 불교적 세계 인식이었다.

이와 같은 현실 인식에 기초하여 작가들이 보여준 현실 대응 방안 역시 각기 특성을 나타냈다. 객관 대상으로서의 세계를 관습적 유교의 오행으로 설명한 경우 작가는 오행으로 구성된 天地와 나를 같은 뿌리, 한 몸이라고 표현하면서 그런 사실을 깨치는 것을 현실 대응 방안으로 제시하였다. 이것은 天人合一이라는 유교의 수양 방법과 외피가 일치하여 의도는 불교적이면서도 대응 방법이 역시 관습적 성격을 가진다는 것을 확인했다. 그리고 농공상보다 사를 높게 보는 현실 인식에 따라 충효, 붕우유신, 삼강오상 등의 봉건적 유교 도덕의 실천을 현실 대응 방안으로 강조하기도 하였다.

당대적 현실 대응을 보인 경우에 진화론적 인식을 보인 작가는 '전진하기'라는 막연한 행동을 현실 대응 방안으로 제시하였고, 농부와 승려를 부정적으로 인식한 경우에는 양자의 변증적 통합을 통한 선농일치라는 수행자 생활의 변증법적 통합 실천을 대응방안으로 제시하였다. 이것은 靜的이기만 하고 형해화된 선과 일 자체에 빠져 있는 농사를 통합함으로써 요중공부라는 선농일치의 새로운 현실 대응 방안이었다.

불교 본원적 현실 대응 방안에서는 불교적 관점에서 현실을 고통의 세계로 인식한 작가가 반조 공부라는 방법을 통하여 이 문제를 자력으로 극복할 것을 권장하고 있었다. 또 인간 세계를 버려야 할 곳으로 인식한 경우에는 아미타불을 염송이라는 타력적 수행을 그 대응 방안으로 제시하였다. 그런데 고통의 이곳을 떠나라고 해 놓고 방안으로서 염불을 권장했지만 염불의 결과 극락의 저 세상으로 가는 것이 아니라 고통의 이 자리가 바로 극락이고 본인이 바로 자성미타라는 자각을 하게 하는 염불을 방안으로 제시하기도 하였다.

관습적 현실 대응 방안이 표면적으로 유교 관념적이면서도 성불로 나가게 하며, 당대적 대응 방안이 변하는 시대에 관습을 극복하고 불교를 효율적으로 알리려는 의도와 연계되어 있어서 이 두 가지 방안이 각각 관습 수용과 변화에의 적응을 통한 불교 본원적 대응 방안의 실천으로 이어지는 삼자 관계를 보여 주었다. 그래서 신체 불교가사 작품은 대부분이 부처의 칭송에 치우쳐 있음에도 불구하고 중요한 현실 인식과 현실 대응 방법을 분명히 보여 주고 있어서 일제 강점기 불교가 처한 현실을 알려주는 중요한 징표 역할을 담당한다고 할 수 있다.

제2장 경상북도 지역 민간 전승 불교가사
유형과 작품의 성격

1. 민간 전승 불교가사

불교가사는 승가 공동체의 필요에 의하여 창작되었다. 승가 공동체는 일반적으로 비구, 비구니, 우바새, 우바이라는 소위 사부대중으로 구성된다. 사찰이라는 공간에 주거하며 생활하는 사람은 승려들뿐이지만 승가 공동체는 영외 신도들까지 모두 포괄한다. 사찰 안에서 이루어지는 생활에서만 불교가사를 향유한 것이 아니라 사찰 밖에서도 불교가사는 향유되었다. 불교의 경전을 승려만 수지하는 것이 아니라 일반인들도 이를 가지고 수행하는 것과 같이 불교가사 역시 일반 불교 대중들이 수용하고 활용하였고 적극적으로 불교가사를 창작하기까지 하였다.[1] 종교가사로서 근본적으로 포교를 목표로 하기 때문에 한글로 쓰인 불교가사는 어려운 한문 경전보다 대중 전파성이 더 높았을 것으로 예상된다.[2]

---

1) 17~18세기 자료로 알려진 〈선설인과곡〉, 〈권선곡〉, 〈수선곡〉, 〈인혜신사지형참선곡〉, 〈마설가〉 등의 많은 불교가사 작품을 지은 인혜신사 지형을 비롯하여 근세의 권수근, 이경협, 이광수 등의 인물과 현재 안동지역의 불교가사 작자 등이 이를 말해 준다.

안동을 비롯한 경상도는 역사적으로 오랜 유교 전통을 가진 지역이다. 이런 전통과 연관하여 시조나 가사와 같은 시가 창작의 긴 역사도 가지고 있고 조선 후기부터 현대에 이르기까지는 규방가사가 특히 이 지역에서 활발하게 창작되고 향유되어 왔는데 그 과정에 불교가사도 그 한 부분을 점하고 향유되었다는 사실이 이번3)에 발견한 여러 구체적 작품의 존재로 확인되었다.4) 이 지역에서 발견된 불교가사에는 이미 다른 지역에서 전승이 확인된 기존의 작품도 있었고, 새로 발견된 작품도 있다. 그런데 불교가사 여러 유형 가운데서 특정 유형이 주로 수용되고, 일부 특정 유형의 작품이 새로 창작되는 현상도 나타났다.

그래서 먼저 경상북도 지역 민간에 전승되는 불교가사의 존재 양상을 살피고자 한다. 그리고 불교가사의 어떤 하위 유형들이 주로 이 지역에서 수용되거나 창작되고 있는지를 기존 불교가사 유형과 연관하여 논의함으로써 이 지역에 전승되는 불교가사 유형의 전반적 성격을 구명하고자 한다. 더 나아가 불교가사 유형에 소속된 하위 작품의 내용을 살핌으로써 경상북도 지역 민간에 전승된 불교가사 작품의 구체적 성격을 밝히고자 한다. 불교가사가 실제 민간에 어떻게 수용되고 재생산되는지를 밝히기 위해서는 이 지역 불교가사 작품의 존재 양상과 유형, 작품의 구체적 성격을 함께 연관시켜 다룰 필요가 있다. 저간의 불교가사 논의는 출세간 중심으로 이루어져 민간과의 구체적 관계

---

2) 균여가 당시 우리말 표기 방식인 향찰로 〈보현시원가〉를 지어 대중 교화의 효과를 높이고자 했던 시도 역시 이런 관점에서 이해할 수 있다.

3) 이것은 한국학중앙연구원이 지원하는 경상북도 지역 내방 가사 자료 조사 정리 및 DB 구축 사업(3년 과정, 2011. 12. 1~2014. 11. 30)의 1차년 추진 과정을 말한다.

4) 이런 면모에 대하여 권영철은 '종교적 모티브'(『규방가사연구』, 이우출판사, 1980, 162~164쪽)에서 회심곡류, 몽환가류 불교가사가 규방가사의 한 부분으로 나타난다는 것을 단편적으로 거론한 바 있다.

를 구명하는 데에 일정한 한계를 가지고 있었는데 이번에 민간에 전승된 불교가사의 구체적 자료를 확보함으로써 이러한 논의가 가능하게 되었다. 고려말 가사 문학의 시작을 알린 불교가사가 현대에 이르기까지 성쇠의 과정을 거치면서 장구하게 이어졌는데, 이번에 확인된 민간 대중과의 직접 교섭 부분을 논의하는 일은 불교가사 자체의 성격을 구명하는 것은 물론, 장차 규방가사 일반의 성격을 밝히는 데도 어느 정도 기여를 할 수 있을 것으로 예상된다.

이 논의의 기본 자료는 이 지역에서 발견한 불교가사 작품을 중심으로 하고 필요에 따라 관련된 기존의 불교가사집[5]의 자료를 부차적으로 활용하고자 한다. 또한 불교가사 유형을 다룬 기존 연구[6]를 참고하면서 논의를 더 심화하고자 한다.

2. 민간 전승 불교가사의 존재 양상

경상북도 지역에서 발견된 불교가사는 이 지역에서 주로 많이 창작되는 규방가사들 사이에 혼재하는 방식으로 존재하고 있다. 같은 작품이 여러 다른 곳에서 거듭 보이기도 하고 어떤 작품은 한 곳에서만 나타났다. 〈회심곡〉, 〈백발가〉 등 전승이 이미 확인된 기존 작품은 여러 곳에서 발견되었고 이 지역에서 처음 발견된 〈극락가〉, 〈인과응보가〉, 〈부모은공가〉, 〈부모은중가〉, 〈인과약설〉, 〈불교경고가〉 등은 특정 한 지역에만 존재하고 있었다. 두루마리에 필사된 경우가 많았고, 장편 가사의 경우는 책자에 필사되어 전하기도 했으며, 활자화되어 전하는 경우

---

5) 임기중, 『불교가사 원전연구』, 동국대학교 출판부, 2000.
6) 참고문헌의 불교가사 유형 관련 연구 논문 참고.

도 나타났고 더 특이한 것은 일부 작품의 경우 카세트 테잎에 음성 상태
로 남아 있기도 하다는 것이다. 〈백발가〉, 〈회심곡〉 등 한국국학진흥원
소장 작품은 두루마리 형태로, 〈백발회심곡〉, 〈권왕가〉 등 이상규 소장
자료는 필사본 책자로, 치암고택의 〈인과약설〉은 카세트 테잎 음성 녹
음 상태로 존재하며, 〈부모은중가〉, 〈인과응보가〉, 〈불교경고가〉, 〈회
심가〉, 〈부모은공가〉, 〈극락가〉 등은 안동 내방가사 전승회 자료집에
활자화된 상태로 존재한다.[7] 자료의 여러 가지 존재 방식을 전제로
하면서 여기서는 전승이 이미 확인된 경우, 새로 발견된 경우의 크게
둘로 나누어서 작품의 창작 시기 및 존재 양상을 함께 살피고자 한다.

먼저 기존에 전승이 확인된 작품을 수용한 경우이다. 여기에 해당하
는 작품을 들면 〈백발회심곡〉, 〈백발가(白髮柯)〉, 〈회심곡〉, 〈회심
가〉, 〈빅발가〉, 〈권왕가〉, 〈나옹화상낙도가〉 등 일곱 편이다. 작품의
내용에 따라 기존 작품의 확정된 이름에 대응시켜 보면 〈백발회심곡〉
과 〈백발가(白髮柯)〉는 〈백발가〉이고, 〈회심곡〉과 〈회심가〉, 〈빅발가〉
는 〈회심곡〉이고, 〈권왕가〉는 〈권왕가〉, 〈나옹화상낙도가〉는 〈나옹
화상낙도가〉 그대로 이어서, 실제 〈백발가〉, 〈회심곡〉, 〈권왕가〉, 〈나
옹화상낙도가〉라는 네 작품이 이 지역에 전승되고 있는 것이다.

문헌의 기준에서 다른 지역에서 그 전에 이미 발견되어 확인된 기존
작품부터 살피고자 한다.[8] 〈백발가〉는 19세기 자료인 필사본『불교가

---

7) 자료의 형태는 이와 같이 간단하게 정리할 수 있고 작가가 대략 밝혀진 〈권왕가〉
와 〈나옹화상낙도가〉를 제외하고 기존 작품은 작자 미상이 대부분이고 새로 발견
된 작품은 작자 여부를 확정할 수는 없지만 〈부모은중가〉는 이만식, 〈부모은공가〉
는 조기영, 〈인과응보가〉는 박성조, 〈불교경고가〉는 김후주, 〈인과약설〉은 李源珤
이 제공자로 나타나 있다.

8) 여기서는 먼저 대분류로 기존 작품과 새로 발견된 작품으로 나누었고 이 두 항
아래에서 다시 작품의 구체적 자료 형태를 말하여 논의를 구체화하였다.

사』(1887)에 가장 먼저 실려 있고 그 뒤 20세기 자료인 필사본『서방금곡』 (1931)과 활자본『석문의법』(1935)에도 실려 있다.9) 그래서 문헌상 19세기에 보이기 시작하여 20세기 전반기로 전승되고 있다는 것을 알 수 있다. 〈회심곡〉은 역시 19세기 자료에 등장하는 작품이다. 특히 우리가 알고 있는 〈회심곡〉은 〈속회심곡〉, 〈특별회심곡〉, 〈별회심곡〉 등 다양한 이름으로 불리는 작품으로 모두 그 이본들이다. 〈속회심곡〉은 19세기에 나타난 작자를 알 수 없는 〈회심곡〉 계열에 속하는 작품으로 현재 실린 문헌은『가집(1934)』,『아악부가집(1934)』,『악부(1930~1934)』 등으로 되어 있다. 〈특별회심곡〉 역시 같은 계열로『악부』에 실려 있고, 〈별회심곡〉도 같은 〈회심곡〉 계열로『석문의범』에 실려 있다.

이번에 발견된 〈권왕가〉의 경우 임기중이 정리한 자료에도 나타나는데 같은 작품 제목으로『조선불교월보』17~18호(1913. 6~7),『불교』89~90호(1931. 11~12),『석문의범』에 실려 있다. 지은이는 1800년대 활동한 東化쁜典이라고 하여 19세기 문헌의 불교가사에서 다루고 있다. 〈나옹화상낙도가〉는 김태준의『조선가요집성』(한성도서주식회사, 1934)에 실려 있고 여러 이본을 가지고 있다.

그런데 이 지역에서 이번에 다시 발견한 작품을 〈백발가〉, 〈회심곡〉, 〈권왕가〉, 〈나옹화상낙도가〉의 순서대로 살펴보면, 기존의 이름으로 〈백발가〉에 해당하는 이 지역의 〈백발회심곡〉은 이를 기록한 책자 표지에 丙申初春이라는 간기가 있어서 최근의 丙申이 1956년이고 한 갑자를 더 올라가면 1896년이 되는데 이를 추적해 보면 구체적 기록 년도를 어느 정도 짐작할 수 있어 보인다. 그리고 기존의 〈회심곡〉

9) 임기중,『불교가사 원전연구』, 동국대학교 출판부, 2000, 723쪽. 이하 기존에 밝혀진 불교가사 문헌에 대한 논의는 이 책에 근거하며, 새로 발견된 경상도 지역의 불교가사 자료 문헌에 대해서는 그와 연관하면서 새로운 논의를 전개하고자 한다.

에 해당하는 〈빅발가〉, 〈회심곡〉, 〈회심가〉 가운데 먼저 〈빅발가〉를 보면 임기중이 채록한 같은 작품인 〈별회심곡〉의 현대 국어 표기와 달리 '아래 ᄋ'를 사용하고 있어서 〈빅발가〉가 〈별회심곡〉보다 더 오래된 문헌일 가능성이 높다. 그리고 〈회심곡〉은 두루마리로 되어 있는데 정확한 기록 연대를 알 수 없어서 현재 임기중이 정리한 자료와 대비했을 때 그 선후 관계를 규명하기 어렵다. 〈회심가〉는 현대판 활자로 되어 안동지역 내방가사 강창 대회에 구연되어 비교적 늦은 시기에 기록된 것으로 보인다. 제목도 본래 〈회심곡〉을 〈회심가〉라고 붙이고 있어서, 17~18세기 문헌에 나오는 휴정의 〈회심가〉와 명칭이 같지만 실제 내용은 회심곡류 가사와 일치하여, 〈회심가〉와 〈회심곡〉이라는 작품 제목을 정확하게 구분하지 못한 현대 기록으로 보인다.

　〈권왕가〉의 경우는 제목의 변동 없이 책자에 필사로 전해지고 있는데 간기까지 분명하게 나와서 간행 시기를 가장 정확하게 알 수 있는 문헌이다. 이 지역에서 이번에 발견된 〈권왕가〉는 하나의 책자에 필사 형태로 전하고 있는데 간기로 보아 임기중이 수집한 자료보다 앞서며 표기상에서 역시 '아래 ᄋ' 고어를 사용하고 있다는 점이 주목된다. 이 책의 끝에 '융희2년7월일경상남도동닉부금정산범어사긔간 질인포'라는 간기가 분명히 남아 있는데 '융희2년'은 임기중이 수집한 자료보다 몇 년 앞선 1908년이다. 그리고 이 때 개간을 했다고 했기 때문에 이 자료 이전에 이미 오래된 원전이 있었을 가능성을 알려 준다. 또한 이 작품에는 시종일관 '아래ᄋ' 표기가 사용되어 국어표기법 상에서도 전승이 확인된 기존 자료보다 년대가 오래 되었음을 알려 준다. 이 지역에서 발견된 〈나옹화상낙도가〉는 안동지역 내방 가사 경창 대회에 구연되었고 그 전사하는 과정에 여러 군데 단어가 변하거나 틀렸고 특히 작품 마지막 세 개의 행이 탈락하는 변모를 보여 주어 최근의 전사로 보인다.

이렇게 보면 기존의 불교가사 작품을 수용하여 현재 이 지역에서 전해지는 불교가사 작품은 기존에 채록되고 정리된 자료와 대비하여 〈권왕가〉나 〈빅발가〉의 경우 더 오래된 문헌이며 나머지 작품의 경우에는 비슷한 시기이거나 다소 혹은 많이 늦은 시기에 수용된 것으로 판단된다.

다음은 새로 발견된 작품의 경우이다. 여기에 해당하는 작품 여섯 편 가운데 〈인과약설〉은 현재 카세트테이프 음성 자료 형태로만 존재하는데, 작품 형식에서 한 번의 경우를 제외하고 1행 4음보가 처음부터 끝까지 철저히 지켜지고, 1음보 4음절이 극히 일부의 예를 제외하고는 역시 일관되게 지켜지고 있다는 점에서 비교적 후대의 것으로 보인다.[10] 〈불교경고가〉와 〈부모은중가〉, 〈부모은공가〉는 모두 안동내방가사전승보존회에서 2001년 발간한 제5회 자료집에 수록되어 있고[11], 〈극락가〉도 현재 83세의 김수행이라는 분이 제공하여 안동 가사문학 전수회 2002년 제6회 자료집에 실려 있다.[12] 〈인과응보가〉는 『영남의 내방가사 1』에 실린 작품이다.[13] 음성 자료로 남아 있는 〈인과약설〉을 제외하고는 모두 안동에서 매년 한 번씩 정기적으로 열리는 내방가사 경창 대회에서 발표된 작품으로 최근에 수용되거나 창작된 작품들이라고 할 수 있다.

---

10) 자료 소유자인 치암고택 이동수의 증언에 의하면 살아 있으면 올해 93세인, 재작년에 작고한 그의 선친(李源琫)이 작고하기 10년 전부터 녹음을 한 것이라고 하고, 작품을 직접 지은 것은 소수이고 대부분 당시에 있던 작품을 수집하여 사용했다고 한다. 그 증언에 따르더라도 이 작품이 20세기 이전을 넘어서지는 않을 것으로 보인다.

11) 『2001년 제5회 내방가사 경창대회 원고 모음집』(안동내방가사전승보존회, 한빛, 2001)에 〈부모은중가〉(63~67쪽), 〈불교경고가〉(97~100쪽), 〈부모은공가〉(101~103쪽)가 수록되어 있다.

12) 김수행, 〈극락가〉, 『2002년 제6회 내방가사경창대회원고모음집』, 안동내방가사전승보존회, 한빛, 2002, 109~110쪽.

13) 박성조, 〈인과응보가〉, 『영남의 가사』1, 한빛, 2002, 51~56쪽.

」새로 발견된 작품의 경우는 모두·현대적 인쇄 방법으로 전승되고
있으며 창작 시기도 비교적 현대에 가까운 시기가 아닌가 추정해 볼
수 있다.14) 음성 녹음 상태로 존재하는 〈인과약설〉이나 활자화된 〈부
모은중가〉를 비롯한 안동내방가사전승보존회 자료는 최근의 것인데
그 이전의 자료를 수용했거나 새로 창작한 것으로 보인다.15)

3. 민간 전승 불교가사 유형의 성격16)

여기서는 현재 이 지역에 전승되고 있는 불교가사의 작품들이 어떤
유형에 속하며 이들 유형은 일반적으로 어떤 성격을 가지고, 어떤 질

---

14) 설령 기존의 오래된 작품을 저본으로 했다고 해도 개작을 거치면 새로운 이본을
   창작하는 것이 되기 때문에 창작이라는 말을 사용할 수도 있다.
15) 〈인과약설〉의 경우 음성 자료를 만들 때 사용된 원전 작품을 제공한 사람을 알
   수 없고, 음성의 주인도 그 전에 있던 작품을 가져와서 읽었지 스스로 작품을 지었
   다고 말하지는 않았고, 일부 작품만 창작했다고 하였다. 보존회의 작품인 경우 창
   작이 아니라 가져온 자료라고 하지만 두루마리 필사 형태의 원전 그대로 남아 있지
   않고 현대판 책으로 발간하고 있어서 이를 근거로는 원작의 존재 여부는 물론 원작
   의 창작 시기를 가늠하기는 더구나 어렵다. 그리고 자료 제공자가 당대 혹은 그
   이전부터 있어 왔던 작품을 소개하는 경우라 하더라도 대략 그들의 현재 나이가
   70대에서 90대에 머물고 있어서 작품 창작 시기가 지금으로부터 한 세기를 넘지는
   않아 보인다. 작품 향유자들의 연령대가 그러할 뿐만 아니라 실제 작품이 모두 현
   대적으로 다듬어져 있다는 것 역시 이를 뒷받침한다. 그전부터 널리 유포되었다면
   수용이 확인된 작품의 경우와 같이 불교가사 원전 자료를 2000년대 총체적으로
   수집하여 자료집으로 발간한 임기중의 『불교가사 원전연구』에 보고될 만한데 여기
   에도 나타나지 않아서 광범하게 한 세기 이전부터 오랜 기간 유포되지는 않았을
   것이라는 추측을 가능하게 한다.
16) 논의의 순서상 먼저 작품을 구체적으로 논의하고 그 귀결로 유형을 논의하는 것도
   좋은 방법이지만 여기서는 먼저 유형을 논의하고 작품을 구체적으로 분석하는 순
   서를 따랐다. 분포하는 작품의 전체적 성격을 먼저 논의하여 유형을 규정하고, 각
   유형에 소속된 작품에 대한 논의를 심화해 가는 방식을 택했다. 다시 말하자면 일
   반론에서 구체론으로 나아가는 서술 방향을 택했다.

서로 상호 관계를 맺고 있으며, 나아가 이것을 기존 불교가사의 유형 구도와도 대비하여 살피고자 한다.[17]

이런 논의를 위하여 먼저 불교가사의 유형적 질서부터 말하고자 한다. 불교가사의 하위 유형은 나누는 기준이 여러 가지일 수 있지만 여기서는 불교 공동체에서 이루어지는 생활의 여러 국면에 따라 유형을 나누고 그 유형들의 관계를 살피고자 한다.[18]

기존의 불교가사 유형들은 일정한 질서에 따라 상호 유기적 관계를 맺고 있다. 무상을 알리는 불교가사 유형으로는 회심곡류, 몽환가류를 들 수 있고, 출가하여 수행 실천하는 방법을 알리는 토굴가류, 찬불가류, 염불가류, 참선곡류, 경전가류 등이 있고, 이를 통하여 마침내 도달하게 될 이상 세계와 그에 대한 지향을 보여주는 왕생가류가 있다. 그리고 여기에 더하여 이런 전체와 관련되면서 일의 성취를 기원하는 발원가류 불교가사 등으로 전체 유형을 묶어 볼 수 있다. 이렇게 보면 출세간의 승가 사회에서는 공동체 운영의 전체 과정과 관련된 모든 국면의 활동 내용이 여러 가지 유형의 불교가사로 표현되어 있다는 것을 알 수 있다. 이 가운데서도 특히 수행과 관련된 불교가사 유형이 전체 유형 가운데서 다수를 차지하는 특징을 보여 주고 있다.

다른 지역 문헌에서 수용이 이미 확인되고 이 지역에서 이번에 다시 발견된 작품 〈나옹화상낙도가〉, 〈백발회심곡〉, 〈백발가(白髮柯)〉, 〈회심곡〉, 〈회심가〉, 〈빅발가〉, 〈권왕가〉와 이 지역에서 처음 발견된 〈극

---

17) 유형을 논의하면서 폐쇄적으로 한 유형씩 살피는 것이 아니라 나타난 유형을 부각하고 이들 유형들 사이에 보이는 상호간의 질서를 유기적으로 논의하고 있기 때문에 세부 항 목차를 설정하는 것이 여기에 부적합하다고 보아 항의 단위에서만 논의를 진행하고자 한다.

18) 졸고, 「토굴가류 불교가사의 갈래 성격과 이념지향」, 『국어교육연구』 제50집, 국어교육학회, 2012. 2, 460쪽 참고.

락가〉와 〈불교경고가〉 등19)의 작품을 유형에 소속시켜 보면, 〈나옹화
상낙도가〉는 출가 수행 과정을 읊은 토굴가류에, 〈백발회심곡〉과 〈백
발가〉는 무상을 노래하고 있어서 광의의 몽환가류 불교가사에 소속될
수 있고, 〈회심곡〉과 〈회심가〉, 〈빅발가〉는 모두 회심곡류 불교가사
에 속하는 내용으로 구성되어 있고, 〈권왕가〉, 〈극락가〉, 〈불교경고
가〉는 왕생을 권유하는 왕생가류 불교가사에 속한다. 이 분류에 따르
면 수용이 확인된 기존 불교가사는 회심곡류 불교가사에 해당하는 작
품이 세 편으로 가장 많고 몽환가류에 두 편, 새로 발견된 두 작품까지
합쳐서 왕생가류에 세 편, 토굴가류 불교가사에 해당하는 작품이 한
편 나와 있다.

   이 네 가지 유형이 가지는 성격과 상호 관계를 먼저 보면 서정성과
교술성을 모두 가진 회심곡류에서는 생로병사의 고통스런 과정을 정
서적으로 표현하여 서정성을, 권유 부분에서 교시를 내려 교술성을 보
여 주었고, 몽환가류에서는 주로 늙음을 탄식하여 서정성을 바탕으로
대중과의 정서적 공감을 주로 보여주었고, 왕생가류에서는 이상 세계
인 극락을 제시하여 환희심을 불러일으키고, 거기에 나아갈 여러 가지
방안을 교시하여 서정적 교술적 성격을 모두 보여주었고, 토굴가류는
현실을 벗어난 출가의 생활과 즐거움을 노래하여 서정성이 두드러졌

---

19) 〈극락가〉에는 염불하는 것이 곧 극락이라고도 하고 염불마다 극락으로 인도하라
   고도 하며 극락의 모습을 그려 보이기도 하는 등의 내용을 담고 있어서 구체적 작
   품 내용에 있어서 기존 왕생가류 불교가사 작품과는 차이가 있음에도 불구하고 전
   체적 성격은 왕생가류에 포괄할 수 있는 작품이다. 〈불교경고가〉의 경우는 극락에
   왕생할 것을 권유하여 역시 왕생가류 불교가사에 포괄할 수 있는데 왕생의 방법으
   로 염불을 권하는 것이 아니라 삼강오륜과 같은 유교 윤리에 근거한 인심, 화합을
   실천해야 황천에서 저항할 수 있다고 한 것이 특이하다. 세속 윤리의 실천이 선심
   공덕이 되며 이것이 후생의 노자가 된다고 하여 이를 통하여 극락세계에 갈 것을
   제안하고 있기 때문이다.

다. 유형적으로 세속 탐착의 마음을 돌리려는 회심곡류와 인생이 몽환과 같아서 슬프다는 정서를 주로 표현하는 몽환가류, 그리하여 마침내 이상 세계에 나아가게 하려는 왕생가류, 정신적 휴식을 부여하려는 토굴가류는 무상을 느끼고 위안을 받고 이를 벗어나려는 향유자들의 의도에 부합하는 경향성을 보인다.

그리고 이 네 가지 유형은 각기 가진 성격을 통하여 이 지역 가사 향유자들에게 정서적, 이념적으로 일정한 기능을 수행하였던 것으로 보인다. 회심곡류의 서정적 성격은 고단한 삶을 살아가던 여성과 공감하고 그 교시적 성격은 그들의 삶을 더 윤리적으로 나아가게 하는 기능을 하고, 몽환가류의 서정성은 늙음을 슬퍼하는 내용이 중심을 이루어 질곡 속에 늙어 가는 부녀자들의 인생을 위로하는 기능을 하고, 왕생가류는 질곡에서 벗어날 수 있다는 기쁨과 그 방안을 교시하는 기능을 하며, 질곡의 현실을 벗어난 출세간의 생활과 즐거움을 나타낸 서정적인 토굴가류는 역시 위안을 주는 기능을 했다고 할 수 있다. 서정성과 교술성을 가진 기존 불교가사 유형이 수용된 주된 이유가 그 성격과 관련하여 이런 기능을 수행했기 때문이었다고 할 수 있다.[20] 회심곡류의 경우 가장 빈번한 수용 사례를 보여 주었는데 근본 이유는 여기서 살핀 내용에 따른 성격 때문에 무가[21], 잡가[22], 민요[23] 등에까지 널리

---

20) 이번에 조사된 지역 전승 불교가사는 시기적으로 한 세기 이상 거슬러 올라가기가 어렵다. 그래서 여기 인용된 작품을 가지고 조선 후기 향촌 사족 가문의 시대적 상황과 연계하여 논의하는 것은 지나친 확대 해석의 우려를 가져온다.

21) 안동 지역을 비롯한 동해안 무가를 보면 〈회심곡〉이 수용된 양상이 비교적 잘 드러나 있다. 먼저 「7. 안동지역무가」(김태곤 『한국무가집』 2, 집문당, 1979) 부분을 보면 〈4. 시무굿〉(216~221쪽)에 〈회심곡〉의 저승 10왕 만나는 장면이 잘 표현되어 있다. 인근 지역의 무가를 보여주는 자료인 『한국의 무가』(윤동환, 민속원, 2007)에는 김장길본 무가 가운데 〈5. 문답〉(303~314쪽)과 〈12. 신무풀이〉(333~356쪽), 김명대본 무가 가운데 〈9. 신무풀이〉(490~504쪽) 등의 부분에 역시 〈회심곡〉의 10왕전

수용되었고 대중 매체가 발달한 요즘의 세태에도 영향을 크게 받은 것으로 보인다.24) 이 지역에서 다시 발견된 회심곡류 불교가사 유형에 해당하는 작품이 노래 〈회심곡〉의 내용과 거의 일치하고 있기 때문이다.25)

부분이 무가적 문맥에 따라 수용되어 있다. 그리고 『한국구비문학대계』 7-10(한국정신문화연구원, 1984)의 경상북도 봉화군편(임재해)의 「봉화읍무가」 6에는 〈회심곡〉 전체 작품이 거의 훼손 없이 원형 그대로 나타나 있다.

22) 정재호가 편저한 『한국잡가전집』 Ⅰ, Ⅱ(계명문화사, 1984)를 보면 여러 가지 기존 잡가집을 영인하여 모아 놓고 있는데 여러 이본에 〈회심곡〉이 자주 등장한다. Ⅰ권의 경우 세 차례, Ⅱ권의 경우 한 차례 상호 완전히 같은 〈회심곡〉을 거듭 게재하고 있다. 잡가에는 〈회심곡〉이 현재까지 전해지고 있어서 경기도 무형문화재 제31호로서 경기휘몰이잡가 예능보우자인 이성희가 편저한 『경서도창가사집』(이성희, 새로문화, 2006, 183~200쪽)을 보면 '제4장 불가(佛歌)'라고 별도의 장을 마련하여 〈회심곡〉을 세 차례에 걸쳐 수록하고 있다. 잡가집에 보이는 〈회심곡〉의 수용 양상은 그 민간 수용의 또 다른 한 양상을 보여주는 것이다.

23) 경상남도 지역이지만 울산 민요를 담고 있는 『울산울주지방민요자료집』(울산대학교 인문과학연구소 편, 울산대학교 출판부, 1990, 396~398쪽)의 〈상여소리〉에 〈회심곡〉이 그 문맥에 따라 변경된 채 나타나거나, "경북상주지역민요의 특성연구(박효실, 안동대학교 일반대학원 국문과 석사논문, 2011. 12)"의 기초 음성 자료 가운데 〈회심곡〉의 일부가 나타나는 등 민요에도 〈회심곡〉은 영향력을 행사하고 있다. 이와 유사한 예를 더 확인할 수 있는데 『한국구비문학대계』(7-1, 「경상북도 경주·월성편」, 조동일, 한국정신문화연구원, 1980)에서 〈산재(齋)〉(외동면민요 72)에서는 노래 후렴 형식으로 '나무할미타불'을 반복하면서 실사 부분에 〈회심곡〉의 내용을 가져왔고, 같은 책(7-8, 경상북도 상주군 편, 최정여·천혜숙, 1983)의 〈상여소리〉(낙동면 민요 12, 205~210쪽)에서도 후렴구를 제외한 실사부분에서 〈회심곡〉의 내용을 가져 왔다. 그 외에도 같은 책(7-12, 「경상북도 군위군 편(2)」, 최정여, 1984)의 〈자장가〉(고로면 민요 761~762쪽)에서 아이를 칭송할 때 〈회심곡〉의 표현법을 차용해 왔다. 같은 책(7-13, 대구직할시 편, 1985)의 〈아기재우는 소리〉에서도 '아이'의 장래를 칭송할 때 〈회심곡〉의 표현법을 빌려 왔다.

24) 현대의 민요 가수나 일반 승려들까지 〈회심곡〉 음반을 내놓고 있어서 일상 속에서 〈회심곡〉을 더 쉽게 접할 수 있게 됐다. 지금 현재도 〈회심곡〉은 〈월봉스님회심곡〉, 〈회심곡(동현스님)〉 등의 음반(삼영불교음반)이 나오는 등 재생이 반복되고 있다.

25) 기존의 작품을 이 지역에서 수용한 경우는 이 네 가지 유형만 나타나서 출가수행의 전문 영역이라고 할 수 있는 발원이나 염불, 참선 등 출세간의 생활과 깊이 관련된 찬불가류, 염불가류, 참선곡류, 발원가류 등의 유형은 나타나지 않았다. 그런데

　　다음은 그 나머지 새로 발견된 불교가사 〈인과약설〉, 〈인과응보가〉,
〈부모은중가〉, 〈부모은공가〉 등 네 편의 경우이다. 불교가사 유형으로
보면 이들 작품은 경전가류 불교가사 유형에 해당한다고 할 수 있다.
경전가류 불교가사 유형은 그 특성상 불교의 다양한 경전을 각기 하나
의 작품으로 표현하여 실제 작품들 간의 구체적 내용은 다르다. 경전가
류 불교가사 유형 논의를 위해 먼저 이 지역에는 나타나지 않지만 기존
에 유통이 확인된 경전가류에 해당하는 작품의 예를 들어 보면 〈법화
일승가〉, 〈진여자성가〉, 〈육도가〉, 〈원효대사발심수행가〉, 〈보조국사
계초심학인가〉 등이 있는데 〈법화일승가〉는 『법화경』의 내용을 핵심
만 축약하여 표현했고, 〈진여자성가〉는 심우도의 내용을 부분적으로
읊었고, 〈육도가〉는 『대품반야경』에 보이는 6바라밀의 실천을 내용으
로 담아서 불경과 특정 불교 교리를 직접 작품의 내용으로 표현하고
있다. 그리고 끝의 두 작품은 원효, 보조의 불교 저서[26]를 가사로 번안
한 것으로서 역시 불교 교리를 노래하였다. 이와 같이 구체적 내용이
작품마다 다르지만 어떤 불경이나 불교 교리를 표현하고 있다는 점에
서 경전가류 불교가사라는 하나의 유형으로 묶어 볼 수 있다.
　　이런 관점에서 볼 때 이 지역에서 새로 창작된 경전가류 불교가사도
불교의 근본 교리인 『인과경』의 인과 사상이나 불경의 하나인 『부모은
중경』의 내용이나 특정 승려의 가르침을 주로 표현하여 같은 경전가류

　　세속 대중들에게 친숙하기 쉬워 보이는 찬불가류, 염불가류까지 나타나지 않은 것
은 이 지역 민간에 전승되고 있는 네 가지 유형의 성격과 관련이 있어 보인다. 실제
회심곡류나 몽환가류, 왕생가류 불교가사 안에는 부분적이기는 하지만 찬불과 염
불의 요소가 상당한 비중으로 표현되어 있기 때문에 별도의 다른 유형을 더 요구하
지 않고 이 지역 향유자들의 요구에 부합하는 네 가지 유형만으로 만족했던 것으로
보인다.
26) 원효, 〈발심수행장〉, 『한국불교전서』 제1책, 동국대학교 출판부, 1990, 1~841쪽. /
　　보조, 〈계초심학인문〉, 『보조전서』, 보조사상연구원, 1989, 167~169쪽.

불교가사 유형에 포함될 수 있는 조건을 갖추었다. 새로 발견된 경전가류 불교가사 가운데 〈인과약설〉과 〈인과응보가〉는 『인과경』에 나타난 불교의 인과응보사상을 집중적으로 나타냈고, 〈부모은중가〉와 〈부모은공가〉는 『부모은중경』을 핵심 내용으로 다루었다. 인과를 내용으로 하는 앞의 두 작품 〈인과약설〉과 〈인과응보가〉를 보면 과거, 현재, 미래의 삼세인과를 작품 전개의 기본 논리로 하고 선과 악의 원인이 경사나 재앙의 결과로 나타난다고 하여 불교의 인과론을 작품 내용의 근간으로 삼고 있다. 뒤의 두 작품 〈부모은중가〉와 〈부모은공가〉에는 『부모은중경』의 중심 내용들이 표현돼 있다. 부모의 은혜를 강조하는 『부모은중경』의 내용을 주제로 가져와 경전가류 불교가사 유형의 작품이 되었다. 경전가류 불교가사에 해당하는 네 편의 작품은 기본적으로 불교 교리를 바탕에 깔고 있으면서도 이 지역에서 전통적으로 강조해온 충효와 같은 유교 윤리를 선행으로 교시하려는 지향을 보여 교술적 성격을 가지고 있다.

이 지역에서 발견된, 전승이 이미 확인된 작품과 새로 발견된 작품의 불교가사 유형들이 함께 맺은 상호 관계를 보면 역시 일정한 연결고리가 발견된다. 전승이 확인된 작품과 일부 새로 발견된 작품이 소속된 유형은 주로 회심곡류와 몽환가류, 왕생가류, 토굴가류 불교가사 유형이 전부였는데 이들 유형은 삶의 허망함과 이를 극복한 다른 세계, 극복의 방안을 보여주어서 여성으로서 가정과 사회에서 받던 이중의 고통에서 위로 받거나 억압된 정서를 해소하고 이를 극복하고자 한 지향과 연관 된 것으로 보인다.[27] 그러면서 동시에 여성으로서 집안을 유지하는 데 필요한 행동을 실천하지 않으면 안 되는 환경에서 계녀류

---

27) 그래서 이들 유형은 규방가사 가운데 가장 많이 등장하는 자탄류 규방가사와 맥락이 닿을 수 있다.

규방가사가 나왔듯이 이 지역 여성들의 윤리 실천의 요구에 따라 새로 창작된 경전가류 불교가사에서 주로 충효와 같은 전통 유교 윤리가 선행의 핵심이며, 그 실천의 여부가 다음 생을 결정할 수 있다는 주장을 하여 교술성을 바탕으로 한 새로운 작품을 창작한 것으로 보인다.[28]

더 나아가 이 지역에서 발견된 이런 성격의 불교가사 유형 다섯 가지를 불교가사 전체 유형들과 대비해 보면 재미있는 현상이 드러난다. 우선 전체 불교가사 유형의 경우 제2장에서 말했듯이 토굴가류에서 출세간의 공간을 보여주고, 몽환가류에서 무상과 무상의 이치를 드러내며, 찬불가류와 염불가류, 참선곡류, 경전가류에서 그 극복을 위한 교리와 실천 수행을 말하고, 최종 목표인 극락을 제시하고 왕생을 권하는 왕생가류, 이런 일련의 모든 과정을 성공적으로 달성하게 하려는 의지를 담은 발원가류 불교가사 유형이 상호 유기적으로 관계를 맺고 있다. 이렇게 보면 승가에서 불교가사는 수행 실천을 내용으로 하는 불교가사 유형을 중심으로 그 전제인 출가와 무상의 자각, 이를 가능케 하는 데 필요한 발원가가 앞뒤에 배치되어 유기적 관계를 형성하고 있다고 할 수 있다. 그런데 이 지역에 전승되는 불교가사는 불교 인과 논리에 기초하여 유교 이념을 교시하는 경전가류와 四苦의 괴로움과 극복 방안을 권유하는 회심곡류가 가장 많고 무상을 슬퍼하는 몽환가류, 이를 벗어난 이상 세계를 보이고 나아갈 방안을 말하는 왕생가류가 다음으로 큰 비중을 차지하고, 출세간을 보이는 토굴가류가 가장 적게 나타났다. 이것은 이 지역 가사 향유자들의 교시적 요구와 정서적 필요에 따라 기존의 불교가사 유형을 선별적으로 수용한 결과 나타난 현상으로 보인다. 기존의 것이 출세간의 수행을 중심으로 한 불교

---

28) 이런 측면에서 계녀류 규방가사와 서로 맥이 닿아 있다고 할 수 있다.

가사 유형이 발달해 있었다면, 이 지역 민간 전승의 불교가사 유형은
부녀자들의 정서적 해소와 교시적 요구에 관계된 불교가사 유형이 주
류를 이루고 있다고 할 수 있다.

　전승이 확인된 불교가사 유형을 수용한 경우는 서정성과 교술성에
바탕하여 규방 여성들의 억압된 정서를 해소하고 극복하려는 지향과
연관되고, 이 지역에서 처음 발견된 그 나머지 경전가류 불교가사 유
형의 경우에는 인과와 부모 은혜를 중시하는 불교적 이념의 바탕 위에
충효와 같은 유교 윤리를 실천하려는 의도와 관계된다고 할 수 있다.
요컨대 이 지역 불교가사 유형은 서정성과 교술성을 유형적 성격으로
가지고 자탄적 해소와 윤리적 교시라는 두 가지 기능을 수행한 것으로
보인다.

4. 민간 전승 불교가사 작품의 성격

　앞에서 전승이 이미 확인된 작품과 새로 발견된 작품의 두 가지로
나누어 논의를 진행했는데 여기서는 기본적으로 이런 구도를 깔고 각
유형별로 거기에 해당하는 작품을 논의해 나가고자 한다. 각 유형들이
가진 일반적 성격이 작품에 구체적으로 어떻게 구현되어 있는지를 살
피고자 한다. 전승이 확인된 경우 작품의 모두 유형적으로 회심곡류,
몽환가류, 왕생가류, 토굴가류에 해당했는데 새로 발견된 작품 가운데
서는 〈극락가〉와 〈불교경고가〉 두 작품만 왕생가류 불교가사에 해당
하고 그 나머지 작품은 경전가류 불교가사에 해당한다는 것을 살펴 보
았다. 전체를 통괄해서 보면 회심곡류에 〈회심곡〉과 〈회심가〉, 〈빅발
가〉, 몽환가류에 〈백발회심곡〉, 〈백발가(白髮柯)〉, 왕생가류에 〈권왕
가〉, 〈극락가〉, 〈불교경고가〉, 토굴가류에 〈나옹화상낙도가〉, 경전가

류에 〈인과약설〉, 〈인과응보가〉, 〈부모은중가〉, 〈부모은공가〉 등의 작품들이 각각 해당된다.

먼저 회심곡류에 속하는 〈회심곡〉과 〈회심가〉, 〈빅발가〉를 보면 작품의 기본 전개 구도가 '탄생 → 늙음 → 병듦 → 죽음 → 권유'이라는 기본 5단 구성을 보여주고 있다.[29] 차례로 각 단락에서는 부모의 뼈와 살을 빌렸다는 것, 다음은 부모 은공을 다 못 갚고 늙어서 망령이 난다는 것, 태산 같은 병이 든다는 것, 온갖 노력에도 불구하고 죽어서 사자의 손에 끌려가면서 자신이 서럽고 불쌍하다는 것, 저승 열시왕 앞에서 남녀 죄인과 선인의 처결을 받는 것, 자선 사업을 많이 하여 극락으로 나갈 것을 권하는 것 등의 내용으로 되어 있다.

　(1) 천지만물 생겨날 때 조물주의 성덕이라
　　　하느님전 명을받고 아버님전 뼈를타고
　　　옥황님전복을빌어 이내일신 탄생하니
　　　이삼십을 당하여도 어이없고 애닲구나
　　　만물에 으뜸되는 인생이 되올적에
　　　어마님전 살을타서 칠성님전 명을빌고
　　　한두살 철을몰라 부모은공 잊을소냐
　　　부모은덕 못다갚아 무정세워 여류하여
　　　원수백발 돌아오니 절통하고 애달하다
　　　망령이라 흉을보고 구석구석 웃는양은
　　　할수없다 할수없다 (중략)
　　　협협하고 약한몸에 태산같은 병이드니
　　　부르나니 어머니요 찾느라니 냉수로다
　　　관수불러 설경한들 경덕이나 잊을소냐

---

29) 졸고, 「회심곡류 불교가사의 단락 전개・구성과 선악・생사관」, 『어문학』 제115
　　집, 2012, 158쪽.

제미쌀 씰코씰어 명산대천 찾아가서
하탕에 세수한후 촉대일쌍 버려놓고
비나이다 비나이다 하느님전비나이다
인삼녹용 약을쓰나 약덕이나 잊을소냐
무녀불러 굿을한듯 굿덕이나 입을소냐   〈회심곡〉[30]

(2) 인세간에 나아가서 무슨선심 하였는가
바른대로 아뢰여라 용방비간 본을 받아
임금님께 극간하여 나라에 충성하며
부모님께 효도하여 가범을 세웠으니
배고픈이 밥을 주며 아사구제 하였는가
헐벗은이 옷을주어 구란공덕 하였는가
좋은곳에 집을 지어 행인공덕 하였는가
깊은 곳에 다리놓아 월천공덕 하였는가 (중략)
여자죄인 잡아들여 엄형국문 하는말이
너의 죄목 들어봐라 시부모와 친부모께
지성효도 하였느냐 동생항렬 우애하며
친척화목 하였느냐 괴악하고 간특한년
부모말씀 거역하고 동생강네 이간하고
형제불목 하게하며 세상간악 다부리며
열두시로 마음변화 몯들데 욕을하고
마주앉아 웃음낙담 군말하고 성내는년
남의말을 일삼는년 시기하기 좋하한년
풍도옥에 가두리라   〈회심가〉[31]

---

30) 한국국학진흥원 자료로서 원제목은 〈회심곡이라〉인데 여기서는 서술어를 떼고
붙인 제목이다.
31) 김수행 〈회심가〉, 『2009년 제13회 전국내방가사 경창대회 원고모음집』, 안동내방
가사전승보존회, 한빛, 2009, 140~150쪽.

(1)은 〈회심곡〉 가운데 탄생과 늙음, 병듦을 노래한 부분이다. 이 단계에서는 정서적으로 각각 낳아준 은덕의 고마움, 늙어 망령이 나서 애닲고, 서럽고, 절통하고, 분통한 심정, 병이 들어 어머니를 부르고 냉수를 찾고 굿하고 경 읽으며 산천에 빌어도 회복하지 못하는 데서 오는 절망감 등의 정서를 표현하고 있다. 이런 성격은 규방에서 구속된 채 생로병사의 유사한 과정을 겪어야 했던 여성들에게 가장 친화성이 높다. 이것은 신변탄식류 규방가사에서 인생을 허무하다고 하며 탄로를 그 모티브로 하는 내용32)과도 서로 통하기 때문이다. 그런데 이 작품은 단순한 여성 탄식에서 한 발 더 나아가 삶과 죽음이라는 존재의 문제를 다룸으로써 본원적 고뇌까지 표현하여 정서의 간절함이 더 심화되었다.

그런데 죽음의 단계에 해당하는 저승 심판 과정은 앞의 단계와 기능이 달라 보인다. 심판 과정에서 선악의 판단 기준이 세속적 유교 윤리로 되어 있고33) 그 윤리의 실천을 선으로 단정하기 때문에 생사의 이원론적 질서34)를 통하여 봉건 윤리를 매우 강하게 요구하는 경향성을 보여 준다. (2)에서 보면 남성의 경우 충성, 효도, 노인 공경, 빈자 구제, 급수, 월천, 활인 등의 항목을 가지고, 여성의 경우 시부모와 친부모에 효도, 친척화목, 부모 거역, 형제 화목, 마음 변동, 욕하기, 남의 말하기 등의 항목을 가지고 선악을 판단하고 있다. 이런 세속의 유교 공동체가 요구하는 윤리를 잘 지키면 극락에, 어기면 지옥에 가는 것으로 서술하여 세속 윤리의 실천 여부가 생사의 가치를 근본적으로 판

---

32) 권영철, 『규방가사연구』, 이우출판사, 1980, 123쪽.

33) 졸고, 「회심곡류 불교가사의 단락 전개·구성과 선악·생사관」, 『어문학』 제115집, 한국어문학회, 2012. 3, 146~152쪽.

34) 유교는 현실적이기만 한 사상인데 현세의 선행이 내세의 운명을 결정한다는 인식을 보여 현세와 내세라는 이원론적 세계 인식을 보여 주고 있다.

단하는 근거가 되어 있다. 윤리의 구체적 성격이 남자의 경우 국가 사
회 윤리, 여성의 경우 주로 개인 가정 윤리로 되어 있어서 가정의 안과
밖이라는 역할 분담도 되어 있다는 것을 확인할 수 있다. 권유의 단락
에서는 이런 교시를 담은 〈회심곡〉을 '허수말고' 수신제가하여 치국안
민에 힘을 쓰는 것이 내생 길을 잘 닦아 극락으로 가는 방법임을 단정
적으로 말하고 그 길을 갈 것을 당부하고 있다. 따라서 회심곡류 불교
가사의 죽음과 권유 단락은 생사 고통과 저승심판을 담보로 봉건 윤리
의 실천을 심각하게 요구하여 교시적 기능을 수행한다고 할 수 있다.
이것은 계녀가류 규방가사에서 여성이 지켜야할 규범들을 단순하게
가르치는 교시적 성격과 상통하면서도 여기에 그치지 않고 윤리실천
문제를 이생과 내생이라는 불교의 이원적 세계관과 연관시킴으로써
윤리 실천의 당위성을 더욱 강조하는 기능을 하고 있다. 따라서 회심
곡류 불교가사 작품의 향유는 향유자들의 정서에 공감하며 위로하는
정서적 기능에서 출발하여 봉건 윤리의 필수적 실천을 요구하는 교시
적 기능에까지 나아가서 정서적 해소와 이념적 요구라는 이질적 두 가
지 기능을 통합적으로 수행한 것으로 보인다.

　넓은 의미의 몽환가류 불교가사[35]에 속한다고 할 수 있는 〈백발회
심곡〉, 〈백발가(白髮柯)〉는 인생이 무상하고 꿈같다는 것을 집중적으
로 읊고 있다.

　(3) 슬프고 슬프도다 어찌하여 슬프든고
　　　이세월이 견고한줄 태산같이 바랬더니

---

35) 작품의 중심 내용이 몽환이고 몽환적 세계관을 전형적으로 보이는 작품만을 몽환
　가류 불교가사 작품으로 볼 수도 있으나 비중이나 문맥에서 몽환의 표현이 다소
　축소된 작품의 경우도 삶을 몽환으로 보는 기본적 입장을 가지고 있으면 광의의
　몽환가류 불교가사에 포괄할 수 있다.

백년광음 못다가서 백발되니 슬프도다 (중략)
어제날 청춘몸이 오늘날 수축없이
한구석에 앉았으니 뉘가그리 알아줄까
생각하고 생각하니 절통하고 원통하다. 〈백발가(白髮柯)〉[36]

　(3)에서 특히 늙음을 두고 '슬푸도다, 절통하고 원통하다'라고 읊고 있는데, 이 작품의 다른 부분에서도 '한심하고 슮으도다/ 초로같은 부평이라 일장춘몽 꿈이로다/ 설흔중에 불안당 마귀할매 눈물콧물 흘러지고/ 정신이 혼미하니 때만쓰고 성만내고/ 오든 나비 돌아가고 가련하다 우리인생/ 독부되니 허화탄식 뿐이로다/ 일사 일생 공한 것을 후해막겁 쓸데없고 처자권속 쓸데 없고' 등 매우 다양한 측면에서 그 백발의 부정적인 면을 주관적으로 길게 표현하고 있다. 이런 내용은 질곡 속에서 특히 개인적 뜻을 펴지 못하고 늙어가야 했던 규방의 여성들에게 공감을 불러일으키고 이들의 허무감을 대리로 표현하는 역할을 한다고 할 수 있다. 그래서 이 작품은 자탄류 규방가사와 탄식적 정서 해소의 기능을 분담하면서 그 기능을 심화해 나갔다고 할 수 있다. 이것은 늙음을 탄식한 일반 규방가사와 달리 선행을 통해서 늙음이 없는 극락세계에 들어갈 수 있다고 하면서 그 극복 방안을 같은 이 작품 후반부에 제시함으로써 자탄적 서정은 물론 교술적 성격에까지 연관시키고 있기 때문이다.
　왕생가류의 〈권왕가〉와 〈극락가〉, 〈불교경고가〉에서는 기본적으로 염불을 통하여 극락 갈 것을 권하고 있다. 그런데 〈권왕가〉에서는 옛 '샹선인'이 대승 경전을 독송하거나 불도량을 소쇄하고, 죽을 목숨을 살리는 등 갖가지 선행을 하고 염불을 하며 정토수행을 하면 극락에 이를 수 있다고 했다. 또 가야될 극락세계를 사바세계와 대립되는 곳

---

36) 이만식, 〈백발가(白髮柯)〉, "열녀편 및 추절가", 『영남의 내방가사』 2, 한빛, 2002, 354~360쪽.

으로 표현하면서도 '번뇌뜻글 제거하고 항수성덕 낫타나면 주성불이 이안닌가'라고 하면서 '주성극낙'을 말하여 사바가 바로 극락일 수 있음을 동시에 나타내고 있다. 극락을 보이고 극락 가는 여러 가지 방법을 가르쳐서 이 작품의 독자들은 극락이라는 새로운 세계를 접하는 기쁨과 그곳으로 찾아갈 방안을 제시하는 역할을 하고 있다.

> (4) 앉아서 하는염불 청룡세계 아닐는가
> 누워서 하는염불 유리세계 아닐는가
> 새는날에 하는염불 동방세계 아닐는가
> 이리좋은 이극락은 아니가고 말성인가
> 청량산 돌담위에 극락문이 열렸다니
> 이리좋은 이극락은 사람마다 다간다네 〈극락가〉[37]

(4)〈극락가〉에서는 염불하는 곳을 청룡세계, 유리세계라고도 하고 염불을 통하여 극락을 간다는 내용을 읊어서 극락과 사바를 일원적으로 하나로 보여주거나 이원적으로 분리해 보여 주고 있다. 이 유형의 작품은 생사의 고통이 있는 이 세상과는 다른 극락 세계를 보여주고 그곳에 나아갈 염불이라는 방안을 교시함으로써 질곡 속의 여성들에게 이를 극복할 수 있다는 희망을 불어넣는 기능을 한 것으로 보인다. 그런데 같은 왕생가류에 해당하는 〈불교경고가〉는 극락 왕생을 권유하면서도 왕생의 방안이 염불이 아니라 삼강오륜을 비롯한 인심 쓰기, 화목하기 등 마음을 닦아야 극락에 갈 수 있다고 하였다. 특히 시적 화자는 작품 내적 청자를 소년, 억조 창생 만인으로 설정하고 이들에게 윤리 실천을 강조하여 회심곡류 불교가사가 후반부에서 사회와 가정 윤리의 실천을

37) 김수행, 〈극락가〉, 『2002년 제6회 내방가사경창대회원고모음집』, 안동내방가사 보존전수회, 한빛, 2002, 109~110쪽.

강조하던 것과 같은 교시적 역할을 하는 것으로 나타났다. 그래서 새로 발견된 이 작품의 경우 같은 왕생가류에 속하는 작품이면서도 정서적 공감 기능보다는 교시적 기능에 더 치중한 것으로 나타났다. 요컨대 〈권왕가〉와 〈극락가〉는 극락의 모습을 보여주는 데서는 환희심을 유발하여 정서적 공감 기능을 수행하고, 거기에 이르는 여러 방안을 제시하는 데서는 교시적 의도를 분명히 드러냈는데 〈불교경고가〉는 교시에 치중하는 특성을 보여 주었다. 이 세 작품에서 보인 교시의 내용에는 염불, 계행 지키기 등 불교 수행과 유교 윤리의 실천까지 포괄돼 있다.

이와 유사하면서도 다른 기능은 토굴가류에 속하는 〈나옹화상낙도가〉가 하고 있는 것으로 나타났다. 극락과는 다르지만 온갖 고뇌가 있는 이곳과 전혀 다른 세계인 출세간의 공간인 깊은 청산을 상정하고 거기서 한적하게 살아가는 생활과 즐거움을 보임으로써 실제적으로 세속의 정신적 압박을 해소하고 위로 받을 수 있어 정서적 공감이나 해소의 기능을 했다고 할 수 있다. 그런 출세간의 공간에서 시적 화자가 말한 '일대사궁구' 행위도 향유자들이 따라 배울 교시적 내용이기보다는 세속의 괴로움이 사라진 한 초월적 공간에서 이루어지는 자유로운 행위로 보여 정서적 공감의 기능이 우세하게 작용하여 앞의 유형과 다른 면모를 일부 보여 주었다.

기존에 전승이 확인된 이 지역 불교가사와 일부 새로 발견된 불교가사는 작품 향유자들의 정서적 공감과 해소의 돌파구인 극락, 출세간의 공간을 우세하게 보여주고, 그 세계에 도달하기 위한 방법으로서 다양한 불교적 수행이나 윤리적 실천을 요구하는 양면성을 가진 것으로 나타났다. 이것은 바로 정서적 공감, 교시적 지향이라는 두 가지 필요와 요구 속에서 살아야 했던 이 지역 여성들의 입장에 부합하는 성격을 보여준 것이라 할 수 있다.

새로 발견된 작품 가운데 〈극락가〉와 〈불교경고가〉를 제외한 〈인과약설〉과 〈인과응보가〉, 〈부모은중가〉, 〈부모은공가〉는 불교 교리를 내용으로 하여 유형적으로 경전가류 불교가사 유형에 해당한다는 것을 앞에 살펴 보았다. 이들 작품은 인과의 과정과 부모은공을 갚는 구체적 방법으로 유교 윤리의 실천을 요구하여 불교와 유교 이념의 혼용을 보여주고 있다. 그래서 작품에 실제 두 이념이 어떻게 교합하고 있는지를 살펴야 작품 성격을 더 구체적으로 이해할 수 있다.

먼저 인과를 내용으로 담고 있는 〈인과약설〉과 〈인과응보가〉인데, 두 작품 모두 『인과경』에 나타난 과거, 현재, 미래의 삼세인과와 함께 善人善果 惡因惡果의 인과 논리를 기본 바탕으로 하고 있다. 〈인과약설〉에서 '전생에서 지은원죄 자생해서 갚을거며/ 전생에서 지은공덕 자생해서 갚으리라'이라고 하거나 〈인과응보가〉에서 '인과응보 알아보세 현세지은 선악업보/ 현세받고 내세받고 무량억겁 후세받네'라는 표현에서 그런 면모를 알 수 있다. 이런 인과의 논리에 근거한 선악의 구체적 내용이 어떠한지를 살펴봐야 한다.

(5) 선해과를 심었으면 선해과를 얻을거며
　　　악의씨를 심었으면 악해과를 얻으리라
　　　부모에게 불효하면 불효자녀 둘것이며
　　　부모에게 효도하면 효자자녀 두리로다　　　　　　　　　　〈인과약설〉[38]

(6) 덕을 닦아 종자뿌려 부부자손 화합하고
　　　일가친척 우애하고 가꾸면은 풍년이라
　　　마음닦고 효도하면 천지신명 보호하네
　　　부모뿌리 남편줄기 자식열매 화목하세　　　　　　　　　　〈인과응보가〉[39]

---

38) 치암고택 녹취본.

(5)〈인과약설〉에서는 선악·인과와 그에 따른 효·불효에 대하여 말하고 있는데 이 작품의 나머지 부분에서 선악의 구체적 내용을 보면 효도, 부엌에서 욕하지 않고, 깨끗하고 조용하게 하는 것과 함께 삼업을 짓지 않는 것, 훈채나 고기를 먹지 않는 것, 내공과 외공을 닦는 것 등을 선, 그렇지 않은 것을 악으로 규정하고 그 실천 여부에 따라 금생과 차생에 다른 과보를 받는다고 읊고 있다.

(6)〈인과응보가〉에서는 화합과 우애에 풍년이 들고 마음을 닦고 효도하면 천지신명이 보호한다고 하고 있다. 이 작품에서는 현세의 선악 업보를 현세에도 받고 내세에도 받는다고 하여 인과의 구체적 과정을 특이하게 말하고 있다. 사람이 태어나서 20세 전까지는 부모의 業因, 20에서 40까지는 그 바로 전의 자기 업인, 40에서 60, 60에서 죽기까지도 각각 그 앞의 자기 업인에 따르고 60넘어 죽기까지는 현세와 내세의 거울이 된다고 하여 현생과 현생, 현생과 내생 사이의 인과를 모두 말하고 있기 때문이다. 그런데 이 작품에서도 집안 화합, 친척 우애, 효도를 착한 일로 보았고, 부모남편을 거역하거나 친구 권속과 불화하고 후배 후손을 학대하며, 악담과 시기 질투하는 것을 악한 일로 규정하였다. 이런 선악의 실천에 따라 현세나 내세에 여러 가지 구체적인 응보를 받는다고 하고 있다. 그리고 동시에 염불을 하면 극락세계가 현전하여 마음 쓰기에 따라 세상천지가 바로 극락세계가 되기도 하고 화택이 되기도 한다고 하여 일원적 세계관을 보여 주기도 한다.

요컨대 인과사상을 내용으로 하는 불교가사 작품의 경우에는 인과라는 불교 이념을 기반으로 염불이나 불교 계율을 지킬 것을 요구하면서도 효도와 화목과 같은 유교 윤리를 인과의 중요한 요인으로 제시하

---

39) 박성조, 〈인과응보가〉, '교훈가편', 『영남의 내방가사 1』, 한빛, 2002, 51~56쪽.

여 실천할 것을 요구하여 교시적 성격을 보여주고 있다는 것이 두 작품의 중요한 특징이다. 그런데 계녀가류 규방가사에서 여성이 지켜야 할 구체적 여러 항목을 제시하고 단순히 교시하는데 그친 것과는 달리 새로 발견된 경전가류 불교가사는 유교 덕목을 지켜야 할 근원적 이유로 불교의 이원론 또는 일원론적 인과의 논리를 연계시킴으로써 교시의 요구를 더 강화하고 있다는 것이 중요한 특징이다. 즉 계녀가류 규방가사에 비해 불교 인과 논리를 빌려 옴으로써 유교 덕목의 교시 효과를 더 강화하고자 했다고 할 수 있다.

다음 〈부모은중가〉와 〈부모은공가〉의 두 작품은 『부모은중경』의 내용을 근간으로 하고 있다.

(7) 열달이나 태중에서 이몸하나 배양할 때
    태산같이 육중하여 금석같이 무거운몸
    천만사가 괴로워서 즐겨할일 별로없이
    근심걱정 다기우려 순산하기 원일더니   〈부모은중가〉[40]

(8) 십삭을 당도하사 이내몸을 낳으실 때
    유혈이 낭자하여 사생을 도모하고
    목불인견 되었어도 괴로운줄 모르시고
    진자리 마른자리 가려가며 고이고이 길으실제   〈부모은공가〉[41]

(7)〈부모은중가〉는 『부모은중경』의 懷體守護恩, 臨産受苦恩, 生子忘憂恩, 咽苦吐甘恩, 廻乾就濕恩, 遠行憶念恩 등의 항목을 우리말로 충실히 풀어서 표현하고, 이렇게 많은 은혜를 갚는 방법은 부모에게

40) 이만식, 〈부모은중가〉, "교훈가편", 『영남의 내방가사 1』, 한빛, 2002, 24~27쪽.
41) 조기영, 〈부모은공가〉, "교훈가편", 『영남의 내방가사 1』, 한빛, 2002, 57~59쪽.

효도를 하는 것이고 그 효도가 바로 선근 공덕이라고 하였다. 인간 세상에 부모 은혜가 제일이고 그 가운데서도 특히 어머니의 은혜가 깊고 크다는 점을 항목 별로 나누어 길게 강조하고 있다. 그 다음에 친부모, 시부모, 처부모, 친구부모를 포괄하는 넓은 의미의 우리 부모, 또 나의 부모에게 효도를 하는 것이 선근 공덕의 제일이라고 하였다. 그래서 효자 효부는 극락 연화봉 상품대에 갈 수 있고, 부모 은혜를 갚으면 금생의 부귀는 물론 후생의 영화도 누릴 수도 있다고 하여 효도를 닦아 나갈 것을 권하고 있다. 여기에 더하여 효도해야 할 이유로 부처의 49년 설법에서 효부 효자를 강조했다는 사실을 가져오기도 하고, 불교의 근본 가르침과 내생의 극락 장엄, 금생과 후생의 부귀영화를 내세우기도 하였다. 금생과 내생의 윤회라는 관념과 부처의 가르침이라는 논리 어느 면에서도 실천하지 않으면 안 될 덕목으로 효도를 강조하여 불교 논리가 효도라는 유교 윤리 실천의 논리적 근거 역할을 하고 있다.

(8)〈부모은공가〉도 『부모은중경』에 나오는 내용을 기반으로 하고 있다. 이 작품에서는 특히 어머니가 자식을 낳아 기르며 먹이고 입히는 노고의 과정을 강조하면서 이를 갚기 위해서, 인간이 삼강오륜을 가지고 있기 때문에 가장 귀하다는 것을 전제로 효심과 충심, 덕심과 자심, 화심 등을 실천할 것을 강조하여 역시 충효를 실천해야 한다고 강조하고 있다. 그런데 여기서는 작품 내적 청자를 소년으로 설정하고 이들을 대상으로 삼강오륜을 알 것, 독심・색심・투심・기심・사심・진심・아심 등 팔악의 마음을 버리고 효심・충심・덕심・자심・화심・묵심・신심・정심 등 팔선의 마음을 실천할 것을 강조하고 있다. 이렇게 하는 것이 대한민국을 빛내는 것이고 이것이 바로 충성하고 부모의 은혜를 갚는 길이라고 하였다. 또 삼강오륜과 부모 은공을 모르고 이를 실천하지 못하면 금수보다 못하다고 단정하고 있다. 팔악을 죽는

근본, 팔선을 사는 근본이라는 말은 했지만 윤리의 실천 여부가 금생과 내생의 윤회를 좌우한다고는 하지 않았다. 삼강오륜, 특히 효도를 포함한 팔선의 실천이 행복을 가져오고 대한민국을 빛낸다는, 현실에서의 긍정적인 면을 강조하고 이를 모르고 실천하지 않으면 금수보다 못하다는 현실에서의 부정적인 면을 강조하고 있다. 그래서 이 작품은 부모의 은공을 드러낼 때만 불경의 내용을 가져 오고 실천과 그에 관련한 결과에 대해서는 현세적 논리에서 판단을 내리고 있다.

이상 두 작품은 불교적 인과나 현실적 논리를 근거로 효의 실천을 소년 또는 남의 자식이라는 시적 청자에게 강조하여 노래 향유자 당사자는 물론 자녀 교육을 위한 교시 지향적 의지를 분명하게 표명한 것이 특징이라고 할 수 있다. 계녀가류 규방가사가 현실적 차원에서만 규훈의 실천을 강조한 것과 달리 소년들과 같은 일반 청자를 대상으로 불교의 이원론 또는 일원론적 세계관에 근거하여 유교 윤리와 불교 덕목의 실천을 요구하여 교시적 내용이 계녀가류 규방가사의 그것을 넘어서는 면모를 역시 보여 주었다.42)

---

42) 이 지역에서 처음 발견된 〈인과약설〉, 〈인과응보가〉, 〈부모은중가〉, 〈부모은공가〉와 같은 경전가류 불교가사는 물론, 역시 처음 발견된 〈극락가〉, 〈불교경고가〉와 같은 왕생가류 불교가사에서조차 삼강오륜, 특히 효도를 많이 강조하고 있는데 이것은 불교에서 유교 이념을 받아들인 것이 아니라 처음부터 유교 이념에 충실한 향유자들이 그 실천의 효과를 높이기 위해 불교의 인과 논리를 끌어왔다고 할 수 있다. 이런 현상은 조선 초기 함허득통이 유불동론을 말하거나 조선중기 휴정이 유불도 삼교 일치를 주장하는 저서를 남긴 상황과는 다르다. 그 당시에는 유교 입국의 조선 사회에서 승려들이 살아남기 위해서 유교 이념을 수용하지 않으면 안되었지만, 최근 이 지역 불교가사 향유자들은 처음부터 유교적 세속의 가문에서 살아가는 인물들이어서 역으로 유교 이념의 실천을 불교 이념의 논리에 기대는 양상을 보여주고 있기 때문이다.

5. 민간 전승 불교가사 현황, 그 유형과 작품의 성격

이 논의에서는 경상북도 지역에서 발견된 불교가사를 통하여 승가 사회의 불교가사가 어떻게 민간에 전승되었는지의 경위나 전승된 불교가사의 성격을 전승의 실태, 전승 불교가사의 유형, 작품으로 나누어 논의하여 구명해 보았다. 전승 양상을 근거로 이 지역에 전승된 불교가사의 유형과 작품을 기존 불교가사나 규방가사의 그것에 대비하여 그 성격을 밝히고자 하였다. 이것은 불교가사의 민간 전승 원인을 찾아보는 것이면서 불교가사의 성격을 더 분명하게 밝혀 볼 수 있는 의의를 가질 수 있다고 보았다.

경상북도 지역 민간 전승 불교가사의 존재는 두 가지 양상으로 나타났다. 하나는 기존에 전승이 확인된 작품들이 이 지역에 다시 전승되고 있는 경우이고, 다른 하나는 새로 발견된 작품들이다. 전자에는 〈백발회심곡〉, 〈백발가(白髮柯)〉, 〈회심곡〉, 〈회심가〉, 〈빅발가〉, 〈권왕가〉, 〈나옹화상낙도가〉 등 일곱 편이 보이고, 후자에는 〈인과약설〉, 〈불교경고가〉, 〈부모은중가〉, 〈부모은공가〉, 〈극락가〉, 〈인과응보가〉 등 여섯 편이 나타났다. 전승이 확인된 작품 가운데 〈권왕가〉와 〈백발회심곡〉은 책자에 필사본으로, 〈빅발가〉와 〈회심곡〉은 두루마리 형태로, 〈백발가(白髮柯)〉, 〈회심가〉, 〈나옹화상낙도가〉는 안동내방가사전승보존회 원고 모음집에 활자화된 상태로 각각 존재한다. 새로 발견된 작품은 〈인과약설〉 한 편만 카세트테이프에 음성 녹음 상태로 존재하고 나머지 작품은 모두 안동내방가사전승보존회 자료집에 활자화된 상태로 전하고 있었다. 이 가운데 전승이 이미 확인된 작품은 현재 학계에 보고되어 있는 작품보다 〈권왕가〉와 〈빅발가〉의 경우 더 오래되었고 나머지는 비슷하거나 늦은 시기의 것이 있었는데, 새로 발견된 작품은 비교적 현대에 와서 유통되거나 창작된 것으로 가장 늦은 시기에 나타났다.

민간 전승 불교가사의 유형적 상관 질서의 측면에서, 기존 불교가사에서는 찬불가류, 참선곡류, 염불가류 등 수행 관련 유형이 가장 높은 출현빈도수를 보인데 비하여 이 지역 전승 불교가사에서는 회심곡류와 몽환가류, 왕생가류, 토굴가류, 경전가류 등 정서적 공감과 교시에 관련된 유형이 높은 출현빈도 수를 보여 주었다. 회심곡류는 생사의 괴로움과 권유, 몽환가류는 무상의 슬픔과 권유, 왕생가류는 극락세계와 그 곳에 가는 방안의 권유, 토굴가류는 출세간의 세계 제시, 경전가류는 유불의 다양한 교시를 각각 내용으로 하여 이 지역에 전승되는 불교가사 유형은 전체적으로 서정성과 교술성을 중심 성격으로 가지고 있었다. 이런 성격의 불교가사 유형의 수용은 불교 수행을 목적으로 하는 승가 공동체와 달리 세속 규방에서 여러 가지 억압을 받으면서도 스스로 윤리를 실천하거나 가르치며 살아야 했던 여성들의 두 가지 입장과 관련이 깊은 것으로 나타났다. 그리고 이 지역에 나타난 불교가사 유형에서 전승이 이미 확인된 작품은 앞의 네 유형에 주로 속하고 새로 발견된 작품은 경전가류에 주로 속한 것이었다. 기존에 전승이 확인된 유형들은 그 특성상 작품 향유자의 정서적 요구와 일부 교시적 요구를, 새로 발견된 유형은 유불의 윤리 실천을 강조하는 교시적 요구를 충족하기에 맞는 성격을 가진 것으로 확인됐다. 이것은 이 지역에 전승되는 불교가사 유형의 두 가지 성격과 기능이 자탄류나 계녀류 규방가사의 그것과 상통하면서 이를 강화하는 특성을 보인 것이었다.

민간 전승 불교가사 작품의 내면 성격의 측면에서, 유형적 성격이 작품으로 어떻게 구현되었는지를 살펴보았다. 회심곡류의 작품인 〈회심곡〉, 〈회심가〉 등에서는 생로병사의 과정에서 겪는 정서적 공감을,

권유 부분에서 선행 실천을 요구하여 두 가지 측면을 모두 가지고 있었다. 그런데 왕생가류 작품인 〈권왕가〉, 〈극락가〉, 〈불교경고가〉의 경우는 극락을 제시하여 환희심을 불러 일으키고 거기에 도달하기 위한 여러 방법을 가르쳐서 정서적, 교술적이라는 두가지 요구에 부합했다. 몽환가류에 해당하는 〈백발회심곡〉, 〈백발가(白髮柯)〉의 경우 늙음의 슬픔을, 토굴가류의 〈나옹화상낙도가〉는 출세간의 자유로운 생활과 즐거움을 주로 나타내서 정서적으로 공감과 위안을 주는 기능을 주로 수행했다. 그리고 새로 발견된 작품 가운데 〈인과약설〉, 〈인과응보가〉, 〈부모은중가〉, 〈부모은공가〉의 경우에는 윤회라는 이원적 또는 일원적 불교 논리에 기초하여 유불을 포괄하는 선행의 실천을 강조하여, 현실적 당위의 차원에서 규훈 실천을 강조하는데 그친 계녀가류 규방가사와는 달리 윤리 실천의 필연성을 더욱 강조하였다. 인과론이나 『부모은중경』의 내용이 〈부모은중가〉와 〈부모은공가〉 두 작품 구조의 기초가 되면서 그 논거 위에 효를 중심으로 한 유불 이념의 실천을 일원적 혹은 이원론적 차원에서 강조하여 근세까지 봉건적 가문의 질서를 유지하려던 여성들의 태도가 이들 경전가류 불교가사 작품에 반영되어 있는 것으로 나타났다고 할 수 있다.

참고문헌

1. 기본자료

『金剛般若波羅密經』, 『般若心經』, 『圓覺經』.

鏡　虛, 『鏡虛法語』, 경허성우선사법어집간행회, 인물연구소, 1981.

＿＿＿, 『鏡虛集』, 극락선원, 1990.

고봉원묘 원저, 고우 감수, 전재강 역주, 『선요』, 운주사, 2006.

光德 편역(불기 2538), 『보현행원품』, 보련각.

권상로, 『退耕堂全書』 卷一~卷十, 퇴경권상로박사전서간행위원회, 이화문화사, 1990.

김성배·이상보·박노춘·정익섭 주해, 『주해 가사문학전집』, 집문당, 1981(1961 초판).

懶翁惠勤 저, 백련서서간행회 번역, 『나옹록』, 장경각, 2001.

대혜 원저, 고우 감수, 전재강 역주, 『서장』, 운주사, 2004.

동국대학교 한국불교전서 편찬위원회(이지관외 6인), 『한국불교전서』 제2책, 동국대학교 출판부, 1990.

동국대학교 한국불교전서 편찬위원회(이지관외 6인), 『한국불교전서』 제11책, 보유편1, 동국대학교 출판부, 1993.

마명 저, 담무참 역, 『佛所行讚』(동국대학교 본).

만　공 지음, 성각 엮음, 『사랑하고 또 사랑하라』, 오후에, 2006.

＿＿＿, 『만공법어』, 만공문도회, 1982.

백련선서간행회, 『마조록·백장록』, 장경각, 1987.

白雲景閑, 「白雲和尙語錄」, 『韓國佛敎全書』 제6책, 동국대학교 출판부, 1990.

보　조, 〈계초심학인문〉, 『보조전서』, 보조사상연구원, 1989.

三祖 僧璨, 〈信心銘〉, 『신심명 · 증도가』, 해인사, 1986.

釋惺牛, 「鏡虛集」, 『韓國佛敎全書』第十一册, 동국대학교 출판부, 1993.

석옥청공 저, 이영무 번역, 『석옥청공선사 어록』역대고승총서 9, 불교춘추사, 2000.

선주사, 『부모은중경』, 보련각, 불기 2538.

안동내방가사전승보존회, 『2001년 제5회 내방가사경창대회원고모음집』, 한빛, 2001.

_____, 『2002년 제6회 내방가사경창대회원고모음집』, 한빛, 2002.

_____, 『영남의가사』 1, 한빛, 2002.

안진호 편, 『釋門儀範』, 만상회, 1935.

연관 편역, 『학명집』, 성보문화재연구원, 2006.

용성진종, 『각해일륜』, 대각회 출판부, 1990.

원오극근 저, 백련선서간행회 번역, 『벽암록』 상, 장경각, 1993.

_____, 『벽암록』 妙觀音寺藏, 佛紀三千年.

원 효, 〈발심수행장〉, 『한국불교전서』 제1책, 동국대학교 출판부, 1990.

월운 편, 『운허선사어문집』, 동국대학교 역경원, 1989.

義 湘, 〈華嚴一乘法界圖〉, 『韓國佛敎全書』제2책, 동국대학교 출판부, 1990.

이상보 편저, 『한국 불교가사 전집』, 집문당, 1980.

이운허 옮김, 『묘법연화경』, 법보원./ 무비(2008), 『법화경강의』상 · 하, 불광출판
    사, 1972.

임기중, 『불교가사원전연구』, 동국대학교 출판부, 2000.

_____, 『불교가사』 1 · 2 · 3 · 4 · 5권, 동국대학교 부설 역경원, 1993.

諦觀 錄, 李永子 譯註, 『天台四敎儀』, 경서원, 1988.

지 눌, 『보조전서』, 불일출판사, 1989.

淸華 譯, 『淨土三部經』 성원각, 1998.

冲止 著, 이상현 옮김, 『원감국사집』, 동국대학교 출판부, 2010.

_____, 秦星圭 역, 『圓鑑國師集』, 亞細亞文化社, 1988.

침굉현변 원저, 이영무 번역, 『침굉집』, 불교춘추사, 2001.

_____, 『枕肱集』, 동국대학교본, 2001.

太古普愚 著, 대륜불교문화연구원불교전기문화연구소편, 『太古普愚國師』, 불교영
    상, 1998.

한길로 역주, 『불설삼세인과경』, 보련각, 2010.

혜 심, 『禪門拈頌』, 오어사 운제선원, 아사달, 1994.

혜 능 저, 퇴옹성철 현토·편역, 『돈황본단경』, 장경각, 1988.

혜담지상 옮김, 『대품마하반야바라밀경』 상·하, 불광출판사, 1992.

2. 단행본

권오만, 『개화기시가연구』, 새문사, 1989.

김길상, 『고승법어』 (1), 홍법원, 2007.

김대행, 『시가시학연구』, 이화여자대학교 출판부, 1991.

김승동 편저, 『불교·인도사상사전』, 부산대학교 출판부, 1992.

김종진, 『불교가사의 계보학, 그 문화사적 탐색』, 소명출판사, 2009.

_____, 『불교가사의 연행과 전승』, 이회, 2002.

김주곤, 『한국불교가사연구』, 집문당, 1994.

대한불교조계종 교육원 불학연구소 편저, 『경허·만공의 선풍과 법맥』, 조계종출판
      사, 2009.

대혜종고 원저, 고우 감수, 전재강 역주, 『서장』, 운주사, 2004.

류연석, 『한국가사문학』, 국학자료원, 1994.

무비스님·대심거사 공역, 『가사체금강경』-행복의 노래 Ⅰ 휴대용, 운주사, 2013.

오고산 편, 『증보 불자수지독송경』, 보련각, 1976.

월 호 풀이, 『세어본소만존재한다』, 운주사, 2009.

윤천광, 『만공큰스님』, 우리출판사, 2006.

이교철 외 2인 편찬, 『禪學辭典』, 불지사, 1995.

이기영, 『불교개론』, 한국불교연구원, 1977.

이재창, 『한국불교사원경제연구』, 불교시대사, 1993.

임기중, 『불교가사연구』, 동국대학교 출판부, 2000.

전재강, 『시조 문학의 이념과 풍류』, 보고사, 2007.

_____, 『한국불교가사의 구조적 성격』, 보고사, 2012.

정 휴, 『고승평전』, 우리출판사, 2000.

정의행, 『한국불교통사』, 한마당, 1991.

조남현, 『개화가사』, 형설출판사, 1978

조동일, 『한국문학의 갈래이론』, 집문당, 1992.

조동일, 『한국문학통사』 3권(제4판), 지식산업사, 2005.

차봉희, 『수용미학』, 문학과지성사, 1987.

최석환 펴냄, 『태고보우국사』, 불교영상, 1998.

태　진, 『경허와 만공의 선사상』, 민족사, 2007.

3. 논문

강건기, 「수심결의 체계와 사상」, 『보조사상』 제12집, 보조사상연구원, 1999.

권기현, 「권상로의 생애와 불교개혁사상」, 『밀교학보』 제6권, 위덕대밀교문화연구
　　　소, 2004.

김경집, 「권상로의 개혁론 연구」, 『한국불교학』 제25집, 한국불교학회, 1999.

＿＿＿, 「만공의 선학원 활동과 선풍 진작」, 『경허·만공의 선풍과 법맥』, 조계종출
　　　판사, 2009.

김동국, 「불교가사의 사상 분류고」, 『우리문학연구』 제23집, 우리문학연구회, 2008.

＿＿＿, 「회심곡 발생고」, 『우리어문연구』 제21집, 우리어문학회, 2003.

김문기, 「〈기우목동가〉 연구」, 『어문학』 제39집, 한국어문학회, 1980.

김병국, 「장르관찰의 시각, 그리고 이 책의 내용」, 『장르교섭과 고전시가』, 월인,
　　　1999.

김종우, 「나옹과 그의 가사에 대한 연구」, 『부산대학교논문집』 제17집, 1974.

김종진, 「불교가사의 口演과 주제구현방식의 관련양상」, 『국어국문학』 제130집, 국
　　　어국문학회,

＿＿＿, 「불교가사의 유통사적 고찰」, 『한국문학연구』 제23집, 동국대학교 한국문학
　　　연구소, 2000.

＿＿＿, 「19세기 불교가사의 작가 복원과 그 문화사적 함의—영암 취학의 〈토굴가〉를
　　　중심으로—」, 『국제어문』 제35집, 국제어문학회, 2005.

＿＿＿, 「〈토굴가〉 전승의 경로와 문학사적 의의」, 『우리어문연구』 제25집, 우리어
　　　문연구회, 2005.

김풍기, 「침굉 가사의 은일적 성격과 그 의미」, 『한국가사문학연구』, 태학사, 1995.

김학성, 「가사의 장르성격 재론」, 『한국시가문학연구』, 신구문화사, 1983.

남상득, 「〈회심곡〉에 나타난 불교사상의 혼융양상」, 『한어문교육』 제8집, 한국어문
　　　학교육학회, 2000.

박찬두, 「불교문학의 이론적 연구」, 『국어국문학논문집』 제13집, 동국대학교 국어국
　　　문학과, 국어교육과, 1986.

박해당, 「만공의 삶과 그 의미」, 『2007만해축전』 하, 불교시대사, 2007.

변규백, 「현행 한국, 일본, 중국의 찬불가에 나타난 특성에 대하여」, 『백화』 제6호,
　　　태고종금강불교대학교, 1992.

서종범, 「조선 중·후기의 禪風에 관한 연구」, 『한국종교사상의 재조명』, 한기두
　　　박사 회갑기념논문집 간행위원회 편, 원광대학교 출판국, 1993.

이미향, 「조학규의 생애와 찬불가 연구」, 『보조사상』 제26호, 불일출판사, 2006.

이상보, 「한국불교가사의 역사적 고찰」, 『명지대학논문집』 제4집, 명지대학교,
　　　1971.

이영식, 「장례요 〈회심곡〉 사설수용 양상-강원도를 중심으로-」, 『한국민요학』 제15
　　　집, 한국민요학회, 2004.

이옥영, 「회심곡 연구」, 이화여자대학교 대학원 한국학과 석사학위논문, 1988.

이제헌, 「권상로 불교학의 근대적 성격」, 『불교학연구』 제4호, 불교학 연구회, 2002.

이종찬, 「佛儒仙을 섭렵한 침굉」, 『한국불가시문학사론』, 불광출판부, 1993, 434~
　　　443쪽.

李惠和, 「太古和尙〈土窟歌〉攷」, 『漢城語文學』 제6집, 漢城大學 國文學科, 1987,
　　　29~45쪽.

장성진, 「개화가사의 서술구조와 현실 인식」, 경북대학교 대학원 국어국문학과 박사
　　　학위논문, 1991.

전재강, 「불교가사 형성의 발생학적 정황」, 『우리문학연구』 제31집, 우리문학회,
　　　2010.

_____, 「참선곡류 불교가사의 구조적 성격」, 『우리말글』 제50집, 우리말글학회,
　　　2010.

_____, 「왕생가류 불교가사의 표현 방식과 세계 인식」, 『고시가연구』 제27집, 한국
　　　고시가문학회, 2011.

_____, 「신체 불교가사에 나타난 현실 인식과 현실대응의 방향」, 『우리문학연구』
　　　제34집, 우리문학회, 2011.

_____, 「토굴가류 불교가사의 갈래 성격과 이념지향」, 『국어교육연구』 제50집, 국
　　　어교육학회, 2012.

전재강, 「회심곡류 불교가사의 단락 전개 구성과 선악 생사관」, 『어문학』 제115집, 한국어문학회, 2012.

_____, 「염불가류 불교가사의 성격」, 『우리말글』 제54집, 우리말글학회, 2012.

_____, 「발원가류 불교가사의 존재 위상과 성격」, 『어문학』 제117집, 한국어문학회, 2012.

_____, 「찬불가류 불교가사의 지향적 주제와 다층적 갈래 성격」, 『우리문학연구』 제37집, 우리문학회, 2012.

_____, 「몽환가류 불교가사의 개방성과 작가의식」, 『한국시가연구』 제33집, 한국시가학회, 2012.

_____, 「〈용비어천가〉에 나타난 유교 이념과 표현 현상」, 『어문학』 제62집, 한국어문학회, 1998.

_____, 「〈월인천강지곡〉의 서사적 구조와 주제 형성의 다층성」, 『안동어문학』 제4집, 안동어문학회, 1999.

_____, 「백용성 불교가사에 나타난 담화 방식과 대상 인식의 구도」, 『어문학』 제103집, 한국어문학회, 2009.

_____, 「퇴경 권상로의 생평과 문학」, 『문경산북의 마을들』 유교문화권 전통마을7, 예문서원, 2009.

_____, 「학명의 불교가사에 나타난 선의 성격과 표현 방식」, 『어문학』 제107호, 한국어문학회, 2010.

_____, 「퇴경 권상로 불교가사의 성격」, 『어문학』 제113호, 한국어문학회, 2011.

_____, 「불교 관련시조의 사적 전개와 유형적 특성」, 『한국시가연구』 제9집, 한국시가학회, 2001.

_____, 「침굉 가사 '태평곡'의 구조와 작품에 나타난 선의 성격」, 『안동어문학』 제10집, 안동어문학회, 2005.

_____, 「만공 선사 불교가사의 유기적 상관 맥락과 담화 방식」, 『어문학』 제109집, 한국어문학회, 2010.

_____, 「한암 선사 〈참선곡〉의 역동성」, 『우리말글』 제48집, 우리말글학회, 2010.

_____, 「경허가사에 나타난 수행법과 표현 방식」, 『어문학』 제99집, 2008.

정혜란, 「침굉 한시에 나타난 수행의 반려자로서의 달」, 『고시가연구』 15집, 한국고시가문학회, 2005.

정혜란, 「침굉의 가사 문학 연구」, 전남대학교 대학원 국어국문학과 석사학위논문, 2003.

＿＿＿, 「침굉의 한시 연구」, 전남대학교 대학원 국어국문학과 박사학위논문, 2006.

조동일, 「19세기 가사에서 전개된 종교사상 논쟁」, 『고전시가론의 이념과 표상』, 임하최진원박사정년기념논총, 1991.

＿＿＿, 「2. 민요의 형식을 통해 본 시가사」, 『한국시가의 전통과 율격』, 한길사, 1982.

＿＿＿, 「가사의 장르규정」, 『한국문학의 갈래 이론』, 집문당, 1992.

조윤희, 「회심곡 연구」, 창원대학교 교육대학원 석사학위논문, 2004.

지병규, 「〈회심곡〉의 연구」, 『어문연구』 제21집, 어문연구회, 1991.

최정여, 「세종조 망비추모의 주변과 석보 및 찬불가제작」, 『계명론총』 제5호, 계명대학교, 1968.

찾아보기

전재강

경북 안동 출생
경북대학교 인문대학 국어국문학과 졸업(문학사)
경북대학교 대학원 국어국문학과 졸업(문학 석사, 문학 박사)
동양대학교 교수 역임
안동대학교 인문대학 국어국문학과 교수 역임
현재 안동대학교 사범대학 국어교육과 교수

저서 : 『상촌신흠문학연구』(형설출판사, 1997), 『한문의 이해』(형설출판사, 2003), 『사대부시조작품론』(새문사,
2006), 『시조문학의 이념과 풍류』(2008 대한민국학술원 선정 한국학분야 우수학술도서)(보고사, 2007), 『선비
문학과 소수서원』(박이정, 2008), 『남명과 한강의 만남』(2011년도 문화체육관광부 선정 우수학술도서)(보고
사, 2010), 『한국 불교가사의 구조적 성격』(보고사, 2012)

역서 : 『서장』(운주사, 2004), 『선요』(운주사, 2006)

논문 : 「어부가계 시조 연구」, 「신흠 시의 구조와 비평 연구」, 「불교 관련 시조의 사적 전개와 유형적
연구」, 「침굉 가사에 나타난 선의 성격과 진술 방식」 외 다수

한국 불교가사의 유형적 존재 양상

2013년 10월 1일 초판 1쇄 펴냄

지은이 전재강
펴낸이 김흥국
펴낸곳 도서출판 보고사

책임편집 지아라
표지디자인 윤인희

등록 1990년 12월 13일 제6-0429호
주소 서울특별시 성북구 보문동7가 11번지 2층
전화 922-5120~1(편집), 922-2246(영업)
팩스 922-6990
메일 kanapub3@naver.com
http://www.bogosabooks.co.kr

ISBN 979-11-5516-083-1 93810
ⓒ 전재강, 2013

정가 23,000원

이 도서의 국립중앙도서관 출판시도서목록(CIP)은 서지정보유통지원시스템 홈페이지
(http ://seoji.nl.go.kr)와 국가자료공동목록시스템(http ://www.nl.go.kr/kolisnet)에
서 이용하실 수 있습니다. (CIP제어번호 : CIP2013017522)